오국지
2

오국지 2
당, 용이 눈 뜨다

초판 1쇄 발행 | 2014년 6월 19일
초판 4쇄 발행 | 2015년 12월 2일

지은이 정수인
발행인 이대식

책임편집 김화영 **편집** 이숙 나은심
마케팅 김혜진 배성진 박중혁 **관리** 홍필례
디자인 모리스

주소 서울시 종로구 평창길 329(우편번호 03003)
문의전화 02-394-1037(편집) 02-394-1047(마케팅)
팩스 02-394-1029
전자우편 saeum98@hanmail.net
블로그 blog.naver.com/saeumpub
페이스북 facebook.com/saeumbooks

발행처 (주)새움출판사
출판등록 1998년 8월 28일(제10-1633호)

ⓒ 정수인, 2014
ISBN 978-89-93964-79-0 04810
　　　978-89-93964-77-6 (세트)

정수인
역사소설

당, 용이 눈 뜨다

새움

차례

일러두기

1. 이 책에서는 연대를 계산하는 기준을 단기(檀紀)로 삼고 서기(西紀)는 괄호 안에 병기했다. 예수 그리스도가 태어난 서기 원년은 단군왕검이 고조선을 세운 지 2334년 되는 해다. 우리나라는 5·16군사쿠데타 이후 단기를 버리고 서기를 사용했다. 우리 역사소설이기에 당연히 소설 전개를 위해서도 단기를 사용하는 것이 맞다는 저자의 생각에 따른다.
2. 중국이라는 국호는 1911년 쑨원(孫文)이 신해혁명을 일으켜 청을 없애고 중화인민공화국을 세우면서 처음으로 사용되었다. 따라서 수·당 시절을 중국이라 칭해서는 안 된다. 이 책에서는 그 땅을 서토(西土)로 칭했다.
3. 이 책에서는 가능한 한 한자를 병기하지 않았다. 대신 되도록 우리말을 살렸다. 예컨대 여름지기(농부), 안해(아내), 바오달(군영) 등을 그대로 썼다.
4. 삼국 시기에는 고구려, 백제, 신라 공히 화랑제도가 있었다. 김부식에 의해 신라에만 있었던 것으로 잘못 전달되었을 뿐이다. 신라는 화랑, 백제는 배달, 고구려는 선배로 그 이름만 달랐을 뿐, 제도 자체는 크게 다르지 않았다. 이 책에서는 당시의 풍습을 따라 각각의 호칭을 살렸다.

오뉴월 풀쐐기, 오뉴월 풍월주

김유신은 외할머니 만호태후의 뜻에 따라 미실의 손녀와 결혼함으로써 풍월주가 되었다. 18세 어린 나이에, 더욱이 풍월주를 보좌하는 부제를 거치지도 않고 갑작스럽게 풍월주에 올랐지만 누구보다 똑똑하고 뚝심도 강한 김유신이다. 더러 터덕거리는 수는 있어도 풍월주직을 수행하는 데 큰 지장은 없었다. 그러나 나이라는 어쩔 수 없는 벽 앞에서 화랑도의 통솔이 문제로 불거졌다.

호림공 밑에서 10년 동안이나 부제를 해온 보종은 비록 유신에게 풍월주를 양보했지만 다음 풍월주가 될 몸인 데다 유신보다 열다섯 살이나 나이가 많았다. 보종의 사신인 염장까지도 풍월주를 흰 눈으로 쳐다보는 판이라 보종에게 함부로 명령하기가 어려웠다. 미심쩍은 일이 생겨도 세세하게 따져묻기도 쉽지 않았다.

일일이 다투기도 싫어서 하명을 꺼리다 보니 차츰 부제가 해야 할 일까지 풍월주가 직접 챙기는 일이 많아졌다. 그렇다고 보종을 쉬게 하고 다른 사람을 부제로 세울 수도 없었다. 다음 풍월주에 오를 보종이 떡 버티고 있는 마당에 누가 감히 부제로 나서지도 못할 것이며, 명목뿐인 부제의 명령이 낭두(郞頭, 낭도의 우두머리)들에게 제대로 먹히지도 않을 것이었다. 더구나 처음부터 보종이 없었다고 해도 이제 열여덟인 풍월주가 수족처럼 부릴 수 있는 나이 어린 부제를 찾기란 거의 불가능한 일이었다.

'시어미 역정에 개 배때기 찬다'는 속담처럼 자연히 만만한 아랫사람들에게 화풀이가 돌아갔다. 작은 잘못도 그냥 지나치지 않고 매섭게 따졌다. 누구든 풍월주의 권위에 도전하는 것으로 비치면 매우 가혹하게 다뤘으므로 감히 풍월주에게 농담을 건네는 사람도 없었다. 도당산에서 말 머리를 베고 돌아온 유신의 이야기를 모르는 사람도 없었다. 보종과 염장을 제외한 모든 화랑과 낭도들이 슬슬 눈치를 보며 풍월주와 대면하기를 피했다.

오뉴월 풀쐐기! 밤송이처럼 온몸을 독침으로 무장한 풀쐐기는 슬쩍 스쳐지나가기만 해도 호되게 쏘이고 만다. 손톱 정도의 작은 벌레지만 한번 쏘이면 차라리 살을 뜯어내고 싶도록 따갑고 가렵다. 하지만 가렵다고 긁었다가는 독침으로 계속 난도질당하는 것 같은 지독한 통증에 시달려야 한다. 풀쐐기는 특히 오뉴월에 더욱 극성을 부렸으므로 '오뉴월 풀쐐기'

오국지 2

라고 하면 누구나 혀를 내두른다.

오뉴월 풍월주! 화랑도들이 그렇게 부르는 것은 마치 독 오른 오뉴월 풀쐐기처럼 풍월주 김유신을 무서워했기 때문이다.

벌써 이레째, 김유신은 무리를 떠난 한 마리 들짐승처럼 헤매고 있었다. 가을걷이를 하라고 화랑도들을 모두 돌려보낸 뒤에도 풍월주가 처리할 일은 많았지만, 풍월주 유신은 갈피를 잡지 못하고 산으로 들로 떠돌고 있는 것이다.

그러고 보면 화랑 김유신이 들짐승처럼 헤맨 것은 단 이레가 아니었다. 지난 한 해 동안 줄곧 마음자리를 잃고 헤맸다고 해야 옳을 것이다. 지난해는 나이 열여덟인 화랑으로서는 더없이 좋은 한 해였다. 첫사랑 천관녀 춤새를 버리고 영모와 결혼해 꿈에도 생각지 못했던 15세 풍월주에 올랐으니 말이다.

국선화랑, 풍월주! 신라의 모든 화랑은 물론 조정의 모든 벼슬아치가 늘어선 가운데, 임금님께서 앞으로 불러 손수 머리에 꽂아준 화려한 꿩의 깃털! 화랑 가운데 화랑이요, 으뜸 가운데 으뜸이다!

국선화랑, 풍월주 김유신! 서라벌 어디를 가나 가장 빛나는 이름이었다. 지난날에도 용화향도라 하여 뭇사람이 우러르는 이름이었으나, 어찌 임금께서 몸소 불러주신 이름에 비하랴! 신국의 모든 화랑도를 통솔하는 풍월주에 비하랴!

머리에는 언제나 두 개의 꿩 깃이 나란히 솟아 휘황한 광채를 뿜어냈다. 임금께서 손수 꽂아주신 화랑의 상징! 어디를 가나 거칠 것이 없었고 어느 자리에서나 받들어졌다.

문득문득 삶에 대한 의욕을 잃고 폐관에 들어갔다는 천관녀 생각에 우울해지기도 했으나 바쁜 일정에 쫓기다 보면 어느새 가뭇없이 사라지고 말았다. 세월이 약이라 했으니 머지않아 천관녀도 자신처럼 새로운 인연을 만나게 될 것으로 굳게 믿기 때문이기도 했다. 첫사랑 천관녀 춤새가 다른 남자의 품에 안겨 있다는 것은 상상만으로도 끔찍한 일이었으나 이미 엇갈린 운명을 아쉬워한들 무엇하겠는가.

열여덟 청춘이 아닌 국선화랑 풍월주의 고민은 다른 데 있었다. 지난봄 서토 오랑캐 수나라가 감히 아사달 조선나라 고구려에 도전하고 나선 것이다. 정규병사만 해도 100만이 훨씬 넘는 서캐들이 구려하를 건너왔다고 했다. 모두들 고구려가 조선의 뒤를 이어 서토까지 천하를 다스렸던 큰 나라지만, 서토 오랑캐의 군사들이 고구려군보다 훨씬 많아진 오늘날에는 그 많은 적을 물리치기가 쉽지 않을 것이라고 했다. 그러나 고구려군은 성 하나도 빼앗기지 않은 채 잘 막아내고 있었다.

더욱이 화랑도 해단식에 앞서 전해진 소식에 따르면, 고구려 으뜸 장수 을지문덕이 압록수를 건넌 오랑캐 군사 40만을 모두 사로잡거나 죽여 없앴다고 한다. 압록수를 넘어 평양까지 한입에 삼킬 듯 밀려왔던 무려 40만이나 되는 서캐들이 모두 떼죽음을 당했다는 것이다. 다시 압록수를 건너 돌아간 자가 겨우 2천 700이었으나, 그것도 고구려 군사들이 도망치는 서캐들을 포로로 잡거나 죽이지 않고 밥까지 먹여서 살려 보낸 것이라고 했다.

서캐들이 압록수를 건넌 뒤 을지문덕은 한 번도 지지 않고 모두 싸워 이겼다. 특히 살수에서 20만 대군을 한꺼번에 강물에 쓸어넣고 깨끗이 장사를 지내버린 고구려 으뜸 장수 을지문덕은 신라의 젊은 화랑들에게도 밝은 해처럼 빛나는 이름이었다.

을지문덕 만세! 고구려군 만세! 낭도들은 터질 듯 벅차오르는 가슴을 만세 소리로 터뜨렸다. 모두들 제 손으로 아사달을 침범한 오랑캐들을 물리친 것처럼 기뻐했으나, 그 가운데서도 국선화랑 김유신의 감격은 남다른 것이었다.

해단식을 끝내고 한가해진 뒤에 하려고 미뤄두었던 낭정을 모두 어떻게 처리했는지도 모른다. 산더미처럼 쌓인 일을 부제인 보종에게 부탁이라도 했는지조차 기억이 나지를 않는다. 유신이 정신을 차린 것은 며칠 뒤 옷이 온통 찢기고 온몸에 긁힌 상처들을 보면서였다.

낭정을 보려고 서류를 살피다가도, 들에 나가 말을 달리다가도, 활을 쏘고 칼솜씨를 익히다가도 수십만 대군을 바람처럼 휘몰아가는 을지문덕의 모습을 보았다. 잠을 자다가 을지문덕의 호통에 놀라 벌떡 일어나는 일도 많았다. 그때마다 김유신은 뜨겁게 달아오르는 가슴을 견딜 수가 없었다.

"사나이로 태어나서 그쯤은 되어야 하지 않겠는가. 나 김유신은 신라 으뜸 화랑인 국선화랑으로서 반드시 고구려의 으뜸 장수 을지문덕을 앞서고야 말 것이다!"

견디다 못해 이를 악물고 뜻을 세웠으나 아직 나갈 길이 정해진 것은 아니었다.

"어떻게 해야 할 것인가? 무엇으로 을지문덕을 앞지른단 말이냐?"

그것은 밑도 끝도 없는 화두였다. 그러나 김유신이 할 일을 찾아내는 데는 그리 오랜 시간이 걸리지 않았다.

"백제와 고구려를 아우르는 것이다! 아아, 삼국통일!"

국선화랑 풍월주 김유신은 스스로 벅차오르는 가슴을 이기지 못하고 큰 소리로 외쳤다.

"누가 감히 꿈꿔보았겠는가? 나 김유신은 반드시 이루고야 말리라!"

그러나 정작 어려운 일은 그때부터였다. 세 나라를 아우르는 것이 누구도 생각하지 못한 커다란 꿈인 만큼 그 꿈을 이룰 실마리가 보이지 않는 것이다. 앞날을 내다보고 설 자리를 고를 줄 알아야 된다는 어머니 만명부인의 가르침을 한시도 잊은 적이 없지만, 아무리 살펴도 설 자리가 보이지 않았다. 세 나라를 하나로 통일하려면 강력한 군사가 있어야겠으나 신라는 고구려는커녕 백제와도 견줄 수 없이 작은 나라였던 것이다.

답답한 가슴은 싸움터에라도 뛰어들고 싶었지만, 그래서 여기저기 청을 넣어두었지만, 어찌 된 일인지 지난 한 해 동안에는 그 흔하던 싸움조차 일어나지 않았다. 그가 아직 화랑인 풍월주였기에 망정이지 국경을 지키는 장수였다면 날마다 적을 향해 싸움을 걸었으리라.

공부나 무예 수련은 물론 풍월주가 당연히 처리해야 하는 낭정조차 손에 잡히지 않았다. 어제도 오늘도 산속에서 밤을 새우고 꿩 한 마리를 잡아 구워서 빈 배를 채웠다. 강가로 나와 말을 달리면서도 답답한 가슴은 풀릴 줄 몰랐다.

벌써 한가위가 다 되어가는데 햇살은 아직도 뜨겁다. 그리 오래 달린 것 같지도 않은데 말도 사람도 흠뻑 땀에 젖었다. 말달리는 것도 시들해져 어디서 땀을 들이고 돌아설까 하는데, 저만큼 무리지어 서 있는 버드나무가 보였다.

김유신은 그대로 말을 몰아 강물 속으로 텀벙 뛰어들었다. 시원한 물을 만나자 말도 신이 난 듯 쑥쑥 헤엄쳐가 마침내 버드나무가 있는 언덕으로 힘차게 올라선다. 버드나무에 말을 맨 김유신은 옷을 짜서 널어놓고 다시 물속으로 뛰어들었다.

여러 가지 몸놀림으로 몇 번이나 강을 가로지른 유신이 마침내 물에서 올라와 옷을 입었다.

말고삐를 끄르려던 유신이 문득 뒤를 돌아보았다.

쏴아아…… 바람이 불어왔다. 갈대밭에도 쏴아아 쏴아아, 파도가 일어났다. 문득 일어나는 벅찬 느낌. 김유신은 우뚝 버티고 서서 몰아치는 바람을 맞받았다.

쏴아아…… 쏴아아…… 바람소리는 함성이었고 갈대밭은 그대로 아우성치며 몰려드는 적병이었다.

범 무서운 줄 모르는 하룻강아지, 고구려와 백제 놈들! 김유신은 천천히 칼을 빼었다.

모두 베고 말리라! 칼집을 뒤로 던졌다.

스-윽. 허수아비 백제 군사처럼 갈대가 누웠다.

촤아악. 칼끝의 울림이 손바닥을 타고 팔뚝으로 흘렀다.

야아- 핫! 힘찬 기합에 우수수 고구려 군사가 떨어져내렸다.

하- 앗! 내닫는 국선화랑 풍월주 앞에는 거칠 것이 없었다.

잠깐 만에 갈대밭에는 휑한 빈터가 생겼다.

모두 베리라! 신라를 괴롭히는 무리들! 베고 또 베었다. 통쾌하게. 비바람을 헤치며 말을 달리듯 온몸에 희열이 번졌다. 그러나…… 갈대밭은 강을 따라 끝없이 이어졌다. 베고 베어도 와아, 와아 소리치며 일렁이며 밀려왔다. 땀방울이 뿌옇게 눈으로 스미고 갈대의 검부러기들이 얼굴을 스치고 목에 붙더니 등허리까지 파고들었다. 저고리를 벗어 던지는데 문득 빨갛게 타는 저녁놀이 눈에 들어왔다.

서둘러야 한다! 김유신은 홀로 적진에 뛰어든 장수처럼 갈대밭을 헤쳐갔다.

어느새 하늘에 걸린 달이 서늘한 빛을 뿜어내고 있었다. 갈대는 어둠 속에서 한 덩이 적으로 뭉쳐 있다.

비켜라! 성난 화랑의 호통에 좌아악 적들이 길을 열었다.

야― 핫! 한칼에 수십 개의 목이 날아갔다. 풍월주 김유신은 쉬지 않고 칼을 휘둘렀다. 봄볕에 나선 여름지기가 겨우내 얼었다 풀린 보리밭을 밟듯, 밭이랑을 따라 괭이를 휘둘러 북을 돋우듯, 줄지어 늘어선 백제와 고구려 군사들의 목을 베어나갔다.

달이 지고 어둠에 눈이 익는가 싶자 동이 터오기 시작했다. 밝은 햇살 아래 드러난 화랑 김유신의 모습은 차마 눈 뜨고 보기 어려운 몰골이었다. 날카로운 갈댓잎에 긁힌 상처들이 부어올라 팔이며 다리는 물론 몸통까지 성한 곳이 없었다. 상처에서 배어나온 핏물이 땀과 함께 흘렀다. 어느새 벌겋게 달아오른 태양이 온몸을 쿡쿡 쑤셔댔으나 자랑스러운 국선화랑 풍월주에게는 그 아픔마저도 달콤했다.

아픔을 참지 못하면 무슨 보람이 있으랴! 이 한 몸 갈기갈기 찢긴다 해도 자랑스러운 화랑의 길이라면 신라의 앞날과 영광을 위해 마지막 피 한 방울까지 기쁘게 바치리라! 다리가 바위처럼 무겁고 팔이 떨어져나갈 듯 아파도……

한낮이 훨씬 기울어서야 갈대밭이 끝났다. 마침내 해냈다! 해낸 것이다!

그러나 허허벌판뿐. 그가 밤새 벤 것은 백제 군사의 목도 고구려 군사의 옷자락도 아니었다.

처음 갈대를 베기 시작한 곳으로 김유신은 휘청거리며 걸었다. 타는 듯한 목마름도 허리가 꼬부라질 듯한 허기도 아니었다. 밤을 새워 칼을 휘두른 고달픔보다도 그를 휘청거리게 하는 것은 엄청난 뉘우침이었다.

다시는! 다시는 이런 일이 없으리라! 하루 밤낮 내가 베어낸 것은 무엇인가? 쉼 없이 굽히지 않고 끝까지 베어낸 것을 자랑하랴? 이미 시작부터 어리석음이었던 것을!

지팡이 삼아 칼을 짚고 돌아가는 길은 멀었다. 멀리서부터 말이 투레질을 하며 주인을 반겼으나, 버드나무에 이른 김유신은 들고 온 저고리를 든 채 그대로 강물에 몸을 담갔다.

물에서 나온 김유신은 옷가지를 널어두고 알몸으로 버드나무 그늘에 가부좌를 틀고 앉았다.

일어서지 않을 것이다. 국선화랑 풍월주 김유신의 하루를 끝내 헛된 것이 되게 할 수는 없다. 지난 일을 반성하고 내일

일을 결심하고야 말 것이다. 역대 풍월주 누구도 감히 꿈도 꾸지 못했던 일을 해내고야 말 것이다.

그러나 아무리 되새겨보아도 어리석은 일이었다. 저따위 갈대를 베어내느라 목마름도 배고픔도 참고 온몸이 긁힌 채 아픔마저 달게 견뎠다. 그러나 아무리 안간힘을 다했다고는 하나, 겨우 갈대밭에 지나지 않았으니, 무슨 수고로움을 말할 것인가? 갈대밭을 베어야 한다면 가을을 기다려야 하리라. 늦가을에 한번 부싯불을 일으키는 것만으로도 갈대밭을 모조리 태울 수 있다.

가을이 깊기를 기다릴 것이다. 그러나 열 번 불을 지펴 갈대밭을 태운들 무엇하랴. 갈대를 태운 뒤에는 봄이 오기 앞서 밭을 일구고 씨를 뿌려 가꿔야 할 것이다. 겨울에 밭을 일구지 않는다면 해마다 벌판은 여름을 내지 않고 갈대숲만 무성하리라.

나 김유신은 국선화랑이 아니던가. 기어이 밭을 일구어 갈대가 아닌 여름을 내도록 할 것이다. 씨앗과 괭이를 갈무리하고 보습을 갈며 가을이 깊기를 기다릴 것이다.

그렇듯! 어찌 갈대밭뿐이랴. 저 고구려나 백제도 오늘 갈대를 베듯 해서는 아니 된다. 한꺼번에 불사르고 밭을 일궈야 하듯 한칼에 저들의 무릎을 꿇리고 즐거이 신라 백성으로 아우르고야 말리라! 성 한둘을 빼앗는 싸움은 결코 하지 않으리라! 생각하면 그것은 백성을 괴롭힐 뿐 세 나라를 아우르는 데는 아무런 도움도 되지 않는다. 나 김유신의 한 마디 호통에 온 누리가 떨어 울리고 다시는 한 겨레붙이 사이에 피를 뿌리는 싸움은 없으리라. 그날이 오기까지, 그날이 어서 오도록, 나 김유신은 온 힘을 다하리라!

온 누리가 타는 듯한 저녁놀 속에서 말을 달리는 화랑 김유신의 마음은 하늘을 나는 듯했다.

고구려에 을지문덕이 있다면 신라에는 김유신이 있다. 어찌 을지문덕에 비기랴! 삼국통일의 대장군 김유신! 아사달을 하나로 통일한 15세 풍월주 김유신! 스스로 감격에 겨워 제 이름을 불러보았다.

삼국을 하나로! 아사달을 하나로 통일하라! 온 맘과 몸으로 뜻을 이루라! 쓸데없이 갈대를 베듯 덤벙대지 말고 모든 일에 깊이 생각하라!

갈대를 베고 돌아온 뒤로 풍월주 유신은 크게 달라졌다. 아니, 달라지지 않을 수 없었다. 먼저, 밖에 나가 말을 달리거나 칼을 손에 드는 일이 줄었다. 낭정을 처리하고 나면 버릇처럼 병법서를 들고 살았다. 언제라고 병법서를 가까이하지 않은 것은 아니나 이처럼 깊이 파고든 적은 없었다. 적을 베려면 칼을 휘둘러야 하지만 몸소 창칼을 휘둘러 벨 수 있는 적은 수십 명에 지나지 않는다.

병법은 파고들수록 재미도 있었다. 성안에 엎드려 움직이지 않는 적을 제 발로 걸어나와 죽게 하고, 걱정 없이 잘사는 나라를 들쑤석거려 제 편의 창받이로 이용할뿐더러, 상대편 사람들의 마음을 사로잡는 방법까지 쓰여 있었다.

싸움터의 모양을 살펴 이로움을 얻어라! 힘을 써서 적을 치는 것은 어리석은 짓이다! 이겨놓고 싸워라! 병법을 연구하면서 김유신은 차츰 부처님을 모시는 일에 정성을 쏟지 못했다. 공부에 바빠서가 아니라 가슴속에 다른 생각이 싹터 자라났기 때문이다.

병법에 따라 온갖 계략으로 남을 속이는 것은 결국 스스로를 속이고 부처님을 속이는 짓이다. 적군일망정 사람의 목숨을 빼앗는 것도 부처님의 뜻에 어긋나는 일이다. 비록 나라를 위한 것이라 해도 부처님의 대자대비에 기대 용서받을 수 있는 일은 아닌 것이다.

김유신은 저도 모르게 유학자들이 보는 책을 가까이하기 시작했다. 불교와 거의 동시에 전해졌으나 불교에 가려 빛을 보지 못했고, 유교 선비들이 스스로를 내세울 수 있는 세상도 아니었으나, 김유신은 불교보다 유교가 훨씬 세상살이에 도움이 된다는 것을 깨달은 것이다.

평화시에는 불교를, 난세에는 유교를 받아들여야 한다! 강력한 국가를 만들기 위해서는 나라에 목숨 바쳐 충성하는 군사를 길러야 하는데, 마침 유교는 효와 충을 주요 덕목으로 가르치고 있지 않은가.

지난날 원광법사는 길을 묻는 귀산과 추항에게 다섯 가지 가르침을 내려주었는데, 뒷날 이 세속오계는 신라 화랑정신의 근본이 되었다. 귀산과 추항 두 화랑은 2년 뒤인 단기 2935년(602) 아막성(전북 남원군 운봉면 소재)에 쳐들어온 백제군을 물리칠 때 누구보다 앞장서 용맹하게 싸우다 죽었다.

임금을 섬기되 충성으로써 하고
어버이를 섬기되 효도로써 하라.
벗을 사귐에 믿음을 두고
싸움터에 나가서는 물러서지 말고
생명을 죽이되 골라서 죽여라.

원광법사는 유명한 고승이었으나 생명을 죽이더라도 골라서 죽여야 한다는 가르침에서나 겨우 불교정신이 묻어나올 뿐이다. 세속오계는 또한 충보다 효를 앞세우는 유교정신마저도 덮어누른 채, 충을 효 앞자리에 두어 화랑도들을 가르치고 있다. 작은 나라 신라에서는 충성심과 용맹으로 무장된 강력한 군사가 무엇보다 필요했던 것이다.

'사람이란 모름지기 앞날을 내다보고 설 자리를 고를 줄 알

아야 한다!' 외할머니 만호태후의 가르침에 따라 천관녀 앞에
서 말의 목을 베고 돌아선 김유신이 신앙처럼 지니고 살아온
좌우명이다. 따라서 김유신이 불교가 아닌 유교를 선택한 것
은 삼국통일의 앞날을 내다보고 설 자리를 고른 것으로, 매우
당연한 일이었다.

운명의 여인, 옥두리

"나중에 내가 연락하겠다고 하라지 않았느냐?"

풍월주의 말에 짜증이 묻어났다.

옥두리라니. 언젠가 찾아올 줄 알았지만 정말 대면하고 싶지 않았다. 지아비의 출세를 위해 봉화로 선문(仙門)에 들어왔지만 빼어난 미모와 색사로 풍월주를 사로잡고 상선들까지 꼼짝 못하게 만들어버린 여자였다.

13세 풍월주 용춘공을 시작으로 호림은 물론, 풍월주 호림에게 남색으로 색공을 바치던 부제 보종까지도 치마폭에 가두어버렸다는 여자. 여색에는 전혀 흥미가 없어 정처인 현강까지 호림공에게 고스란히 바쳤던 보종조차 꼼짝 못하게 만든 색사의 달인. 보리공이나 하종전군은 물론 나이 든 미생공과 비보랑공까지 역대 상선들에게 불려다니느라 화랑들은 곁눈으로도 쳐다보지 않는다는 거의 전설적인 여인 옥두리.

화랑도 안에는 여자가 많았는데 크게 봉화와 유화로 나뉜다. 유화(遊花)는 서민들의 딸 중에서 특별히 예쁜 여자들이 차출되었는데 나이 서른이 될 때까지 결혼하지 못하고 오로지 낭문에 봉사해야 한다. 봉화(奉花)는 스스로 선문에 들어온 낭두들의 딸로서, 상선이나 상랑의 총애를 받으면 봉로화(奉露花)라 했고 아들을 낳으면 봉옥화(奉玉花)라고 했다.

새로 낭두에 오른 자들은 출세를 위해 옥로(玉露)가 아니면 처로 삼지 않으려고 했기 때문에 선문에 들어간 여자들은 상선이나 상랑의 총애를 받으려고 노력했다. 입망(入望)의 법에는, 아무리 재주가 많아도 상선(上仙)이나 상랑(上郎)의 마복자(摩腹子)가 아니면 낭두가 될 수 있는 입망자(入望子)에 오를 수가 없었다. 따라서 낭두의 처들은 지아비의 아이를 임신하면 태어날 아이를 상선이나 상랑의 마복자로 만들기 위해 산 꿩을 예물로 가지고 선문에 들어가 탕비(湯婢)가 되었는데, 상선이나 상랑의 총애를 입은 뒤에야 물러나왔다. 나올 때 그 지아비는 예물을 들여 예를 갖추었는데, 이를 사함(謝函)이라고 했다. 아들을 낳아 석 달이 되면 다시 들어가는데 양과 돼지를 예물로 바쳤으며, 이를 세함(洗函)이라고 했다. 다시 총애를 입으면 물러나오는데 지아비는 또 사함으로 예를 갖춰 맞이했으므로 가세가 기울 정도였다.

어떤 여자들은 선문에서 놀려고 거짓으로 임신했다고 속이기도 했다. 누구의 씨앗인지는 씨를 뿌리는 사람도 모르는 일이었으므로. 그런 여자들은 상선이나 상랑의 아이를 임신하려고 부단히 노력했다. 예졸들과의 사통도 자연스러운 일이었다. 훗날 22세 풍월주 양도가 입망의 법을 개혁하고 사함의 풍속을 없앨 때까지 그 폐해가 계속되었다.

옥두리는 분명히 봉화인데도 웬만한 화랑들은 옥두리한테 색공을 받기는커녕 대화조차 나누지 못했다. 그녀는 처음부터 봉화가 아닌 것처럼 여기저기 제 마음대로 돌아다녔고, 어지간한 상랑들은 거들떠도 보지 않았다. 상선이나 풍월주만을 상대하며 마치 스스로 풍월주나 되는 양 위세를 부렸지만 누구도 제지할 엄두를 내지 못했다.

옥두리는, 유신이 아무리 밉게 보려고 해도, 훤칠한 키뿐 아니라 눈코입이 다 시원시원하게 크고 아름다운 여자였다. 어린아이였을 때 몇 번 본 아름다운 모습이 여태 뚜렷이 남아 있는 미실 궁주 같다는 생각도 들었다. 막상 마주쳤을 때는 애써 무시하며 눈길 한 번 주지 않았지만, 저도 모르게 언뜻 스쳐지나가는 모습까지 오래도록 뇌리에 남아 있는 여자였다.

그처럼 아름다운 여자가 추한 소문을 달고 다녔기 때문인가, 아니면 바탕이 천한 여자가 선녀처럼 너무 아름다워서인가? 색공을 받기는커녕 아직 대화조차 나눠본 일이 없지만 젊은 화랑의 가슴을 휘젓고 애증을 들끓게 하는 여자 옥두리.

옥두리의 모습이 떠오를 때마다 유신은 까닭 모를 짜증을 내고 있었다. 건방진 계집!

나중에 연락하겠다는 것은 핑계일 뿐, 이쪽에서 먼저 아는 체하는 일은 결코 없을 것이다. 못난 지아비를 출세시켜보려고 부지런히 색공을 바치러 다니는 여자, 누구나 하는 짓이므로 비난할 수는 없지만, 그따위 여자한테 색공을 받을 마음은 눈곱만치도 없었다. 여자라면 화랑도 안에도 넘치고 넘친다.

　"오랜만입니다, 풍월주."

　"나중에 따로 연락을 드리겠다고 했을 터인데?"

　자신보다 열두어 살 많았지만, 유신은 인사를 받기는커녕 내놓고 문전박대를 했다. 약할수록 허세를 부리기 마련이다. 한편으로는 만나기 싫다는데도 불쑥 문을 열고 들어온 무례한 자에게 합당한 대접이었다.

　"물론! 하지만 연락이 왔을 때는 너무 늦을 것 같아서. 한번 흘러간 냇물은 돌아올 수 없고 한번 죽은 사람은 다시 살릴 수가 없으니."

　옥두리는 권하지도 않았는데 의자에 털썩 앉았다. 무시당한 것 같아 몹시 불쾌했으나 역대 상선들의 고의춤을 잡고 흔드는 여자를 강제로 내쫓을 수도 없었다.

　"나는 사람 살리는 의원이 아니니 누가 죽거나 말거나 관심이 없소. 청탁이라면 그대가 색공을 바치는 사람들한테 하시오."

　매몰차게 거절했으나 옥두리는 개의치 않고 나불거렸다.

"목을 맨 처녀 하나를 살렸어요. 겨우 살려내기는 했으나 식음을 전폐하고 누워 있다가 이제는 피를 뽑아서 이상한 그림을 그리며 울고만 있어요. 그림에 무슨 말 못할 사연이 있는 듯."

옥두리가 품에서 봉투를 꺼내더니 작은 종잇조각을 펼쳐 보였다. 거기에 그려진 작은 그림 하나. 무심코 눈길을 던지던 유신의 몸이 돌덩이처럼 굳었다.

"풍월주가 모른다면 누가 죽거나 말거나, 내가 나설 일이 아니겠지요. 그럼 이만."

옥두리가 그림을 다시 봉투에 넣으며 일어섰다.

"어디요? 그 처녀가 어디에 있느냐 말이오?"

"그건 말할 수 없지요. 그 처녀는 내가 여기 온 줄 몰라요. 풍월주뿐 아니라 심지어 낳아주고 길러준 부모한테도 연락하지 못하게 했어요."

"그렇다면 잘 부탁하겠소. 사례는 충분히 할 터이니 잘 돌봐주시오."

"식음을 전폐하고 죽기로 작정한 사람을 살리는 일에 겨우 사례 운운이라니, 좀 그렇네요. 어쨌건 풍월주가 모르는 사람이 아니라는 걸 알았으니 끝까지 최선을 다해보겠지만."

"한 번 더 부탁하겠소. 그리고 자주 들러주시오."

문 앞까지 따라가며 부탁했지만 옥두리는 뒤도 돌아보지 않고 가버렸다.

사실 옥두리가 먼저 도당산에 있는 천관녀를 은밀히 찾아다니며 친분을 쌓은 뒤 바깥바람이나 쐬자며 꼬여냈고, 답답했던 천관녀가 선뜻 따라나선 것뿐이었다. 모두가 적당히 타협할 줄 모르고 뻣뻣한 풍월주 유신을 옭아매기 위한 옥두리의 계책이었다.

　유신은 곧바로 도당산에 사람을 보냈다. 하지만 1년이 넘게 바깥나들이를 하지 않고 틀어박혀 있던 천관녀가 보름 전에 갑자기 어디론가 바람을 쐬러 나갔다는 것밖에 더는 알아내지 못했다. 옥두리가 남기고 간 말을 그대로 믿을 수밖에!

　"바보같이! 도대체 어쩌자고!"

　이미 죽기로 작정한 사람을 나무랄 수도 없었다. 섣불리 나설 수도 없거니와 이미 영모와 결혼까지 한 지금으로서는 막상 천관녀를 만난다고 해도 위로조차 해줄 수 없을 것이었다. 유신으로서는 천관녀를 돌보고 있다는 옥두리의 처분만 기다리는 수밖에 없었다.

　옥두리는 이레를 꽉 채우고서야 나타났다.

　"한시름 놓아도 돼요. 아직도 넋을 놓고 있지만 그래도 물처럼 멀건 미음이나마 마시기 시작했으니."

　"정말이오? 곡기를 아주 끊지는 않았단 말씀이오?"

　"안심하긴 일러요. 여전히 멍하니 앉아만 있으니…… 다만 풍월주한테 너무 걱정하진 말라는 소리를 하려고 왔어요."

뭐가 바쁜지 옥두리는 그 말만 전하고 돌아가버렸다. 걱정이란 하고 싶어서 하는 게 아니다. 미음이라도 먹기 시작했다니 크게 반가웠을 뿐 걱정과 양심의 가책은 그대로였다.

다시 이레가 지난 뒤 옥두리가 이번에는 사람을 보냈다. 자신을 만나러 오라는 소리에 들떠서 달려갔지만 춤새는 보이지 않고 옥두리뿐이었다.

"특별한 일은 없고, 함께 술이나 마시고 싶어서."

"여기는 어디요? 춤새는 어디 있는 거요?"

"여기는 내가 가끔 지나다가 쉬는 안가. 춤새는 조금 나아졌지만 그래도 아직은 아무도 만나고 싶어 하지 않아요."

북천이 가까운 이곳은 유신의 집에서 멀지 않은 곳, 돌아다니다 쉬어가는 안가라니, 옥두리의 집은 아마도 월성 남쪽 멀리에 있는 모양이었다. 살림을 돌보는 사람들까지 있는 것으로 보아 상선들을 집으로 찾아가기가 마땅치 않을 때 모셔다 색공을 바치거나 자신이 아랫것들의 색공을 받을 때 이용하려고 장만한 안가가 분명했다. 밖에서는 평범한 백성들의 집처럼 보였지만 살림살이는 모두 매우 호사스러운 것들이었다.

어지간히 술기운이 오르자 옥두리가 본론을 꺼냈다.

"지금 우리가 색사를 하면 누가 색공을 받는 걸까요? 지체 높으신 풍월주? 풍월주 연인의 목숨을 구해준 옥두리?"

"다른 것이라면 몰라도 하필 색사를?"

"왜요? 봉화는 물론 유화들과도 하는 색사를 못하겠다니 연인의 목숨을 구해준 은인한테 너무한 것 아닌가요?"

"그야 그렇지만, 그 사람이 넋을 놓고 있는데 내가 무슨 신바람이 나서 색사를 한단 말이오?"

"말씀 한번 제법 그럴듯하네요. 도덕군자인 풍월주님께서는 어버이의 강권에 마지못해 결혼식을 올렸지만, 안해하고는 아직 한 번도 색사를 하지 않았겠지요?"

유신으로서도 달리 할 말이 없게 되었다. 역대 상선들한테 색공을 바치는 여자라는 생각에 은근히 경멸했지만, 사실 낭문에서 지아비의 출세를 위해 윗사람한테 색공을 바치는 것은 당연지사였다. 자신처럼 골품이 있고 재물이 많다면 몰라도 거의 모든 낭도가 자신의 안해나 누이를 시켜 색공을 바치고 있었으며, 남색으로 색공을 바치는 것도 전혀 흉이 아니었다.

춤새의 목숨을 구해준 사람이라고 생각하니 나쁜 감정이 눈 녹듯 사라졌다. 그리고 보니 역대 상선들이 모두 혹할 만한 대단한 미녀가 눈앞에 앉아 있었다. 옥두리가 색사의 달인이어서인가? 젊은 유신은 몇 번이고 극락에 오르는 경험을 했다.

밤늦게 말 위에 앉아서도 자꾸 뒤를 돌아보았다. 안가에서 멀어질수록 허탈감이 들었다. 잔뜩 경멸해온 여자지만 그만큼 마음 깊은 곳에서는 저도 모르게 애증이 들끓고 있었던 모양이다. 마지못해 색사를 했을 뿐인데, 옥두리의 안가를 떠나는 풍월주는 가슴 한쪽이 텅 빈 것처럼 허전했다.

다시 이레 뒤 연락이 오자 유신은 신바람이 나서 대낮부터 안가로 달려갔다. 춤새의 안부가 궁금해서였지만 옥두리를 보고 싶은 마음도 작지 않았다. 춤새가 외부와의 접촉만 꺼릴 뿐 음식을 입에 대며 건강해지고 있다는 소식을 전해준 옥두리는 뜸들이지 않고 곧바로 색공을 바치라고 했다. 이날따라 매우 바빠서 빨리 돌아가야 하는 것은 유신도 마찬가지, 서둘러 춤새를 돌봐준 대가를 치렀다.

며칠에 한 번씩은 안가에 가는 것을 당연시하고 있던 유신에게 또 연락이 왔다. 저녁을 먹고 가라는 소리에 때맞춰 갔으므로 이내 상이 들어왔다.

"유신공도 다른 사람들처럼 반찬을 먹고 안주를 먹네."

옥두리가 생뚱맞은 소리를 했다.

"나는 유신공이 반찬도 없이 맨밥만 먹고 술도 손가락이나 빨면서 그냥 강술만 마시는 줄 알았거든."

"손가락을 빨다니? 더럽게!"

"미안, 점잖은 체면에 손가락 빨 수는 없고 그저 입술이나 핥겠지, 이렇게."

잔뜩 찌푸린 유신의 얼굴이 재미있다는 듯 옥두리는 오히려 혀를 내밀어 위아래 입술을 핥는 시늉을 했다.

"못난 사내들은 안주 없이 강술만 마시는 것을 술이 세다고 멋있다고 생각하겠지만 그게 바로 속 버리는 짓이잖아? 못난 사내들! 아니면 바보 멍청이 배냇병신들인가?"

옥두리는 짐짓 어깃장을 놓는 데도 달인이다.

"크건 작건 잔칫상엔 요리가 많아야 돼, 술이 많아야 돼?"

옥두리한테 기선을 제압당한 유신은 말대꾸도 하지 못하고 듣기만 했다.

"잘 들어. 섬세한 여자들은 무작정 들이박는 무식한 돌쇠보다 세심하게 온몸 구석구석을 애무해주는 골샌님을 더 좋아해. 여자들은 온몸이 성감대라는 것도 몰라?"

풍월주 유신은 저녁을 먹다 말고 빨개진 얼굴로 천한 봉화한테서 색사교육을 받았다.

"미생이 괜히 신국 최고의 색남이 됐겠어? 미생과 색사를 한 여자들이 평생 그를 잊지 못하는 것이 그저 덩치가 좋고 물건이 커서 그런 줄 알아?"

누구한테 물어볼 수도 없었지만, 유신도 화랑이 되어 상선 미생을 찾아 인사를 드릴 때마다 그게 이상하다고 생각했었다. 지난여름에 환갑잔치를 한 미생은 낯짝만 멀끔했지 덩치도 작고 용력도 전혀 없어 보이는 매우 평범한 사내였다. 하긴 미생뿐이 아니다. 화랑도 중에도 작고 못생겼으면서도 이상하게 여자들한테는 인기가 많은 자가 적지 않았다.

옥두리의 말이 전적으로 옳다고 생각했지만 자존심 강한

유신은 순순히 인정할 수가 없었다.

"옥두리만 그런 거 아니야? 어떤 여자도 그런 소리를 한 적이 없어."

"어떤 여자도? 겨우 춤새나 영모가? 그 잘난 선문의 봉화나 유화들이?"

옥두리가 비꼬는 것도 당연했다. 서라벌 화랑들의 애간장을 태운 춤새도 고운 자태와 황홀경에 이르는 춤솜씨 때문이지 색사 때문은 결코 아니었다. 영모가 아홉 살 때 미실이 죽었으니, 색사의 달인 미실도 영모한테 예뻐지는 비법은 가르쳐주었을망정 능수능란한 색사 비법까지 전수해주지는 못했다. 화랑도에는 봉화도 유화도 많았지만 감히 용화향도 유신에게 질펀한 색사를 가르치거나 이런저런 주문을 해가며 오묘한 색공을 바친 여자는 없었다.

하나를 배우면 열을 아는 신동이었던 화랑 유신이 제 잘난 턱만 믿고 전장을 달리며 적군을 쓰러뜨리듯 저 혼자서 용맹을 떨쳤을 뿐이다. 독불장군에서 훈련소에 갓 입소한 신병으로 떨어진 유신에게 옥두리는 대나무처럼 뻣뻣하게 굴면서 여러 가지 전희를 하도록 가르쳤다. 처음에는 가르치는 대로 따라하는 듯했으나 유신은 이내 싫증을 냈다.

"꼭 이렇게까지 해야 돼? 다른 여자들은 아무 소리도 않는데 옥두리 그대만 유난을 떠는 거 아니야?"

"다른 여자들은 아무 소리도 하지 않는다고? 좋아, 알았어!"

유난을 떤다는 소리에 너무 밝히는 여자 취급을 받았다고 생각한 옥두리가 샐쭉해서 삐진 것인가 했으나, 웬걸 곧바로 우지끈 대들보 부러지고 와그르르 기왓장 쏟아지는 소리가 났다.

"흥, 그 불쌍한 여자들이 색사가 얼마나 황홀한 것인지 색사의 참맛을 알고 나서도 그럴까? 여자들이 미련한 사내들처럼 밥만 먹고 사는 줄 알아? 내가 쓸 만한 사내들을 시켜 색사를 가르치면 유신공은 석 달도 못 돼 그 다른 여자들한테 쫓겨나고 말걸? 아니지, 내 대신 재주 좋은 춤새하고 얌전한 영모가 색사를 제대로 배워서 유신공을 색사의 달인으로 만들어줄지도 모르지. 그래, 그게 낫겠네. 첫사랑 춤새하고 지어미 영모가 내 대신 유신공한테 색사를 가르치는 게 훨씬 낫겠어."

무당 푸닥거리하듯 옥두리가 나불나불 주워섬기고 유신은 넋 나간 허수아비처럼 듣기만 했다. 춤새나 영모가 다른 사내들한테 색사를 배운다는 것은 생각만으로도 끔찍한 일이다. 마침내 유신은 옥두리가 가르치는 대로 열심히 배우는 모범생이 되었고, 전희뿐 아니라 일이 끝나고 나서도 끝까지 주인의 눈치를 살피는 충실한 하인이 되었다.

"찰인은 토끼야, 토끼. 여자들 찾아 돌아다니는 것도 토끼처럼 빠르고, 색사도 무지무지 빨라. 시작하자마자 끝나버리니까 하룻밤에 100명의 여자와도 색사를 할 수 있을걸."

친밀한 사이가 되자 옥두리는 자신이 사내를 찾아 바깥으로 나돌 수밖에 없는 까닭을 우스갯소리처럼 들려주었다. 유신은 소문과 달리 배냇병신이나 다름없는 찰인과 사는 옥두리를 딱하게 여기게 되었고 진심으로 좋아하게도 되었다.

서로가 즐겁게 색공을 주고받으며 남에게 못할 이야기까지도 스스럼없이 주고받는 사이가 되자 유신은 남모르는 고민을 털어놓았다. 춤새를 곁에 두고 싶지만, 첩으로 들이는 것은 춤새가 받아들일지도 모르고 받아들인다고 해도 문제다. 춤새와 영모가 받아들여도 만호태후나 만명부인은 다른 사람도 아닌 천관녀를 절대로 허락하지 않을 것이다. 춤새를 못살게 구는 것으로 그치지 않고 유신에게도 화가 닥칠지 모른다. 그래서 적당한 거리에 두고 살았으면 싶은데, 그럴듯한 방법이 생각나지 않는 것이다.

"알았어. 그 정도라면 내가 다 알아서 할 테니까 나만 믿고 느긋하게 기다려. 단 춤새와 다시 친해졌다고 나를 박대하면 가만두지 않을 테니, 그리 알아."

"물론 그대를 정말 평생 은인으로 여기고 살겠소."

옥두리가 다짐을 받았지만 유신으로서도 옥두리와 멀어질 마음은 추호도 없었다.

전생의 인연

어쩌면 한 해가 넘게 허깨비 같은 세상을 살았는지도 모른다. 오랜만에 나타난 유신이 그럴싸한 변명은커녕 일언반구도 없이 칼을 뽑아 말의 목을 베어버리고 가버린 것이다. 아닌 밤중에 홍두깨가 따로 없었다. 아니, 세상천지에 날벼락도 이런 날벼락이 없을 것이다. 도당산 자락 소나무숲에는 사람들이 동그랗게 만들어놓은 말의 봉분이 그대로 남았지만 아직도 그날 밤의 일이 꿈만 같다.

믿었던 유신랑이 미실의 손녀 영모와 결혼을 했다는 소문이 들려오고 이어 풍월주가 되었다는 소식도 있었다.

"뭔가 사정이 있었겠지요. 함부로 말씀하지 말아주세요. 저는 유신랑을 누구보다 잘 알고 있습니다."

누가 무슨 소리를 해도 춤새는 유신을 위한 변명으로 일관했다. 사랑하는 사람 앞에서 말의 목을 베고 돌아서야 할 만큼 중요한 이유나 말 못할 사정이 있을 것이다. 그녀가 아는 유신은 풍월주가 되기 위해 사랑을 배반할 만큼 못난 사내도 아니고. 정략결혼을 위해 말의 머리를 벨 만큼 냉혈인도 아니었다.

천관녀 춤새는 자신의 사랑을 의심하지 않았다. 남산의 바윗돌이 모두 깨지고 부서져 먼지로 날린다고 해도 유신랑의 뜨거운 마음만은 변치 않을 것으로 믿었다. 이제 와서 유신을 의심하거나 욕한다면 춤새 자신에 대한 사랑과 믿음이 모두 무너지는 것이었다.

도당산은 사랑에 배신당한 천관녀의 근황을 궁금해하는 낭도들로 날마다 북새통을 이뤘지만, 춤새는 오히려 씩씩하고 활기찬 모습으로 낭도들에게 춤과 악기 다루는 법을 가르쳤다. 갑자기 어린 처녀에서 어른으로 훌쩍 자라버린 것 같아 가까이 다가가기만 어려워졌을 뿐이다. 예쁜 천관녀가 임자 없는 몸이 되었다는 생각에 용기를 내서 함께 춤을 추다가 실수인 듯 껴안아본 낭도들도 춤새가 빙긋 웃으며 밀어내는 통에 오히려 춤사위를 방해한 것 같아 미안해진다고 했다.

화랑도들은 소문처럼 천관녀 춤새와 풍월주 유신공이 깊은 사이가 아니었는지도 모른다고 생각하게 되었다. 몇몇 낭도가 천관녀와 사귀기를 청했다가 거절당했다는 소문이 돌기도 했다.

봄이 되면 산에 들에 꽃이 피고 가을이 되면 온 산이 알록달록 단풍으로 물들고 겨울이면 하얀 옷으로 갈아입는다. 도당산에도 어김없이 날이 밝고 해가 저물었다. 날이 가고 달이 기울고 계절이 지나갔다. 달이 흘러가고 철이 바뀌어도 춤새는 기다렸다.

　그렇게 한 해가 지나가고 긴 겨울도 지나 다시 봄이 되었다. 아침에 일어나서나 잠자리에 들어서도 뜨겁게 느껴지던 유신 랑의 숨결도 어느새 세월의 뒤꼍으로 밀려나는 듯싶을 때였 다. 나른한 봄날 초록에 취해 산을 오르던 춤새는 산에서 내려 오는 사람을 보고 길을 조금 비켜주었다. 백발이 허리까지 내 려오는 치렁한 머리에 낡고 허름한 마의를 입었으나 큰스님들 이 쓰는 커다란 주장자를 들었으니 이미 세상사를 초월한 고 승 같았다. 길을 비켜주었음에도 고승은 걸음을 멈추고 춤새 의 얼굴을 빤히 쳐다보았다.

　"그대의 전생을 알고 싶지 않은가?"

　"어찌 그러십니까?"

　"매우 드문 일인데, 갑작스럽게 그대의 전생이 보이는 것은 우연이 아닐 것이다. 나로서는 보았으니 그대로 전해줄 수밖 에."

　눈빛이 형형한 고승은 불제자들에게 법문하듯이 카랑카랑 한 소리로 이야기를 이어갔다.

　"그대는 오랫동안 선계의 학이었는데 그대를 타고 다니던 한 신선을 좋아하게 되어 학이 아닌 신선이 되게 해달라고 빌 었다. 그 신선도 학의 뜻이 이루어지게 해달라고 빌었고, 마침내 그 둘은 하늘을 감동시켰다. 인간세계에 내려와 지극정성을 다하면 둘 다 다시 선계에서 신선으로 살 수 있도록 허락받은 것이다."

"그 신선은 어디에 있습니까? 만나보고 싶습니다."

"날마다 그대와 얼굴을 맞대고 사는 사람일 수도 있지만 서로 알아보지 못할 것이다. 또한 이승에서 만날 운명이 아니라면 그대가 평생을 찾아헤매도 만나지 못할 것이다. 어쩌면 서역의 맨 끝에서 자신이 선계의 신선이었다는 것도 모른 채 살고 있는지도 모르지."

말마디를 보아 스님이 아니라 명산명당을 돌아다니며 도를 닦는 도사인 모양이다. 주장자를 들고 있는 것은 스님들에게도 그만큼 존경받는 위치에 있다는 뜻일 터.

"학이었다는 저도 전생을 알게 되었는데 신선이 어찌 모르겠습니까?"

"갑작스럽게 그대의 전생이 얼핏 보여 말했을 뿐, 나도 선계의 일을 다 알지는 못한다. 다만, 내가 그대의 전생을 보게 된것은 그대를 잠깐 깨우쳐 바른 길로 가게 하려는 하늘의 뜻이 아닌가 짐작할 뿐이다."

도사의 풍채가 그럴듯해서인가? 자신의 전생에 대한 말이 그럴듯해서인가? 천관녀는 저도 모르게 끌려들었다.

"내 영혼의 고향은 알 수 없으나 이미 인간의 몸을 받았으니 먼저 온전한 인간으로 살고자 합니다. 인간세계에서 사람으로 태어나 사람의 일을 제대로 모르고 선계에 돌아간들 무엇하겠습니까?"

도사는 길을 따라 내려갔고 천관녀는 산에 올랐다. 내려다보이는 서라벌에도 따사로운 봄볕이 가득했지만 천관녀의 눈길은 끝없이 높은 하늘에 머물렀다. 서쪽 하늘을 덮고 있던 새털구름이 차츰 동쪽으로 퍼져나오며 하늘을 덮고 있었다. 마치 새 날개의 솜털처럼 한없이 포근해 보이는 하얀 구름이 끝없이 펼쳐져 있다. 수십 수백 줄의 사슬을 펼쳐놓은 듯 작은 구름들은 서로 만난 듯 떨어지고 헤어지듯 다시 만나고 있다.

"사람의 인연도 이러할 것인데, 우리의 인연도 이러할 것인데……."

끝없이 보고 싶은 사람, 한순간도 미워할 수 없는 사람 유신의 얼굴이 겹쳐 흐른다.

"어쩌면 그럴 것이다. 아니, 틀림없을 것이다. 그렇지 않고서야 이렇듯 그를 잊지 못할 까닭이 없지 않은가."

어느새 산에 오르다 만난 도사의 말을 굳게 믿고 있는 것이다. 도사는 아무 말도 하지 않았지만 천관녀는 그 신선이 바로 김유신으로 생각되었다. 유신이 자신과 맺어지지 못하고 영모와 결혼한 것도 어쩌면 그 때문인지 모른다. 그렇다면 김유신이 어떻게 하든 자신은 자신의 의무를 다해야 할 것이다. 설혹 그것이 아니더라도 언제까지고 김유신을 가슴에 품고 살고 싶었던 천관녀가 아니던가. 도사의 말은 평생을 두고 천관녀를 붙잡아매는 고삐가 되었다.

양광의 두 번째 도전

"제아무리 용맹이 뛰어난 장수라고 해도 싸움마다 다 이길 수는 없는 일이다. 압록수를 건너 평양으로 진격한 대장군이 비록 많은 군사를 잃고 돌아왔지만 나는 나무라지 않겠다. 좌익위대장군은 그 아픔을 뼈에 새겨 한달음에 적을 쓸어버리도록 하라."

사면령이 내리자 좌익위대장군 우문술의 온몸을 얽어매었던 쇠사슬이 풀렸다. 백번 죽어 마땅한 죄인을 살려주었으니 천 번 만 번 목숨을 바쳐 충성하겠노라는 우문술에게 양광은 또다시 위로의 말을 내렸다.

"지난날 대장군이 하늘에 닿는 용맹으로 많은 고구려 병장기를 빼앗아왔기에 오늘날 우리의 병장기도 제법 쓸 만하게 되었고, 강도에서 탁군에 이르는 대운하도 대장군의 계책이었음은 천하가 아는 일이다. 대장군은 지난날의 한 번 실수에 얽매여 움츠러들지 말고 하늘에 닿은 용맹과 슬기로 고구려를 응징하라."

"신의 목숨은 이미 황상의 것입니다. 목숨을 바쳐 황상의 명에 따르겠습니다."

양광과 우문술의 수작을 보며 우중문은 자신도 곧 쇠사슬에서 풀려날 것을 굳게 믿었다. 비록 우문술처럼 크게 내세울 공은 없었지만 자신은 늘 입속의 혀처럼 굴어 양광의 아낌없는 사랑을 받아왔기 때문이다.

"우익위대장군, 그대의 군기는 어디에 있는가?"

우중문의 바람과는 달리 느닷없이 군기의 행방을 묻는 질문에 그는 쉽게 대꾸하지 못했다. 우중문은 이미 패전에 대한 보고를 하면서, 고구려군에게 빼앗기지 않기 위해 군기를 불태웠다는 내용을 적어 올렸던 것이다. 군기를 적에게 빼앗겼다면 열 번 죽어 마땅한 죄가 되겠지만, 적에게 사로잡힐 마당에 군기를 태워 없앤 것을 나무랄 수는 없는 일이다. 양광이 뻔히 알면서 군기에 대해 묻는다고 생각하니 감히 뭐라고 대꾸할 말이 떠오르지 않았다.

"군기는 군의 상징이다. 내가 그대에게 내려주었던 대장의 영기와 우익위대장군의 깃발은 어디에 있느냐?"

양광의 재촉에 우중문은 마지못해 대답했다.

"고구려군에게 빼앗길까 봐 모두 태워 없앴습니다."

"군기를 태워 없애다니? 네놈이 미치지 않았느냐?"

양광이 버럭 소리를 질렀다.

"좌익위대장군은 악귀 같은 고구려군의 창검 속에서도 군기는 물론 병든 군사들까지 고스란히 다 데리고 왔다. 버러지만도 못한 놈! 네놈은 좌익위대장군이 고구려군과 당당하게 맞서는 사이 기껏 군기나 태우고 있었단 말이냐?"

우중문은 다시 대가리를 땅에 박았다. 이대로 땅속으로 꺼져버렸으면 좋으련만.

"대장의 군기까지 버리고서 감히 살아 돌아오고 싶더냐? 수군의 명예를 똥통에 처박아놓고서도 버리지만도 못한 네놈의 목숨은 그리도 아깝더냐?"

양광의 목소리가 커질수록 쇠사슬에 묶인 우중문의 몸은 동그랗게 오그라들었다.

"말하라! 어째서 대답이 없느냐?"

양광이 재차 독촉했으나 납작하게 엎드린 우중문은 감히 입을 열지 못했다.

40만 군사를 잃었다고 나무란다면 우문술이 말을 듣지 않았기 때문이라고 얼마든지 둘러댈 수 있었을 것이다. 우문술이 제 마음대로 군사를 물리겠다고 보낸 통지서까지 이미 물증으로 바쳤다. 그가 청동팔찌를 건네준 것을 항복문서로 오인해 잘못 보고하기는 했지만, 상황이 상황이었으므로 그리 큰 잘못이라고 할 것도 아니었다. 그때 양광은 청동팔찌를 준 것만으로도 화가 나서 우문술의 자손들도 대대손손 쇠사슬로 묶어놓겠다고 공언하지 않았던가.

"에미를 붙을 놈! 저놈의 아가리가 붙었나 보다. 여봐라! 당장 저놈의 아가리를 찢어 혓바닥을 나불거리게 하라."

양광한테서 입을 찢으라는 소리가 나오자 죽은 척하고 버티기만 해서도 안 된다는 것을 깨달은 우중문이 번쩍 고개를 들었다.

"황상! 수십만 군사를 잃고 군기까지 잃은 장수가 무슨 할 말이 있겠습니까? 그저 죽여주십시오."

"알고 있으니 다행이다. 내가 너 같은 놈을 살려둘 줄 알았느냐?"

죽여달라는 소리가 나오자 비로소 만족스러운 듯 웃던 양광이 다시 소리를 높여 부하들에게 명령을 내렸다.

"여봐라. 저 버러지만도 못한 놈을 갈가리 찢어 죽여라. 저놈은 물론 저놈의 종자들까지 모두 죽여 수십만 군사의 원혼을 위로하라."

우중문은 대흥성 앞 너른 마당에서 네 마리의 말에 팔다리를 맡겨야 했다. 장안의 모든 백성이 몰려나와 발을 구르며 놈을 찢어 죽이라고 외쳤고 양광은 우중문의 가족들까지 모두 죽여 백성들의 분노를 달랬다.

양광의 113만 대군 가운데 살아서 돌아온 군사는 모두 48만 명뿐이었다. 내호아의 15만 수로군도 14만이 죽거나 사로잡히고 겨우 1만이 목숨을 구해 도망쳐왔다. 잃은 군사가 모두 80만이니 그 수많은 죽음에 대한 죗값을 우중문 혼자서 지고 간 것이다. 그것으로 양광을 비롯한 모든 장수의 허물은 덮여졌다.

양광은 무척 성질이 급했으나 때에 따라서 참을 줄도 알았다. 마음껏 놀고 싶은 것을 억지로라도 꾹 눌러 참았기에 양용을 물리치고 왕세자가 되었으며 마침내 아비까지 죽이고 왕이 된 것이 아닌가.

참자! 네놈들이 예뻐서가 아니다! 물론 장수들을 모두 죽여버린다고 해도 나무랄 사람은 없었다. 자식을 잃고 형제를 잃고 아비를 잃은 백성들은 오히려 분풀이를 했다며 좋아할 것이다.

불뚝빨이 치미는 대로 모두 잡아 죽여 실컷 분풀이를 하고도 싶었으나, 그랬다가는 남은 장수들이 움츠러들어 다시는 고구려와 싸움을 벌일 수가 없게 된다. 고구려를 생각하면 자다가도 벌떡벌떡 일어나지는 양광이다. 장수는 뱀의 머리와 같다. 아무리 군사가 많아도 앞에서 이끌어 싸울 장수가 없으면 들판의 허수아비나 다름없다. 늦지만 않았다면 아무 놈이나 붙잡아다가 한두 달만 훈련을 시켜도 그럴듯한 군사가 되겠으나 장수를 기르자면 10년도 모자란다. 더욱이 쓸 만한 장수는 처음부터 타고나야 하는바 천에 하나, 만에 하나도 찾기 어렵다. 그래서 가장 어질고 통 큰 체하며 우중문 한 사람에게만 죄를 물은 것이다.

양광은 곧바로 군사를 모으고 운하에 배를 띄워 탁군으로 군량과 병장기를 나르게 했다.

"내가 갖은 고생을 무릅쓰고 운하를 판 것은 고구려와 싸우기 위해서였다. 서토 천하를 한 줄에 꿰는 운하를 파고도 고구려를 손에 넣지 못한다면, 이는 애써 기른 나무에 꽃이 피지 않는 것과 다름이 없다. 40만 군사를 잃고 돌아온 그대를 살려둔 것도 다시 한 번 고구려와 싸우기 위해서가 아니냐. 쓸데없는 소리를 지껄였다가는 오늘에라도 묵은 죄를 따질 것이다."

보다못한 우문술이 나서서 말려보려고 했으나 그만 코를 떼이고 말았다.

"그대가 태백산에 사는 신선들이 어쩌고 하는 통에 장수들이 싸울 뜻을 잃었고 나 또한 잘못 생각하여 군사를 물렸다. 이것은 40만 군사를 잃은 것보다 더 큰 죄라는 것을 아직도 모르겠느냐?"

다른 장수들도 고구려와 다시 싸우고 싶은 생각이 없었으나 자칫 양광의 비위를 건드려 묵은 죄를 뒤집어쓸 만큼 어리석은 이는 하나도 없었다. 모두들 내호아처럼 군사들과 죄 없는 백성들을 들볶으며 밤낮없이 설쳐댔다.

빛나는 도끼는 정수리를 쪼개고
날카로운 화살은 심장을 파고든다네.
하늘백성이 사는 아사달은 검(儉)스러운 땅이니
죄지어 죽은 몸은 묻힐 곳도 없다네.

　민심은 또다시 〈사망가〉를 부르며 고구려 도전에 대해 경고
를 했지만 양광과 부하들은 귀를 틀어막았다. 양광은 유문국
의 군사 5천과 봉린산에서 붙잡혔다 살아 돌아온 1만여 명을
모두 장성에 남겨두고 왔지만 바람결에 묻어오는 소문까지 막
지는 못했다. 더구나 가을에는 살수를 건넌 뒤 배탈이 나서
길가에 버려졌던 군사 4천여 명이 돌아왔다. 고구려에서는 이
들을 장삿배에 나눠태워 북평과 양주 등을 통해 슬그머니 돌
려보낸 것이다. 이들을 통해서 고구려의 무서움이 똑똑히 전
해졌다. 전해듣는 군사들은 고구려군의 신출귀몰함에 놀라
몸을 떨었고, 여느 백성들은 병든 군사까지도 모두 살려 보낸
하늘백성들에게 감사드렸다. 자신들의 지극정성이 하늘에 닿
은 것이라며 더욱 신나게 〈조선가〉를 불렀다.
　"고구려 군사를 만나면 무릎 꿇고 엎드려 〈조선가〉를 불러
라. 그래야 살아 돌아와 부모를 만날 수 있느니라."
　"정성이 없으면 안 된다. 고려군이 보이지 않아도 지성으로
〈조선가〉를 불러라."

늙은 부모들은 죽음터로 끌려가는 자식들에게 신신당부했다. 더러는 조선에 가서 죽지 말고 깊은 산속으로 도망쳐 도적이 되었다가 양광이 죽은 다음 내려오라며 자식의 등을 떠미는 부모도 있었다.

단기 2946년(613) 4월. 양광은 130만이 넘는 군사를 이끌고 또다시 구려하를 건넜다. 이번에는 여러 갈래로 군사를 나누어 공격하지 않았다. 지난해에 비해 공성무기가 턱없이 적었으므로 여러 성을 공격하기도 여의치 않았을뿐더러 요동성 하나만 빼앗아도 전과가 충분하다는 계산이었다. 이번 도전은 고구려의 항복을 받아내겠다는 것이 아니라 지난번의 참패를 일부나마 만회해보려는 궁여지책이었다. 그래서 지난번보다 많은 대군을 이끌고 나섰으면서도 일단 요동성 하나만을 공격 목표로 삼은 것이다. 작은 것 하나였으므로 더욱 실패해서는 안 되는 일이었다. 모든 장수가 목숨을 걸고 요동성 공격에 매달렸다.

수군은 밤낮없이 20여 일이나 공격을 퍼부었다. 턱없이 많은 군사였으므로 대를 나누어 푹 쉬었기 때문에 연이은 공격에도 군사들이 지칠 일은 없었다. 그러나 아무리 왕성한 체력으로 전력을 다해도 요동성은 조금도 떨어질 기미를 보이지 않았다. 돌로 쌓아올린 70척 이상의 높은 성벽과 특히 성벽 앞으로 돌출된 치(雉)에서 화살을 쏘아대니, 성을 공격하는 수나라 군사들은 3면에서 집중 저항을 받아 군사를 투입하면 할수록 전사자만 속출했다.

가장 큰 문제는 소차(巢車)나 운제(雲梯, 구름사다리)같이 높은 성벽을 공격하는 공성무기가 충분하지 못하다는 데 있었다. 군사가 아무리 많아도 그저 성벽 아래 새까맣게 몰려가서 고함만 크게 질러댔지 막상 위력적인 공격을 퍼부을 수가 없었기 때문이다. 소나기 퍼붓듯 화살을 쏘아대도 높다란 성벽 위의 군사들에게는 그저 공짜로 화살을 선물하는 것에 지나지 않았다. 아무리 강력한 석궁으로 화살을 쏘아도 별 위협이 되지 못했다. 따로 석궁만 모아서 화살을 퍼부어보기도 했으나 별 효과가 없었다.

"소차가 없으니 아무 짓도 할 수가 없다."

장수들은 입버릇처럼 푸념했다.

소차는 성벽 높이만큼 군사를 올려보내는 공성기기로, 이것을 이용하면 적군과 대등한 위치에서 화살을 날릴 수 있다. 비록 성벽 아래 설치된 너른 참호 때문에 소차에서 직접 석벽으로 건너갈 수는 없다고 해도 석궁을 설치하면 화살이라도 위협적으로 퍼부을 수 있는 것이다.

높은 성벽을 효과적으로 공격하려면 이처럼 공성기기가 많아야 하는데, 양광이 서두르는 통에 군사들만 많이 동원했을 뿐 성을 공격할 대형 병장기를 제대로 준비하지 못한 것이다. 큰 수레에 높은 사다리를 붙인 운제도 만들기가 쉽지 않지만 특히 소차는 엄청난 공력과 품이 들고 그 덩치 때문에 운반도 쉽지 않았다. 그래서 이번에는 운제만 수백 대 끌고 왔을 뿐이다.

탁군에서 뒤늦게 출발한 수백 대의 수레가 천으로 만든 자루 100만 개를 싣고 왔다. 양광은 몸소 짐수레를 맞아들이며 짐을 풀게 하고 자루를 꺼내 이리저리 살펴보았다. 자루는 모두 두꺼운 천으로 튼튼하게 만들어져 있었다.

"저놈들은 이제 꼼짝도 못할 것이다."

고구려군을 모두 자루 안에 잡아넣은 것처럼 양광은 좋아서 입을 다물 줄 몰랐다.

"역시 대장군이다. 대장군 영국공이 아니었다면 누가 이런 대비책을 마련하겠느냐? 꾀 많은 토끼가 세 개의 굴을 판다더니, 그 말이 딱 맞구나."

우문술의 죄를 묻지 않기를 정말 잘했다! 양광이 우중문한테만 죄를 묻고 우문술의 죄를 따지지 않은 것은 우문술의 아들에게 제 딸을 주어서가 아니다. 우중문의 자식에게도 딸을 시집보내 혈연으로 묶어두기는 똑같았다. 아직 어리지만 셀 수 없이 많은 다른 자식들도 모두 심복 부하들의 자식과 혼인을 맺게 될 것이다. 우문술을 살려둔 것은 그만큼 지략을 함께 갖춘 장수가 없었기 때문이었다. 어디 멧돼지같이 미련하게 설치는 우중문에 비하랴.

과연 우문술은 공성기기를 제대로 준비할 시간이 없자 궁여지책으로 흙자루를 만들도록 한 것이다.

"머지않아 고구려놈들이 울고불고 야단일 것입니다."

"처음부터 자루를 가져와야 했습니다."

장수들도 좋아서 되는대로 지껄이며 부지런히 알랑거렸다.

다음 날 아침부터 수나라 군사들은 장안에서 보내온 빈 자루에다 흙을 가득 채웠다. 성을 들이치는 한편 뒤에서는 흙자루를 어깨에 메고 성을 향해 달려가 담벼락을 쌓았다. 성벽 밑에서 날려보내는 화살은 성벽 위의 군사들에게 아무런 위협이 되지 못하니 같은 높이에서 화살을 날려보내려는 것이다.

"별의별 짓거리를 다하는구나. 잘되었다!"

남문 성루에서 수나라 군사들이 하는 짓을 바라보고 있던 고승학이 나직이 중얼거렸다. 승학은 성주 고수철의 맏아들로 어려서부터 몸이 튼튼하지 못하고 자리에 눕는 일이 잦았으나 담이 크고 똑똑했다.

며칠 전부터는 성주가 직접 성루에 오르지 않고 고승학이 군사를 다스리고 있었다. 승학은 쉬고 있던 군사들까지 불러 모으게 했다. 오래지 않아 남쪽 성벽 위는 활을 든 군사들로 빼곡하게 들어찼다.

"흙자루담을 쌓는 자들에게 화살을 퍼부어라."

파바바, 파바바바, 파바바, 파바바바. 명령이 떨어지자마자 한꺼번에 수천수만 마리의 새가 하늘을 향해 날갯짓을 하는 소리가 일어났다.

후두둑 후두둑.

"악! 크악!"

하늘이 새까맣게 장대비가 쏟아지는가 싶더니 흙자루담을 쌓고 있던 군사들이 외마디 소리를 지르며 나뒹굴었다. 하늘에서 불비가 쏟아지는 것이다. 흙자루를 받아서 담을 쌓던 군사뿐 아니라 자루를 메어나르던 군사들도 놀란 메뚜기처럼 뛰다가 비명을 지르며 쓰러졌다. 도저히 담을 쌓을 수가 없었다.

"50보 뒤에다 담을 쌓도록 하라."

양광이 다시 명령을 내렸다. 거리가 멀어지자 고구려군의 화살도 위력이 떨어져 담을 쌓기가 한결 수월했다.

담을 쌓기 시작한 지 사흘 만에 100만 개의 흙자루로 요동성과 높이가 같은 담벼락을 쌓았다. 흙자루담 위에 성가퀴를 쌓고 사이사이에 석궁까지 설치하고 보니 돌로 성벽을 쌓은 것처럼 믿음직스러웠다. 흙자루담에서 뒤로 100여 보 떨어진 곳에 높다랗게 흙자루단을 쌓아 지휘대도 만들었다.

양광이 특별히 고르고 고른 팔힘 센 3천여 군사를 흙자루담 위로 올려보냈다. 석궁과 활로 화살을 날려보낼 군사들이었다. 이들이 신호에 따라 한꺼번에 화살을 쏘아대니 요동성 성벽 위에 있던 군사들이 놀라서 성가퀴 뒤로 숨는 것이 보였다.

"잘되었다. 모두 달려나가 성을 공격하라!"

양광의 명령에 수나라 군사들이 떼지어 남쪽 성벽으로 달려갔다.

요동성 군사들은 빗발치듯 쏟아지는 화살을 견디지 못하고 모두 성가퀴에 숨어버렸다. 그들은 크게 놀란 듯 성벽 아래로 수나라 군사들이 몰려와도 모르는 척 짐짓 딴전을 피웠다. 웬일인지 요동성에서는 아무런 저항도 없이 그저 머리를 내밀어 몰려오는 수군을 구경만 하고 있었다. 흙자루담 위에 오른 수군들도 비로소 활쏘기를 멈추고 싸움이 시작되기를 기다렸다.

오래 지나지 않아 남쪽 성벽 아래는 붉은 옷을 입은 수나라 군사들로 빽빽이 들어찼다.

"어서 사다리를 걸고 성벽에 올라라."

수나라 장수들은 마치 성을 손에 넣은 듯이 신나게 소리쳤다. 그 명령에 따라 참호를 가로질러 수백 개의 구름사다리가 걸리고 군사들이 새빨갛게 기어올랐다.

앞장선 군사들이 성벽 위에 닿을 무렵, 잠자코 쳐다보던 요동성 군사들이 한꺼번에 화살을 날리기 시작했다.

"악! 카악!"

구름사다리를 기어오르던 군사들이 불길에 닿은 메뚜기처럼 떨어졌다. 사다리에서 떨어지는 자는 뒤따르던 자까지 덮치기 마련이다. 화살에 맞지 않은 군사들도 철버덕철버덕 참호 속으로 떨어져 꿀꺽꿀꺽 배가 터지게 물을 먹었다.

"무엇들 하느냐? 계속해서 화살을 날려라. 적이 낯짝을 내밀지 못하게 해라."

흙자루담 위의 군사들이 화살을 날리기 시작하자, 요동성 군사들은 성가퀴 뒤로 숨어 방패로 몸을 가렸다.

"됐다. 어서 사다리를 타고 올라라."

다시 공격 명령이 내리고 수군들이 구름사다리를 기어올랐다. 아직도 고구려 군사들은 성가퀴와 방패로 몸을 가리고 있었다. 그러나 이번에도 구름사다리를 기어오르던 군사들은 비명을 지르며 떨어져내렸다. 어이없게도 뒤에서 날아온 수군의 화살에 맞은 것이다. 안간힘을 다해 시위를 당기던 군사들이 그만 지친 것이다.

"이놈들아! 밤새 똥질만 하고 나왔느냐?"

"시위를 힘껏 당겨라!"

양광과 부하장수들이 바락바락 악을 썼다. 그러나 곁에서 대신 기합소리를 내준다고 힘없는 화살이 멀리 날아갈 리가 있겠는가. 이미 기운이 빠진 군사들이 쏜 화살은 대부분 성벽을 넘지 못하고 사다리를 타고 오르는 제 편 군사들의 뒷덜미에 꽂히고 말았다.

양광은 어쩔 수 없이 활을 쏘지 말라는 명령을 내려야 했다.

"버새 같은 놈들아, 활을 치워라!"

흙자루담 위의 수군들은 일제히 활을 내리고 팔을 문질렀다. 그러자 이제는 제 차례라는 듯이 고구려군이 방패를 치우고 성가퀴에서 몸을 내밀어 사다리를 오르는 수군들을 공격했다.

고구려군이 공격하는 것은 사다리를 오르는 군사들만이 아니었다. 수나라 군사들은 성벽에서 날아온 화살과 돌에 맞아 곳곳에서 비명을 지르며 쓰러졌다. 너무 빽빽이 들어차 있으니 고구려군의 화살과 돌은 하나도 어김없이 모두 수나라 군사들의 머리통이나 몸에 적중했다. 구름사다리에 기어올라보지도 못한 애꿎은 군사들이 죽어나갔다. 더러 방패를 쳐들어 쏟아지는 화살을 막아보지만 어느새 곁에 있던 놈이 빼앗아 가고 만다. 서로 방패를 들겠다고 치고받고 난리도 아니다.

우박처럼 쏟아지는 화살이나 돌멩이를 피하기에는 커다란 구름사다리 뒤가 가장 좋았다. 군사들이 안전한 구름사다리 뒤로 몰리기 시작하자 구름사다리는 군사들에게 떠밀려 저절로 참호 쪽으로 밀리기 시작했다. 성벽에 걸린 사다리가 부드득뿌드득 소리를 내며 조금씩 위로 솟아올랐다.

"이 개 같은 놈들아! 뒤로 물러나라."

"구름사다리를 밀지 마라!"

양광이 버럭버럭 소리를 질렀지만 군사들도 저 죽는다고 야단이다. 군사들을 이끌고 빠져나와야 할 장수들도 저 먼저 살 겠다고 구름사다리 뒤에 머리를 들이밀었다.

마침내 성벽 위로 솟아오른 사다리가 수레에서 떨어져나갔 다. 성벽에 받혀 수레가 더 이상 밀리지 않도록 버텨주던 사다 리가 없어지자 수레는 빠르게 굴러 참호 속에 거꾸로 처박히 고 말았다. 가장 안전한 곳에 숨었다고 좋아하던 군사들도 우 르르 떠밀려 참호에 굴러떨어졌다.

저 아까운 것들을! 구름사다리가 없으면 성벽을 어떻게 기 어오른단 말인가!

"군사를 뒤로 물려라."

양광이 발을 굴렀다. 요란한 징소리와 함께 깃발들이 춤추 며 퇴각 신호를 보냈다.

수나라 군사들은 빼곡하게 세워두었던 구름사다리가 반 넘 게 참호 속으로 떨어진 뒤에야 나머지를 끌고 뒤로 물러날 수 있었다. 그러나 그뿐이 아니었다. 군사들이 뒤로 물러나기 시 작했으나 흙자루담이 버티고 서 있었으니, 재빨리 뒤로 퇴각 하지도 못하고 넘어지고 밟혔다.

군사들이 물러나면서도 죽어가는 꼴을 쳐다보자니 맥이 풀 렸다. 목이 쉬게 소리를 질렀더니 갈증도 심했다.

"악!"

부하들과 함께 뜨거운 차를 마시기 시작한 양광이 외마디 소리와 함께 벌렁 자빠졌다. 느닷없이 날아온 화살에 이마를 맞은 것이다. 뜨거운 찻물을 뒤집어썼으나 너무 놀라 호들갑을 떨지도 못했다.

고구려군의 화살이 갑작스럽게 지휘대로 날아들고 있었다. 호위군사들이 비명을 지르며 떼굴떼굴 뒹굴었다.

"고구려 화살이다!"

누군가 비명처럼 지르는 소리에 모두들 간이 오그라들었다. 염라대왕이 나타난 것보다 더 무섭고 소름 끼쳤다. 고구려 화살은 갑옷도 종잇장처럼 꿰뚫는다.

양광은 골이 띵 울렸으나 그래도 목숨은 건졌다. 아무리 더운 날에도 황금으로 장식한 고구려 투구를 벗지 않던 버릇이 양광을 살린 것이다.

슉슉슉, 아츠러운 소리와 함께 화살이 귓전을 스치듯 날아들었다. 콱콱콱, 뼈가 부서지듯 무서운 소리와 함께 화살이 여기저기 깊숙이 꽂혔다. 너무도 갑작스럽게 일어난 일이라 정신이 하나도 없었다.

간덩이가 오그라든 부하들은 높다란 지휘대 계단을 끝까지 굴러서 내려갔다. 더러는 곧바로 땅으로 떨어지며 외마디 소리를 지르기도 했다.

좌둔위장군 이양대는 투구를 쓰고 있었음에도 첫 화살에 맞아 죽고 말았다. 마침 세 배나 두껍고 무거운 투구를 벗어놓고 얇고 가벼운 보통 투구를 쓰고 있었기 때문이다. 다른 장수처럼 양광의 꼼을 받아 가볍고 단단한 고구려 투구를 쓸 수 있었더라면 좋았을 텐데 양광에게 남다른 사랑을 받지 못해 허무하게 목숨을 잃은 것이다.

한바탕 소나기처럼 쏟아진 화살은 지휘대를 밤송이로 만들고서야 멈췄다. 고구려군의 화살은 거짓말처럼 뚝 그쳤으나 양광은 감히 밖을 내다볼 엄두도 내지 못하고 높다란 계단을 정신없이 벌벌 기어서 내려갔다.

"황상, 이제는 괜찮습니다. 군사들이 지켜보고 있습니다."

"나 좀 부축해라."

남 먼저 일어나 밖을 내다보고 있던 우문술이 뒤따라온 것이다. 아직도 오금이 풀리지 않은 양광은 우문술의 부축을 받아 계단을 내려갔다. 양광의 아낌을 받아 함께 앉아서 차를 마시는 통에 덤으로 목숨을 구한 우문술이 찻값을 치른 셈이다.

양광은 두 번 다시 지휘대로 올라가지 않았다. 정신없이 쏟아지던 고구려 화살을 생각하면 자다가도 온몸이 떨렸다. 고구려 투구가 아니었더라면 곧장 저승으로 끌려갔을 것이다.

야반도주

요동성에서 날아오는 화살은 놀랍게 강했다. 수군이 쏘아 보내는 화살은 겨우 성벽에 닿는 정도였으나 고구려군의 화살은 언제라도 흙자루담을 높이 넘어서 날아왔다. 흙자루담 때문에 앞이 가려 요동성은 성가퀴도 보이지 않았다. 그런데도 툭하면 우박처럼 쏟아지는 고구려군의 화살 때문에 흙자루담 뒤에서도 수나라 군사들은 머리에 방패를 이고 다녀야 했다.

그토록 믿었던 흙자루담은 이제 아무 쓸모도 없는 흉물덩어리가 되었을 뿐이다. 흙자루담을 좀 더 가깝게 쌓아야 했는데 고구려군의 화살을 견디지 못하고 50걸음이나 뒤로 물린 것이 큰 잘못이었다.

"놈들은 활의 강약에 따른 차이로 우리를 제압하려고 했던 것이다. 놈들이 저곳에 흙자루담 쌓는 것을 내버려둔 것도 우리의 수고를 한꺼번에 물거품으로 만들려는 목적이었다."

양광은 부득부득 이를 갈았다.

"저놈들이 처음부터 화살을 힘껏 쏘아 보냈더라면 죽살치기로 처음 생각했던 곳에다 담을 쌓았을 것이다."

교활하기 짝이 없는 놈들이라고 욕을 퍼붓는다고 시원해질
속이 아니었다. 흙자루담은 군사들이 앞뒤로 나가는 데 걸림
돌만 되어 없느니만 못했다. 흙자루담에 설치한 석궁만이 제
구실을 했으나 활 든 군사들까지 합세해서 소나기처럼 퍼붓지
않고서는 성벽 위의 군사들을 제압하기란 요원해 보였다.

"저것을 허물어버려라."

속이 뒤집힌 양광은 힘들여 쌓은 것을 제 손으로 무너뜨렸
다.

앞을 가리고 있던 흙자루담이 없어졌으니 한결 시원했으나
어느새 흙자루담은 군사들의 의지처가 되었던 모양이다. 흙자
루담을 허문 뒤로 수군들은 모든 일에 자신감을 잃어버렸다.

성을 공격하는 군사들의 움직임이 눈에 띄게 무거워졌다.
요동성에서 화살이 서너 대만 날아와도 화살을 피해 도망치
는 군사는 수십 명이었다.

그뿐이 아니었다. 날이 갈수록 수나라 군사들은 양광이 들
어 있는 군막을 흘겨보더니 이 사이로 바람 빠지는 소리를 냈
다. 마침내 군사들의 이 사이로 새어나온 바람이 소리가 되어
갖가지 소문을 만들었다.

"여태껏 꼼짝 않고 있던 여동군이 움직이기 시작했대."

"태왕이 온 나라에 명령을 내려 군사를 모으고 막리지 을지

문덕이 30만 군사를 이끌고 압록수를 건넜대."

강이식의 여동군은 아직까지 모습을 드러내지 않았으나 수 나라 군사들은 두렵지 않을 수가 없었다. 언제까지고 어디 숨 어서 낮잠을 즐기고 있을 것이 아니고 보면 무언가 수군을 치 기 위한 준비를 하고 있다고 보는 것이 옳았기 때문이다.

"고구려군은 우리 수군을 공격할 때 한 사람도 살려두지 않 는다. 지난해에도 밤마다 우리 수군 수만 명의 목을 무 자르듯 베었다. 한 사람도 남기지 않고 모두 죽였다는 소식을 전하기 위해 몇 명씩 살려 보냈을 뿐이다."

"고구려 사람들은 도술을 부려 우리 수군을 죽인다. 그들한 테 걸리면 꼼짝 못하고 죽을 수밖에! 귀신을 부리는 고구려군 을 본 사람들도 있다지 않은가?"

"고구려 사람들이 못된 도술을 부린다는 말이 맞다. 바로 옆에서 수백 명을 죽여도 깩 소리 하나 들리지 않는다더라."

을지문덕이 군사를 이끌고 압록수를 건넜다는 것은 아직 떠도는 소문에 지나지 않았다. 그러나 그런 헛소문이 오히려 군사들을 더 큰 술렁임 속으로 몰아넣었다.

"오늘이라도 구려하를 건너 장성 너머로 돌아가야 한다. 요 동성을 빼앗기는커녕 불쌍한 우리 목숨이 달아나고 말겠다."

소문은 갈수록 커져서 장수들도 차츰 마음자리를 잡지 못 했다. 무엇보다 한동안 잠잠하던 〈사망가〉가 들불처럼 번지고 있었다. 군사들은 〈사망가〉를 부른 뒤에는 반드시 〈조선가〉를 부른다. 그래야 탈이 없기 때문이다. 〈조선가〉는 저승사자보다 무서운 고구려군의 창칼 앞에서 목숨을 지켜주는 주문이었다.

아침이면 동녘을 향해 머리를 조아리고
빛의 나라 조선에 감사드리네.
동이는 세상의 밝은 빛이니
그 손길 스치면 천하만물이 되살아나네.

군사들은 입버릇처럼 틈만 나면 노래를 불렀다.
"함부로 입을 놀려 헛소리를 지껄이지 마라."
"요망한 노래를 부르는 놈들은 그 자리에서 목을 베라."
엄포가 아니었다. 군영 곳곳에 헛소문을 퍼뜨린 자들의 목을 잘라 걸어두었고, 무심코 〈사망가〉나 〈조선가〉를 부르다 저승으로 떠나는 자도 많았다.

그러나 억지로 입을 막는다고 될 일이 아니었다. 처음에는 모두 놀라 입을 다물었으나 그 침묵은 오래가지 않았다. 별것도 아닌 일로 군사들의 목을 자른 것이 오히려 군사들의 술렁임에 기름을 붓고 불을 지핀 꼴이 되었다.

"지난 일을 생각해보아라. 우리 수군은 절대 고구려군을 이길 수 없다."

"우리가 또 쳐들어왔으니 성난 고구려군이 우리를 죽여도 곱게 죽이지 않을 것이다. 빨리 달아나야 한다."

"장수들이 칼을 들고 지킨다 해도 고구려 군사들처럼 우리를 다 죽이지는 못할 것이다."

"노래 좀 불렀다고 사람을 짐승처럼 죽이다니, 이런 개 같은 경우가 어디 있나? 〈조선가〉나 〈사망가〉에 틀린 말이 하나라도 있냐?"

"조선 사람들은 병든 군사도 모두 살려 보내주는 하늘백성이다. 함부로 조선을 침략했으니 우리는 자손들까지 죄를 받게 되었다."

군사들이 크게 술렁거렸다. 고구려 귀신이 씌어 제 목이 창에 꿰여 하늘에 매달린 듯이 떠벌리거나, 지옥에서도 살아날 수가 있다며 아예 내놓고 〈조선가〉를 부르는 군사도 있었다.

군사들의 술렁거림만 무서운 것이 아니었다.

"을지문덕이 지난해 일을 뽐내 30만 군사와 함께 몰려오고 있습니다. 닷새 뒤에는 이곳에 이를 터인즉 맞설 계책을 미리 세워야 합니다."

을지문덕과 함께 압록수를 건넌 군사는 10만에 지나지 않았으나 보고하는 장수가 30만으로 부풀린 것은 다만 제풀에 놀라서 제대로 살필 틈이 없었던 것이다.

"남동쪽으로 150여 리 떨어진 곳에서 강이식의 여동군이 움직이는 것이 보였으니 이들이 함께 우리를 치려는 것이 분명합니다."

잇달아 들어온 첩보에 너무 놀라 서로 얼굴만 쳐다보며 어쩔 줄 몰라 했다. 부하장수들의 한심하기 짝이 없는 꼬락서니를 노려보고 있던 양광이 갑자기 소리를 내질렀다.

"어떤 놈이 그런 것을 말이라고 지껄이느냐?"

대뜸 꾸짖는 소리였다. 여태껏 숨어 있는 여동군을 찾아내느라 얼마나 애썼는지 까맣게 잊은 것처럼.

"어찌 거짓을 아뢰겠습니까? 제 두 눈으로 똑똑히 보고 달려오는 길입니다."

여동군의 움직임을 찾아낸 장수가 제법 공이라도 세운 듯 큰 소리로 대답했다.

"썩은 물고기 같은 네놈 눈깔을 뽑아놓아야 제대로 알겠느냐? 네놈들은 허수아비 같은 고구려놈들만 눈에 보이고 하늘은 눈에 보이지 않느냐? 하늘의 뜻과 움직임을 짐작이나 할 줄 아느냔 말이다."

도무지 모를 소리를 해대는 양광이다.

"내 어젯밤 별자리를 보고 오늘 아침 해 뜨는 하늘을 보았다. 닷새 뒤에 이곳에 오는 것은 고구려 군사가 아니다. 그놈들은 닷새가 아니라 한 달이 지나도 이곳에 이르지 못한다. 모레 저녁부터 이곳에 오는 것은 바로 장맛비이기 때문이다."

느닷없는 소리에 모두들 어안이 벙벙했다. 양광이 언제부터 날씨를 살피고 별의 움직임을 읽을 줄 알았단 말인가. 날씨를 맡아보는 일관은 앞으로도 여러 날 맑을 것이라고 했다. 오늘 아침에도 모든 장수가 두 귀로 똑똑히 들었다.

"모레 저녁부터 바람이 일고 날이 새기 전에 큰비가 내릴 것이다. 지루한 장마가 시작될 것이니 많은 인마가 떠내려가고 군량이 물에 젖을 것이다. 여러 장수는 이 장마를 어떻게 넘겨야 한다고 생각하느냐?"

"인마가 물에 떠내려가지 않도록 높은 곳을 골라 군영을 옮겨야 합니다. 또한 군막 안에는 나무와 풀을 베어 깔아서 군량이 물에 젖지 않도록 해야 할 것입니다."

한 장수가 곧바로 대답했으나 불난 집에 섶을 던져넣은 꼴이 되었다.

"네놈들은 그런 대가리를 가지고도 어찌 장수라 하느냐? 장마라 하는 것이 하루이틀에 끝나는 것인 줄로 아느냐? 세상이 온통 비에 젖으니 군량이 있다 한들 무엇으로 불을 피워 밥을 짓고 뜨거운 물을 마시겠느냐? 들판이 온통 물에 잠겼는데 어디 가서 말먹이 풀을 구한단 말이냐? 땅이 축축하게 젖고 바람이 차가우면 군사들이 병으로 쓰러질 터인데 이것은 또 무엇으로 막는단 말이냐?"

양광이 시뻘건 얼굴로 떠들어댈수록, 나불거리는 두꺼비 입을 바라보는 부하장수들은 걱정이 태산 같았다. 난데없이 장마라니, 황제가 미쳤나? 자신들이 알기로 장마전선은 북평 근처를 오르내릴 뿐 유성이 있는 패수(浿水, 오늘의 대릉하)까지도 북상하는 일이 거의 없었다. 요동성뿐 아니라 구려하 전 지역에는 며칠씩 흐리고 비 오는 날은 있어도 장마가 올라올 수 없다는 것이 기본 상식이었다. 전쟁터에 나선 군사들에게 작전지역의 기상정보는 지형지물 숙지 못지않게 중요한 사항이다. 엉터리 기상정보로 어리석은 백성을 속여서 성난 여론을 돌려세울 수는 있어도 엉터리 기상정보를 가지고 군사작전을 펼친다면 백전백패일 뿐이다. 너무 황당한 소리만 지껄이는 양광이 미쳤다고 볼 수밖에!

"모두들 알겠느냐? 이대로 이곳에 눌러앉아 장맛비에 생고생을 하는 것은 멍청하기 짝이 없는 짓이다. 차라리 물러갔다가 때를 기다려 다음에 다시 오는 것이 열 번 백 번 나은 일이다."

양광의 말씀은 부하장수들의 걱정을 일시에 날려버렸다.

"옳은 말씀입니다!"

양광의 속셈이 전면 철수에 있다는 것을 알아챈 부하장수들은 곧바로 맞장구를 쳤다. 군사들의 술렁거림이 언제 터질지 몰라 속이 바작바작 타던 판이다. 열 번 백 번이 아니라 천번 만 번 더 나은 일이다. 아니, 지옥 문턱을 넘었다가 다시 살아 돌아가는 일이다.

"이처럼 땅이 낮고 너른 벌판에서 장마를 맞는 것은 어리석은 일입니다."

"구려하를 건너가서 장마가 지나기를 기다려야 합니다."

모처럼 신나게 알랑방귀를 뀌어댔다. 장수들은 곧바로 군사를 되돌려 물러가는 것을 의논했으나 이번에도 양광의 생각을 따르지는 못했다.

"우리가 물러가는 것을 저놈들이 쥐구멍에 숨어서 보기만 하겠느냐? 저놈들이 뛰어나와 시끄럽게 굴어 우리가 조금이라도 꾸물거리다가는 꼼짝없이 장맛비에 갇히게 된다. 우리가 밤사이 적은 군사들만 남겨둔 채 진을 비우고 물러가면 저놈들은 우리가 저들을 끌어내리려는 속임수로 알고 함부로 덤벼들지 못할 것이다. 우리가 떠난 것이 아니고 저들을 끌어들이기 위한 것으로 보이도록 모든 것을 그대로 두고 저마다 먹을 군량만 가지고 날이 어둡기를 기다려 바람처럼 물러가야 할 것이다."

"참으로 좋은 계책입니다."

누가 이처럼 좋은 꾀를 낼 것인가? 팽이처럼 쌩쌩 돌아가는 양광의 머리에 부하장수들은 진심으로 탄복했다. 양광의 현명한 판단 하나로 100만이 넘는 군사의 목숨을 건진 것이다. 양광은 당장 어둠을 틈타서 철수하라는 명령을 내렸고, 수나라 군사들은 병장기와 군수물자를 산더미같이 쌓아둔 채 신바람이 나서 도망쳤다. 군영에는 발이 빠른 기마군사 수만 명을 남겨두었을 뿐이다.

구려하의 뜬다리를 사수하라

"오랑캐들이 사라졌다."

"보이는 것은 더러운 깃발뿐이다. 서캐들은 겨우 수만 명에 지나지 않는다."

"잘 찾아보아라. 모두 막사 안에 숨어 있는지도 모른다."

이튿날 아침 요동성은 군사들이 떠드는 소리로 시끌벅적했다. 모두들 성벽이 미어지게 올라와서 바깥을 내다보았다. 간밤부터 적들이 성을 공격해오기는커녕 적의 군영을 지키는 화톳불마저도 보이지 않기에 무슨 꿍꿍이인가 싶어 전투태세를 풀지 않고 성벽을 지킨 군사들이다.

한시도 늦추지 않던 공격이 어젯밤부터 갑작스럽게 뚝 끊기고 조용하기에 오랑캐 왕의 생일이라도 되는가 싶었다. 그러나 해가 높이 솟아올라도 공격은커녕 저들 군영에서조차 오랑캐들이 별로 눈에 띄지 않으니 궁금하기 짝이 없었다.

그동안 열수에도 뜬다리가 놓이고 땔감과 말먹이 풀을 나르는 오랑캐가 많았는데 뜬다리만 물거품을 일으키며 외로이 떠 있었다. 열수 건너 저쪽에는 수군들의 깃발만 어제처럼 무성하게 나부낄 뿐 군사들의 모습은 하나도 보이지 않았다.

"아침에 밥 짓는 연기도 턱없이 적었다. 군막 속에 숨었어도 밥은 먹어야 할 것 아니냐?"

"잘 찾아보아라. 저 산 너머에 숨어 있는지도 모른다. 조금이라도 연기가 오른다면 적이 숨어 있는 것이다."

모두들 제 생각을 말했으나 오랑캐들한테 무슨 꿍꿍이가 있을 거라는 어림짐작뿐이었다. 어느 누구도 오랑캐들이 밤새 군영을 비우고 구려하 쪽으로 달아났다고는 생각하지 못했다. 먼 산 너머에서도 연기가 오르지는 않았으나 어찌 보면 그것이 오히려 더 수상쩍었다.

"틀림없이 뭔가 못된 짓을 꾸미고 있을 것이오."

"물론이오. 그러나 무슨 짓을 하려는지 도무지 짐작이 가지를 않소이다."

장수들도 모두 머리를 흔들었다.

"오늘 밤, 모두들 조심해야 할 것이오."

밤이 되었다. 간밤보다 더욱 군사를 늘려 전투태세를 갖추고 경계를 했으나 아무 일도 없었다. 그렇게 사흘이 지났다. 아침이 되자 수나라 군영에는 수만 명 남아 있던 군사들까지도 어디로 갔는지 하나도 보이지 않았다. 수만 개의 깃발만 남아 바람에 펄럭이고 있었다.

"우리를 잠자지 못하게 하려는 것도 아니었소."

"무슨 도깨비놀음인지 영문을 모르겠소."

아무리 머리를 굴려도 알 수 없는 일이었다.

"몰래 달아난 것 아니겠소?"

누군가 말했으나 핀잔거리밖에 되지 않았다.

"군막뿐이 아니오. 식량더미는 물론 여러 병장기도 그대로 남아 있지 않소?"

"아무래도 우리를 끌어들여 치려는 것이 아닌가 싶소. 저 깃발들을 보시오. 아무리 정신없이 달아났다고 해도 깃발을 그대로 남겨두고 간다는 것은 감히 상상도 못할 일이오."

군기는 군을 나타내는 상징이다. 적에게 넘어간 군기는 두고두고 치욕의 상징이다. 적에게 항복할 때에도 군기는 빼앗기기 전에 미리 태워버려야 한다. 무릇 꿇고 목숨을 구걸한 군사는 오히려 떳떳할 수 있어도 깃발을 빼앗긴 군사는 하늘 아래 낯을 들고 다닐 수가 없다.

"틀림없소. 우리가 들어앉아 있으면 감히 성을 칠 수 없으니까 우리를 성 밖으로 끌어내려는 얕은 수작이오."

"그래도 아무것도 보이질 않는데 한번 조사를 해보는 것이 어떻겠소?"

궁금함을 견디지 못한 장수들이 성 밖으로 나가보려 했으나 성주를 대신해서 다스리는 고승학이 막고 나섰다.

"만에 하나 적의 속임수라면 우리는 돌이킬 수 없는 잘못을 저지르게 되오."

"몇 사람만 나가보겠소. 오랑캐가 보이면 곧바로 돌아올 터이니 걱정하지 마시오."

"몇 사람이라 하나 목숨이 위험한 것을 보고 성문을 닫을 수도 없거니와 군사를 보내 구하지 않을 수도 없소. 그러다 보면 온통 저들의 계략에 떨어지고 말 것이오."

"우리가 스스로 앞장섰으니 죽어도 원망하지 않겠소. 우리가 나가는 대로 성문을 닫고 하나라도 적이 보이거든 어떤 일이 있어도 열지 마시오."

그러나 고승학은 섣불리 움직이지 않았다.

"우리 요동성은 적을 지키기만 하는 곳이오. 결코 허락하지 않을 것이니 더 말하지 마시오."

낮이 되었다. 장수들이 모두 한목소리로 떠들어대니 고승학도 마침내 허락하고 말았다. 장수 네 사람이 스무 명의 군사를 데리고 말을 몰아 성 밖으로 달려나갔다.

오래지 않아 군사 둘이 돌아왔다.

"식량이 산더미처럼 쌓여 있고 창이나 칼 같은 병장기도 헤아릴 수 없이 많습니다. 장군님들은 아무래도 적이 달아난 것 같다고 합니다. 조금 더 먼 곳까지 적의 자취를 찾아보고 오겠다고 했습니다."

한참이 지나서 달려온 군사들의 말도 똑같았다. 아직 아무것도 찾지 못했으니 나머지는 조금 더 여기저기 살펴보겠다는 것이었다.

"적이 달아난 것이 틀림없다면 뒤쫓아가서 응징해야 하오."

"어둠을 틈타서 몰래 달아난 적이라면 감히 우리와 싸우지 못할 것이오. 무엇보다 저들이 저토록 많은 식량과 병장기를 버리고 허튼짓을 하지는 않았을 것이오."

그러나 고승학은 막무가내였다.

"저들의 목을 모두 얻는다 해도 이 요동성과는 바꾸지 않을 것이오. 적의 뒤를 쫓지 않은 책임은 모두 나와 내 아버님이 질 것이오."

"책임이 무서워서가 아니오. 두 번씩이나 아사달을 침범한 오랑캐를 곱게 보낼 수는 없소이다."

고승학은 강경했으나 장수들도 뜻을 굽히지 않았다. 그러나 그 다툼질은 싱겁게 끝났다. 살피러 나간 장수들이 돌아오기도 전에 여동군에서 전령이 왔다. 병마도원수 강이식 장군이 여동군을 이끌고 오고 있으며 막리지 을지문덕도 10만 군사를 이끌고 이곳으로 오고 있다는 것이었다.

"곧바로 나가 싸울 준비를 하시오."

그제야 싸움 명령이 내려졌다. 살피러 나갔던 장수들도 모두 돌아와 오랑캐들이 도망친 것이 틀림없다고 전했다. 마침내 고승학도 2만 군사를 이끌고 성을 나서서 구름처럼 달려오는 여동군을 맞았다.

"오랑캐들이 물러가는데 어찌하여 보고만 있었소?"

"도원수 전하, 오랑캐의 모습은 보이지 않았으나 군기를 비롯한 물자가 모두 그대로 있었습니다. 우리를 성 밖으로 끌어내려고 오랑캐들이 진영을 비우는 유인책을 쓰는 것으로 알고 움직이지 않았습니다."

"으음, 나라도 그렇게 판단했을 것이오. 그러나 오랑캐들이 우리가 움직이는 것을 미리 알고 달아났으니 어서 뒤쫓아 함부로 쳐들어왔던 죗값을 받아냅시다."

강이식의 명령에 여동군과 요동성 군사들은 구려하로 달리기 시작했다. 17만 군사가 바람처럼 달리자 먼지구름이 뿌옇게 솟으며 해를 가렸다.

제 발로 뛰는 군사들은 숨 가쁘게 내달리겠지만 뒤따르는 보병부대와 보조를 맞춰야 하는 기마대는 오히려 한가롭기까지 하다. 구려하가 멀지 않았는데 아직도 오랑캐들의 그림자조차 볼 수가 없다.

"장군님, 제가 가서 한번 보고 올까요?"

"뚱딴지같이 그 무슨 소리냐?"

"오랑캐들이 얼마나 남았는지 궁금하지도 않습니까?"

"걱정 마라. 서캐들이 다 죽기 전에 개자리 네놈이 먼저 지쳐 뻗지나 마라."

"보병들이 오기 전에 우리가 먼저 가서 한바탕하면 안 될까요?"

"심심하면 도원수 전하한테 가서 볼기나 한바탕 맞고 오너라."

아이쿠! 한성격하는 줄 알았는데 굼벵이가 따로 없다! 최성철 장군 밑에 있었으면 오랑캐들과 한판 신나게 붙고 있었을 텐데…… 최성철 장군은 선봉으로 나가 있다. 이런 굼벵이인 줄도 모르고 괜히 윤경호 밑으로 옮긴 자신이 원망스럽다.

연개소문은 여기서 도망쳐 다시 최성철 장군 밑으로 돌아가기로 마음먹고 슬그머니 윤경호 곁에서 떨어져나갔다. 어차피 특별한 임무도 없는 선배 하나쯤이야 곁에서 얼쩡대지 않는 것이 윤경호를 도와주는 셈이다. 나중에 무슨 일이 생기더라도 '장군님 말씀대로 도원수 전하한테 볼기 맞으러 가다가 길을 잃었다'고 뻗대면 그만이다. 개소문은 도원수가 있는 본군으로 가는 척 일단 뒤쪽으로 말을 달렸다.

"개마대가 무엇 때문에?"

부대를 이탈해서 두 바탕쯤 달렸을 때 개소문은 속보로 다가오는 한 무리의 개마부대를 만났다. 앞으로 행군할 때 개마대는 본군에 있어야 하고 보병들과 보조를 맞추기 위해 천천히 말을 모는 것이 보통이다. 그런데 개소문이 만난 개마부대는 전장을 달리는 것처럼 빠른 속도로 앞으로 내달려오고 있었다.

"우리는 오랑캐 잡으러 간다. 너는 너희 집까지 계속 도망이나 치거라."

어디를 그렇게 급히 달려가느냐고 묻자 개마군사 하나가 큰 소리로 야유를 해댔다.

"제가 따라가도 되겠습니까?"

"아서라, 다친다. 어린애들은 엄마 젖이나 더 먹고 이불 속에 꼭꼭 숨어 있거라."

겁쟁이에다 아예 젖먹이 취급이었지만 반박할 겨를이 없다. 개소문은 개마부대 뒤에 따라붙었다.

적이 보이지 않아도, 아니 그래서 오히려 모두 도망치고 없을까 봐 더욱 조바심이 난다. 하나라도 더 많은 오랑캐를 잡기 위해서는 발 빠른 기마대가 바람처럼 달려가 발목을 잡아야겠지만, 따로 도원수의 명령이 내릴 때까지 기다리지 않으면 안 된다. 지평선 끝에서 한없이 꿈지럭거리며 뒤따르는 보병들을 바라보면서 부글부글 속을 끓이는 윤경호의 눈에 먼지구름을 일으키며 달려오는 개마대의 모습이 들어왔다.

"아니, 넙바우 장군이 웬일로?"

"이렇게 꾸물거리다가는 적을 다 놓치고 말겠소. 서토의 오랑캐들이 그 더러운 발로 아사달을 더럽힌 죄가 얼마나 큰 것인지 똑똑히 가르쳐야 하지 않겠소?"

넙바우는 을지문덕의 외아들로 1천 개마대를 이끄는 장수다. '너른 바위'라는 뜻의 이름처럼 늘 넉넉하고 다투기를 즐기지 않는 사람이었다.

"무슨 뾰족수라도 있는 게요?"

"뾰족수는 무슨, 우리 둘이 달려가 구려하에 걸린 뜬다리를 빼앗아버립시다. 뜬다리만 빼앗으면 놈들은 독 안에 든 쥐요."

"도원수 전하께서 허락하셨소?"

"허락은 무슨, 싸움터에 나선 장수는 태왕 천하의 천명도 받들지 않을 수 있다는 것을 모르오?"

생각이 많고 꾸물거리기로 소문난 넙바우다. 늘 답답한 사람이라고 생각해왔는데 성질 급하기로 소문난 자신보다 더 설치고 나서는 게 아닌가?

"하하하, 곧바로 달려갑시다."

"하하하, 이제야 윤 장군답구려. 하나 무작정 달려가서 무얼 어쩌겠소. 오랑캐 속으로 들어가기 전에 계책을 세워봅시다."

그제야 넙바우답게 신중한 소리가 나왔다.

두 장수가 잠깐 이야기를 나눈 뒤 윤경호의 기마대가 앞서 달려나갔다. 뒤따라 넙바우의 개마대도 힘차게 달려갔다. 기마대가 앞장서 달리자 연개소문도 힘껏 박차를 가해 다시 윤경호 곁으로 따라붙었다.

23만이나 되는 대군이 아직 구려하를 건너지 못하고 몰려 있었으나 윤경호의 기마대는 곧장 수군 개마대에게 달려갔다. 50기씩 나뉜 기마병들은 철벽처럼 막아서는 개마대를 향해 사납게 쳐들어갔으나 막상 부딪치자 긴 창으로 몇 번 찌르는 시늉을 하더니 이내 뒤를 보이고 물러났다.

한눈에도 여동군의 유인작전이 분명했으나 수군 개마대는 서슴없이 뒤를 따라 달려나왔다. 중무장한 개마대가 발 빠른 기마대를 붙잡기는 불가능한 일이었으나 먼 길을 쉬지 않고 달려와 크게 지쳤을 것으로 판단한 것이다. 여동군 기마대 뒤에 개마대가 보였으나 기껏해야 1천 정도의 작은 부대이니 아주 만만하게 본 것이다.

"불나방 같은 놈들! 한 놈도 남겨두지 않고 모조리 죽여버려라."

"고구려 병장기가 굴러왔다. 먼저 줍는 놈이 임자다!"

소름 끼치게 무서운 고구려 병장기로 무장한 개마대와 기마대지만, 겨우 2천 정도의 적은 수로 별다른 지원부대도 없이 대군 속으로 뛰어드는 것은 꿈에도 그리운 고구려 병장기를 수군들에게 가져다 바치는 것이나 마찬가지다.

수군 개마대들이 뒤쫓아 나오자 윤경호의 기마대는 뒤따르

오국지 2

던 넙바우의 개마대 뒤로 물러섰다. 잠시 후 넙바우의 개마대와 수군 개마대가 정면으로 부딪쳤다.

수군 개마대는 걸낫을 시험해볼 좋은 기회라고 여겼으나 여동군 개마대는 깊숙이 파고들지 않고 맨 앞의 수군 개마군사들부터 고목나무를 찍어 넘기듯 도끼질을 하기 시작했다. 걸낫은 스스로 내달리거나 곁을 스쳐가는 적의 말 다리를 베도록 고안된 무기였으므로, 틈을 주지 않고 밀집대형으로 다가온 여동군 개마대를 상대하기에는 오히려 거추장스럽기만 했다. 비좁은 공간에서 별 소용도 없이 기다란 걸낫을 들고 버텨봐야 여동군 개마대의 도낏밥이 될 뿐이다.

여동군의 무시무시한 도끼질에 비명소리가 높아지자 수군 개마대는 주춤주춤 물러서며 길을 터주고 말았다. 개마대도 그렇게 엉거주춤 물러나는 판이니, 전세를 지켜보고 있던 수군 기마대나 여느 군사들은 미리부터 꽁무니를 빼고 길을 비켜주었다.

마침내 구려하에 걸린 뜬다리에 닿은 넙바우와 윤경호의 여동군은 맨 위쪽의 뜬다리 두 개를 손에 넣었다. 다리마다 개마대 50명씩이 뜬다리 저쪽으로 달려가고, 기마군사 200여 명이 뒤를 따랐다. 다시 개마군사 150명이 뜬다리로 올라섰으니, 이제 여동군이 올 때까지 바윗돌처럼 뜬다리를 지키기만 하면 되는 것이다.

남은 군사들은 조금씩 수군 군사들을 밀어내며 자리를 넓혔다. 마침내 네 개의 뜬다리가 여동군의 수중에 떨어졌다.

"이쯤이면 되었소. 나머지는 군사를 나누어 튼튼히 지킵시다."

"하나라도 더 빼앗아야 할 것이오. 뜬다리 하나에 오랑캐 몇만의 목이 걸려 있소."

남은 군사는 개마대 150에 기마대는 100명도 못 된다. 처음 계획은 다섯 개의 뜬다리를 빼앗아 400명씩 지킨다는 것이었으나, 사실 네 개를 손에 넣은 것도 대단한 성과였다. 넙바우는 이 네 개만 막고 있어도 된다고 주장했으나, 윤경호는 처음 계획했던 다섯 개를 모두 빼앗자는 것이었다. 윤경호는 넙바우의 대답도 기다리지 않고 남은 군사를 몰아갔다. 말릴 틈이 없었다.

"잠깐! 기마대는 뒤로 물러서시오."

넙바우도 개마대를 몰아 오랑캐를 치기 시작했으나, 250여 군사는 너무 적은 수였다. 조금씩 앞으로 나가기는 했으나 곧 수군들 속에 갇히고 말았다. 사납게 휩쓸어가던 기세가 꺾이자 수군들도 제법 용맹을 떨치기 시작했다.

여동군은 악전고투 끝에 마침내 다섯 번째 뜬다리도 손에 넣었으나, 남은 군사는 개마대 60명에 기마대 15명에 지나지 않았다.

"모두들 장하다. 이제부터는 다리를 굳게 지켜라."

"오래지 않아 우리 군사들이 달려온다. 그때까지 고구려 군사답게 싸워라."

여동군은 다리 가운데로 쉰 걸음이나 들어가서 널찍하게 자리를 잡았다. 비록 군사는 적으나 뜬다리를 손에 넣은 이상 끝까지 지켜야 한다. 다리의 폭은 말 두 마리가 나란히 달릴 정도밖에 안 된다. 아무리 많은 적이라도 한꺼번에 밀려오지는 못한다. 지켜내지 못할 까닭이 없다.

개마군사들이 다리 양쪽을 지키고 기마군사들은 가운데에서 뗏목을 타고 다가와 다리로 올라서려는 오랑캐를 찍어 죽였다. 개마군사들은 처음에는 말 위의 오랑캐를 노리고 쇠도끼와 창을 휘둘렀지만 나중에는 오랑캐보다 말부터 찍어 죽였다. 덩치가 큰 말의 주검은 쉽게 강물에 밀어넣지 못하기 때문에 적들이 다리로 올라서지 못하게 막는 좋은 장애물이 되어 주었다. 서너 마리만 죽여놓아도 한참씩 숨을 돌릴 수가 있었다. 개마대가 자리를 비키고 보병들이 달려와 말의 주검을 끌어내리면 시간이 걸리는 데다 말을 끌어내려고 달려온 오랑캐들은 여동군 군사들의 날카로운 창에 겁을 먹고 제대로 힘을 쓰지 못하기 때문이다.

말이 쓰러지면 오랑캐들도 스스로 강물에 뛰어들었다. 하지만 무거운 갑옷 때문에 오래 허우적거리지 못하고 가라앉았다. 더러 머리 좋은 자들은 물속에 들어가 갑옷을 벗기도 하고 뜬다리 받침대에 의지해 숨을 쉬며 달아나기도 했다.

다섯 번째 다리를 지키는 여동군 기마군사들은 자기가 타던 말도 죽여서 장애물을 만들었다. 윤경호의 기마대가 전포를 벗어서 말 다리를 뜬다리에 붙들어 매자, 개마대 군사들도 모두 전포를 벗고 갑옷만 걸쳤다.

다리 받침대에 걸린 주검들이 마치 장마 뒤 다리에 걸린 덤불더미 같았다. 다리에 엎드린 넙바우는 빽빽하게 밀린 오랑캐들의 주검을 밀쳐내고 손으로 강물을 움켜 마셨다. 푸른 강물이 아니라 벌건 핏물이다. 갈증을 달래려면 끝이 없고, 배가 부르면 싸우지 못한다. 몇 모금만 마시고 일어서다가 위쪽 뜬다리로 눈이 갔다. 저쪽에서 윤경호의 부장 하나가 넙바우를 안타깝게 지켜보고 있다가 손을 흔들었다. 힘을 내어 조금만 더 싸우라는 몸짓이다.

위쪽 네 곳에는 400명씩 붙여두었으니 온종일 싸워도 끄떡없을 것이다. 군사들의 수도 거의 그대로고 다리를 차지하고 있는 넓이도 처음 그대로였다.

넙바우와 윤경호는 처음에는 군사를 네 조로 나누어 여유 있게 쉬어가며 오랑캐를 막았지만, 이제는 두 조가 번갈아가며 오랑캐를 맞아 싸운다. 군사들이 반으로 줄어든 것이다. 지키는 위치도 차츰 뒤로 밀려나 처음보다 100여 걸음이나 줄어

오국지 2

들었다.

해가 서쪽으로 많이 기울었다. 거의 한나절을 그렇게 싸운 것이다. 넙바우도 차츰 힘이 빠졌다. 닥치는 대로 찍어대면 단단한 투구도 무 가르듯 하는 쇠도끼지만 팔에 힘이 없다 보니 제대로 위력을 떨치지 못했다. 정확하게 낯짝을 찍어야만 했다.

몇 남지 않은 군사들을 독려하던 윤경호의 눈에 문득 연개소문이 들어왔다. 덩치는 컸으나 아직은 어린 배달. 윤경호는 지체 없이 연개소문을 불렀다.

"너는 빨리 도원수 전하에게 가서 지원군을 보내달라고 해라."

"예?"

"명령에 불복하는 놈은 즉결처분이다!"

대장 윤경호는 피가 뚝뚝 흐르는 도끼를 높이 쳐들었다. 하늘을 나는 재주가 없고서는 겹겹이 에워싼 적을 뚫고 나갈 수는 없다. 설혹 빠져나간다고 해도 어느 세월에 지원군을 데리고 온단 말인가? 한 사람이라도 더 힘을 보태 뜬다리를 사수하며 본군이 당도하기를 기다려야 한다.

"뭐 하나? 빨리 강물에 뛰어들어라. 어서 도원수 전하에게 달려가라."

윤경호의 발길질에 얻어맞은 연개소문이 더 망설이지 못하고 강물에 첨벙 뛰어들었다. 그러나 빽빽이 들어찬 적의 시체 때문에 빨리 나갈 수가 없다. 윤경호도 더 이상 적의 주검 틈에서 숨바꼭질하는 배달을 지켜보지 못하고 밀려드는 적을 맞아 싸우기에 바빴다.

그때 문득 징소리와 북소리가 어지럽게 일어나더니 빠르게 달려왔다.

여동군이다! 마침내 우리 군사들이 달려왔다! 여동군의 징소리와 북소리에 감격한 넙바우는 뒤를 돌아 윤경호를 찾아보고 싶었지만 그럴 여유가 없었다. 자신이 한눈을 팔면 그만큼 곁에서 함께 싸우는 군사들이 힘들어지기 때문이다. 조금만 더!

밀려드는 수군들을 향해 창을 내지르던 넙바우는 문득 눈앞이 캄캄해지고 골이 멍하니 울리는 것을 느꼈다.

아아!

쓰러진 넙바우와 여동군 군사들에게 수군들이 달려들어 갑주를 벗겼다. 굶주린 승냥이떼의 한바탕 먹이사냥이 끝나자 수군들은 벌거벗겨진 여동군 군사들의 주검을 짓밟으며 달려갔다. 막힌 둑이 터진 것처럼.

구려하까지는 정신없이 달려왔으나 일단 구려하를 건넌 양광은 매우 느긋했다.

"앞으로 나가는 것보다 물러가는 것이 더 어렵다. 황제인 내가 어찌 뒤따르는 군사들을 끝까지 챙기지 않겠느냐?"

다음 날 아침에도 제법 그럴듯한 소리를 하며 양광은 지휘대로 올라갔다. 바람에 펄럭이는 300여 개의 깃발이 눈부시게 아름답다. 수만 개의 중에서 양광의 깃발만 가지고 왔다. 장수들과 부대의 소속을 알리는 군기는 모두 요동성 언저리에 그대로 버려두었다. 살수 싸움에서도 가지고 나온 대장군 우문술의 깃발만 챙기게 했다.

"군사들이 강을 건너는 대로 뜬다리를 깨끗이 태워버려라!"

양광은 노망난 늙은이처럼 뻔한 소리를 염불처럼 외웠다. 뒤쫓는 여동군이 이용하지 못하도록 다리에는 이미 양쪽에 마른나무를 산더미처럼 쌓아놓고 기름통까지 마련해두었다.

아직 뒤쫓아오는 고구려군이 보이지 않아서인지 수군들은 매우 침착하게 움직였다. 곳곳에 모여 대열을 갖추고 북을 울리며 질서정연하게 남서쪽으로 내려갔다. 예전처럼 깃발만 들었다면 퇴각하는 군사가 아니라 앞으로 나가는 군사들처럼 보였을 것이다.

지휘대에서는 양광과 부하장수들이 모여 뜨거운 차를 마시고 있었다. 해 질 무렵이면 군사들이 모두 강을 건너고 뜬다리는 불꽃을 뿜으며 환하게 타오를 것이다. 일곱 개의 뜬다리가 강물을 온통 물들이며 타오르는 광경은 보기 드문 장관이겠지만 여기 있는 장수들은 구경할 수가 없다. 혹시 있을지도 모르는 고구려군의 급습을 피해 한시라도 빨리 멀리 가야 하기 때문이다.

그때 느닷없이 어지러운 북소리가 일어나더니 고구려군이 나타났다고 외치는 소리가 들려왔다. 모두 벌떡 일어나 구려하를 건너다보았다. 오래지 않아 한 무리의 고구려 군사들이 나타나 아직 강을 건너지 못한 수군 무리 속으로 파고들었다. 번쩍이는 갑옷으로 무장했지만 겨우 2천 정도의 작은 무리였다. 뒤쪽에 몰려오는 지원부대도 없는데 웬 미친놈들이 불나방처럼 뛰어든 모양이었다. 별것도 아닌 놈들이 죽으려고 환장했는가?

고구려군의 무리는 흩어지지 않고 구려하 쪽으로 쑥쑥 거침없이 다가왔다. 놈들이 쉽사리 뜬다리 두 개를 빼앗자 양광은 그제야 큰일이라는 생각이 들어 소리를 질러댔다.

"다리에 불을 질러라. 저 독종들을 불에 태워 죽여라!"

"황상, 저들은 매우 적은 수입니다. 보십시오. 강을 건너올 엄두도 내지 못하고 다리를 지키기만 하고 있습니다."

"적의 본진이 나타난 다음에 다리를 태워도 늦지 않습니다. 우선 저들에게 빼앗긴 다리를 되찾아야 합니다."

장수들이 모두 나서서 뜬다리에 불을 지르지 말고 다시 되찾아야 한다고 아우성이다.

"무엇하고 있느냐? 어서 군사들을 보내 뜬다리를 빼앗아라!

개마대를 보내 저놈들을 모두 죽여버려라!"

양광의 말이 끝나기도 전에 다리에 올라서 여동군 쪽으로 다가가는 군사들이 눈에 들어왔다. 똑똑한 장수들이 군사들을 모아 뜬다리를 다시 되찾으려는가 보았다. 군사들에게 신호를 보내는 깃발만 빼고 나머지는 모두 버려두고 왔으니 누가 누군지 알 수가 없다.

"제법 쓸 만한 장수구나. 저자에게 큰 상을 내려라."

양광은 기분이 매우 좋아 보였다. 고구려 대군이 나타났다는 소식은 전해지지 않고 있었다. 수나라 군사들로서는 꿈속에서도 그리던 고구려 병장기를 2천여 벌이나 얻게 되었을 뿐이다. 웬만한 장수들까지 모두 고구려 병장기로 무장할 수 있게 되었다고 생각하니 절로 웃음이 났다.

"그렇지 않으냐? 이제 고구려놈들은 닭 쫓던 개 지붕 쳐다보는 꼴이 되었다! 우리가 군기까지 그대로 두고 왔으니 여동군놈들은 아직도 성에 틀어박혀 숨을 죽이고 있을 것이다."

여동군을 속이고 도망쳐온 것이 무척 자랑스러운 양광이었다. 고구려 병장기 따위에나 눈독을 들이는 부하들과는 생각하는 차원이 달랐다.

"물론입니다. 고구려놈들은 아직도 성에 숨어서 대가리도 내밀지 못하고 있을 것입니다."

"황상이 아니라면 누가 감히 이런 놀라운 계책을 생각이나 하였겠습니까?"

"하늘도 속이고 땅도 속이는 황상의 놀라운 계책은 역사에 길이 남을 것입니다."

부하들도 모두 병장기 꿈에서 깨어나 알랑방귀를 뀌어댔다. 크게 손짓하느라 곁사람 모가지에 찻물을 쏟기도 했다.

그러나 그렇게 노닥거리고 있을 때가 아니었다. 2천밖에 안 되는 작은 무리가 어느새 뜬다리를 다섯 개나 손에 넣어버린 게 아닌가?

양광의 눈이 하얗게 뒤집혔다.

"병신 같은 놈들아, 무엇 하느냐? 어서 쫓아가 저놈들을 죽여라!"

아래쪽 두 개의 뜬다리로는 군사들이 미어지게 건너오고 있는데 위쪽 다섯 개는 텅 비어 있다. 일곱 개로 모두 건너도 모자랄 판에 다섯 개나 빼앗긴 것이다. 게다가 언제 여동군 본진이 나타날지 모른다.

"저놈들을 모두 죽여라! 뜬다리를 되찾아라!"

고래고래 악을 쓰지만 목만 아프다. 개마대 군사들까지 개미떼처럼 몰려갔으나 뜬다리는 채 쉰 걸음도 되찾지 못하고 있다.

"저놈들을 죽이고 다리를 되찾는 장수한테 고구려 병장기를 모두 주겠다. 모두들 공을 세우고 고구려 병장기를 상으로 받아라."

고구려 병장기를 상으로 주겠다는 말은 확실히 효과가 있었다. 양광을 에워싸고 있던 부하들이 반 넘게 지휘대에서 내려가 뜬다리 쪽으로 달려갔다. 이들은 고구려 병장기 400벌을 탐내기보다 200여 벌을 손에 넣는 것이 쉽다고 생각했기 때문에 다섯 번째 다리로 모두 몰려갔다. 나중에야 자신들에게는 다섯 번째 뜬다리에 올라설 차례조차 돌아오지 않는다는 것을 알고 위쪽으로 올라갔다.

여동군 본진이 나타나기 전에 뜬다리를 되찾고 고구려 병장기를 손에 넣어야 한다! 하지만 마음만 바쁠 뿐, 한다하는 장수들도 고구려군의 성난 얼굴과 사납게 휘두르는 날카로운 병장기를 보면 절로 오금이 저려 부하들만 다그칠 뿐 앞장서 달려들지 못했다.

수군을 뒤쫓는 여동군 본진은 부지런히 달려서 다음 날 저녁 해 질 무렵 구려하에 닿았다. 수군은 뜬다리가 일곱이나 되었으나 다섯 개를 넙바우와 윤경호의 군사들에게 빼앗기고 겨우 두 개로 강을 건너고 있었다. 아직 구려하를 건너지 못한 수군이 17만 명이나 되었다.

여동군 본진이 모습을 드러내자 강을 건너지 못한 오랑캐 군사들은 밤길을 걷다 저승사자를 만난 것처럼 혼란에 빠지고 말았다. 다리 하나를 빼앗아 숨통이 조금 트이는 듯 했으나 여동군이 징과 북을 어지럽게 울리며 싸움새를 이루기 시작하자 모두들 제 한 목숨을 건지려고 순서를 어기고 뜬다리로 와 몰려갔다. 내달리던 군사들이 넘어지면 몇 사람쯤은 그대로 밟고 지나가지만 곧 무더기로 쓰러졌다. 넘어진 놈들이 일어서려고 하지만 뒤에서는 계속 밀어붙이고 앞으로 나갈 수 없는 군사들은 옆으로 밀려나 강물에 떨어지고 말았다.

여동군 군사들은 하루 내내 걸어서 몹시 지쳐 있었으나 오랑캐를 보자 절로 다리에 힘이 올라 깃발이 가리키는 대로 훨훨 날듯이 달려가 싸움새를 이루었다.

마침내 도원수의 명령이 떨어졌다.

"서토 오랑캐들을 깨끗이 치워라. 더러운 짐승들이 다시는 아사달을 넘보지 못하게 하라."

둥둥 북소리와 함께 천지를 뒤흔드는 함성이 일어났다. 오랑캐놈들을 강물에 처넣어라! 조선의 무서움을 똑똑히 가르쳐라!

여동군 군사가 물밀 듯이 휩쓸어가자 겁 많은 수나라 군사들은 맞서 싸울 엄두도 내지 못하고 강물에 뛰어들었다.

큰비가 오지 않아도 여름철 구려하의 강물은 깊었다. 아푸, 아푸. 팔다리를 부지런히 놀린다고 모두 다 헤엄을 치는 것은 아니었다. 헤엄을 칠 줄 모르는 군사들은 정신없이 허우적거리다가 꼴깍꼴깍 물을 먹으며 둥둥 떠내려갔다.

수군은 곧바로 뜬다리에 불을 질렀다. 뜬다리마다 엄청나게 많은 나무를 쌓아두고 기름까지 뿌렸으니 횃불을 대기가 무섭게 큰불이 일어났다. 느닷없이 다리 앞쪽에서 불길이 치솟아 오르며 다리가 타기 시작하자 다리를 건너던 군사들은 한꺼번에 물속으로 뛰어들었다.

"뜬다리에 불이 붙었다!"

뜬다리를 태우고 있다는 것을 알아차린 수군들은 사기가 완전히 바닥났다. 억지로나마 여동군과 싸우는 시늉을 내고 있던 군사들도 꽁무니를 빼고 구려하 강물로 뛰어들었다.

너무 많은 군사들이 한꺼번에 뛰어들었으니 헤엄을 치기는 커녕 팔다리를 놀리기도 쉽지 않았다. 그렇게 배불리 물을 먹은 군사들은 머리가 떵하니 정신을 잃고 다만 살아야겠다는 생각에 미친 듯이 허우적거리다 옆사람의 머리를 잡아 누르기 일쑤였다.

아푹, 아푹! 아— 악!

게다가 여동군의 화살까지 날아와 목덜미를 파고들었다. 구려하에 겹겹이 늘어선 여동군 군사들은 손끝이 터져 피가 나도록 시위를 당겼다. 이날 구려하를 건너지 못한 오랑캐의 원혼은 15만을 넘었다.

다섯 번째 뜬다리를 빼앗아 지키다 죽은 군사들은 주검조차 제대로 수습하지 못했다. 겨우 찾아낸 열다섯 구의 주검도 갑주가 벗겨지거나 전포까지 벗겨진 채 처참하게 난자당해 있었다. 찾지 못한 주검이 배나 가슴 쪽에 깊은 상처를 입었다면 나중에 물 위로 떠오르는 것조차 기대할 수 없었다. 아무리 수색해도 넙바우와 윤경호 등 장수들의 주검은 하나도 찾지 못했다. 수색 중에 주검인 줄 알고 건져낸 선배 하나가 유일한 생존자였다. 한 말이나 물을 토해내고 정신이 돌아온 선배가 전하는 두 장수의 최후를 들으며 모두 비분강개했다.

강이식은 다음 날 아침부터 타다 만 뜬다리를 고치게 했다. 위쪽 네 개는 서른 걸음 정도밖에 타지 않았으나 버팀대까지 타버린 상태여서 아무래도 시간이 걸렸다.

뒤늦게 10만 군사를 이끌고 달려온 을지문덕은 넙바우의 죽음을 전해들었으나 죽은 군사들의 주검을 거두고 다친 군사들은 잘 보살피라는 명령만 내렸다.

"이제 우리는 잃었던 땅을 다시 찾으러 간다. 한 치의 땅이라도 더 찾아서 조상님께 부끄럽지 않은 자손이 되고 후손들에게는 떳떳한 조상이 되자!"

막리지 을지문덕이 잃었던 나라 땅을 찾기 위한 싸움이 시작되었음을 알렸다.

"우리 땅을 모두 찾아라!"

"아사달에서 오랑캐를 몰아내라!"

우렁찬 함성과 함께 군사들이 구려하를 건넜다. 병마도원수 강이식이 10만 군사를 이끌고 앞장서 나가고, 그 뒤를 막리지 을지문덕이 15만 군사를 이끌고 따랐다.

구려하를 건넌 지 이레 만에 패수에 닿았다. 부지런히 뗏목을 만들어 뜬다리 놓을 준비를 하고 있는데 평양에서 태왕의 사자가 달려왔다.

"저들이 패수를 건너 달아나더라도 더 이상 뒤쫓지 마시오. 패수를 건너면 우리 군사들에게 식량을 보내지 말라는 천하의 명이 계셨소. 막리지와 도원수께서 쓸데없는 싸움을 벌이고 있다고 조정의 여론이 죽 끓듯 하오. 막리지와 도원수는 패수를 건너지 말고 군사를 돌려야 할 것이오."

사자는 천명과 함께 조정의 여론도 전했다.

"막리지 건무일 것이오. 못난 사람이 꼭 제값을 하려고 드니 큰일이오."

도원수 강이식이 욕을 퍼부었다.

"어찌 건무뿐이겠소? 적지 않은 벼슬아치들이 뜻을 같이하고 있을 것이오."

막리지 을지문덕도 치미는 분을 참지 못했다.

"싸울 것도 없이 그저 뒤를 따라가기만 해도 잃었던 땅을 되찾을 수 있는데 그냥 돌아오라니, 미친놈들도 그런 소리는 하지 않을 것이오."

"따뜻한 방 안에 드러누워서 배를 두드리고 있는 사람은 문풍지 우는 소리만 듣고도 간이 떨려 밖에 나서지 못하는 법이오. 평양에 앉아서 제 못난 자식들 머리나 쓰다듬고 있는 사람들의 생각머리가 어떤지 다시 말할 필요가 없소이다."

"저들이 패수를 건너면 식량도 주지 않겠노라고 하는데, 도원수께서는 어찌 하시겠소?"

"군사들이란 개울물만 마시고도 배를 두드리며 기운을 쓸줄 알아야 하오. 풀을 뜯어먹고 말 오줌을 마시면서라도 우리땅을 찾아야 하지 않겠소? 다른 사람이 들었으면 막리지가 벌써 노망든 줄로 알 것이오."

"하하하, 도원수를 한번 놀렸기로 욕이 심하구려. 기운이 떨어지면 기어서라도 가는 데까지는 가봅시다."

두 사람은 태왕의 천명도 거스르고 다음 날에는 패수를 건너 오랑캐를 몰아갔다.

소년 이세민

　강물은 밤에 흐른다. 잔잔하던 물살도 밤이면 쿠르르쿠르르 용틀임하며 사나운 본성을 드러낸다. 아직 서쪽에 걸린 초승달이지만 늘 다니던 길이다. 말은 끄덕끄덕 강물을 따라 내려가고, 제 흥에 겨운 주인은 아까부터 시 한 수를 노래처럼 흥얼거린다.

> 하수도 남으로 흐르는데
> 남으로 흐르는 분하(汾河)는
> 천 리(里)를 흘러야 하수에 들어간다.
> 밤에도 흐르고 낮에도 흘러도
> 동으로 천 리 북으로 천 리
> 3천 리를 흘러야 바다에 들어간다.

　누가 지었는지도 모르는 어쭙잖은 시였지만 열여섯 소년의 가슴을 치는 소리였다. 두어 달 전 강가에 나와 한 군사가 부르는 노랫소리를 듣고 홀딱 반했다. 어렸을 때 태원에서 자랐다는 늙은 군사는 그곳 젊은이들이 즐겨 부르는 노래라고 했다. 분하는 태원을 지나 하수(황하)로 들어가는 강의 이름이다.

소년은 불현듯 태원이 그리워졌다. 오래전에 떠나온 고향처럼. 그러나 소년은 태원에서 태어나지도 않았고 태원에 가본 일도 없었다. 조상들의 고향일 뿐.

열여섯 살의 소년 이세민. 이곳 롱주(섬서성 롱현)를 다스리는 롱주자사 이연의 아들이다. 당국공(唐國公)은 이연의 할아버지 이호 때부터 세습된 작위이며 선비족 척발(拓跋)에서 나온 이(李)씨 가문은 '8대 기둥국의 하나'라고 불릴 만큼 명문가였다.

큰 꿈을 가져라! 사람들은 어려서부터 꿈을 키우라고 했지만 소년은 꿈이 무엇인지 알 수가 없었다. 사람들은 무예와 병법을 익혀 전장에 나가 공을 세우고 대장군이 되는 것이 꿈이라고 했다. 더러는 글을 익혀 옛사람을 본받고 벼슬길에 나가 백성을 다스리는 것이라고도 했다.

그러나 그런 것을 꿈이라고 하고 싶지는 않았다. 딱히 뭐라고 꼬집어 말할 수는 없었지만 너무 통속적인 것 같았다. 도술을 익혀 하늘을 날아다니는 것이 더 나을 것 같았지만 아직 하늘을 날아다니는 도인은 본 적이 없었다. 흐트러진 머리에 낡을 대로 낡은 옷을 걸치고 세속을 초월한 척하면서도 벼슬아치 앞에서는 비굴하게 웃음 짓는 것이 도인이었다.

여자? 그건, 음…… 모르겠다! 처녀들의 불룩한 가슴을 보면 오히려 제 가슴이 저리고 분단장한 처녀를 보면 제 낯이 뜨거워진다. 밤에는 이런저런 처녀의 꿈을 꾸지만 낮에는 또래의 사내들하고만 어울렸다.

이세민은 재주가 많았으나 비 맞은 생쥐처럼 생긴 데다 얌체 짓만 골라서 하는 버릇 때문에 '약삭빠른 생쥐'라고 불렸다. 세민은 제 못난 얼굴이 싫었다. 살쾡이처럼 번들거리는 눈에다 주둥이만 튀어나온 뾰족한 낯짝은 어디 한 군데도 볼 만하질 않았다. 어쩌다 거울을 보면 스스로도 밥맛을 잃을 정도였으니, 세민은 어려서부터 계집애들과 놀기가 어려웠다. 조금이라도 예쁜 계집애들과 놀려면 노리개나 맛있는 것이 필요했다. 아무리 잘해주어도 계집애들은 그때뿐이었다. 이세민보다 놀이도 못하고 싸움도 잘하지 못하는 얼간이 같은 녀석들도 얼굴만 잘생기면 계집애들이 졸졸 따랐다.

그런데 이상한 일이었다. 생쥐 같은 얼굴에 여드름이 솟으면서 더 볼품없는 낯짝이 되었지만 처녀애들이 은근한 추파를 보내왔다. 나중에야 이세민은 그것이 자신이 잘나서가 아니고 롱주자사 이연의 아들이기 때문이라는 것을 깨달았다. 그러고 보니 여자란 족속이 참 한심해 보였다.

여자 따위는 좋아하는 게 아니야! 필요하면 갖는 거지! 그래도…… 예쁜 처녀들의 진정 어린 관심과 사랑을 받고 싶다! 솔직한 마음이었지만 그런 못난 자신이 더 싫었다. 이세민은 이런 모순을 어떻게 해야 할지 몰랐다. 겉으로는 여자를 싹 깔아뭉갰다. 그게 편했다. 그런데 지난가을 이세민도 하마터면 여자라는 올가미에 걸릴 뻔했다.

여느 때처럼 성벽을 기어내려와 말고삐를 끄르는데 귀신처럼 느닷없이 한 처녀가 나타났다.

"누구냐? 무슨 일이냐?"

"오빠, 단풍잎을 따주세요. 낙엽이 지고 있는데 올해에는 소녀를 만나주지도 않았어요."

응? 목소리를 듣고서야 앞에 있는 처녀가 누군지 생각이 났다. 홍련이다. 입을 다물고 있었더라면 끝까지 몰라보았을 것이다. 너무 예쁘다!

"홍련, 아직도 어린애 같은 소리를 하는구나."

사나이 앞길을 막아서인가, 퉁명스럽게 내뱉은 이세민이 곧장 말에 올랐다.

"설마 잊으신 건 아니겠지요. 오빠는 해마다 단풍잎을 따주겠다고 약속했어요."

이세민은 대꾸 대신 말고삐를 당기며 말의 배를 세차게 찼다. 놀란 말이 정신없이 내달렸다. 이세민은 묻은 것을 털기라도 하듯 자꾸 머리를 흔들었다. 몰라보게 예뻐진 홍련의 모습이 자꾸 눈에 어른거렸다.

홍련(紅蓮), 붉은 연꽃? 웃기지 마라! 네 속셈을 누가 모를 줄 아느냐? 노리개보다도 단풍이 더 좋다고? 어린것이 앙큼하게도 나를 속였겠다!

홍련은 이세민이 좋아할 만큼 귀여운 여자애가 아니었다. 과자라면 몰라도 노리개나 장난감 같은 것을 줘본 일은 한 번도 없다. 2년 전 산에 갔다가 꺾은 단풍나무 가지를 주기는 했지만 그때 다른 계집애들이 없어서였을 뿐이다. 대수롭지 않은 것에도 기뻐 어쩔 줄 모르는 모습이 예뻐서 그 뒤에도 몇 번 꺾어다 주기도 했지만, 그저 그뿐이었다. 홍련이 이세민의 가슴속에 들어온 일은 한 번도 없었다.

지난해부터 홍련을 멀리한 것은 그 아이에게 무슨 잘못이 있어서가 아니다. 징그러운 벌레라도 대하듯 쌀쌀맞게 굴던 계집아이들까지 은근한 추파를 보내오자 얼떨떨해서 감격까지 했던 이세민이었으나 오래지 않아 정신을 차렸다. 여드름을 짜내고 머리끈도 잘 묶였는가 보려고 거울을 쳐다볼 때마다 비 맞은 생쥐처럼 생긴 제 얼굴을 만났던 것이다. 어딘가 한 군데쯤은 매력적인 데가 있을 거라고 열심히 거울을 들여다보았지만, 아무리 좋게 보려고 해도 보면 볼수록 정나미가 떨어졌다.

괘씸한 년들! 내가 그리도 애태울 때는 거들떠도 보지 않던 년들이다! 이세민은 계집아이들의 추파에 넘어가지 않았다.

세습귀족인 당국공 이연의 아들에게 던지는 추파! 아비가 롱주자사가 아닌 아전 나부랭이였다면 어떤 계집애도 관심을 주지 않았을 것이다.

그렇게 생각하자 이세민은 어떤 계집애 앞에서도 당당해질수 있었다. 그 뒤로는 아무리 예쁜 처녀가 어떤 수작을 해도 곁눈도 주지 않았다.

그런데 꿈에도 생각하지 않았던 홍련이 나타나 사나이의 가슴을 흔들어놓은 것이다.

홍련은 어려서부터 욕심이 없는 아이였다! 처음부터 진심으로 나를 좋아했는지도 모른다! 문득 자신이 몰라보게 예뻐진 홍련한테 반해서 이러는 게 아닌가 싶기도 했으나 아무래도 그렇지는 않은 것 같았다. 홍련은 큼직한 눈만 빼면 살갗도 희지 않고 뛰어나게 예쁜 구석도 없었다. 예쁘지 않은 홍련이 자꾸 따라다니는 것이 귀찮아 심통을 부리기도 했었다.

홍련, 네 잘못도 내 잘못도 아니다! 사나이 대장부가 어찌 여인 따위에 놀아나랴! 단풍나무 숲을 지나면서도 이세민은 똑바로 앞만 쳐다보았다.

바람 앞의 등불! 나라의 운명이 바람 앞의 등불이었다. 고구려에 쳐들어간 양광은 113만 군사 가운데 66만을 잃었으며 수로군을 이끌고 간 내호아는 15만 가운데 14만을 잃고 돌아왔다. 총 128만 가운데 살아 돌아온 군사는 48만 명밖에 되지

오국지 2

않았으니 무려 80만 명이나 되는 엄청난 목숨을 잃은 것이다. 양광은 장안에 돌아오자마자 우중문을 찢어 죽이고 다시 고 구려 도전의 군사를 일으키고 있다.

지난달 몸소 군사훈련을 시키던 롱주자사 이연은 말이 갑 자기 날뛰는 통에 말에서 떨어져 허리를 크게 다쳤다. 아직도 허리가 낫지 않아 바깥나들이를 하지 못하고 있다. 그러나 이 세민은 그것이 꾀병인 것을 잘 알고 있었다. 다시 싸움터에 나 가지 않으려는 것이다.

대장군 우문술? 흥, 바보 같은 놈! 40만 군사를 잃고 무슨 낯짝으로 살아 돌아와? 이세민은 우문술의 가슴팍에 화살을 날렸다.

황제, 양광? 흥, 미친놈! 80만 군사를 죽여놓고도 큰소리를 쳐? 양광의 가슴팍에도 분노의 화살이 날아가 박혔다.

이마에 땀이 흐르고 팔이 아플 때까지 시위를 당겼지만 화 살은 어김없이 과녁을 꿰뚫었다. 빼어난 솜씨였다.

"우리 선비족은 양을 기르고 말을 달리며 활 쏘는 사냥꾼으 로 살아왔다. 말을 못 타고 활을 쏠 줄 모르면 한족과 다를 것 이 없다."

어려서부터 귀에 못이 박이게 들어온 소리였다.

지난 300년 동안 선비족은 한족을 다스리며 살아왔다. 머 릿수가 몇 배나 많으면서도 다른 겨레에게 지배받는 한족처럼 되지 않으려면 말을 잘 타고 활을 잘 쏘아야 했다.

이세민은 끝내 홍련에게 단풍잎을 가져다주지 않았다. 붉은 연꽃처럼 활짝 피어난 홍련의 고운 모습이 괴롭혔지만, 끝내 가슴 한쪽에 밀어놓고 꾹꾹 눌러버렸다.

이세민은 이른 새벽부터 어두워 앞이 보이지 않을 때까지 말을 달리고 활을 쏘는 데 온 힘을 쏟았다. 아무리 눈이 내리고 세찬 바람이 몰아쳐도 그치지 않았다. 그것은 오랜 세월 서토를 다스려온 선비족의 자부심일뿐더러 사내다운 일이기도 했다.

80만 군사를 잃고 쫓겨온 양광이 봄이 되면 다시 아사달에 쳐들어가겠다고 군사를 모으고 있다. 서토 전역에 군사징집령이 내려졌지만 몰래 달아나는 자도 많았다.

산동 장백산에 왕박이란 자가 있었다. 양광이 군사를 모으던 지지난해(2944년) 왕박은 산속으로 도망쳤다. 조선나라 고구려에 쳐들어간다는 것은 바로 죽음을 뜻했기 때문이다. 산속에는 같은 이유로 숨어 있는 사람이 많았고 이들은 쉽게 뭉쳐졌다. 스스로를 '세상을 아는 사나이'라는 뜻으로 지세랑(知世郎)이라고 하는 이들은 〈값없는 죽음의 길, 여동으로 가지 말라〉는 노래를 만들어 불렀다.

장백산의 세상을 아는 사나이

몸에는 붉은 비단 전포를 두르고
긴 창은 하늘을 덮고 칼과 전차는 햇빛에 번쩍이네.
산 위에서는 사슴과 노루를 먹고
산 아래서는 소와 양을 먹는다네.
문득 들으니 관군이 왔다는데
창검으로 고구려를 친다고 하네.
하나 여동에 가면 오직 죽음뿐
온몸이 찔리고 머리가 잘릴 것을.

　지세랑들은 노래를 부르며 사람들을 모았다. 수천 년 아사달을 그리며 살아온 서토의 백성들이다. 양견(수 문제)이 군사를 이끌고 여동으로 쳐들어갔다가 손발이 묶인 듯 꼼짝도 못하고 무리죽음당하는 것도 보았다. '조선에 고개를 들면 머리가 낙엽처럼 날아간다'는 노랫말이 사실이었다는 것을 모르는 사람도 없었다.

　양광이 왕이 되어 고구려 도전을 위해 운하를 파기 시작한 뒤 〈고구려군가〉는 더욱 무섭고 섬뜩한 〈사망가〉로 바뀌었는데, 〈사망가〉 또한 앞으로 닥칠 일을 미리 가르친 예언이었다. 2945년 양광을 따라 싸움터에 나갔던 군사들 또한 절반도 살아오지 못했다. 128만 중 80만 명이 죽거나 포로가 된 것이다.

　예언이 맞음으로써 〈사망가〉는 더욱 무서운 노래가 되었다.

사람들은 무서움에 몸을 떨면서도 〈사망가〉를 불렀다. 〈사망가〉를 그칠 때에는 반드시 〈조선가〉를 부른다. 조선가는 이미 '모든 부정한 것으로부터 지켜주는' 주문(呪文)이 되었다. 막연한 바람이 아니라 눈앞에 드러난 사실이었다.

압록수를 건넌 40만 대군 가운데 우문술 등과 함께 붙잡힐 뻔했던 2,700여 군사들이 〈조선가〉를 부른 덕분에 밥까지 얻어먹으며 돌아왔다는 것과, 봉린산 밑에서 사로잡혔던 1만여 군사들도 〈조선가〉를 불렀기 때문에 살아 돌아왔다는 것을 깊은 산속에서 사는 무지렁이 백성들까지 모두 알고 있었다. 양광은 고구려군에게 잡혔던 군사들을 모두 장성에 남겨두고 입막음시켰으나 바람결에 날아다니는 소문까지 막지는 못한 것이다.

더구나 무사히 살수를 되건너왔으나 배탈이 나서 길가에 쓰러졌던 4천여 군사들은 모두 죽음만 기다리고 있었다. 고구려군은 이들도 모두 거두어 정성껏 목숨을 살렸고, 장사꾼들의 배에 태워 북평과 양주 등으로 돌려보냈다. 서토 백성들은 모두 이들이 지성으로 〈조선가〉를 부른 덕분에 그런 복을 받은 것이라며 하늘에 감사드렸다.

그런데 양광이 아직도 정신을 차리지 못하고 군사를 모으고 있다. 하지만 왕 중의 왕인 태왕이 진노하는 날에는 서토는 죽음의 땅으로 변하고 말 것이다. 젊은이들은 당장 살아남기 위해 조선을 거역하면 죽어도 묻힐 곳이 없다는 〈사망가〉를 부르며 도망칠 궁리를 하고, 늙은이나 어린아이들은 내일을 위해 정성껏 〈조선가〉를 부른다.

"하수도 남으로 흐르는데 / 남으로 흐르는 분하는 / 천 리를 흘러야 하수에 들어간다. / 밤에도 흐르고 낮에도 흘러도 / 동으로 천 리 북으로 천 리 / 3천 리를 흘러야 바다에 들어간다."

이세민은 흥얼흥얼 노래를 부르며 강을 따라 내려갔다. 따로 곡조가 없으니 소리 나는 대로 흥얼거렸다.

롱주를 지나 흐르는 강은 천하(千河)다. 천하는 롱주에서도 200리를 흘러 위하(渭河)에 들어가는데, 위하는 하수의 가장 큰 지류다. 분하는 하수의 두 번째로 큰 지류인데, 태원에서 북쪽으로 300리 떨어진 관영산에서 시작해 태원을 지나 남쪽으로 흐른다. 관영산 서쪽에 떨어진 빗방울은 150리를 흐르면 하수에 들어가지만 분하는 태원에서도 천 리를 더 흘러가야 하수와 만난다. 수천 리를 흘러온 하수는 분하와 만나고, 그 뒤 위하와 만나 동쪽으로 천 리, 다시 북쪽으로 천 리를 흘러가야 비로소 바다에 들어간다는 뜻이다. 인생에 비유하면 많은 고난과 역경을 거쳐야만 마침내 큰 뜻을 이룰 수 있다는 뜻이다.

고난과 역경이 어떤 모습으로 나타날지 모르지만 두려울 것은 없었다. 사춘기에 접어든 이세민은 자기에게 닥칠 고난과 역경이 궁금하기까지 했다. 그 고난과 역경 끝에는 고구려 병장기 중에서도 대장군 이상 귀한 신분들이나 가질 수 있는 보물 중의 보물을 얻고 나중에는 나라까지 훔치게 될 것이니 두렵기는커녕 설레기만 했다.

모닥불이 보이고 노랫소리가 들려왔다. 아직 살얼음이 어는 날씨인데도 웃통을 벗고 춤추는 사람도 있었다. 양광의 동원령에 따라 군사가 되기 위해 지방에서 올라온 사람들이다. 군사가 되면 묶인 몸이 되어 맘대로 놀 수도 없으니 영문에 들어서기 전에 며칠씩 노는 것이다.

빛나는 도끼는 정수리를 쪼개고
날카로운 화살은 심장을 파고든다네.
하늘백성이 사는 아사달은 검(儉)스러운 땅이니
죄지어 죽은 몸은 묻힐 곳도 없다네.

몹시 취한 목소리로 고래고래 소리를 지르고 있었다. 본디부터 듣기 싫은 〈사망가〉였지만 오늘따라 더 귀에 거슬렸다.

술에 취해 춤추며 놀던 사람들은 갑자기 나타난 이세민을 보고 찬물을 뒤집어쓴 것처럼 움츠러들었다. 몸집이 작고 얼굴은 어려도 붉은 비단 전포를 걸치고 용맹하게 생긴 말을 타고 있으니 장수인 줄 알았나 보다. 금지된 노래를 부르고 있었

오국지 2

으니 무슨 벌을 받을지 몰라 모두 벌벌 떨었다.

촤악! 이세민이 칼을 빼들었다.

휙, 휙, 휙. 섬뜩한 칼날이 빠르게 허공을 잘라냈다.

가만히 있다가는 목이 달아날 판이다. 사람들은 정신없이 머리를 땅에 찧었다.

"살려주십시오!"

"살려주십시오!"

조금 전까지도 좋아서 노래 부르던 놈들이 울며불며 애원했다.

넋 빠진 놈들! 버릇을 가르치고 말 것도 없다. 고삐를 당기며 말의 배를 힘껏 걷어찼다. 놀란 말이 창에 찔린 듯 정신없이 달렸다.

넋 빠진 놈들! 생각할수록 열이 올랐다. 저렇게 넋 빠진 것들을 데리고 싸움터에 나가다니, 황제도 역시 넋 빠진 놈이다!

성벽 밑에 다다른 이세민은 말뚝에 말을 매고 성벽에 줄을 던졌다. 줄이 걸리자 원숭이처럼 잽싸게 성벽을 타고 기어올랐다. 하지만 아무런 재미도 없다. 전에는 지키는 군사들 몰래 성벽을 넘나들었으나 이제는 어림도 없게 되었다. 도적들이 성벽을 기어올랐으면 어쩔 뻔했느냐고 군사들을 혼내줬기 때문이다. 성벽을 지키는 군사들은 밖에 매놓은 이세민의 말까지 지키고 돌봐야 했으니 그도 고역이었다.

"닷새 뒤 탁군으로 떠날 것이다. 이제는 너도 세상구경을 할 때가 되었으니 함께 가자."

"쳇, 보나마나 또 창을 거꾸로 메고 쫓겨올 것이 뻔한데 내가 뭐하러 따라가?"

큰형인 이건성이 싸움터에 데리고 가겠다고 했으나 뜻밖에도 이세민은 댓바람에 거절했다.

"제대로 된 장수가 되려면 큰 싸움을 겪어보아야 한다. 아버지도 네가 말썽만 부리지 않는다면 허락하겠다고 하셨다."

"그러면 나한테도 군사를 나누어줄 거야? 나도 1만 명쯤은 거느릴 수 있어."

"때가 되면 1만이 아니라 10만이라도 거느릴 게다. 하지만 아직은 내 옆에 따라다니면서 군사를 지휘하는 것만 보아도 된다."

"그게 바로 빛 좋은 개살구라는 거야. 수십만 대군을 거느릴 대장군더러 군사들 틈에 섞여서 형님 졸병 노릇이나 하란 말이야?"

"걱정 마라. 내가 언제 너를 내 졸병으로 쓴다더냐? 아무것도 시키지 않을 테니까 너 하고 싶은 대로 하고 다녀라."

"싫어. 나도 장수가 되기 전에는 싸움터에 안 가."

뭐라고 꼬드겨도 이세민은 따라나서지 않겠다고 우겼다. 이건성도 정말 세민을 데려갈 생각이 있어서 함께 가자고 꾀는 것이 아니었고, 이세민도 건성의 속셈을 모르지 않았다. 지난 해에 아비 이연을 따라가겠다고 설치다가 거의 반년이나 갇혀 지낸 일이 있었으니, 달콤하게 내미는 미끼를 넙죽 삼킬 바보 가 어디 있겠는가.

이건성이 2만 군사를 거느리고 여동으로 떠난 뒤에도 이세 민은 전과 다름없이 말을 달리고 활을 쏘며 세월을 보냈다. 속 내를 드러내지 않기를 정말 잘했다. 어딘지 감시하는 눈초리 가 있다고 느꼈었는데 이제는 내놓고 군사들이 뒤를 따라다니 는 것이다.

무슨 지랄을 하거나 말거나! 이세민은 맘이 내키는 대로 돌 아다니고 돌아가고 싶을 때 돌아갔다. 어둠이 내린 뒤 밧줄을 타고 성벽을 넘어가는 버릇도 예전과 같았다. 어둡기 전에 돌 아오라고 하고 싶은 것을 억지로 참는 아비 이연의 가슴속도 환히 들여다보고 있었다. 조금이라도 다른 눈치가 보이면 차 라리 싸움터에 나가겠다고 팔팔 뛰면 된다. 아비 이연이 가장 겁내는 것이니까.

룽주성에서 천하를 따라 20여 리 올라간 곳에 100여 세대 가 모여 사는 이씨촌(李氏村)이 있다. 언 땅이 녹을 무렵부터 이씨촌 사람들에게 즐거운 일이 하나 생겼다. 룽주자사의 아 들 이세민이 나타나 일을 도와주고 있는 것이다. 물론 이세민 은 일을 거들지 않고 활을 쏘거나 말을 달릴 뿐이지만, 뒤를 따라온 군사가 다섯이나 된다. 젊은이들이 싸움터에 끌려나가고 없어 걱정인데 젊은 군사 다섯이 와서 일을 해주니 큰 도움이 되었다. 밭갈이를 하려면 사람들이 쟁기를 끌어야 할 판인데, 군사들이 타고 온 말에다 멍에를 지워 쟁기를 끌게 하니 쳐다보기만 해도 즐거웠다.

이세민은 마을 사람들을 모아놓고 다짐을 받았다.

"늙은이들이 멍에를 지고 밭갈이하는 것이 딱해서 도와주려는 것이지 듣기 좋은 소리를 들으려고 하는 것이 아니다. 쓸데없이 입을 나불거려 다른 사람들의 귀에 들어간다면 곡식밭에다 불을 싸질러 그 죄를 알게 할 것이다."

나쁜 일이라면 모를까, 남몰래 좋은 일을 한다는데 말릴 까닭이 없다. 더구나 '약삭빠른 생쥐'라고 소문난 이세민은 롱주 자사의 아들이다. 비위가 틀어지면 무슨 짓을 할지도 모른다. 마을 사람들은 누구한테도 입을 다물기로 약속했다.

군사들도 입을 열 수 없게 되었다. 이세민은 다른 형제들과 달리 성깔이 사납고 무슨 못된 짓을 저지를지 종잡을 수 없는 애꾼이다. 하는 일을 못하게 말리거나 명령에 따르지 않았다가는 무슨 덤터기를 쓰게 될지 모른다. 또 마을사람들이 좋아하는 모습을 보면 어떤 일에도 힘이 부쩍부쩍 솟아났다.

군사들이 일손을 돕는 사이 이세민은 혼자 말을 달리거나 활을 쏘며 무술을 닦았다. 어린아이들과 어울려 놀기도 하고,

그도 지치면 아무 데나 드러누워 낮잠을 잤다.

　4월이 되었다. 이건성이 군사를 거느리고 떠난 뒤 아무 말썽 없이 두 달이 지난 것이다. 이세민을 바라보는 아비 이연의 얼굴은 매우 밝았다. 뒤쫓아다니는 군사들의 감시도 눈에 띄게 느슨해졌다. 이세민이 낮잠을 자거나 아이들과 함께 놀기 시작하면 쳐다보지도 않았다. 여름지기가 된 것처럼 부지런히 농사일만 도왔다.

　버드나무 냇가에서 아이들이 떠드는 소리가 요란하다. 이세민이 아이들과 함께 물고기를 잡고 있는 것이다. 오늘 저녁에도 상에 붕어찜이 오르고 술도 동이로 나올 것이다. 생각만 해도 군침이 돈다. 땀을 흘릴수록 술맛도 좋기 마련이다.

　해가 지자 군사들은 촌장네 집으로 몰려갔다. 열이틀 달이 밝아 밤길을 가기에도 좋다. 느긋하게 마시고 말에 올라 성으로 돌아가면 된다. 성문이 닫힌 뒤니 군사들도 이세민처럼 밧줄을 타고 성벽을 넘어가야 하지만 이제는 하도 미립이 나서 다들 원숭이처럼 성벽을 탄다.

　군사들은 식탁에 앉았다가 비로소 이세민이 없어진 것을 알았다. 아이들이 물고기를 잡고 있을 때 혼자 사냥을 하겠다며 산으로 갔다는 것이다. 횃불을 밝히고 찾아나서기는 했지만 이세민이 길을 잃어 돌아오지 못할 것이라는 생각은 깨끗이 버렸다. 탁군 쪽으로 달아났을 것이 틀림없었다.

탁군으로 나가려면 롱주를 지나 장안으로 가는 게 좋지만 곧장 북쪽으로 올라가 림경(감숙성 진원현)으로 가서 태원 쪽으로 가는 길도 있다. 이연에게 보고하기 위해 군사 하나가 롱주성으로 가고 나머지 넷은 림경 쪽으로 달려갔다. 군사들은 밤새 말을 달렸지만 이세민을 찾을 수 있을 거라고 생각해서가 아니었다. 그저 이연의 화가 누그러질 때까지는 롱주로 돌아갈 수 없다는 생각뿐이었다.

감시하던 군사들을 따돌리고 부지런히 달려간 이세민은 패수를 건너는 롱주군을 만났다. 이건성은 당장 돌아가라고 야단이었지만 이세민은 칼을 빼들고 차라리 자결하겠다고 위협했다. 건성은 하는 수 없이 이세민을 데리고 여동으로 갔다.

요동성 공격은 몹시 지루했다. 날이면 날마다 성을 들이치는 피 튀기는 싸움터였지만 어제도 오늘도 똑같은 일만 되풀이된다. 싸움판에 아무런 변화가 없었다.

성문은 놔두고 성벽으로만 드나들며 연습했던 것도 아무런 쓸모가 없었다. 성벽에 줄을 걸지 못해서가 아니다. 구름사다리를 걸쳐놓아도 막상 성벽으로 올라갈 수가 없었다. 어느 누구도 성을 지키는 고구려군의 눈과 화살을 피할 재주가 없었기 때문이다.

치사한 놈들! 여동군은 다 뒈져버렸나? 이세민은 애꿎은 여동군한테만 욕을 퍼부었다.

"고구려 개마대가 무섭다는 것도 다 거짓말이었소. 개마대건 지랄이건 여동군놈들이 빨리 나타났으면 좋겠소. 송곳으로 바위를 쪼는 것같이 지루한 싸움보다 이 넓은 들판을 마음껏 내달리며 싸우면 얼마나 좋겠소?"

"그런 재수없는 소리는 꿈속에서도 하지 마라. 여동군이 나타나면 우리는 살아남지 못한다."

형한테서는 대뜸 뚝배기 깨지는 소리가 났다.

"뭐요? 명색이 장수라는 사람이 그따위 생각을 하고 있으니 군사들이 저 모양 아니오? 형님도 밤마다 〈조선가〉를 부르는 게 아니오?"

"닥쳐라! 함부로 주둥아릴 놀렸다간 당장 베어버리겠다!"

당장이라도 칼을 뽑아 내려칠 태세에 이세민의 목이 쑥 들어갔다. 어린 아우를 끔찍이 아껴주던 형의 모습이 아니었다.

밤마다 〈조선가〉가 들려오고 있었다. 제대로 곡조를 맞추지는 못했지만 주문을 외듯 웅얼거린다. 고구려군의 화살과 창칼 아래서 제 몸을 지켜주는 것은 갑주나 방패가 아니라 〈조선가〉라는 믿음 때문이다. 어리석은 군사들이 하는 짓거리지만 어리석은 만큼 옳은 도리를 모른다. 귀에 못이 박이게 도리를 설명해줘도 그야말로 쇠귀에 경 읽기였다.

두 달이 되어가던 어느 날 밤 갑작스러운 명령이 떨어졌다. 가벼운 무기와 식량만 조금씩 지니고 구려하를 건너라는 명령이었다. 군사들은 살았다는 기쁨에 밤을 새워 달렸지만 모두가 무사히 구려하를 건너지는 못했다. 군사들이 강을 다 건너기도 전에 여동군이 따라붙었기 때문이다. 나타난 여동군은 2천 정도에 지나지 않았지만 수십 만 수군 사이를 송곳처럼 뚫고 들어가 뜬다리를 다섯 개나 점령해버렸다.

여동군 본진이 나타났을 때, 강을 건너지 못한 군사는 17만이나 되었다. 뜬다리 하나를 되찾았으나 그래도 세 개뿐이다. 그나마 여동군이 징과 꽹과리를 울리며 달려들자 허겁지겁 달아나다 보니 뜬다리는 다리 구실을 하지 못하고 있었다. 하나라도 넘어지면 모두 발에 걸려 산처럼 쌓이고 마니, 무사히 건너는 이보다 강물에 떨어지는 이가 훨씬 더 많았다.

그 많은 군사들이 다 강을 건너려면 밤을 밝혀도 어려운 일이다. 개마대가 적을 막으러 나섰으나 얼마나 버틸지 알 수 없는 노릇이다. 수나라 군사들은 서로 먼저 뜬다리를 건너려고 정신없이 도망쳤다. 장수들의 명령도 아무런 소용이 없었다.

군사들과 섞여 달아나던 이세민은 앞쪽 언덕 위에 버티고 선 커다란 바위를 보고는 그쪽으로 달아났다. 이건성이 크게 소리를 질렀으나 귀에 들릴 리가 없었다. 이건성은 군사들에게 부딪히면서 말을 몰아갔다. 집채만 한 바위를 돌아가자 이세민이 말고삐를 잡고 땅에 앉아 있었다.

"뭐하는 거냐? 빨리 달아나지 않고!"

"어깨를 다쳐서 말을 탈 수가 없어요."

이세민은 몹시 아픈 듯 잔뜩 울상이었다. 이건성이 말에서 뛰어내렸다.

"그래도 말에 타거라. 내가 고삐를 잡고 가마."

"말에 앉을 수도 없어요. 금방 떨어지고 말 거요."

"그럼 내 앞에 앉아라. 내가 너를 안고 가마."

이건성이 숨 가쁘게 서둘렀으나 이세민은 뭉그적거렸다. 오히려 이건성의 소매를 잡아당겼다.

"형, 지금 나가면 죽어. 여기서 조금만 더 있다가 달아나."

"뭐라고? 개마대도 얼마 버티지 못한다."

"바로 그거요. 지금 구려하로 달아나면 뜬다리를 건널 수 있겠소? 강물에 뛰어들어도 서로 뒤엉켜서 헤엄도 못 치고 죽기 십상이오. 저쪽 밑으로 내려가서 우리끼리만 강을 건넙시다."

듣고 보니 그럴듯했다. 그러나 이건성은 수만 군사를 거느린 장수였다.

"군사들은? 1만 5천 명이나 되는 군사들은 어떻게 하고 나만 도망치란 말이냐?"

"형님도, 참! 우리 목숨보다 군사들이 더 중요해요? 대장의 명령도 듣지 않고 도망친 놈들 아니오? 어차피 운 좋은 놈만 살아남게 되어 있소."

사실이다. 죽음의 그림자가 쫓아오자 군사들은 장수의 목숨도 돌보지 않고 그저 제놈들만 살겠다고 도망쳐버렸다. 그런 군사들의 목숨까지 책임질 필요는 없을 것이다. 두 사람은 말 잔등에 올라서서 바위 너머를 건너다보았다. 도망쳐오는 군사들은 얼마 남지 않았는데, 개마대 군사들이 수상쩍었다. 여동군 개마대 앞까지 가더니 움직이지 않고 서 있는 것이다. 아니나 다를까! 개마대 군사들이 갑자기 뒤돌아 내빼기 시작했다. 고구려 개마대가 독수리처럼 날개를 펴며 날아온다.

"가자!"

형제는 정신없이 말을 몰았다. 뒤늦게 도망치던 군사들이 말발굽에 치여 비명을 지르며 쓰러졌다. 얼마나 달렸을까? 왼쪽에서 여동군 기마대가 창날을 박을 듯 달려들었다. 적군도 아군도 보이지 않는 곳까지 달려가야 했으나 이제 그럴 겨를이 없다. 형제는 강쪽으로 달려 첨벙 물속에 뛰어들었다. 다행히 헤엄쳐 강을 건너는 군사는 많지 않았다. 쑥쑥 말을 몰아가며 부지런히 칼을 휘둘렀다. 헤엄치다 지친 군사들이 말을 붙잡으려고 하기 때문이다. 말을 붙잡고 숨을 쉬려던 군사들이 비명을 지르며 물속으로 가라앉았다.

갑자기 비명소리가 높아졌다. 후두둑 후두둑, 화살이 쏟아지기 시작했다. 화살에 맞아 내지르는 비명소리로 아수라장이 되었다. 이세민도 등에 화살을 맞았다. 두꺼운 갑옷이라 다칠 걱정은 없지만 소름이 쭉 끼쳤다. 이세민은 기를 쓰고 말을 몰았다. 강변까지 쉰 걸음이나 남았을까? 말의 움직임이 느껴지지 않았다. 화살을 너무 많이 맞았나 보았다. 말이 떠내려가기 시작하는 것을 느끼자 서슴없이 강물 속으로 뛰어들었다.

아뿔싸! 저도 모르게 비명이 터졌다. 강물에 뛰어들자마자 돌을 매단 듯 물속 깊이 쑥 들어갔다. 갑옷을 벗지 않았던 것이다. 고구려군의 화살을 막으려고 두껍게 만든 갑옷이라 무겁기가 짝이 없었다. 젖 먹던 힘까지 다해 겨우 물 위로 솟아올랐으나 몸이 자꾸 가라앉는다. 고구려군의 화살보다 숨이 막혀 죽겠다. 꿀떡꿀떡 물을 먹으며 겨우 갑옷을 벗었다.

후…… 물 위로 머리를 내밀고 거친 숨을 몰아쉬었다. '이제 살았다!' 싶은 순간 눈앞에 번쩍 번갯불이 일었다. 투구에 화살이 맞은 것이다. 기절할 듯 놀라서 다시 물속으로 쑥 들어갔다. 괜히 갑옷을 벗었다 싶었다. 심장이 터질 듯해서야 솟구쳐 숨을 몰아쉬고 다시 물속으로 깊이 들어갔다.

유황지옥에 떨어질 놈들! 손모가지나 콱 부러져라! 입을 벌리지 못해도 욕은 얼마든지 할 수 있다. 생각나는 대로 욕하고 조상부터 자자손손까지 저주했다.

하늘이 돌보았는지 조상이 굽어살폈는지는 모르나 마침내 화살이 멎었다. 고구려군이 더 많은 먹이를 찾아 강 위쪽으로 달려간 것이다. 살았다고 생각하니 팔다리에서 긴장이 풀리고 맥이 빠졌다. 물을 너무 많이 먹어 배가 터질 것 같았다. 그래도 이렇게 허무하게 죽을 수는 없는 일이다. 이세민은 안간힘을 다해 버둥거렸다.

강변에 올라선 이건성은 세민이 보이지 않자 미칠 것만 같았다. 화살이 소나기처럼 쏟아지고 있으니 다시 강물에 뛰어들 수도 없고, 수많은 군사들 틈 어디쯤 있는지 짐작도 가지 않았다.

마침내 고구려군이 활쏘기를 멈추고 강 위쪽으로 달려갔다. 화살이 멎었는데도 물속으로 가라앉는 군사는 더 많아지고 있었다. 이건성은 갑옷과 신발을 벗고 물에 들어갈 준비를 마쳤으나 세민이 어디에 있는지 몰라 안절부절못하고 있었다. 모두가 제 동생만 같았던 것이다. 문득 잠깐 비쳤다가 가라앉고 있는 투구 하나가 눈에 띄었다. 세민이다! 이건성은 정신없이 헤엄쳐 갔다. 투구가 다시 떠오르자 들쳐업고 정신없이 헤엄쳐 밖으로 나왔다.

강물을 거푸 쏟아낸 이세민은 곧 정신이 돌아왔다.

"살았구나, 살았어! 고맙다, 고마워!"

이건성이 우는소리를 냈다.

"네가 없으면 내가 못 산다. 너를 잃어버리고 어떻게 돌아간단 말이냐?"

"난 투구는 벗지 않았어. 최소한 투구는 벗지 않았다고."

감정이 격하기는 이세민도 마찬가지였다. 자꾸 투구를 벗지 않고 지켰다는 말만 되풀이했다.

"그래, 투구 덕분이다. 그 투구 때문에 너를 알아봤어! 아이구, 이놈아!"

한참이 지나서야 정신을 차린 형은 제 갑옷을 동생에게 입혀주었다. 그러고 보니 강 위쪽에 시커멓게 연기가 오르고 있었다. 뜬다리를 태우는가 보았다. 군사들이 정신없이 달려가고 있었다. 이건성 형제도 함께 말을 타고 부지런히 군사들 뒤를 쫓았다.

"형, 잠깐만!"

뭐라고 말릴 새도 없이 이세민이 말에서 뛰어내렸다. 그러더니 웬일인지 뒤돌아 강 쪽으로 달려가는 게 아닌가?

"야, 그냥 함께 타고 가자."

강 쪽에 주인 잃은 말이 보였으나 군사들이 이미 모여들고 있었다. 이건성이 다급하게 불렀으나 세민은 뒤도 안 돌아보고 달려갔다. 어떤 일이 있어도 동생만은 잃어버릴 수 없는 형이다. 뒤따라 가보니 이세민은 강변을 뛰어다니며 화살을 줍고 있었다.

"형, 고구려 화살이야."

"야, 이 녀석아. 죽고 싶어 환장했냐? 고구려놈들이 강을 건너는 게 안 보여?"

거짓말까지 보탰으나 동생은 처음부터 귀먹쟁이다. 여기저기 뛰어다니며 고구려 화살을 찾느라 정신이 없다. 둥둥 떠내려오는 주검에 꽂힌 화살을 보고 달려들었으나 무거운 갑옷 때문에 물속 깊이 들어갈 수 없다는 것을 깨닫고서야 아쉬운 눈길을 떼었다.

이건성은 동생을 데리고 무사히 임유관에 들어갔으나 제가 거느리던 군사는 하나도 찾아오지 않았다. 모두 살았더라도 패잔병만 몰려 있는 이런 난장판에서는 자기들의 대장이 어디에 있는지조차 모를 것이다. 혹시 살아서 돌아왔을지도 모르는 군사들을 찾아다니다가 제법 질서 있어 뵈는 한 무리의 군사들을 만났다.

"너희들은 제법 군기가 서 있구나. 누구에게 속한 군사들이냐?"

"저희는 우효위대장군을 모시고 있습니다."

"우효위대장군?"

"형. 우효위대장군이라면 태원에서 으뜸가는 호족 장손성 장군 아냐? 그분은 아버지와 막역한 사이라고 들었어. 찾아가면 홀대는 하지 않을 거야."

이세민의 그럴듯한 제안이었다.

"네 말도 옳다. 이렇게 무작정 돌아다니는 것보다는 먼저 우리가 자리를 잡는 게 나을 것이다."

이건성 형제는 군사들을 앞세우고 장손성을 찾아갔다. 당국공 이연의 자식이라고 하자 장손성은 반갑게 맞아주었다. 믿음직한 장수가 찾아왔으니 되레 고맙다고 했다.

장손성은 요동성을 칠 때 양광과 함께 지휘소에 앉아서 차를 마시다가 고구려군의 화살세례를 받았다. 곁에서 비명을 지르며 죽어가는 소리에 놀라 정신없이 밑으로 내려오다가 발을 헛디뎌 밑으로 떨어지고 말았다. 재수가 없다 보니 지휘소 밑에 서 있던 군사의 창에 옆구리를 찔려 크게 다쳤다. 상처는 아물었으나 이때 허리뼈까지 다쳤으므로 말을 타기는커녕 오래 서 있기도 힘들었다.

하루의 반은 누워서 지내는 형편인지라 장손성은 이건성이 더욱 반가웠던 것이다. 그날로 이건성에게 군사 5천을 붙여주며 장성 지키는 임무를 주었고, 이세민은 부장 이정을 따라다니며 일을 돕도록 했다. 이정은 마읍군(산서성 석현) 사람으로 아전 출신이었다. 사람이 바르고 무예가 높았으며 병법에도 매우 밝았으므로, 명문세가가 아닌데도 장손성의 눈에 들어 장수가 된 사람이다. 이세민을 이정에게 붙여준 것은 그만큼 세민을 아끼기 때문이었다.

오줌에 젖는 수군 군기

60만 군사를 이끌고 장성을 지키게 된 우문술은 부하장수들을 한자리에 불러모았다.

"적을 알고 나를 알면 결코 싸움에 지지 않는다고 했다. 우리 군사가 훨씬 많으나 고구려군은 숫자로 맞서 싸울 수 있는 군사들이 아니다. 또한 적장 을지문덕은 나보다 몇 배나 뛰어난 장수다. 우리는 감히 저들과 맞서 싸울 수 없으니 다만 굳게 지키기만 해야 한다."

"……."

아무도 말이 없었다. 우문술은 지난해 우중문과 함께 40만 대군을 이끌고 압록수를 건넜다가 을지문덕에게 걸려 모두 죽고 2천 700명만이 살아서 돌아왔다. 그나마 고구려군이 자비를 베풀었기에 가능한 일이었다.

우문술은 평양을 30여 리 앞두고 제멋대로 군사를 돌렸으며, 부끄럼을 무릅쓰고 적이 주는 밥을 먹으며 비굴하게 살아 돌아왔다는 이유로 쇠사슬에 묶였다. 그러나 이후 그의 판단과 처신이 옳았다는 것이 밝혀져 용서를 받고 다시 군사를 지휘하게 되었다는 것을 모르는 사람이 없었다. 오히려 우문술에게 안다미를 씌우려던 우중문이 군사를 함부로 움직였다는 죄를 받아 갈가리 찢겨 죽었다. 자식들은 물론 가까운 친척들까지 남자는 모두 죽임을 당했고 여자들은 종이 되어 흩어졌다. 싸움에 진 장수를 역적과 같은 죄로 다스린 것은 양광이 패전의 책임을 모두 우중문 한 사람에게 뒤집어씌워 백성들의 불만을 다독거리려 했기 때문이었다.

지금 우문술이 고구려군과 을지문덕을 지나치게 겁내서가 아니라, 사실 그대로를 말한 것이므로 누구도 우문술을 비웃거나 반박하지 못했다.

"절대로 나가서 적을 치지 않고 이 장성을 물샐틈없이 지켜내겠습니다."

고구려 군사들이 이틀 동안 맹렬하게 성을 공격했으나 수나라 군사들은 잘 지켜냈다. 장성이 비록 높지 않으나 엄청나게 많은 군사가 지키고 있으니 고구려군도 더는 어쩌지 못한 것이다.

고구려군은 수군을 장성 밖으로 끌어내 싸울 속셈인 듯했다. 군사를 뒤로 물리고 300~400명의 적은 무리들만 와서 싸움을 돋웠다. 수군들은 아예 화살 하나 날려 보내지 않고 모르는 척했다. 고구려군이 수군을 향해 온갖 욕을 다 퍼붓고 오줌을 갈겨도 성벽을 기어오르지만 않으면 내버려두었다.

무슨 짓을 해도 대꾸를 하지 않고 모르는 척하자 고구려군도 지친 모양이었다. 며칠 동안 모습을 드러내지 않았다.

닷새째 되던 날, 아침부터 북소리가 어지럽게 일어나더니 고구려군 25만이 몰려오기 시작했다. 총공격이 시작된 것이다. 수군들의 군영에서도 어지러운 북소리가 일어나며 군사들이 줄지어 장성 위로 올라왔다. 오랫동안 푹 쉬었기 때문에 몸이 근질거리던 판이다. 수군들은 팔을 걷고 손에 침질을 하며 고구려군의 공격이 시작되기를 기다렸다. 고구려군과 맞닥뜨려 싸우는 것이 아니고 높은 성벽에서 밑을 내려다보며 하는 싸움이라 모두들 자신만만했다. 그런데 그때……

"이상하다!"

"저게 무슨 일이냐?"

수군들 사이에 놀라는 소리가 터져나왔다. 앞장선 고구려 군사들이 들고 있는 깃발이 모두 수군의 군기였기 때문이다.

둥, 둥, 둥. 북소리에 맞춰 고구려 군사들이 장성을 따라 늘어섰다. 바다 쪽에서 불어오는 바람에 깃발이 힘차게 펄럭이고 있었다. 장성 위에 늘어선 깃발보다 고구려군이 든 수군의 군기가 몇 배나 많고 생김새도 훨씬 그럴듯했다. 장성을 지키는 60만 수군들은 스스로 서툰 솜씨로 군기를 만들어야 했는데, 그나마 천과 실의 보급이 형편없이 모자랐던 것이다.

마침내 고구려군이 싸움새를 다 갖추었다. 둥, 둥, 둥. 북소리가 파도처럼 울려퍼졌다. 고구려군의 공격이 시작된 것이다.

고구려 군사들이 쿵, 쿵, 발걸음을 울리며 앞으로 나왔다. 수나라 군사들은 조용히 그들이 성 밑까지 다가오기를 기다렸다. 막 화살을 얹고 시위를 당기려는데, 문득 고구려군의 발걸음이 멎었다. 100여 걸음 앞이었다.

둥둥둥둥, 북이 빠르게 울자 고구려 군사들은 앞으로 나서지 않고 뒤로 물러나기 시작했다. 수나라 군기들을 땅에 꽂아놓고 물러갔으므로 깃발만 남아 바람에 휘날리고 있었다.

고구려군이 수군 깃발을 놓고 물러간 까닭은 이내 밝혀졌다. 고구려 군사들이 목청껏 큰 소리로 외치기 시작한 것이다.

"서토의 오랑캐들아, 어서 기어나와 너희들의 깃발을 가져가거라."

"빨리 가져가지 않으면 우리가 오줌을 갈길 터이니 그리 알아라."

군기를 가져가지 않으면 오줌을 누어 모욕하겠다는 것이다. 수나라 군사들은 마음이야 굴뚝같았지만 감히 성을 내려갈 수는 없었다. 아무리 날랜 장수라도 안 된다. 군기 한두 개라면 모를까 수만 개를 모두 거두어올 수는 없는 일이다. 이가 갈리게 분하지만 고구려군의 날카로운 창칼 앞에 수십만 군사의 목을 내놓을 수는 없는 일이었다.

수나라 군사들은 눈멀고 귀먹은 듯이 침묵을 지켰고, 욕설을 퍼붓던 고구려 군사들도 목이 쉬었다. 얼마 후 욕설이 그치는가 싶더니, 북소리에 맞춰 수만 명의 군사가 어깨를 나란히 하고 앞으로 나와서는 세워두었던 수군 군기를 모두 쓰러뜨리고 하얀 오줌발을 뻗치기 시작했다.

슉. 슉. 슉. 슉. 슉. 슉…… 성난 화살이 소나기처럼 날아갔으나 소용이 없었다. 고구려 군사들은 팔을 들어 화살을 막았을 뿐 달아나지 않았다. 이따위로 고구려 갑주를 뚫겠느냐고 비웃는 것이다. 수군이 날려보낸 화살은 바윗돌에 부딪힌 것처럼 고구려군의 발밑에 수북이 쌓였다. 화살이 그치자 고구려 군사들은 한 아름씩 화살을 안고 뒤로 물러났다.

그게 끝이 아니었다. 또 다른 군사들이 나오더니 군기에 다시 오줌을 갈겼다. 수나라 군사들은 또다시 화살을 퍼부었으나 또 아까운 화살만 보태준 꼴이 되었다.

불화살을 날려 모두 태워버리려고도 해보았으나, 군기에 구멍이나 뚫릴 뿐 막상 불이 붙지는 않았다. 깃발들이 모두 고구려 군사들의 오줌에 흠뻑 젖은 데다. 고구려군이 달려나와 불화살을 뽑아 던져버렸기 때문이다.

수나라 군사들은 화살 쏘기를 포기했지만 고구려 군사들은 해질녘까지 오줌 누기를 계속했다. 사흘 동안이나 똑같은 일이 벌어졌지만 장성을 지키는 수군들은 꿈쩍도 하지 않았다.

　나와 싸우지 않고 다만 지키기만 하는 장성을 넘기는 어렵다. 여동 여러 성의 높은 성벽에 비하면 장성의 성벽은 많이 낮았으나, 서토 정벌을 전혀 준비하지 않고 살아온 고구려에는 공성기기가 거의 없었다. 요동성에는 수나라 군사들이 황급히 달아날 때 위장계책을 쓰기 위해 버려둔 공성기기가 그대로 남아 있었지만, 요동성은 너무 멀고 무엇보다 서토 정벌을 반대하는 조정 세력들 때문에 장성까지 가져올 수가 없었다.

　효과적으로 성벽을 공격할 수 있는 공성기기가 없으니 어떻게 해서든 수군을 끌어내 싸워야 했으나, 수나라 군사들은 장성 밖으로 머리를 내밀지 않았다. 빼앗은 군기에다 오줌을 누어도 수군들은 썩은 명태 눈깔처럼 멍하니 쳐다보기만 했다. 군기의 무거움을 아는 자들이라면, 애당초 목숨을 내놓을지언정 군기를 내버리고 달아나지도 않았을 것이다.

　"억지로 성벽을 넘으려면 군사들이 너무 많이 다칠 테니 함부로 공격할 수도 없고…… 적이 아예 밖으로 나올 생각을 하지 않으니 어찌 해야 좋을지 모르겠소"

　오랑캐들이 성가퀴 뒤에 숨어서 꿈쩍도 하지 않고 있으니 을지문덕으로서도 어떻게 해볼 재간이 없었다.

　"저들이 구려하를 넘나들더니만 성을 지키는 것만 눈여겨

본 모양이오. 게다가 평양에서 저리도 호들갑을 떨어대니 군사들의 사기가 말이 아니오."

강이식의 말보다 형편은 더 어려웠다. 조정에서는 패수를 넘어간 군사들에게 곧장 돌아오지 않으면 군량을 끊겠노라고 으름장을 놓고 있었다. 지금 도망치는 적을 건드리게 되면 고구려는 두고두고 오랑캐의 공격을 받게 된다는 것이었다. 싸우기도 전에 일찌감치 꼬리를 내려 감춘 강아지처럼 '우리는 수나라와 싸우거나 서토를 정벌할 마음이 없으니 그렇게 알아주시오' 하며 못난 짓을 하고 있는 것이다.

"어리석은 자들에게 더 말해봐야 아무런 소용이 없을 테니, 이제 장성을 넘기는 어렵게 되었소. 그렇다고 저들의 뜻대로 물러갈 수는 없는 일이니 이곳에 성을 쌓고 군사를 두어 지키도록 해야 할 것이오."

"그렇소이다. 이만큼이라도 되찾아서 잘 지키고 있으면 다음에 또 기회가 오지 않겠소."

을지문덕과 강이식은 생각하는 바가 같았다. 고구려군은 장성에서 20여 리 떨어진 곳에 성을 쌓기 시작했다.

곳곳에 촛불이 밝혀져 있는 막리지 처소. 을지문덕은 아까부터 혼자 자리에 앉아 있었다. 하지만 모습을 드러내지 않은 누군가와 계속 대화를 나누고 있었다.

"그래서? 장군의 의견은?"

"그 시건방진 자가 무단외출은 꿈도 꾸지 못하게 혼쭐을 내놓겠습니다."

"은밀하게 보호할 수는 없는가?"

"절대 불가능합니다. 몰래 뒤따르며 지켜보는 것만도 쉬운 일이 아닙니다."

"그렇다면 내버려두게. 적의 칼끝에 목을 들이미는 자의 목숨까지 책임질 수는 없겠지."

"그래도 그자는 동부대인의 장자입니다. 건방을 떨다가 죽거나 크게 다치기라도 한다면 전하의 처지도 곤란해질 것입니다."

"시건방진 자가 아니다. 지금까지 수십만 적군 앞에 홀로 나가 호령한 장수가 있었는가?"

"없었습니다."

"한 바탕도 안 되는 곳까지 다가가서 엉덩이를 까고 냄새를 풍겼던 장수는?"

"없었습니다."

"장군이라면?"

"하명하시면 즉시 실행하겠습니다."

"할 수 있는 일을 여태 하지 않았던 것은?"

"아무것도 얻는 것 없이, 그저 무모한 짓일 뿐입니다."

"그렇지. 장군이라면 적장의 목을 따오라고 해도 명이 떨어지기가 무섭게 날아가겠지. 하지만 모든 일에 이해득실을 따지는 것이 아니다. 그렇게 무모한 짓은 누구도 감히 생각지 못했던 일인데, 그 어린 선배가 태연하게 저지른 것이다."

동부대인의 장자라고 해서 보호하라고 했던 것이 아니다. 첫눈에도 용력이 빼어나 보이는 선배의 목숨을 아끼고 싶었던 것이다. 그런데 그런 기개까지 갖추고 있었다니, 반드시 세상을 호령할 인물이 될 것이다. 귀먹은 적군들 앞에서도 계속 악을 쓰는 것은 기개가 크기 때문이고 적의 코앞에서 냄새를 풍기는 것은 그 열망이 크기 때문이다.

"오늘 아무 일이 없었다면 아마 앞으로도 괜찮을 것이네. 설혹 무슨 일이 생기더라도 내가 장군을 나무라지 않는 것처럼 그자의 아비도 나를 원망하지 못할 것! 무슨 짓을 하든 내버려두게."

"존명!"

복명을 끝으로 어둠 속의 그림자는 숨소리도 내지 않았다. 대화는 끝났지만 잠자리에 든 을지문덕의 상념은 그치지 않았다. 아직 어린 선배가 장성 밑에까지 가서 엉덩이를 까고 냄새를 풍겼다고 한다. 적의 코앞에 벌건 엉덩이를 까고 앉아 용을 쓰는 선배와 눈, 코, 귀를 막고 분노를 삼키는 오랑캐들의 모습이 눈에 보이는 것 같다.

군기에 오줌을 갈겨도 끝까지 참아내던 서캐 군사들! 장성을 지키는 적장 우문술도 대단하지만 키를 넘는 용맹을 뽐내는 선배도 보통은 아니었다. 단지 동부대인의 아들이어서는 아니었을 것이다. 그만큼 아낄 만했기에 뜬다리를 사수하던 윤경호가 구려하 강물에 차넣어 목숨을 구하도록 했을 것이다.

한 해가 지났다. 장성이 지나는 벌판에도 다시 가을이 깊었다. 낮이 되어 구름이 걷혔지만 아침에는 눈발까지 날렸었다. 성벽에 꽂힌 깃발들만 나풀거릴 뿐 장성은 말없이 누워 햇볕을 쬐고 있다. 풀은 누렇게 시들었고 땅에 떨어진 나뭇잎은 찬바람에 나뒹군다. 쏴아악, 세찬 바람이 일더니 낙엽을 어지럽게 흩날리며 서쪽 언덕 너머로 몰아갔다.

문득 말 한 필이 나타나더니 끄덕끄덕 언덕을 내려오기 시작했다. 붉은 털을 가진 크고 힘 있게 생긴 말이다. 말에는 검은 전포를 입은 고구려 군사가 타고 있다. 이목구비가 뚜렷하고 건장한 체격이다. 전포를 입었지만 머리에는 투구 대신 검은 베로 만든 모자를 썼고 모자 양쪽에는 까마귀 깃털을 꽂았다. 모자로 보아 군사가 아닌 선배의 모습이다. 그러고 보니 거뭇거뭇 짙어가는 구레나룻이 그럴듯했지만 아직 앳된 얼굴이다.

집채만 한 바위 앞에 이르자 선배는 말에서 내렸다. 고삐를 매지 않은 말은 주위를 어슬렁거리며 버릇처럼 마른풀을 뜯었다.

선배는 여느 때처럼 곧장 바위로 올라가지 않고 장성 쪽으로 다가갔다. 눈앞을 가로막고 길게 누워 있는 장성은 여느 때처럼 쥐 죽은 듯이 조용하기만 했다. 성벽 위에는 빽빽이 들어선 깃발만 바람에 날리고 있을 뿐 군사들의 움직임은 하나도 보이지 않았다. 모두 숨어버린 것이다. 지난봄부터 이곳에 나와 시간을 보냈지만 아직 날아오는 화살 한 대 없었고 저리 가라는 욕설 한 마디 듣지 못했다. 활 한 바탕 거리도 안 되는 버드나무 그늘에서 낮잠을 자도 아무 이상 없었고, 코앞까지 다가가서 엉덩이를 까고 냄새를 풍겨도 수나라 군사들은 죽은 듯이 침묵을 지켰다.

성벽에서 100여 걸음밖에 떨어지지 않은 곳에는 무릎 높이만 한 돌들이 많이 흩어져 있었다. 징검다리 건너듯 돌 위를 뛰어 건넜다. 맨 끝에 있는 돌에까지 가서야 뒤돌아서 바지를 내리고 앉았다. 여기다 똥을 누는 것도 오늘이 마지막이다. 여름내 귀찮게 굴던 모기와 파리도 사라져 좋은데 참 아쉽게 되었다.

굳이 여기까지 와서 뒤를 보는 것은 대가리도 내밀지 못하고 꽁꽁 숨어 있는 수나라 놈들을 약 올리기 위해서다. 처음에는 그냥 오랑캐 말로 "야, 이 배냇병신 같은 놈들아! 내 똥이나 먹어라!" 하고 욕설을 퍼부었다. 하지만 오만 가지 짓을 다 해도 수렁에 돌을 던진 듯 아무런 대꾸가 없으니 헛심만 쓰는 꼴이었다. '흥, 네놈들이 두 눈을 감고 주둥이에 자물쇠는 채워도 콧구멍은 어쩌지 못할 것이다. 이 어르신네가 평양으로 돌아간 뒤에도 냄새나 실컷 맡아라.' 그렇게 시작된 일이었다.

선배는 뱃살을 주물러가며 없는 똥도 만들어 밀어낸 뒤에야 일어서서 바지를 올리고는 빈틈을 찾듯 성벽을 따라 걸었다. 10여 리나 갔을까. 말방울 소리가 들리더니 붉은 말이 다가왔다. 주인이 너무 멀어지자 말이 놀랐는지도 모른다.

선배는 곧 발걸음을 돌렸다. 늘 하던 대로 바위에 올라가 장성을 바라보고 서서는 돌로 깎아놓은 듯 꼼짝 않고 장성을 노려보았다.

"오랑캐들은 꼼짝도 하지 않고 깃발 아래 숨어 있다. 똬리를 튼 뱀처럼. 빈틈도 전혀 보이지 않는다."

이곳에 나와보는 것도 마지막이라고 생각하니 더 아쉽다. 반드시 돌아오겠지만, 그때는 한달음에 날아 장성을 넘어가겠지만, 그게 언제가 될지는 아무도 모른다.

"반드시 돌아올 것이다. 기어이 저 성벽을 넘어 서캐를 토벌하고 서토를 평정할 것이다."

바람에 옷깃을 날리며 한걸음에 장성을 뛰어넘어 달려갈 듯 뚫어져라 성벽을 쏘아보는 선배는 몸집이 뛰어나게 크고 억센 기운이 넘쳐흘렀다.

지난해, 수군을 뒤쫓아 패수를 건넌 고구려군은 변변한 공성장비 하나 없었으나 마음은 저마다 당장이라도 장성을 깨부술 태세였다.

"저따위 장성쯤은 걸림돌이 되지 못합니다. 한달음에 깨버리고 장안까지 달려가서 오랑캐들의 죄를 물어야 합니다."

"저를 선봉에 세워주십시오. 이레 안에 성을 넘겠습니다."

모든 장수가 앞장을 서겠다고 우겼으며 군사들도 모두 나가 싸우고자 했으나 정작 군을 이끄는 막리지와 도원수는 엉뚱하게도 성을 쌓도록 했던 것이다.

"차라리 조정에 앉아서 거들먹거리는 놈들을 베어버립시다."

"지난해에도 겁 많은 건무 때문에 우리는 압록수도 건너지 못했습니다."

조정의 명령이 패수마저 건너지 말라는 것임을 알았을 때 고구려군은 너나 할 것 없이 모두 울분을 터뜨렸으나 끝내는 막리지와 도원수의 명에 따라 장성 북쪽 20여 리에 성을 쌓았다.

그렇게 쌓은 성에 '북평성(北平城)'이라는 이름을 붙였다. 요동땅의 성에다 요서(遼西) 들머리에 있는 '북평'이라는 이름을 쓴 것은 요서까지 되찾아야 했기 때문이다. (북평은 요서遼西의 한 고장으로 오늘의 베이징이다. 조선의 제후국으로 백이·숙제로 인해 널리 알려진 고죽국孤竹國이 있었으며, 선수鮮水 남쪽에 있는 진평군晉

오국지 2

平郡과 함께 백제 땅이 되기도 했다. 호태왕 광개토경호태열제가 후연을 쳤을 때 이곳에는 유주자사 진을 파견하여 다스리게 했고, 뒤에는 유주다물로 승격시켜 국제 상업도시인 유성을 돕게 했다. 요서는 오늘날 허베이성, 산시성, 산둥성이다. 요서는 요수遼水의 서쪽을 가리키는데, 본디 요수는 장성의 동쪽을 가로질러 바다로 흐르며 오늘날에는 난하灤河라고 부른다. 오늘날 말하는 요하遼河는 본디 구려하句麗河, 구류하枸柳河, 거류하巨流河로 불렸으니 '고구려의 물'이라는 뜻이다. 따라서 구려하의 서쪽을 요서라고 하는 것은 잘못이다. 요동遼東은 요수 동쪽에서 구려하 서쪽까지다. 구려하 동쪽을 요동이라고 부르는 것 또한 크게 잘못된 일이다. 구려하가 요하로 이름이 바뀐 것은 요나라가 일어난 뒤의 일이다.)

　모두가 성을 쌓는 일에 매달려 있었으나 연개소문은 봄부터 바깥으로만 맴돌았다. 잠자리에서 일어나자마자 말을 타고 밖으로 나가 어두워져서야 돌아와도 누구 하나 나무라는 사람이 없었다. 윤경호와 넙바우가 함께 치렀던 처절한 전투에서 유일하게 살아남은 생존자가 올해 열여덟 살의 어린 선배였다는 것이 외동아들을 잃은 을지문덕의 가슴을 울렸던 것이다. 게다가 동부대인 막리지의 응석둥이라는 소문에 사람들이 대놓고 나무라기를 꺼리는 탓도 적지 않았다.

　지난봄부터 개소문은 오랜 버릇처럼 이곳에 나와 말을 달리거나 장성을 바라보며 깊은 생각에 잠기곤 했다. 시선을 장성 너머에 둔 채 가슴 깊이 숨을 들이마시고 주먹을 불끈 쥐어보는 것도 오늘이 마지막이 될 것이다. 성을 다 쌓은 고구려군은 북평성을 지킬 군사 2만여 명만 남기고 패수를 건너 돌아가기로 되어 있었다. 더러는 막리지 을지문덕을 따라 평양으로 가야 한다.

어젯밤에도 연개소문은 을지문덕에게 북평성에 남게 해달라고 졸라댔다.

"그렇게도 이곳에 남고 싶으냐?"

"예, 전하. 이곳에 뼈를 묻을지언정 돌아가고 싶지 않습니다."

"이곳 성주가 되고 싶으냐?"

"아닙니다. 성주가 되려는 것이 아니라 앞장서서 장성을 넘고 싶어서 그럽니다."

"그렇다면 더더욱 평양으로 돌아가야 한다. 그 까닭을 알겠느냐?"

북평성에 남을 핑계는 다 짊어지지 못할 만큼 많았지만 되돌아가야 할 까닭이라니? 설혹 안다고 해도 입을 열 사람이 아니었으나 개소문은 아직 그런 생각은 꿈에도 해본 일이 없었다.

"배부른 호랑이를 본 적이 있느냐? 배부른 호랑이가 굴에 숨어 있는 것은 그 빠르고 억센 힘이 바로 그 날렵한 허리에서 나오기 때문이다."

이건 또 무슨 말인가? 을지문덕의 말대로라면 여동에 쳐들어온 서캐를 몰아낸 지 얼마 안 되었기에 아직은 장성을 넘어서토 평정에 나설 때가 아니며, 그래서 북평성을 쌓았고 조금 더 힘을 길러야 된다는 것이다. 장성을 넘지 못하는 것이 조정의 명령 때문만은 아니라는 이야기다.

"막리지 전하께서는 벌써부터 배가 부르셨다는 말씀입니까? 전하께서 스스로 장성을 넘으려 하지 않는 줄은 참으로 몰랐습니다."

깜짝 놀란 연개소문이 따지듯 묻자 을지문덕이 손을 내저으며 말했다.

"함부로 앞지르지 마라. 내가 평양에 가서 장성을 넘어야 한다고 주장해도 조정을 움직이기는 어려울 것이다. 나는 이미 늙었다. 서캐를 토벌하고 서토를 평정하는 일은 아마도 너같이 젊은 사람들 차지가 될 것이다."

"그렇지 않습니다. 머지않아 우리는 다시 돌아올 것입니다. 막리지 전하, 그때는 저에게 선봉을 맡겨주십시오."

"그리 할 수 있다면 오죽 좋으랴마는 이곳에서 군사를 물려야 하는 것이 현실이다. 네 뜻이 북평성을 지키는 데 있지 않고 장성을 넘는 데 있다면 평양으로 돌아가서 먼저 훌륭한 선배가 되어야 할 것이다."

을지문덕은 다시 군사를 이끌고 이곳에 올 사람은 자신이 아니라 연개소문처럼 젊은 사람들일 거라고 했다. 그가 장성을 넘을 날을 멀찌감치 잡는 것은, 오늘에 와서야 고구려군이 어찌하여 장성을 넘지 못했는지 그 까닭을 바로 알았기 때문이다.

을지문덕이 10만 군사를 이끌고 평양을 나설 적에 고건무는 적의 수로군을 막아야 한다는 핑계를 대 평양에 남았다.

양광이 두 번째 쳐들어올 적에는 수로군이 없었다. 처음 싸움에 깡그리 박살나고 겨우 수십 척의 배만 달아나지 않았는가. 아무리 서둘러도 짧은 시간에 싸움배를 많이 만들 수는 없다. 내호아 등은 겨우 운하를 오르내리며 군량과 병장기를 나르기에 바빴을 뿐 감히 바다로 나설 생각은 꿈에도 하지 못했다.

수나라가 수로군을 보내지 못한다는 것을 모르지 않았으나 을지문덕은 뱃속 검은 건무의 꿍꿍이를 눈곱만치도 짐작하지 못했다. 옹졸하고 비겁한 건무가 따라다니며 귀찮게 굴지 않는다니 차라리 잘된 일이라고 생각하며 평양을 잘 지키라는 소리까지 했던 것이다.

그런데…… 고건무는 을지문덕이 평양을 떠나자 지난번에 을지문덕이 도읍을 옮겨야 한다고 주장한 것을 이리저리 부풀려서 많은 사람을 제 편으로 끌어들였다. 을지문덕의 말대로 도읍을 국내성으로 옮긴다면 평양에 터를 박은 귀족들의 기반이 뿌리째 흔들리게 된다. 이악스러운 사람들은 앞뒤 가리지 않고 건무의 말에 쉽게 속아넘어갔다.

고건무와 한통속이 된 벼슬아치들은 모두 제 잇속을 위하여 나랏일을 헌신짝 버리듯 내팽개쳤다. 이제 을지문덕은 팔다리가 꽁꽁 묶인 몸이 되어 옴치고 뛸 재주가 없게 되었다.

"막리지 전하께서 그렇게 말씀하신 것은 조정에서 우리 군사들의 발을 묶어두었기 때문이다. 전하께서 조정에 들어가 장성을 넘어야 한다고 주장하신다 해도 이미 귀를 기울일 사람이 없다는 뜻이다."

개소문은 소리를 내어 중얼거리고 있었다.

"내일 북평성을 떠나 평양으로 돌아가면 언제 다시 이곳에 돌아올지 모른다. 그러나 언제고 다시 이곳에 돌아오는 날 단숨에 말을 달려 성벽을 넘을 것이다."

몇 번이고 소리 내어 다짐을 했다. 다시 돌아올 것이다! 나라의 근심을 없애기 위해서는 반드시 서캐를 토벌하고 서토를 평정해야 한다!

개소문은 문득 오랫동안 오줌을 참고 있었다는 것을 깨달았다. 여기서 오줌을 누는 것도 마지막이다!

괴춤을 끄르자 콸콸 오줌발이 쏟아져나간다. 시원스럽게 오줌발을 내뻗던 개소문이 저도 모르게 팔을 움직여 뭔가를 잡아챘다. 화살이었다.

우리 화살이다! 화살이 날아온 것은 틀림없이 장성 쪽인데 개소문의 손에 잡힌 것은 촉이 한 자나 되는 고구려 화살이었다. 꼼짝 않고 엎드려 있던 수나라 놈들이 감히 화살을 날려 보냈다는 것보다도 고구려 화살이라는 것이 더 놀라웠다.

영문 모를 일이었다. 그러나 그보다 걷잡을 수 없는 호기가 일었다.

"원숭이 같은 오랑캐놈들! 활을 어떻게 쏘는 것인지 똑똑히 봐두어라."

바위를 내려간 개소문은 말안장에 걸린 활을 내렸다. 아쉽게도 궁수들이 쓰는 각궁이 아니라 군사들이 말을 타고 달리며 쏘는 철궁이었다. 철궁은 각궁보다 크기가 훨씬 작아서 화살을 멀리 보내지도 못할뿐더러 화살이 나는 속도도 빠르지 못하다. 화살이 성벽까지 날아가면 속도가 떨어져 적의 손에 잡히거나 칼에 맞아 떨어지고 말 것이다. 자랑하려다 도리어 웃음거리가 될 뿐이다.

그래도 방법은 있다! 잠깐 생각하던 개소문은 살상용 화살을 꺼내지 않고 우정 우는살 세 개를 모두 뽑아들었다. 우는 살은 공기의 저항 때문에 멀리 날지 못하고 속도도 더디다. 어차피 적의 목숨을 노리는 것도 아니니 칼끝이 닿지 못하게 높직이 겨냥해야 한다.

"네놈들한테도 눈깔이 있다면 똑똑히 봐두어라. 활은 이렇게 쏘는 것이다."

개소문은 단숨에 화살 세 개를 모두 날려보냈다.

백성들에게도 대책이 있다

낙양에 틀어박힌 양광은 밖으로 나올 줄 몰랐다. 대장군 우문술이 60만 대군으로 장성을 지키고 있으니 장성에 대한 걱정 때문은 아니었다. 또다시 아무런 전과도 없이 40만 군사만 잃고 장안으로 돌아갈 낯이 없어서였다.

낙양에 들어간 양광은 군기부터 만들게 했다. 정신없이 도망칠 때는 몰랐지만 갈수록 군기도 없이 걸어가는 군사들이 눈에 거슬렸던 것이다. 군사가 적어도 군기가 많으면 그럴듯해 보이기 마련이다. 먼저 장안으로 돌아가는 10만 군사가 울긋불긋 화려한 군기를 여느 때보다 세 배나 많이 들고 가자 구경 나온 길가의 백성들이 모두 좋아하더라고 했다.

"한 폭의 깃발이 10명의 군사에 맞먹는다."

양광은 낙양의 베를 모두 거둬들여 군기를 만들게 했다. 하지만 군기가 다 만들어졌어도 양광은 낙양을 나서지 않았다. 군기만 많이 만들면 되는 줄 알았는데, 다시 생각해보니 아무래도 잃어버린 40만 군사가 마음에 걸린다. 앞장서 10만 군사가 장안에 닿았다는 소식이 전해졌지만 양광은 꼼짝도 하지 않았다.

그런데 작으나마 부끄러움을 알았던 그 순간이 양광의 목숨을 구했다. 예부상서 양현감이 반란을 일으킨 것이다. 호랑이가 사냥꾼에게 쫓기다 보면 동네 똥개까지 짖고 나선다더니, 허겁지겁 쫓겨온 양광을 보고 그만 간덩이가 부어버린 것이다. 양현감의 반란군은 때를 기다렸다가 양광이 낙양에서 나와 장안으로 가는 길목에서 양광을 죽이려고 했으나 양광이 낙양에서 나오지 않자 거사를 앞당긴 것이다. 3만 명이 넘는 반란군이었으니 언제 들통 날 줄 몰라 마냥 기다릴 수가 없었던 것이다. 양현감이 반란을 일으키자 힘을 합치겠다는 군사가 자꾸 몰려들어 10만을 헤아렸다. 양현감은 그 10만 군사를 거느리고 낙양성을 공격했다.

양현감은 민심이 양광을 떠났기 때문에 성을 들이치면 안에서 호응하는 성민과 군사들이 많을 것으로 판단했으나 이는 중대한 착오였다. 민심이 양광에게 등을 돌린 것은 사실이었지만, 아직은 양광의 호위 군사만도 20만이나 되었다. 비록 고달프게 쫓겨온 군사들이었지만 양현감의 반란군은 꿈에 볼까 무서운 고구려군이 아니었다.

더욱이 낙양은 서토의 유명한 상업도시다. 계산에 어두운 장안 사람들이라면 제집이 불타더라도 양광만 없앤다면 손뼉을 치며 좋아했겠지만 손익계산에 밝은 낙양 사람들은 달랐다. 난리통에 제 처자식과 재물이 다치는 것을 원하지 않았다. 양광은 이 갈리게 밉지만 양광을 없애려다 손가락 하나라도 다치면 자기만 손해라는 약삭빠른 계산이었다.

더구나 양광이 베를 거둬들이며 나중에 값을 치르겠다는 증서를 써주었기 때문에 양광이 망하면 베값을 받을 데가 없다. 밉거나 곱거나 양광이 살아남아야 베값을 찾을 수 있다는 이해타산이 양광을 적극 돕게 했다. 양광은 군기까지 내버리고 도망쳐와 두고두고 비난을 받게 되었지만, 이 급박한 순간에만은 낙양 사람들과 한마음 한뜻이 될 수 있었던 것이다.

낙양 사람들의 열렬한 지원과 더는 쫓길 수 없다는 위기의식으로 양광의 호위 군사들은 매우 용감해졌다. 양현감의 반란군도 사기가 높았지만 우문개가 정성 들여 다시 쌓은 낙양성 함락은 쉽지 않았다. 더구나 반란군 사이에는 장성을 지키던 우문술이 30만 대군을 이끌고 달려온다는 소문까지 퍼졌다.

낙양성 공격에 지쳐 있던 양현감의 반란군은 우문술이 대군을 몰아온다는 소문에 사기가 땅에 떨어졌다. 낙양성 포위를 풀고 달아나다가 양광의 호위 군사들한테 추격을 받아 뿔뿔이 흩어지고 말았다. 반란을 일으켰던 양현감은 갈가리 찢겨 낙양 백성들의 구경거리가 되었다. 양현감은 지난날 양광이 제 형을 밀어내고 태자로 올라서는 데 공을 세웠던 양소의 아들이다. 양광은 장안으로 군사를 보내 이미 오래전에 죽어 땅에 묻힌 양소의 뼈다귀까지 무덤에서 끌어냈다. 양소의 뼈는 토막토막 잘려 양현감의 걸레처럼 찢긴 주검과 함께 불에 태워졌다.

양광은 양현감의 반란을 떳떳하게 장안으로 돌아갈 수 있는 빌미로 삼았다. 고구려한테 작살났다고 내가 송장이 된 것은 아니다! 나를 우습게 보고 함부로 날뛰는 놈들은 모두 양현감처럼 만들어주겠다!

그 방법은 효과가 아주 좋았다. 두 번에 걸쳐 120만이나 되는 엄청난 목숨을 죽이고 돌아왔으나 어느 누구도 감히 입을 열어 양광을 비난하지 못했다.

장안으로 돌아온 지도 한 달이 지났다. 기운을 되찾은 양광이 부하들을 불러모아 한바탕 떠들어댔다.

"고구려는 이제 작은 도적의 무리가 되었는데도 감히 큰 나라를 멸시하고 모욕하는 교만을 떨고 있다. 지난날 내가 대자대비한 마음으로 저들의 죄를 용서하여 군사를 돌렸으나, 저놈들은 이를 깨닫고 고마워하기는커녕 감히 뒤쫓아와서 장성 바깥에다 성을 쌓으며 밤낮으로 우리 땅을 엿보고 있다. 내 어찌 이를 용서할 수 있으랴!"

"……"

양광이 울분을 내뱉었으나 부하들은 하나같이 입을 다문 채 잠자코 있었다. 뜻밖에도 고구려군이 눌러앉아 성을 쌓고 있으니 망정이지, 맘이 바뀌어 장성을 넘으려 든다면 어쩌려고 저러는지…….

양광이 두 번째로 고구려에 군사를 몰아갔을 때에는 오직 요동성 하나만을 목표 삼아 죽살치기로 덤벼들었다. 그러나 성을 빼앗기는커녕 을지문덕과 강이식이 다가오자 맨몸으로 정신없이 도망쳐왔다. 고구려군이 온다는 소리에 지레 놀라 싸워볼 엄두도 못 내고 꽁지가 빠지게 도망쳐온 주제에 다시 나가 싸우겠다니?

더구나 백성들은 죽어서 극락에 가려고 염불을 외우는 대신 고구려군의 창칼 아래서 살아남겠다고 〈조선가〉를 주문처럼 외우고 있다. 어린아이들까지도 아사달은 하늘백성이 사는 검스러운 곳이니 조선에 거역하면 죽어도 묻힐 곳이 없다는 〈사망가〉를 부르고, 〈값없는 죽음의 길, 여동으로 가지 말라〉는 지세랑의 노래도 모르는 사람이 없다. 도저히 군사를 일으킬 수 있는 상황이 못 되었다.

양광이 쫓기는 것만 보고 섣불리 반란을 일으킨 양현감은 붙잡혀 죽었지만, 그 반란의 충격은 매우 컸다. 아비 양소 때부터 대를 이어 양광의 심복부하나 다름없던 양현감까지 반란을 일으킨 것을 보고 모두들 양광을 같잖게 여기기 시작한 것이다. 더구나 양광이 또다시 고구려 도전의 군사를 일으키겠다고 하자, 미친놈이 죽으려고 환장했다고 생각할 수밖에 없었다.

그러나 제 앞에 늘어선 부하들이 무슨 생각을 하고 있는지 짐작도 못하는 양광이었다.

"말로써 이르고 타일러도 듣지 않는 아이는 매로써 호되게 가르쳐야 한다. 귀엽다고 내버려두었다가는 차츰 버릇이 나빠져서 나중에는 할아비 수염까지 잡아뽑기 마련이다. 한낱 집안도 이러하거늘, 하물며 나라와 나라 사이에랴! 내 몸소 군사를 이끌고 나가 저 도적들의 못된 버릇을 고치지 않을 수가 없다."

"……"

그만큼 알아듣게 말했는데도 어느 한 놈 나서서 비위를 맞춰주는 놈이 없다.

이런 것들을 부하라고 높은 벼슬을 주어 우쭐거리게 하였구나! 양광은 배알이 뒤틀렸다.

"어째서 말이 없느냐? 저 도적의 무리들을 쳐서는 안 된다는 말이냐?"

양광이 빽빽 소리를 지르자 한 부하가 마지못해 입을 열었다.

"올해 들어 부쩍 나라가 어지럽고 여러 곳에서 도둑이 나타나고 있습니다. 이는 두 번이나 크게 군사를 일으켰으나 크게 패하였고, 오히려 고구려군이 장성에까지 쫓아와서 우리를 엿보기 때문입니다."

두 번이나 군사를 잘못 일으켰으므로 가뜩이나 백성들의 살림이 어려워진 터에 또다시 군사를 일으키는 것은 안 된다는 말이었다. 그러나 양광은 제 입맛에 맞게 제멋대로 풀어서 들었다.

"바로 그것이다. 고구려가 감히 우리를 얕보고 있으니 어찌 나라 안의 작은 도둑들이 스스로 간덩이를 키우지 않으랴! 곧바로 군량을 모으고 군사를 불러모아라."

양광의 명령에도 불구하고 한 달이 지나고 두 달이 지나도 군사는 모이지 않았다.

"황제는 군량과 군사를 보내라 하나 백성들이 굶주리고 부모형제를 잃은 자들의 원성이 너무나 높다. 또다시 굶주린 백성들에게서 식량을 빼앗고 군사를 끌어냈다가는 내 잠자리가 편치 못할 것이다. 더욱이 황제의 위엄이 땅에 떨어졌으니 이곳까지 군사를 보내 잘잘못을 따지려 들지는 못할 것이다."

백성들은 이미 〈조선가〉를 주문처럼 외우고 '빛나는 도끼는 정수리를 쪼개고 날카로운 화살은 심장을 파고든다'는 소름 끼치게 무서운 〈사망가〉를 입에 달고 사는 판이다. 함부로 군사를 모으고 군량을 걷어들였다가는 무슨 꼴을 겪게 될지 모른다.

"그 먼 곳에까지 뽐내고 쳐들어가서는 을지문덕 이름만 듣고도 놀라서 도망쳐온 놈이 아닌가? 군기까지 내버리고 도망쳐온 놈이 무슨 낯짝으로 또 여동에 가겠다는 것인지 알 수가 없다."

"그 많은 군량이나 병장기는 물론 군기까지 다 내버리고 발가벗은 채 쫓겨온 놈이 남부끄러운 줄도 모르나? 그러고는 다시 군사를 일으키겠다니, 동네 개가 다 웃을 일이다."

많은 벼슬아치가 양광의 명령에 콧방귀를 뀌며 군사를 보내지 않았다.

"양광이 식량과 군사를 보내라고 했으나 우리 태수님은 우리에게서 식량을 빼앗지도 않고 억지로 우리를 끌어내 죽음터로 보내지도 않는다 하셨다. 어차피 머나먼 여동까지 끌려가서 조선에 죄를 짓고 죽을 목숨이라면, 차라리 우리를 아껴주는 태수님을 위해 목숨을 바치는 것이 더욱 보람 있지 않겠는가?"

백성들은 자기들을 죽음으로 몰아넣지 않는 태수를 위하여 목숨을 바칠 것을 다짐하며 조정을 비웃었다.

더러 마음이 약한 벼슬아치들은 조정의 군사가 들이닥칠까 무서워 양광의 명령을 어기지 못했다. 그런 고을에서는 식량을 가득가득 채워서 싣고 수백 수천씩 군사를 보냈다. 그러나 충성심 대신 원망으로 가득 찬 군사들이 죽으러 가는 길을 달가워할 까닭이 없었다.

"여동에 갔다가는 목숨을 구하여 살아올 수가 없다. 뻔히 알면서 누가 죽으러 가겠나?"

마지못해 길을 떠난 군사들이다. 걸음을 옮길 때마다 볼멘소리가 터져나왔다.

"가는 족족 떼죽음당하는 것을 알면서도 또 군사를 일으키는 것을 보면 머지않아서 이 나라가 망하고야 말 것이다. 그때까지만 도망쳐 숨어 있으면 된다."

"차라리 산에 숨어서 도둑이 되자. 남의 재물을 빼앗으려고 도둑이 된다면 그 죄가 하늘에 닿겠지만 제 목숨을 구하려고 도둑이 된다면 하늘도 우리를 용서하실 것이다."

나라에 정책이 있으면 백성에게는 대책이 있다. 나라에서 군사를 여동으로 보내 죽이려는 정책을 세웠으니 군사들도 살아날 대책을 세웠는데, 그 대책이라는 것이 산에 숨어 산적이 되고 물에 숨어 수적이 되는 것이었다. 도적을 잡아야 할 군사들이 도적이 되다니, 말도 안 되는 소리였으나 누가 저 죽을 줄 뻔히 알면서 수걱수걱 싸움터가 아닌 죽음터로 따라가겠는가?

조선을 거역하다가는 죽어도 묻힐 곳이 없다는 〈사망가〉를 부르던 군사들은 누군가 산으로 달아나 숨자고 말하면 여기저기서 기다렸다는 듯이 호응했다. 목소리가 커지면 무서울 것도 없어진다. 밤이 깊도록 맘에 맞는 사람을 찾아 모았고 길을 가다가도 끼리끼리 모여서 달아날 것을 큰 소리로 떠들어댔다.

그러다가 장수들에게 들켜서 목이 달아나는 자라도 생기면 그날 밤 안으로 모두 달아나 산에 숨어서 산적이 되었다.

"이 나쁜 놈을 죽여라!"

달아나기로 마음을 모은 군사들이 많을 때는 먼저 장수들을 죽이고 달아났다. 그러나 모든 장수가 조정에 충성을 다하는 것은 아니었다. 무엇보다 군사들이 없는데 장수들끼리만 장안으로 나가봐야 그 목이 붙어 있을 수가 없다. 하찮은 군사들도 살아날 구멍수를 찾는데 명색이 장수라는 것들이 멍청하게 저 죽을 구멍으로 기어들어가겠는가? 방침이 있으면 방도가 있다!

"너희들이 함부로 흩어져 달아났다가는 동네 개들한테도 업신여김을 받고 쫓기게 된다. 산에 들어가더라도 모두들 정신을 똑바로 차리고 앞뒤를 잘 살펴서 길 가는 사람이나 괴롭히는 좀도둑이 되지 않게 해라."

"조정의 군사가 들이닥치면 누가 나서서 힘을 모으고 군사를 이끌어 맞서 싸우겠는가? 어디서나 너희들은 장수들의 말을 잘 들어야 살아남을 수 있다."

눈치 빠른 장수들은 제가 먼저 앞장서서 군사들을 이끌고 산으로 들어가 도적이 되었다. 지방에 둥지를 틀고 사는 도적을 '토비(土匪)'라고 했는데, 이들은 그 지방 출신이 많아 지형지물을 익숙하고 사람들까지 잘 알아서 쉽게 잡히지 않았다.

세상은 넓고 넓은데 도망칠 곳이 없겠는가? 산마다 골짜기는 한없이 많고 끝없이 깊은데 숨을 곳이 없겠는가?

이리하여 옷 솔기에 이가 박히듯 골짜기마다 토비들로 들끓었으며 묏봉우리마다 토비들의 깃발이 날렸다. 지난날 진나라 끝 무렵에 진승과 오광이 군사를 이끌고 반란을 일으킬 때와 그다지 다를 것이 없었다. 그야말로 '잉엇국 먹고 용트림'하더라고 어수선한 틈을 타서 한나라 유방이 되려는 꿈을 가진 자들도 적지 않았다. 이 토비들은 간 큰 도적이 되어 식량이 떨어지면 그 고을 구실아치에게 사람을 보내 식량을 달라고 했으며 고분고분 말을 듣지 않으면 군사를 이끌고 휩쓸어버린 뒤 스스로 고을을 다스리기도 했다. 나라가 어지러울수록 한나라 유방을 따라 배우려는 무리들이 늘어났으므로 수나라는 걷잡을 수 없이 시끄러워지고 있었다.

싸움은 끝나지 않았으나 여동군은 꼴도 보이지 않았다.

장성까지 뒤쫓아온 을지문덕과 강이식은 장성 안에 숨어 있는 수군을 끌어내기 위해 갖은 짓을 다 했으나 우문술은 일절 상대하지 못하게 했다. 성벽을 기어오르려고 할 때에만 마지못해 화살을 퍼붓고 돌을 던졌다. 고구려 군사들이 밤새 성 밑에서 술을 마시고 춤추다 쓰러져도 못 본 척 내버려두었다.

적군이 함부로 날뛰지 못하게 하려면 이쪽에서 눈멀고 귀먹은 듯이 잠자코 있어야 한다. 몇 배나 되는 대군이 더구나 성을 지키는 군사들이 모습을 드러내지 않고 있으면 오히려 적군은 스스로 불안해서 함부로 움직이지 못하는 것이다.

우문술의 계책이 맞아들었다.

심지어 성벽 밑에다 수군 군기를 늘어놓고 찾아가라고 해도 모르는 척 눈과 귀를 막았고, 군기에다 오줌을 누어도 화살 하나 날려보내지 않았더니 고구려군이 먼저 나가떨어졌다.

고구려군이 장성 넘기를 포기하고 대신 성을 쌓고 있다는 것을 알고 한시름 놓았는데 뜻밖에 양현감의 반란 소식이 전해졌다. 양광에게 불만을 품은 군사들이 늘어나 양현감의 반란군이 10만을 넘어섰다는 소식을 들었을 때 우문술은 눈앞이 캄캄했다. 반란군이 더 불어나기 전에 군사를 끌고 달려가 막아야 했으나 우문술 자신이 없으면 도저히 장성을 지킬 수가 없기 때문이다. 군사가 적어서도 아니고 병장기가 모자라서도 아니다. 장성을 지키는 장수들이 고구려군의 꾐에 빠져 성 바깥으로 군사를 몰아갈 것은 불을 보듯 뻔한 일이었다.

우문술은 생각 끝에 부하장수 원문도에게 10만 군사를 주어 반란군을 막게 했다. 대장군 우문술의 깃발을 휘날리며 길을 떠난 원문도는 행군 속도를 하루 10여 리로 정했다. 느릿느릿 행군하며 대장군 우문술이 30만 대군을 거느리고 반란군을 잡으러 간다는 소문만 크게 퍼뜨렸다. 우문술의 계책은 맞아떨어졌다. 우문술의 30만 대군이 몰려온다는 소문에 놀란 반란군은 뿔뿔이 흩어져 도망쳤고 양현감은 양광의 군사들한 테 사로잡혀 죽었다.

양광이 장안으로 돌아간 뒤 다시 군사를 일으키고 있다는 소식이 들려왔다. 지금 같은 상황에 군사를 모으려다가는 민심을 잃고 끝내는 나라가 망하게 된다는 것을 뼈저리게 깨달은 우문술은 틈나는 대로 서찰을 보내 군사를 일으키지 못하게 말렸다. 양광이 서찰을 읽지도 않고 처박아버린다는 것을 알면서도 우문술은 정성을 다해 서찰을 써서 보냈다.

그나마 불행 중 다행인 것은 평양에서 전해지는 소식이었다. 고구려 조정에서는 막리지 을지문덕과 병마도원수 강이식에게 장성을 넘지 못하도록 막고 있다는 것이었다. 저들이 성을 쌓고 있는 것도 여서에 머물기 위한 핑계일 뿐이라고 했다. 성을 다 쌓으면 을지문덕과 강이식은 여동으로 돌아가야 한다는 것이다.

앞으로도 서토의 주인은 우리 수나라다! 우문술은 뛸 듯이 기뻤다. 제발, 하루빨리 성을 쌓고 돌아가라! 자나깨나 빌고 또 빌었다.

서토 곳곳에서 도적들이 생기고 반란이 일어나고 있지만 그것은 몸에 난 종기에 지나지 않는다. 국가의 존망을 가름하는 고구려군이 여동으로 돌아간다는 것은 수나라의 영원한 존속을 뜻한다.

천만다행으로 고구려 조정에서는 많은 벼슬아치가 군사들이 장성을 넘는 것을 반대하고 있으며, 특히 태왕의 아우인 고건무는 을지문덕에 대해 험담까지 한다고 한다. 을지문덕과 강이식은 서토를 다스리기 위해서는 도읍을 국내성으로 옮겨야 한다고 주장했다고 한다. 만에 하나 그리 된다면 수나라로서는 정말 끔찍한 일이다. 고구려는 활과 철제품을 다루는 솜씨만 좋은 것이 아니었다. 개마대를 잡기 위해 긴 낫을 새로 만들거나, 돌을 가지고 강물 속에다 덫을 만드는 것은 상상도 못할 일이었다. 우문술이 못나서가 아니다. 을지문덕과 강이식이 너무 뛰어나기 때문이다.

어찌 강이식이나 을지문덕뿐이랴! 장성은 높고 튼튼한 고구려의 성에 견준다면 성이라고 할 수도 없다. 고구려군이 조금이라도 군사들의 목숨을 아끼지 않았더라면 수나라 군사들은 주검으로 산을 쌓고 붉은 피로 누른바다를 붉게 물들인다고 해도 장성을 지켜내지 못할 것이다. 고구려군이 장성을 넘지 못하고 있는 것은 군사들이 스스로 목숨을 아껴서가 아니다. 고구려군은 아예 목숨을 버리고 싸움에 뛰어든다. 그러나 고구려 장수들은 어떤 경우에도 군사들의 주검으로 공(功)을 쌓으려 하지 않는다. 군사들이 죽음을 겁내지 않는 것도 알고 보면 장수들이 군사들의 목숨을 제 목숨처럼 아끼기 때문이다.

아아, 동이는 목숨을 살린다고 했다! 고구려군이 용맹한 것은 바로 그 때문이다. 서로의 목숨을 제 목숨처럼 아끼기 때문에 서슴없이 제 몸을 내던지는 것이다.

고구려의 무서움을 알면 알수록 우문술은 하늘을 보기가 두려워졌다. 수나라의 운명이 바람 앞의 등불처럼 위험에 빠진 것도 따지고 보면 자기 한 사람의 잘못 때문이었다. 고구려 도전에 눈이 멀어 앞장서 양광을 황제로 만들었다. 또한 자기가 고구려 병장기를 얻어왔기 때문에 양광과 다른 장수들도 고구려 도전에 터무니없는 자신감을 갖게 되었던 것이다.

봄이 되자 군사들의 잠자리가 편해지고 말먹이 풀도 구하기가 쉬워졌다. 유성을 드나드는 장사치들에 의하면, 여름쯤에는 성이 완공될 것이라고 했다. 북평성이라는 이름까지 지어놓은 것을 보면 성의 완공도 머지않았을 것이다. 고구려에서는 탁군을 '북평'이라고 한다. 여서에 있는 성 이름을 요서에 있는 땅 이름으로 지은 것으로 보아 을지문덕의 속뜻이 어디에 있는지 알 만했다. 어쨌거나 어서어서 성을 쌓고 빨리 돌아가주었으면 고맙겠다. 나라 곳곳에서 도둑이 일어나는 것도 다 고구려군이 장성 앞에 버티고 있기 때문이다. 고구려군이 여동으로 물러가기만 하면 당장 군사를 이끌고 장안으로 달려가서 도둑떼들을 모조리 두드려 잡고 말 것이다.

응답 없는 곰새끼의 고육지계

　우문술이 장성에 오르는 일이 부쩍 잦아졌다. 성벽 위를 거닐며 북쪽 하늘을 향해 어서어서 성이 완성되기를 비는 것이다. 성벽 위를 걷던 우문술의 발걸음이 문득 멎었다. 뒤따르던 장수들의 눈길도 저쪽 언덕으로 모아졌다.

　고구려 군사 하나가 말을 타고 한가롭게 다가오고 있었다. 장성 앞에는 군데군데 고구려군의 봉화대가 서 있지만 어디까지나 수군들의 기습공격을 알리기 위한 것일 뿐이다. 봉화대를 지키는 군사들이 장성 밑에까지 다가오는 일은 없었다. 군사 혼자서 다가오는 것도 그렇지만 봉화대를 지키는 군사들도 전혀 아는 척하지 않고 있었다.

　수군에게 할 말이 있어서 오는 것도 아니었다. 수군에게 볼 일이 있으면 임유관으로 갔을 것이다.

　아니나 다를까, 활 한 바탕쯤까지 다가온 고구려 군사는 방향을 바꾸어 서쪽으로 천천히 올라가기 시작했다. 마치 산보를 나온 것처럼 한가로운 모습이었다.

"장성을 지키는 군사들에게 일러라. 저 고구려 군사에게 화살을 날리는 자는 그 자리에서 목을 벨 거라고. 저자가 무슨 소리를 하든 말대꾸를 하는 자는 혀를 뽑고, 손가락질을 하는 자는 팔을 잘라버려라."

갑작스러운 명령이었다. 웬일인가 하던 장수들도 우문술의 엄한 낯빛을 보자 묻지 못하고 명령을 전하기 위해 앞뒤로 달려나갔다.

우문술은 걷기를 그만두고 장성을 내려와 군막에 들어갔다.

성을 쌓고 나서도 돌아가지 않을는지 모른다! 오히려 마음 놓고 장성을 넘을지도 모른다! 겁 없이 홀로 다가서는 고구려 군사를 보았을 때, 우문술은 문득 자신이 너무 제 좋은 생각에만 사로잡혀 있었다는 것을 깨달았다. 을지문덕같이 뛰어난 장수가 고분고분 조정의 말을 듣지는 않을 것이다. 뭔가 그럴듯한 핑곗거리를 만들어 장성을 넘고 말 것이다.

고육지계? 그렇다! 고육지계가 틀림없다! 아까 본 그놈은 을지문덕이나 강이식의 아들일 것이다. 고구려 조정에서는 장성을 넘지 말고 성을 다 쌓는 대로 여동으로 물러나라는 명령을 내렸지만 을지문덕이나 강이식의 아들이 수나라 군사들의 손에 죽는다면 문제는 달라진다. 을지문덕은 곧바로 장성을 공격할 것이고 평양에서도 말릴 명분이 없어진다.

놈은 고구려군이 장성을 넘을 빌미를 얻기 위해 태연하게 죽으러 나온 것이다. 다만 성벽에다 머리를 박고 죽는다면 서툰 연극이 탄로날 테니 적당한 거리에서 수나라 군사들을 자극해 화살을 받으려는 것이다.

놈이 무슨 짓을 하든지 못 본 척 내버려두어야 한다!

우문술이 장성을 지키는 군사들을 위로하며 순시할 때였다. 그날도 고구려놈은 수군 코앞에 벌건 궁둥이를 들이대고 냄새를 풍기고 있었다. 울컥 화가 치밀었지만 우문술은 뻔히 쳐다보면서도 아무런 느낌이 없는 것처럼 행동했다. '대장군인 나도 이렇다. 여러 장수나 군사들도 모른 척하라'는 명령을 온 몸으로 내리는 것이었다.

우문술도 고구려놈의 건방진 행동이 얼마나 수나라 군사들의 사기를 떨어뜨리는지 모르지 않았다. 자기 같은 백전노장도 스스로 활을 들어 저놈을 죽여버리고 싶은 생각이 울컥울컥 치미는데 젊은 군사들은 오죽하랴.

그러나 만에 하나 참지 못하고 죽여버린다면 벌떼같이 달려들 고구려군을 감당할 수가 없다. 더구나 장안에서 들려오는 소식은 늘 걱정스러운 것이었다. 나라 안 곳곳에서 도둑이 일어나고 있으니 어서 가서 도둑들을 다스려야 한다. 정말 바람 앞의 등불 같은 수나라의 운명을 생각할 때 어떤 모욕을 당하더라도 참을 수밖에 없었다.

장성을 지키는 수나라 군사들에게는 눈엣가시 같은 놈이었다. 성도 이름도 모르는 고구려놈이다. 대장군 우문술의 엄명으로 못 본 척하고 있지만 놈의 그림자만 나타나도 눈에 열이 오르고 이가 갈렸다. 수나라 군사들이 못 본 척하자 간덩이가 부은 놈은 성 밑까지 활개치고 다녔다. 날이 더워지자 활 한 바탕 거리에 있는 버드나무 밑에 드러누워 낮잠까지 즐겼다.

재수없는 사냥꾼은 곰을 잡아도 웅담이 없다고 한다. 겁 없이 날뛰는 저 고구려놈은 잡아봐야 칭찬을 받기는커녕 목이 달아날 판이니 웅담 없는 곰이나 다를 바가 없다.

밑살 빠진 놈! 웅담 없는 곰새끼! 이세민은 웅담 없는 곰새끼를 보면 누구보다 밥맛이 떨어졌다. 낯짝이 여드름으로 벌겋고 구레나룻이 돋기 시작하는 것으로 보아 아직 어린놈이 분명했다. 이세민은 수나라 군사들 앞에서 통 크게 노는 웅담 없는 곰새끼가 자신과 비슷한 나이라는 것이 영 비위 상했다. 아비 이연이나 형 이건성의 수염은 멋대가리가 없었다. 털 몇 오리가 수염자리라는 것을 알리고 있을 뿐, 차라리 없느니만 못했다. 세민도 콧수염 몇 개가 솜털 속에서 돋아났을 뿐 아직 턱수염은 나올 생각도 않고 있다. 웅담 없는 곰새끼의 구레나룻이 은근히 부럽고 놈의 잘생긴 낯짝에도 질투가 났다.

웅담 없는 곰새끼의 행동은 눈을 감고 있어도 환히 알 수 있다. 아래쪽 언덕을 넘어 나타나면 천천히 말을 몰아 바위가 있는 곳까지 간다. 말은 매어두지 않지만 멀리 가지 않고 어슬렁거리며 풀을 뜯는다. 제 주인처럼 덩치만 크고 비천하게 생긴 놈이다. 꼴에 수군이 무서워 돌아다니지 못하는 것을 보면 주인보다는 나은 놈이지만.

웅담 없는 곰새끼는 꼭 집채만 한 바위로 올라가서 한참 동안 이쪽을 건너다본다. 바위에 앉아 놀다가도 툭하면 바위에 서서 이쪽에다 대고 오줌을 갈긴다. 저놈의 바위도 꼴 보기 싫어 죽겠다. 성질대로라면 밤중에라도 성을 나가 밑으로 굴려 떨어뜨리고 싶지만, 성벽 바깥쪽으로 내려가는 놈은 무조건 그 자리에서 목을 잘라버리라는 명령이 무서워 참을 뿐이다.

바위에 앉아서 놀던 놈이 어슬렁어슬렁 다가오면 이세민도 다른 군사들처럼 코를 싸쥐고 등을 돌렸다. 놈이 장성에서 백 걸음도 안 떨어진 바로 코앞에까지 와서 엉덩이를 까기 때문이다. 그곳에는 들돌만 한 크기의 돌이 많아 올라가 일을 보기가 수월해서일 것이다. 제가 놀던 바위에서 엉덩이를 까지 않는 것을 보면 그래도 제 냄새 고약한 줄은 아나 보다.

변비가 있는지 치질을 앓는지 밑살이 빠졌는지, 웅담 없는 곰새끼가 궁둥이를 드러내고 볼일을 볼라치면 거의 반 시각은 걸렸다. 고약한 고구려놈이라 장성에까지 구린내가 진동해서 미치고 팔짝 뛰겠다.

화살 한 대면 놈의 밑구멍에서 주둥이까지 푹 꿰어버리겠는데! 화살 한 대라도 날리는 자는 당장 목을 잘라 군문에 걸겠다는 대장군 우문술의 엄명 때문에 꼼짝할 수가 없다. 그래서 속이 더 탄다.

바위가 많은 곳이라 뱀도 많고 지네도 많을 것이다. 이세민은 뱀이 놈의 물건을 물어주기를 간절히 빌었으나 뱀들도 놈이 풍기는 독한 냄새에 질려 도망치고 말았나 보았다. 어쩌다 낮잠 없는 모기가 있는지 궁둥이를 철썩 갈기는 것이 보일 뿐이었다.

때 아닌 7월에 늦장마가 시작되었다. 군사들은 끝도 없이 계속되는 장마에 진저리를 쳤으나 이세민은 장마가 계속되기를 빌었다. 비 맞으면 뼈다귀에 물이 들어가는 놈인지 웅담 없는 곰새끼의 꼴이 보이지 않아 속이 시원했던 것이다.

스무 날이 넘게 질질 끌던 장마가 끝났다. 아침부터 새파란 하늘에서 맑은 햇살이 쏟아지자 군사들은 환성을 질렀다. 아침을 먹자마자 습기에 찬 병장기를 내다 말리고 곰팡이나 녹을 닦았다. 한쪽에서는 눅눅해진 옷가지를 내다 널고 땔나무를 말린다. 모두들 정신없이 돌아치면서도 좋아서 어쩔 줄 몰랐다.

아이쿠! 군사들 틈에 섞여 성벽을 따라 걸어가며 깃발을 내걸던 이세민은 저도 모르게 신음소리가 나왔다. 꼴도 보기 싫

오국지 2

은 놈이 또 나타난 것이다. 등을 돌리고 돌아섰지만 눈앞에 안 보인다고 신경까지 안 쓰이는 건 아니다. 웬일인지 이번에는 바위로 올라가지 않고 말을 타고 곧장 엇비슷하게 성벽 쪽으로 다가왔다.

저런 곰새끼, 웅담 없는 곰새끼! 놈이 벌건 볼기짝을 드러내 놓고 냄새를 풍기기 시작했다. 찬란한 햇살, 맑은 공기를 고약한 냄새로 흐려놓는 것이다.

밑살이나 콱 빠져버려라! 손에 잡은 깃대를 던져 놈의 등때기를 꿰뚫었으면 좋겠다. 놈은 스무 날이 넘게 참았던 똥을 한꺼번에 싸는가 보았다. 뒤에서 어떤 놈이 쌍심지를 돋우거나 말거나 꼼짝 않고 앉아 있었다.

너는 이제 죽었다! 너를 놔두면 내가 영웅이 아니다! 오만방자한 네놈을 더는 용서하지 않겠다! 언젠가는 서토 천하의 주인이 될 뛰어난 자신이 저런 웅담 없는 곰새끼를 그냥 못 본 척한다는 것도 체면 문제다.

영웅심에 불타는 이세민은 하던 일도 팽개치고 성벽을 내려갔다. 막사로 들어가 꽁꽁 숨겨두었던 보따리를 끌렀다. 고구려 화살 다섯 개를 꺼내 다른 화살과 함께 화살통에 넣었다.

그러나 곧장 성벽으로 올라가지 않고 말을 타고 한참을 달려서 깊은 산속으로 들어갔다. 사냥을 하러 나온 것처럼 굴었지만 실은 활쏘기 연습을 하려는 것이었다. 고구려 화살은 화살촉이 크고 무겁기 때문에 바람의 영향은 덜 받지만 멀리 날지 못한다. 이세민이 웅담 없는 곰새끼를 죽이는 데 그 아까운 고구려 화살을 쓰려는 것은 뒤탈을 없애기 위해서였다.

이세민은 틈나는 대로 고구려 화살을 가지고 활쏘기를 했다. 어려서부터 말타기와 활쏘기에 빼어난 재주가 있는 이세민이다. 연습을 시작한 지 한 달도 안 되어 고구려 화살에 익숙해졌지만 틈나는 대로 산속에 들어가 활쏘기를 계속했다.

웅담 없는 곰새끼가 나타나면 성벽을 지키던 군사들은 모두 등을 돌리고 만다. 고육지계에 넘어가지 않으려는 우문술의 엄명 때문이다. 그러나 이세민은 너무 고구려군을 두려워하는 우문술이 못마땅했다. 고구려군이 강한 것은 놀랍도록 날카롭고 강한 병장기와 개마대 때문이다. 하지만 개마대는 성벽 앞에서는 꼼짝도 못한다. 처음부터 쓸모없는지라 한 번도 나타나지 않았다. 좋은 병장기도 성벽 위에 있는 군사를 어쩌지는 못한다. 갑옷을 꿰뚫는 화살도 돌로 쌓은 튼튼한 성벽과 성가퀴 때문에 아무런 쓸모가 없는 것이다. 장성을 공격하는 척 흉내를 내던 고구려군이 쉽게 물러간 것도 그 때문이다.

하지만 이세민은 때가 오기를 기다렸다. 고구려 군사 한 놈 때문에 아까운 목숨을 버린다는 것은 값없는 개죽음이라고 생각했다. 결코 죽음이 두려워서는 아니었다. 아직은 겨우 화살 다섯 개를 얻었을 뿐이지만 언젠가는 고구려 병장기 중에

오국지 2

서도 가장 좋은 것을 얻게 될 것이고, 또 나라를 훔쳐 서토의 주인이 될 운명이기 때문에 목숨을 태산같이 아껴야 했기 때문이다.

바람이 차갑다. 이른 아침부터 희끗희끗 눈발이 날리더니 첫눈이 내렸다. 첫눈은 겨우 발자국이나 새길 정도였지만 이미 겨울이 시작되었다는 것을 알리기에 충분했다.

눈이 내리자 마음이 조급해진 이세민은 활과 화살통을 지니고 성벽으로 올라갔다. 물론 고구려 화살은 전포 속에 숨긴 채였다. 웅담 없는 곰새끼를 그냥 놓아보냈다가는 나중에 서토의 주인이 될 자신의 역사에 두고두고 지울 수 없는 오점을 남기게 될 것이었다.

겨울이 되면 군사를 움직이기가 어렵다. 성벽만 다 쌓았다면 군사들이 들어갈 집은 다 짓지 못했어도 고구려군은 물러날 것이다. 오늘이라도 물러간다면? 어제 놈이 나타났을 때 처리하지 못한 것이 한이 된다. 어떤 일이 있어도 오늘은 놈을 해치우고 말 것이다.

낮이 되면서 구름이 걷히고 따뜻한 햇볕이 내리쬐었지만 이세민의 가슴속은 어두웠다. 웅담 없는 곰새끼가 나타나지 않았기 때문이다. 여동으로 가버렸는지도 모른다. 정말 그렇다면 여태껏 짓밟혀온 자존심은 어떻게 한단 말인가? 그 곰새끼가 다시 나타나기를 빌고 또 빌었다.

간절한 소원이 마침내 하늘에 닿았는가? 놈이 나타났다. 성벽 위에 띄엄띄엄 서 있던 군사들도 모두 망루로 들어가버렸다. 놈이 말을 타고 돌아갈 때까지 아무도 망루에서 나오지 않을 것이다. 놈은 뒤가 급했던지 말에서 내리자마자 앞으로 걸어나와 벌건 볼기짝을 내놓고 냄새를 풍겼다. 이세민은 성가퀴에 붙어선 채 웅담 없는 곰새끼를 노려보았다. 똥 싸는 놈의 등을 꿰뚫기는 식은 죽 먹기보다 쉽지만, 내버려두었다. 어떤 일이 있더라도 수군이 의심을 받도록 해서는 안 된다. 천금보다 귀중한 고구려 화살까지 쓰는 판이 아닌가.

이리저리 거닐던 놈이 서쪽으로 발길을 돌렸다. 여느 때와 달리 너무 멀리 간다 싶은데 말까지 놈을 쫓아가는 게 아닌가? 아뿔싸! 한숨이 절로 나왔다. 발 밑 땅이 쑥 꺼졌다. 놈이 저쪽에서 말을 타고 곧장 가버리면 만사 끝이다.

놈은 그렇게 한참 애를 태우더니 다행스럽게도 다시 돌아왔다. 말도 마른풀을 뜯으며 뒤따라오고 있었다. 놈이 버릇처럼 다시 바위로 올라갔다. 이세민은 그제야 품에 숨기고 있던 활을 꺼내 시위를 걸었다. 놈은 귀신처럼 검은 전포를 입고 장승처럼 서 있었다.

한참 동안 꼼짝 않고 서 있던 놈이 괴춤을 끌렀다. 마침내 기다리고 기다리던 때가 온 것이다.

오국지 2

이세민은 화살을 얹고 천천히 활을 들어올렸다. 응담 없는 곰새끼가 하얀 오줌발을 뻗치고 있다. 오줌을 다 싸기까지는 몸의 긴장이 풀어져 화살을 피하기 어렵다. 이세민은 귀밑까지 시위를 당겼다.

"무슨 짓이냐?"

갑작스러운 소리에 뒤돌아보니 뜻밖에도 부장 이정이었다. 성벽 위를 걷다가 활을 들고 있는 이세민을 본 것이다. 그가 달려들며 이세민의 몸을 밀쳤으나 화살은 이미 날아간 뒤였다.

"아앗!"

놀란 눈으로 화살을 쫓던 이정이 비명을 올렸다. 화살이 정확하게 고구려놈의 가슴에 맞은 것이다. 죽는 것은 고구려놈뿐이 아니다. 이세민이나 자신의 목숨 따위는 아무것도 아니다. 수나라 운명의 정수리에 화살이 박힌 것이다.

그러나 천만다행으로 고구려놈은 쓰러지지 않았다. 팔을 조금 움직이는가 싶었으나 그대로 서 있었다.

"다행이다! 놈이 살았다!"

이정이 좋아서 어쩔 줄 몰라 했다. 하지만 이세민은 욕설이 절로 나왔다.

"저, 개 같은 놈! 속에다 갑옷을 걸쳤구나!"

비겁한 놈! 몰래 갑옷을 껴입고 용감한 척 거들먹거리다니!

바위에서 내려간 고구려놈은 말이 있는 곳으로 갔으나 상처가 심한 듯 바로 올라타지 못하고 꿈지럭거렸다.

고구려놈들, 갑옷이 좋다고 야단이더니만 별것 아니로구나!

그러나 말을 타고 달아나려던 게 아니었던 모양이다. 활에다 시위를 건 고구려놈은 다시 돌아오더니 활을 들고 시위를 메기는 게 아닌가.

흥! 제놈도 한 번 솜씨를 보이겠다? 이세민은 칼을 뽑아들었다. 보기 좋게 화살을 쳐낼 셈이었다.

삐…… 날카로운 소리가 시작되더니 곧 귀청을 찢었다. 우는살이다. 이세민은 칼을 휘둘렀으나 막아내지 못했다. 화살이 너무 높이 날아갔기 때문이다.

삐- 삐- 화살이 꼬리를 물고 날아왔다. 한 사람이 쏘는 것이라고는 믿어지지 않을 만큼 그 간격이 짧았다.

휴…… 이세민은 등골에 식은땀이 흘렀다. 저 빠른 화살이 제 몸을 겨냥하고 날아왔더라면 쳐내기 어려웠으리라.

"놀랍다! 과연 신궁이다!"

이정이 탄성을 터뜨렸다.

"화살을 숨 돌릴 새도 없이 쏘는 것도 놀랍지만, 화살이 셋이 하나처럼 똑같은 속도로 한곳으로 날았다."

설마? 말도 안 된다!

화살 셋을 과녁에 명중시키는 것은 어려운 일이 아니지만 똑같은 힘으로 활을 쏘기는 매우 어려운 일이다. 더구나 저렇게 숨 막히게 활을 쏘면서도, 그 힘과 겨냥이 똑같다는 것은 감히 상상조차 어려운 일이 아닌가.

"어리석은 놈! 네가 그러고도 활 재주를 자랑했느냐? 가서 화살을 찾아오너라. 내 말이 그르지 않음을 알 것이다."

나무라던 이정이 소리를 죽여 일렀다.

"네 활은 숨겨놓고 우는살만 가지고 대장군의 막사로 오너라. 너는 나하고 있었기 때문에 아무것도 모른다고 해라. 알겠느냐?"

하마터면 놈을 없애지도 못하고 아까운 목숨만 잃을 뻔했다.

"고맙습니다. 고맙습니다."

성벽에서 뛰어내린 이세민은 곧장 앞으로 달려갔다. 웅담 없는 곰새끼와 자신이 서 있던 곳을 가늠해서 화살이 날아간 방향을 잡았으니 화살을 찾기란 어렵지 않을 것이었다. 이정의 말이 과장된 것을 증명하기 위해서라도 화살을 찾아야 했다.

화살은 장성에서도 한 바탕을 훨씬 넘긴 곳에서 발견되었다. 누가 땅바닥에다 꽂아놓은 것처럼 화살 셋이 한곳에 박혀 있었다.

"그의 말이 맞았다. 셋 다 똑같은 힘과 똑같은 방향으로 쏘아 보낸 것이다."

이세민은 몹시 부끄러웠다. 늘 뽐내고 다녔던 자신의 활솜씨로는 감히 상상도 못할 일이었다. 엄청나게 먼 거리다. 우는 살이 아니었다면 훨씬 더 멀리 날았을 것 아닌가. 도대체 고구려 활은 얼마나 뛰어난 것인가? 이세민은 비로소 하늘이 높은 줄 알았다.

이정이 잘 말해두었는지 장손성은 이세민을 나무라지 않았다. 이정이 건네주는 화살 하나를 받아들고 꼼꼼히 살피기만 했다.

"귀를 찢을 듯이 날카롭고 큰 소리였습니다. 소리통이 이렇게 작은데도!"

이정의 말에 장손성도 고개를 끄덕거렸다.

"고구려 사람들이 새를 사로잡을 때는 덫을 쓰지 않고 이 우는살을 쏜다고 합니다. 너무도 크고 날카로운 소리에 하늘을 날던 새가 놀라 떨어지는 것입니다."

"나도 그런 말을 들은 적이 있다. 시험 삼아 새 사냥을 하고 싶구나."

"대장군, 그만두는 것이 좋겠습니다. 우리 활로는 아마 아니 될 것입니다."

"어째서? 화살이 새 곁을 스치고 날기만 하면 될 게 아니냐?"

"활이 다릅니다. 대장군도 똑똑히 보지 않았습니까? 저들의 활은 우리 활보다 두 배가 넘게 멀리 날아갑니다. 그런 활로

이 우는살을 쏘아야만 새를 잡을 수 있을 것입니다."

장손성이 휴우, 한숨을 내뿜었다.

"그럴지도 모른다. 고구려 병장기의 무서움을 제대로 알았더라면 우리는 감히 군사를 일으키지 못했을 것이다. 모든 게 두 귀로 듣고서도 믿지 않은 탓이었다. 〈고구려군가〉나 〈사망가〉를 혜성이 내려와 가르친 것이 아니라 저들이 우리를 현혹시키기 위해 퍼뜨린 것으로만 여겼었다. 두려운 생각이 없었기에 우리는 엄청난 목숨을 잃고 말았다."

양광과 함께 지휘대에 앉아서 차를 마시다 요동성 군사들의 화살 공격을 받았던 장손성이다. 상상하기 어렵게 멀리 날아온 고구려 화살의 무서움을 누구보다 잘 안다.

이정도 계속 고구려 화살만 입에 올렸다.

"고구려군은 황상을 공격할 때와 우리가 구려하를 건너 물러날 때에만 고구려 화살을 썼을 뿐입니다. 요동성을 공격할 때 20만이 넘는 군사가 죽었지만, 저들이 고구려 화살을 썼더라면 훨씬 많이 죽었을 것입니다."

고구려군은 화살을 되찾아갈 확신이 없으면 고구려 화살을 쓰지 않았다. 양광이 있는 지휘대를 향해서만 딱 한 번 소름 끼치게 무서운 고구려 화살을 쏘았을 뿐이다.

늘 수나라 군사들이 쫓기는 싸움이었으니 고구려 군사들은 수나라 화살을 많이 주웠을 것이다. 그러나 그렇다고 요동성을 지키는 고구려군이 모두 수나라 화살만 가지고 싸웠을 것 같지는 않았다.

부지런히 머리를 굴리던 이세민이 불쑥 나섰다.

"고구려 화살에는 두 가지가 있을 것입니다. 고구려에 아무리 좋은 쇠가 많다고 해도 화살촉이 큰 화살만 만들기는 어렵습니다. 화살촉이 작은 화살도 만들어 가지고 있다가 여느 때에는 그것을 쓸 것입니다."

"옳게 보았다. 고구려의 화살이 모두 날카롭고 강한 것은 아닐 것이다. 하지만 저들이 쏜 것은 모두 우리 수나라에서 만든 것이었다."

"장수라면 모를까, 군사들이 쓰는 화살에는 따로 표시가 없습니다. 어떻게 모두가 우리 수나라에서 만든 화살이라고 장담하십니까?"

"한심하기 짝이 없구나. 단지 그 때문에 고구려군도 화살촉이 작은 화살을 갖고 있다고 생각했느냐? 군사를 이끄는 장수가 되려면 막연한 생각만 가지고서는 안 된다. 잘 들어보아라."

느닷없이 가르침을 내리려는 모양이었다. 버릇대로 이세민은 몸가짐을 바로 했다.

"고구려는 추운 곳이라 대나무가 자라기 어렵다. 그래서 그들은 대나무가 아닌 싸리나무로 화살대를 만든다. 알겠느냐? 그런데 이번에 저들이 쏜 화살은 모두 화살대가 대나무로 되어 있었다."

그렇다면 할 말이 없다. 장손성도 그저 웃기만 한다. 이세민은 낯이 빨개졌다.

"우리가 싸울 때마다 크게 진 것은 당연했다. 무엇 하나 나은 것이 없는데도 군사가 많은 것만 믿고 덤벼들었으니, 그야말로 하룻강아지 범 무서운 줄 모르는 격이었다."

"아무리 그렇다고 해도 말씀이 지나치십니다. 장군님은 우리를 하룻강아지로밖에 보지 않으십니까?"

이세민은 약이 바짝 올랐다. 그렇게 나약한 생각을 가지고 있으니 싸움에 지는 게 아닌가.

"세민아, 대장군이 되고 싶다고 했지? 귀를 씻고 잘 들어라."

이정의 얼굴이 무서워졌다.

"우문술 대장군이 어째서 많은 장수들의 존경을 받고 있는지 아느냐? 자신을 잘 알고 적을 업신여기지 않기 때문이다. 우리가 비록 수십만 군사로 장성을 지키고 있지만 끝까지 저들을 막기는 어렵다. 더구나 나라 곳곳에서 도둑들이 일어나고 있는데 우리 60만 군사는 한 사람도 도둑들을 잡으러 가지 못한다. 이제 우리 수나라는 바람 앞의 등불 같은 신세가 되었다. 저들이 하루빨리 성을 쌓고 물러가기를 기다릴 수밖에."

듣기 싫은 소리였지만 참는 수밖에 없었다.

"관운장이 80근짜리 언월도를 쓴 것도 힘이 남아돌아서가 아니다. 고구려 칼과 같은 보검과 부딪쳐도 부러지지 않는 칼을 만들다 보니 그렇게 크고 무거워졌을 뿐이다. 억측이 아니다. 아사달은 우리 서토보다 문화가 크게 앞섰지만 아직까지 이렇다 할 명검이 없다. 정말 아사달에 좋은 칼이 없어서일까? 아니다! 고구려 병장기의 무서움을 보지 못하였느냐? 아득한 옛날부터 아사달의 칼은 모두가 뛰어난 명검이라 서로 우열을 가리지 못했으니 따로 크게 이름을 얻은 칼이 없었을 뿐이다."

이세민은 얌전하게 팔을 모으고 공손하게 머리를 숙였다. 듣기 싫은 말씀들이 모두 귓등을 스쳐 지나가기를 빌밖에.

경관을 쌓는 이유

단기 2947년(614) 11월, 을지문덕과 강이식은 평양으로 돌아 왔다. 두 사람은 나란히 조정에 나가 북평성을 쌓고 2만 군사를 두어 지키게 하였음을 보고했다. 태왕은 매우 기뻐하며 칭찬하고 군사들의 노고를 위로하라고 했다. 조정의 벼슬아치들도 두 번에 걸쳐 오랑캐들을 내쫓은 이들의 공을 치켜세우기에 바빴다.

이듬해 봄, 을지문덕은 조정에 나가 어수선해진 서토의 정세를 말하고 국토 회복을 위한 군사를 일으켜야 한다고 주장했으나 조정 벼슬아치들은 강력하게 반대했다.

"조선에서는 이미 천 년 전에 서토를 버렸습니다. 예나 지금이나 서토는 짐승 같은 오랑캐들이나 살 수 있을 뿐 하늘백성들이 살 만한 곳은 아닙니다. 오랑캐를 토벌하고 서토를 평정한다고 해도 얻을 것은 아무것도 없습니다."

"백성들은 오랑캐와의 싸움으로 지쳐 있습니다. 온 나라가 싸움터가 되어 밭갈이도 제대로 하지 못했고 지난해에는 또

가뭄으로 여름이 적었습니다. 나라와 백성들의 곳간이 모두 비어 있는 이때에 다시 군사를 일으키는 것은 옳지 않습니다."

"아사달을 침범하는 오랑캐를 막기 위한 군사라면 모르겠으나 서토에 숨어 있는 오랑캐를 토벌하려고 군사를 일으킬 수는 없습니다."

을지문덕은 태왕의 아우인 막리지 고건무를 따로 만나 지금이야말로 조선의 강토를 되찾을 수 있는 절호의 기회임을 설명했다. 건무는 서토의 정세에 대해서는 을지문덕과 같은 판단을 하고 있었으나, 군사를 일으키는 데는 반대했다.

"군사들은 3년이나 부모형제와 처자식을 떠나 있었소. 저들을 다시 싸움터로 내보내는 것은 차마 못할 짓이오."

평소의 건무답지 않게 군사들의 처지를 내세웠다.

"마을마다 젊은이가 없으니 늙은이들이 어린 손자들의 손을 잡고 들에 나와 논밭을 일구어야 했소. 마소가 모두 싸움터에 나가 있으니 허리 굽은 늙은이들이 쟁기를 끌더란 말이오. 그걸 보는 내 마음이 얼마나 아팠는지 모르오."

군사들에게 돌아올 날짜를 정해주지 않고 고향으로 돌려보낸 것은 군대를 흩어 을지문덕의 힘을 빼려는 속셈이었다. 그런데도 백성들을 위해서였다고 둘러댔다.

"조선의 백성들을 정말 편안케 하려면 서토를 평정하고 군사를 두어 다스려야만 하오. 서토를 내버려두면 서캐들은 힘이 생길 때마다 우리 조선에 도전할 것이오."

"한두 해만 더 기다려봅시다. 서토 곳곳에서 반란이 일어나고 있으니 수나라는 저절로 무너지고 말 것이오."

"고목이 시들어가듯 저절로 망해가는 것이 아니란 말이오. 수나라의 폭정에 반대해서 일어난 반란군의 세력이 커지면 차츰 백성들의 신임을 받게 되고 따로 나라를 세우게 될 것이오. 그때에는 우리가 군사를 일으켜도 이미 너무 늦을 것이오."

일어나는 불길은 잡기 어렵다. 반란군 가운데 우뚝 솟은 자가 있어 서캐들이 하나의 세력으로 뭉쳐버리면, 그때 가서는 서토를 평정하기가 어려워진다.

"서토의 백성들은 대낮에도 〈조선가〉와 〈사망가〉를 부르고 있소. 저들이 곳곳에서 일어난 반란으로 기진맥진해졌을 때 우리가 들어가면 지옥에서 부처님을 만난 듯 두 손 들고 달려나올 것이오."

"오랑캐들이 서로 배반하고 싸우기를 즐기는 것은 그들이 버려진 땅 서토에서 살기 때문이오. 비 오는 날 들에 나가면서 어찌 옷이 젖지 않기를 바라겠소. 함부로 군사를 보냈다가 오랑캐의 물이 들어버리면 그때는 뉘우쳐도 소용이 없을 것이오."

을지문덕이 아무리 설득해도 건무는 갖가지 핑계를 대며 움직이지 않았다.

도읍을 평양에서 국내성이나 졸본으로 옮겨야 한다는 말을 한 뒤부터 을지문덕은 조정 벼슬아치들로부터 따돌림을 당하고 있었다. 아무리 재물이 많은 사람도 근거지를 떠나면 힘을 잃게 된다. 평양에서 세도를 부려온 귀족들은 평양을 떠날 생각이 전혀 없었다.

겨레와 나라의 운명보다 제 사사로운 이익에만 눈이 어두운 소인배들! 을지문덕은 정신이 썩어 있는 소인배들과는 더 말해도 아무 소용 없다는 것을 깨달았다. '쇠귀에 경 읽기'라더니, 그런 소인배들과의 말씨름으로 한 해가 지난 것이다.

캄캄하다. 어둠이 내린 밤하늘처럼. 문득 기침소리가 들리더니 장지문이 밝아졌다. 눈앞이 어두운 것은 이미 어둠이 내린 탓이다. 호위 군사들이 초롱을 들고 들어와 촛대에 붉을 밝혔고 뒤이어 저녁상이 들어왔다.

저녁을 마친 을지문덕은 마당으로 나갔다. 군사를 움직일 때 가장 중요한 것이 날씨다. 밤마다 천기를 살피는 것은 이미 오래된 버릇이다. 을지문덕이 천기를 살피고 들어올 때까지는 마당에 불을 밝히지 않는 것도 이 집의 오랜 버릇이다.

부지런한 여름지기들은 이미 밭을 갈고 씨를 넣었는데 적어도 닷새 안에는 비가 내릴 뜻이 없다. 벌써 보름 넘게 비가 오지 않아 땅에 습기가 마르고 있는데, 걱정이다. 머지않아 못자리도 만들어야 한다. 싸움터에 나서면 늘 궂은 날씨를 탓하지만 눈을 돌리면 여름지기의 마음이 된다.

하늘을 살펴나가던 을지문덕이 흠칫 놀랐다. 자성(觜星)과 삼성(參星)에서 붉은 기운이 일어나더니 차츰 진해지지 않는가? 웬일인가 하는 사이 붉은빛은 더욱 사악한 기운을 내뿜으며 진성(軫星)과 각성(角星)을 덮어갔다. 찬란하게 빛나던 진성과 각성이 빛을 잃고 스러졌다. 하늘이 온통 붉은빛이다.

아니, 이것은? 을지문덕은 소스라치게 놀랐다. 큰일이다! 서캐들이 군사를 일으키고 있다!

을지문덕은 애써 어지러운 생각을 가라앉혔다. 서토 오랑캐들이 군사를 일으킨다고 해도 허둥거릴 일은 아니다.

잠깐 어지러움에서 벗어난 을지문덕은 다시 하늘을 살폈다. 자성과 삼성에서 일어나는 붉은 기운의 정확한 기세를 알아야 했던 것이다. 또다시 을지문덕은 제 눈을 의심할 수밖에 없었다. 밤하늘에는 별이 총총 빛나고 있었다. 진성과 각성도 그대로 밝은 빛을 뿌려대고 있었다. 을지문덕은 한숨을 뿜어냈다.

꿈이 아니다! 헛것을 본 것도 아니다!

집에 들어간 을지문덕은 목욕을 했다. 갑작스러운 일이라 물을 데울 새도 없었다. 찬물에 목욕하고 흰옷으로 갈아입은 을지문덕이 초롱에 불을 붙여 들고 뒤뜰로 들어서는데 문득 대기가 흐트러졌다.

"할아버지!"

맑은 목소리를 따라 아이가 달려왔다.

"할아버지, 저도 꽃구경 가요! 개나리도 진달래도 다 피었어요. 살구꽃도 복숭아꽃도 금방 꽃망울을 터뜨릴 거예요."

재잘재잘 요란하다. 열한 살 먹은 손녀딸 가연이다. 가연의 아비 넙바우는 구려하를 건너 도망치는 오랑캐를 하나라도 더 잡기 위해 뜬다리를 다섯 개나 빼앗아 지키다 숨졌으니 가연이는 막리지의 유일한 핏줄이다. 일찍 어미를 잃고 아비와 함께 송화강가에서 살다가 아비마저 잃은 것이다. 돌볼 사람 없는 손녀를 평양으로 데려온 것인데, 가연이는 매우 맑고 영리한 아이였다. 글을 읽고 쓰는 것은 물론 말갈족 말도 잘하고 활솜씨도 제법이었다. 막리지는 가연이가 사내아이로 태어났더라면 훌륭한 선배가 될 거라는 생각도 문득문득 해보는 터였다.

"가연이는 언니들하고 놀거라. 할아비는 혼자 정자에 가야겠구나."

"예, 할아버지. 언니들하고 놀게요."

대꾸하기가 바쁘게 쪼르르 달려간다. 지금은 돌봐주는 언니들한테 달려가지만 녀석은 곧장 돌아와 할아비가 뒤뜰에서 돌아오기를 기다릴 것이다. 막리지 집에는 이미 돌봐줄 사람이 많았지만 외톨이가 된 손녀가 가여운 할아비는 따로 어린 계집애들을 데려다주었다. 하지만 두서너 살 위 언니들이 아무리 재미있게 잘 놀아주어도 가연이는 꼭 할아비를 찾았다.

꽃나무 사잇길을 지나면 아름드리 느티나무 네 그루가 나타난다. 2760년(427) 태왕 장수홍제호태열제가 평양으로 고을을 옮겼을 때 심은 나무로 알려져 있으니 수령 200여 년의 젊은 느티나무다. 길 반쯤 되는 곳에서부터 갈라진 가지가 죽죽 뻗어나가 한층 위풍을 갖추고 있었다.

가운데는 두 길쯤 동산을 만들고 그 위에 정자를 세웠다. 정자 마루에 올라앉으면 널찍널찍 뻗어나간 느티나무 가지가 눈에 들어온다. 느티나무는 혼자서도 큰 숲을 이루지만 나뭇가지가 스스로 말라죽어 늘 빈 공간을 마련한다. 너른 공간을 두고 뻗어나간 느티나무 가지를 보면 큰 숲에 들어 있는 것 같다. 절로 눈이 시원해지고 머리가 맑아진다.

막리지는 두레박질로 물을 길어다 놓고 북두칠성을 향해 빌었다. 비손이 끝나자 바르게 앉아 산통을 열고 산가지를 뿌렸다.

마침내, 산가지를 거두었으나 을지문덕은 나뭇등걸처럼 꼼짝하지 않았다.

불길하다! 서토의 사악한 기운이 다시 아사달을 침범한다는 점괘였다. 사악한 기운은 그 어느 때보다도 커서 아사달은 엄청난 전란에 휘말리게 될 것이다. 나라의 운명이 걱정스러웠다. 더구나 그 시기도 20~30년을 넘기지 않을 것이다. 차라리 2~3년 뒤라면 자신이 막아볼 수 있을 거라는 허망한 생각도

해보지만 부질없는 짓이다. 서토는 아사달보다 땅이 넓고 인구가 많다. 월등한 무기와 뛰어난 계책으로 맞서야 하나, 서토 오랑캐들도 싸울 때마다 빠르게 발전하고 있었다.

특히 쇠를 다루는 기술의 발전은 놀라운 것이어서, 14년 만에 다시 쳐들어온 서캐들의 병장기는 단단하기가 전보다 두 배 이상이었다. 이런 속도라면 20~30년 뒤에는 서캐들도 거의 아사달에 버금가는 제철 기술을 갖게 될 것이다. 아사달의 장인들도 쉬지 않고 연구하겠지만 지금보다 크게 나아지지는 않을 것이다. 두려운 일이다.

비슷비슷한 병장기를 가지고 싸운다면 군사가 많은 쪽이 이긴다. 적은 군사로 많은 적을 이기려면 반드시 뛰어난 계책을 써야 한다. 계책은 한두 사람의 머리에서 나오지만 그 사람은 하늘에서 뚝 떨어지듯 태어나는 것이 아니다. 무른 쇠를 단련하여 강철을 만들듯 사람도 싸움 속에서 단련해야 한다. 적과 싸우는 것을 겁내지 않고 싸움판에 뛰어들어 싸워본 사람만이 훌륭한 계책을 세울 수 있는 것이다. 하지만 조정에는 적과 싸우는 것을 겁내는 자들이 판을 치고 있다. 웅크리고 앉아 배부르고 등 따습기만 바라는 자들 가운데서 훌륭한 인재가 나올 수는 없는 것이다.

그러나 소인배들한테는 큰일을 말하는 것이 아니다! 막리지는 한숨을 불어냈다. 도읍을 평양에서 국내성이나 졸본으로 옮겨야 한다는 말 한 마디 때문에 조정의 벼슬아치들이 똘똘 뭉쳐 자신에게 반기를 들고 있다. 그렇다고 팔짱 끼고 앉아서 세월만 보낼 수도 없는 일이다.

이튿날 아침에도 을지문덕은 관부로 나가지 않고 뒤뜰 정자에 앉아 있었다.

겨레의 넋을 일깨워야 한다! 젊은이들이 큰 뜻을 품도록 해야 한다! 을지문덕은 젊은이들의 정신부터 새롭게 일깨워야 된다고 생각했다. 젊은이들을 가르치려면 경당으로 가야 한다!

경당은 모든 백성을 가르치는 교육기관이었으나, 소수림왕 2년에 귀족이나 이에 버금가는 신분을 상대로 고급과정을 가르치는 태학이 따로 세워지면서 자연스럽게 초급에서 중급 과정을 담당하게 되었다. 선배들도 수련기간이 끝나고 마을에 돌아오면 태학에 입학하기 전에는 모두 경당에서 공부한다.

그러나 을지문덕은 경당이나 태학으로 나가지 않았다. 느티나무처럼 큰 그늘을 드리우는 인재를 기르려면 경당이나 선배들의 교육만 가지고는 부족하다고 생각했기 때문이다. 조정에도 나가지 않고 찾아오는 사람들도 만나지 않았다. 거의 한 달 동안이나 집 안에 틀어박혀 도 닦는 사람처럼 앉아 있거나 뭔가 그림을 그렸다.

"태왕 천하, 서토 오랑캐들의 침범으로 2년 동안이나 온 나라가 전란에 휩싸였습니다. 100만 명이 넘는 오랑캐 군사를 죽였으나, 우리 군사도 8천여 명이나 목숨을 잃었습니다. 신은 생각 끝에 경관을 지어 죽은 군사들을 위로하고자 합니다. 경관을 크게 만들면 우리 백성들에게는 자랑이요, 서토 백성들에게는 지난 일을 돌이켜보며 앞날을 경계하는 기념비가 될 것입니다. 부디 경관을 크게 지을 수 있도록 천명을 내려주십시오."

마침내 조정에 나온 을지문덕은 태왕에게 상소를 올리고 벼슬아치들을 설득했다. 경관(京觀)은 죽은 군사들의 무덤을 가리키기도 하지만 전승을 기리는 기념탑이기도 했다. 역사에 빛날 만한 큰 승리를 거두었으나 아직 이렇다 할 경관을 짓지 않고 있던 터였다.

을지문덕이 경관을 짓겠다고 나서자 반대하는 사람은 없었다. 건무도 큰 공을 세운 사람이므로 경관을 짓는 데 반대할 까닭이 없었다.

마침내 경관을 지으라는 태왕의 명령이 내렸다. 천명을 받은 을지문덕은 곧바로 여동으로 가서 강이식을 만났다. 여동에 경관을 지으려면 여동군의 도움을 받아야 하기 때문이다.

을지문덕이 경관의 규모를 말하자 강이식은 놀란 입을 다물지 못했다.

"한 면이 15장이나 되는 경관이라면 시조 주몽을 모신 신전보다 두 배가 넘는 규모요. 정말 그렇게 큰 경관을 짓겠다는 말씀이오? 막리지와 이 강 아무개가 스스로를 뽐내느라 큰 경관을 세우려 한다고 말들이 많을 것이오. 아무리 건강한 막리지라 해도 40~50년은 사실 수가 없을 것이니 막리지가 돌아가시고 나면 누가 경관을 완성한단 말이오? 경관이 아니라 흉물덩어리로 남지 않을까 걱정이오."

"규모는 크나 힘은 그리 들지 않을 것이오. 아마 4~5년이면 충분할 것이오."

"4~5년이라니? 막리지께서는 도깨비곳간이라도 가졌단 말씀이오?"

을지문덕은 설계도를 꺼내놓고 손으로 짚어가며 하나씩 설명했다. 계단식으로 쌓는 3장 높이까지는 겉을 커다란 마름돌로 쌓기 때문에 힘들겠지만, 윗부분에는 거대한 전각을 세울 것이니 돌로 쌓는 것보다 훨씬 수월할 터였다. 전각 밑의 커다란 방도 벽면은 모두 마름돌로 쌓지만 천장은 큰 나무로 만들 것이니 일은 빨리 진척될 것이었다.

"경관을 돌로 튼튼하게 짓지 않고 나무를 쓴다니? 나무로 만든 건물이 천 년을 가겠소? 기껏해야 300~400년밖에 버티지 못할 것이오."

"300~400년이라…… 그렇게만 된다면 오죽 좋겠소만, 어쩌면 20~30년도 견디지 못하고 무너질 것이오."

"경관이 무너지다니? 그건 또 무슨 뜻이오?"

궁금해하는 강이식에게 을지문덕은 비로소 속내를 털어놓았다. 20~30년도 견디지 못할 경관을 크게 쌓으려는 까닭을.

경관은 건안성 남서쪽, 그러니까 옛적 변한의 땅에 시조 주몽의 신전보다 거의 두 배나 큰 규모로 세워졌다. 4면은 똑바로 동·서·남·북을 보고, 한 면은 군사 25명이 팔을 벌려야 끝에 닿으니 군사 100명이 있어야 경관을 둘러쌀 수 있다. 밑에서 다섯 길부터는 돌로 쌓지 않고 전각을 세웠다.

조정에서도 지원을 아끼지 않았으나, 공사비가 만만치 않게 들었다. 조정의 벼슬아치들 사이에 경관을 너무 크고 화려하게 짓는다고 불평하는 소리가 높아졌다.

비용이 많이 드는 것은 을지문덕 등이 몰래 값비싼 보석을 사들이기 때문이었다. 보석을 팔아서 써야 할 판인데 오히려 사들이다니, 알 수 없는 일이었다. 그러나 보석을 사들이는 일은 매우 은밀하게 이루어졌으므로 눈치챈 사람은 아무도 없었다. 공사비가 너무 많이 든다고 생각하는 사람들도 을지문덕과 강이식 등이 살던 집까지 팔아대는 것을 보고 더는 의심하지 못했다. 더구나 나중에는 많은 장수들까지 제집을 팔아 경비에 보태는 판이었다. 경관을 세우는 일에 함부로 이러쿵저러쿵하며 나섰다가는 제 목숨까지 위태로울 것이었다.

망국의 징후

을지문덕과 강이식은 북평성을 쌓은 뒤 2만 군사를 두어 지키게 하고 남은 군사를 모두 이끌고 돌아갔다. 장성을 지키는 수군을 끌어내기 위한 유인책이 아니다. 패수를 지나 구려하까지 건너가버린 것이다.

"드디어 고구려놈들이 물러갔습니다. 남아 있는 놈들을 모조리 죽여서 비명에 죽어간 우리 군사들의 분풀이를 해야 합니다."

"을지문덕 등이 돌아간 것은 고구려 조정에서 싸움만 좋아하는 자를 싫어해 불러들인 것입니다. 이제 을지문덕이 다시 이곳까지 올 수 없게 되었으니 저 성이라도 빼앗아 우리 수군의 낯을 세워야 합니다."

오랫동안 장성 밖으로 나가지 못하고 숨을 죽인 채 갇혀 있던 장수들이다. 모두들 외로운 섬처럼 남아 있는 북평성을 치자고 아우성이었으나 우문술의 입에서는 엉뚱한 소리가 흘러나왔다.

"이곳에는 20만 군사만 남기고 나머지는 모두 장안으로 돌아간다. 곧바로 채비하라."

"옛? 언제 황상의 명령이 내렸습니까?"

어리둥절한 장수들이 물었다.

"군사에 대한 명령은 대장이 내리는 것이다. 왜, 그대들은 돌아가고 싶지 않으냐?"

"아닙니다. 너무 뜻밖이라서……."

우문술은 장안으로 돌아갈 장수들의 명단을 발표했다.

조정의 명령 없이 수십만 대군을 되돌리는 것은 반역이나 다름없으니 장수들의 목이 붙어 있기 어렵다. 그러나 대장군 우문술이 군사를 되돌려 돌아간다고 해도 나서서 말리는 사람은 없었다. 모두가 우문술을 깊이 믿고 있는 데다 그에 대한 양광의 신임 또한 남다른 것을 잘 알고 있었기 때문이다.

우문술은 양광의 허락을 기다리지 않고 40만 군사를 이끌고 장안으로 돌아갔다. 다만 떠나기에 앞서 장안으로 전령을 보냈을 뿐이다.

황상을 그리워하여 감히 허락을 기다리지 못하고 돌아갑니다. 불충한 신하를 용서하시고 군사를 물려 돌아감을 허락해 주십시오.

뜻하지 않게 우문술의 전령을 받은 양광은 하늘에라도 오를 듯 기뻐 날뛰었다.

"내 어찌하여 대장군을 잊고 있었던가? 대장군이야말로 참된 신하다."

양광은 발을 구르며 잇달아 고함을 내질렀다.

"어서 대장군을 오라 하라. 대장군의 군사를 장안으로 불러라."

목에 핏대를 올리며 버럭버럭 악쓰는 소리가 이처럼 귀맛좋게 들릴 줄은 예전에는 정말 몰랐다. 갈데없이 돼지 멱따는 소리였으나, 부하들은 석 달 열흘 굶주리다가 돼지 잡는 소리를 듣는 것처럼 즐겁기만 했다. 말 같잖은 소리만 내뱉던 양광의 입에서 얼마 만에 들어보는 말 같은 소리였는지 모른다. 부하들은 모두 뛰쳐나와 알랑방귀를 뀌었고 저마다 우문술을 맞으러 달려가겠노라며 나섰다.

2948년(615) 정월, 우문술이 40만 군사를 이끌고 장안으로 돌아왔다. 양광은 열두 살짜리 어린 왕세자까지 100리 밖에 내보내 충성스러운 부하를 맞이했다.

"대장군만 한 신하가 어디 있을 것인가? 지난날 압록수를 넘어갔다가 40만 군사를 잃고 돌아왔을 때에도 대장군은 떳떳하게 자기 뜻을 밝히고 군사를 물릴 것을 말했었다. 그때 대장군의 말을 믿지 않았더라면 어찌 되었을지 감히 생각하기도 두려운 일이 아닐 수 없다."

양광은 지난날 우중문의 말만 듣고 쇠사슬에 묶기까지 했던 것을 다시 한 번 미안하게 생각했다.

"그때는 쓸모없는 자들의 말을 믿고 충성스러운 대장군을 쇠사슬로 묶기까지 했었다. 아 아, 내가 무슨 귀신에 씌어서 대장군을 장성에 남겨 적을 지키게 했던가? 대장군이 곁에 있었더라면 이번에도 군사를 일으키지 못하게 끝까지 목숨 걸고 말렸을 것이 아닌가?"

세 번째 고구려를 치려고 했을 때 우문술이 곁에 있었더라면 목을 걸고라도 말렸을 것이다. 쓸데없이 군사를 일으키지 않았을 것이니 이처럼 나라 안에 도둑이 들끓지도 않았을 것이다. 이제 와서야 참된 충신 한 사람의 몫이 얼마나 큰 것인가를 뼈저리게 알겠다.

양광은 우문술이 조정에 들어서자 바윗돌이 구르듯 단 아래로 달려내려가 어깨를 껴안고 눈물을 글썽이며 충성스러운 부하를 맞아들였다.

"신이 왔으니 황상께서는 마음을 놓으십시오."

우문술도 변함없는 충성과 기개를 보였다.

"고구려를 치고자 군사를 모았으나 도리어 이들이 도적이 되어 나라를 어지럽히고 있다. 대장군은 이 못된 놈들을 혼내주고 황제의 위엄을 온 누리에 떨치게 하라."

양광은 길을 잃고 헤매다 어미를 만난 아이처럼 우문술에게 매달렸다. 양광의 절대적인 신임을 받는 우문술은 먼저 고구려 도전의 군사를 일으키지 않을 것을 밝히고 따라서 군량을 모으는 일도 그만두라고 했다. 산에 숨은 산적들도 배를 타고 떠다니는 수적들도 모두 용서해줄 터이니 모두 제 고장으로 돌아가라고 했다.

우문술이 40만 군사를 이끌고 돌아와서 나랏일을 보기 시작하자 장안 가까이 있던 도적들이 더러는 제 집으로 돌아가 여느 백성이 되었고 더러는 멀리 달아났다.

그러나 한번 기울기 시작한 나라꼴을 우문술 한 사람의 힘으로 버텨내기에는 너무 버거웠다. 장안에서 300~400리만 멀어져도 조정의 힘은 거의 미치지 못했다.

"우문술이 40만 군사를 이끌고 돌아왔으나 산속에 숨어 있는 우리도 좀도적이 아니다. 조정에서 군사를 보내온다고 해도 모두가 저들의 뜻대로 되지는 않을 것이다."

"토끼 사냥이 끝나면 사냥개를 잡아먹는다는 말도 있다. 지금은 아쉬우니 용서해준다고 나발을 불지만 언젠가는 반드시 지난날의 죄를 따질 것이다."

아무도 조정을 믿으려고 하지 않으니 우문술로서도 옴치고 뛸 수가 없게 되었다. 우문술이 온갖 꾀를 짜내었으나 어지러운 나라꼴은 좀처럼 나아지지 않았다. 게다가 우문술이 데려온 40만 군사들까지도 차츰 골칫거리가 되어가고 있었다.

"우리가 장안으로 돌아올 때는 고향집으로 가는 줄 알고 좋아했는데, 이제 도적이 들끓어서 집에도 가지 못하게 되었다."

희망이 없어진 군사들은 작은 일에도 짜증을 내 싸움으로 번지기 일쑤였다. 처음에는 자기들끼리 치고받았지만 나중에는 저자로 나가 백성들과 싸우거나 물건을 훔치기도 했다. 군사들을 성읍에 들어서지 못하게 하고 백성들이 사는 마을에도 다가가지 못하게 했으나 한 번 사나워진 군사들은 어떠한 처벌로도 끝까지 묶어둘 수 없었다.

"군사들이 할 일이 없기 때문입니다. 마침 곳곳에 들끓고 있는 토비들을 잡게 하면 좋지 않겠습니까."

아무리 선정을 베풀고 기다려도 한 번 산에 들어가 산적이 되고 물을 의지해서 수적이 된 자들은 나올 생각을 하지 않았다. 마침내 우문술은 군사를 보내 토비들을 잡게 했다.

그러나 집에 남은 늙은 백성들은 〈조선가〉를 주문처럼 외고, 산적이나 수적이 된 젊은것들은 〈고구려군가〉나 〈사망가〉를 부르며 목숨을 아끼는 세상이다. 조정의 군사들은 창칼을 번득이며 도둑을 잡으러 나갔으나 장안을 나설 때와 달리 날이 갈수록 사기가 죽었다.

"양광은 본시 포악한 놈이다. 황제가 되려고 아비를 죽인 나쁜 놈이다."

"양광은 손톱만 한 양심도 없다. 형을 죽이고 황제의 자리를 빼앗은 것도 모자라 젖먹이 조카들까지 모조리 죽이고 제 형수까지 빼앗았다."

"양광, 그 못된 놈이 감히 조선에까지 죄를 지었으니 죽어도 묻힐 곳이 없게 되었다."

조정에서 보낸 군사들까지 토비들의 꾀임에 넘어가 다시 돌아오지 않았다.

"불알이 떨어진 우문술이 이제는 오줌도 앉아서 눈다고 한다. 우리 같은 당당한 사나이들이 계집아이가 되어버린 우문술의 말을 들을 까닭이 없다."

몸이 편찮은 장손성은 태원으로 돌아갔으나, 이정은 장손성의 군사를 거느리고 장성에 남았다. 이건성은 장손성의 군사 3천을 따로 받아 우문술의 뒤를 따랐다. 우문술은 장손성의 부탁에 따라 이건성을 장군으로 임명하고 관롱 출신의 군사 7천을 붙여주었다. 장안에 도착한 지 한 달 만에 건성은 허창(하남성 정주 남쪽)으로 가서 토비를 소탕하라는 명령을 받았다.

천 리를 걸어 낙양에 이르렀다. 군사들은 낙양성을 구경할 꿈에 부풀었으나, 웬걸 100여 명의 개마대가 나타나더니 길을 막았다. 아무리 조정 군사라 하더라도 성 밖 10리 안으로 들어와서는 안 된다는 것이었다.

"대장군의 서찰을 보고도 그런 말을 할 수 있소? 우리를 도둑떼로 여기는 것 아니오?"

"천만의 말씀입니다. 대장군께서는 조정 군사들에게 협조를 아끼지 말라고 하셨지만, 낙양성 안으로 들어가게 하라는 말씀은 없었습니다."

사실 서찰에는 그런 내용까지는 없었다.

"좋소. 군량을 나를 군사들만 들여보내겠소."

"군량은 모두 우리가 날라드리겠습니다. 볼일이 있다면 장군님만 성으로 들어가십시오. 따르는 군사도 열 명을 넘으면 안 됩니다."

"낙양성 안에 친척들이 있는 군사만도 100명이 넘소. 싸움터에서 3년 만에 돌아왔는데 여직 부모형제도 만나지 못한 사람들이오. 가까운 핏줄이나마 만나서 그리움을 달랠 수 있게 해주시오."

"용서하십시오. 태수님의 명령을 어길 수 없습니다."

개마대 장수가 막무가내로 나오니 이건성도 어쩔 수가 없었다. 성안에 가족이 있는 군사 열 명만 들여보내고 하릴없이 군량이 오기만을 기다리고 있는데, 10여 기의 기마대가 달려왔다. 낙양 태수가 이건성을 부른다는 것이었다.

이건성이 기마대를 따라가자 태수가 반갑게 맞았다.

"그대가 당국공의 아들이라니 참 반갑소. 어떻소? 여기 머물면서 낙양성을 지켜주지 않겠소?"

"저는 허창으로 가서 토비를 소탕하라는 명령을 받았습니다. 대장군의 명령을 어길 수는 없습니다."

"아아, 그 일이라면 걱정 마시오. 내가 대장군에게 서찰을 올려 잘 말씀드리겠소."

"대장군께서는 함부로 명령을 바꾸는 분이 아닙니다. 제가 싸우러 가기 싫어서 태수님께 청을 넣었다고 여길 것입니다."

"대장군이 40만 군사를 이끌고 왔지만 민심은 뒤숭숭하기만 하오. 솔직히 말하자면 오늘이 어제와 같지 않고 내일을 말하기는 더욱 어렵소."

"그래서 대장군이 조정의 군사를 보낸 것 아닙니까? 걱정 마십시오. 허창은 물론 낙양까지 아무 근심이 없게 하겠습니다."

"아무래도 앉아서 지키는 것이 나가서 싸우는 것보다 나을 것이오. 내 말이 옳다고 생각되거든 언제라도 찾아오시오. 당국공의 낯을 보아서라도 섭섭하게 대접하지는 않을 것이오."

낙양태수는 이건성을 붙잡아두고 싶어 했다. 군사들도 마음대로 성에 드나들게 하고, 싸우기 전에 푹 쉬고 가라며 갖은 호의를 베풀었다.

이건성의 군사들은 닷새 동안 낙양성에 드나들며 마음껏

놀다가 허창으로 길을 떠났다. 그러나 사흘 만에 길이 막히고 말았다. 낙양 동쪽 150여 리에 있는 숭산에도 골짜기마다 수백 수천 산적이 들끓었기 때문이다.

"이번에는 나도 한 번 공을 세워보겠소. 선봉을 세워주시오. 저 산적 두목의 목을 한칼에 잘라오겠소."

이세민의 나이 열여덟. 이번에는 큰 공을 세우겠다고 단단히 벼르고 있었다. 탁군까지 뒤쫓아와 여동에 데리고 가지 않으면 죽어버리겠다고 떼를 쓰던 아이가 아니었다. 키도 부쩍 자랐고 여드름이 솟아 벌게진 얼굴에 투구를 쓰면 제법 위엄도 있었다. 어떻게 알았는지 '약삭빠른 생쥐'라고 수군거리던 군사들도 막상 이세민 앞에서는 꼼짝 못했다. 사실 말타기나 활쏘기, 창칼을 다루는 솜씨도 감히 따를 자가 없을 만큼 이세민의 재주는 뛰어난 것이었다.

그래도 이건성은 어린 아우가 걱정스러웠다. 지난날 구려하에서 이세민을 잃었더라면 그도 살아 돌아올 생각이 없었을 것이다.

"말이 산적이지, 얼마 전까지만 해도 우리와 똑같은 군사들이었다. 함부로 날뛰지 마라."

이건성은 이세민이 앞에 나가 싸우는 것을 허락하지 않았다. 산에 숨어 사는 산적이라고 해도 사실은 군사들이 이름만 바꾼 것이었으니 조정 군사들에게 호락호락 만만하게 당할 리가 없었다. 더구나 이미 이곳의 모든 지형지물에 익숙할 테니 훨씬 유리했다. 조정 군사들을 보고 달아나기는커녕 재미있는 일이 생겼다고 와 소리치며 몰려나왔다.

군사들이 싸움새를 갖추자 이건성이 앞에 나서서 산적들을 꾸짖었다. 싸움에 앞서 적을 나무라는 것은 적의 사기를 떨어뜨리려는 것이다.

"너희들은 본디 선량한 백성인데 몇몇 나쁜 놈들의 꾐에 속아 비적의 무리가 되고 말았다. 착한 사람들이 어찌하여 부끄러운 줄도 모르고 비적이 되어 나라를 어지럽히고 백성을 괴롭히느냐? 낙양과 허창의 백성들 또한 너희 부모형제가 아니냐? 모두 용서해줄 것이니 다들 집으로 돌아가라. 애타게 그리는 부모형제를 만나 밭을 가꾸며 행복하게 살기 바란다."

그러나 저쪽에서도 가만히 있지 않았다.

"입에서 젖비린내 나는 아이가 무엇을 알겠느냐마는, 세상일을 몰라도 너무 모르는 것 같으니 귀를 씻고 들어보아라. 서토의 어리석은 군사들이 감히 조선나라 고구려에 쳐들어갔으니 어찌 살기를 바라겠느냐. 양광이란 놈은 100만이 넘는 군사가 죽어도 제 죄를 깨닫지 못하고 또다시 아사달을 넘보고 있으니 어찌 하늘이 노하지 않겠느냐. 우리는 조선의 분노가 서토에 미치기 전에 양광의 목을 베어 하늘에 제사 지내고 그 죄를 빌려는 것이다. 너도 서토의 백성으로서 한 가닥 양심과 두려움이 남아 있거든 당장 장안으로 달려가서 양광의 목을 싹둑 잘라오너라."

이건은 부모형제를 그리는 마음을 자극해 토비들의 사기를 떨어뜨리려 했으나 산적들은 오히려 조선을 거역한 죄를 들어 양광의 목을 잘라오라고 호통을 쳤다.

이건성으로서도 대꾸할 말이 없었다. 낙양성에 드나드는 동안 낙양 성민들도 〈조선가〉와 〈사망가〉를 부르는 것을 보았기 때문이다.

"네놈들이 들고 있는 그 헝겊쪼가리는 어디서 났느냐? 고구려 군사들이 똥 싸고 밑 닦던 똥걸레를 군기라고 들고 다니다니, 낯 뜨겁지도 않으냐?"

군기마저 내버리고 도망친 일이 이렇게 발목을 잡는다. 사실 이건성의 군사들이 들고 있는 군기는 장성에 들어앉아 대충 시늉으로 만든 것이니 엉성하기 짝이 없었다. 그림도 무엇인지 알아보기 어렵고 글자도 힘이 없다. 그나마 그림도 글자도 없는 깃발이 대다수로, 제대로 만들어진 토비들의 깃발 앞에 내놓기가 창피할 정도였다.

깃발까지 걸고 드니 더욱 할 말이 없었다. 이건성은 곧바로 싸움 명령을 내렸다.

"저 어중이떠중이 같은 것들을 깨끗이 쓸어버려라. 공을 세우는 자에게는 큰 상을 내리겠다."

이건성과 이세민이 앞에 나서서 용맹을 떨쳤으나 토비들도 함성을 지르고 깃발을 휘날리며 맞서왔다. 그러나 싸움이 시작되는 순간 갑자기 토비들이 뒤를 보이고 산골짜기로 달아났다.

"철수하라! 도적들의 함정에 빠지지 마라."

이건성의 입에서도 갑작스럽게 후퇴 명령이 쏟아졌다. 토비들의 덫에 치일까 겁이 났던 것이다. 적도 아군도 사상자가 없었으나 토비들을 쫓아보낸 셈이니 그런대로 만족할 수밖에 없었다.

그러나 이튿날 아침 이건성은 기겁을 했다.

"뭐? 군사들이 달아났다고?"

세어보니 무려 2천 명 가까운 군사가 달아나버렸다. 앞날 싸움에서 강한 기세를 보이던 토비들이 갑작스럽게 물러난 것은 매복을 해두고 조정 군사들을 끌어들이기 위한 것이 아니었다. 자신들의 위세를 과시하고 지형지물에 익숙한 자신들의 안마당이라는 것을 보여주어 군사들을 불안하게 만들려는 것이었다. 이건성은 이미 토비들의 계책에 넘어간 것이다. 둑이 터진 꼴이니 오늘 밤에도 얼마나 많은 군사가 달아날지 모른다. 아니, 당장 내일 아침에 뜨는 해를 보는 것도 기약하기 어려운 처지가 되고 말았다. 군사들이 달아나면서 대장의 목을 베어갈 수도 있으니 말이다.

살아남기 어렵게 되었다! 대장 이건성의 낯이 흙빛으로 질렸다. 그러나 이세민은 놀라지 않았다. 잔뜩 눈살을 찌푸린 채 갑자기 맞닥뜨린 어려움을 뚫고 나가기 위한 길을 찾고 있었다.

이미 조정의 군사가 뽐낼 수 있는 세상이 아니다! 그렇다면? 이세민은 약삭빠른 생쥐답게 무엇이 자신에게 이익이 되는가를 알아챘다.

"우리도 돌아갑시다. 자칫하다가는 이곳에서 들짐승의 먹이가 되고 말 것이오."

"무슨 헛소리를 하는 것이냐? 그따위 소리를 지껄이려거든 당장 집으로 돌아가거라."

얼토당토않은 말에 이건성은 버럭 성을 냈다. 도적을 잡으러 나온 장수가 달아나는 것은 나라에 죽을죄를 짓는 것이다. 뿐만 아니라 자기가 달아나면 높은 벼슬아치인 아비마저 곤경에 빠진다. 벼슬은 물론 증조부 때부터 세습되어온 당국공의 지위마저 빼앗길 것이다. 그러나……

"비적들을 잡으러 갔다가 다시 돌아오는 군사들을 보지 못했소. 우리가 달아나도 잘잘못을 따질 놈은 하나도 없을 것이오. 오늘 밤이라도 저 군사들이 우리의 목을 들고 가서 비적들과 한 패가 될지 모를 일이오."

"바보 같은 소리 마라. 우리가 달아났다는 것이 조정에 알려지면 태원유수로 계시는 아버님은 어떻게 되겠느냐?"

"당장 목숨이 왔다갔다 하는 판에 조정이 무슨 말라빠진

오국지 2

개뼈다귀요? 산속에 숨어 있는 좀도적도 어쩌지 못하는 판에 어떤 놈이 감히 태원에까지 쫓아와서 이러쿵저러쿵 따진다는 말이오?"

제대로 어울려 싸워보지도 못하고 정신없이 쫓겨와 장성에 들어앉아 보낸 세월이었으나 그래도 갑옷을 걸치고 우쭐렁거린 것이 벌써 이태나 되었다. 그러잖아도 생쥐처럼 못생긴 얼굴에 갈수록 여드름이 기승을 부려 옻이 오른 것처럼 흉했으나 키가 한 자나 쑥 자라고 보니 그런대로 사내 꼴이 되었고, 그만큼 셈이 드는 모양이었다. 마침내 이건성도 아비가 있는 태원으로 가기로 마음을 먹었다.

"나는 태원으로 간다. 식량과 무기를 나누어줄 테니 너희도 가고 싶은 곳으로 가라."

이건성은 그날로 제가 이끌던 군사들의 해산을 명령했다. 반대하는 사람은 하나도 없었다. 장수들조차 해산 명령을 기다리기라도 한 듯 제 몫의 병장기와 식량 따위를 챙겨 고향으로 떠났다. 갈 곳이 마땅치 않은 사람들 가운데 더러는 어제 싸운 토비들한테 가는 자들도 있었다.

모두 제 갈 길을 찾아가고 3천여 명이 남았다.

"저희는 모두 태원에서 왔습니다. 장군님께서 태원으로 가시겠다니 기꺼이 장군님을 모시고 고향으로 돌아가겠습니다."

이건성은 3천 군사만 이끌고 태원으로 길을 잡았다.

"이런 일이 있을 줄은 몰랐다!"

이세민은 좋아서 어쩔 줄 몰랐다. 형인 이건성은 조정에서 제 아비에게 죄를 묻지나 않을까 하는 걱정으로 얼굴이 밝지 못했으나 이세민은 오히려 잔칫집에 가는 아이처럼 즐겁기만 했다. 태원은 주문처럼 외워온 분하가 있는 곳이다. 천하의 병장기를 얻고 나라를 훔쳐야 하는 자신의 운명의 끈이 닿는 곳이다.

"하늘이 나에게 기회를 만들어주고 있다!"

태원으로 돌아가는 길에 곳곳에서 토비들을 만났으나 걱정할 것은 조금도 없었다. 비적들도 고향으로 돌아가는 이건성의 군사들과 싸울 까닭이 없었던 것이다.

"그대들은 어디서 오는가? 어디로 가는 길인가?"

"장안에서 조정 군사로 있던 사람들이다. 이제는 고향인 태원으로 돌아가고 있다."

오히려 한곳에 처박혀 있어서 갑갑한 비적들이 자리를 깔고 술을 대접하기도 했다.

"먼 길을 가느라 고생이 많겠다. 그래, 장안은 어떻던가? 양광이란 놈이 아직도 정신을 차리지 못하고 있던가?"

"오죽하면 고향으로 돌아가겠는가? 우리 마음대로 돌아와도 누구 하나 막아서는 사람이 없었다. 장안 언저리를 빼고 나면 어디서도 구실이 들어오지 않고 있다."

"그럴 것이다. 어서 나라가 망해서 우리도 집에 돌아가 발을 뻗고 살고 싶다."

"그대들이 집으로 돌아가도 조정에서는 군사를 보내지 못할 것이다. 어째서 돌아가지 않는가?"

"조정 군사는 무섭지 않으나 우리 고장 벼슬아치나 구실아치들 가운데 우리를 괴롭히지 못해 안달복달하던 놈들은 얼씨구나 하고 우리를 붙잡아 가둘 것이다. 돌아가도 괜찮을 놈들은 벌써 제 집으로 돌아갔다. 우리같이 뒷심이 없어서, 멀쩡한 제집을 두고도 오갈 데 없는 사람들만 이렇게 남아 있는 것이다."

애당초 군사로 나온 사람들 가운데 제 고장에서 벼슬아치들에게 곱게 보인 자는 드물 것이다. 비록 장수라 하여도 벼슬아치들의 미움이나 시기를 받아 나오게 된 이가 많았다. 함부로 되돌아갔다가는 못된 자들에게 좋은 핑곗거리를 주어 역적으로 몰릴지도 모를 일이었다.

"이곳 성주와 졸개들은 사람 같지 않은 놈들이니 그대들은 조심해서 지나가야 할 것이다."

"고맙다. 어서 좋은 날이 와서 모두 집으로 돌아가기를 바란다."

어디서나 사정은 비슷했다.

"들짐승도 아닌데 산속에 틀어박혀 있자니 갑갑해서 못 살겠습니다. 말썽을 부리지 않을 터이니 불쌍히 여겨주십시오."

"저희는 갈 곳이 없습니다. 태원은 사람이 살기에 좋은 고장이라고 들었습니다. 끝까지 장군님을 따라가겠습니다."

더러는 수가 적고 마땅히 갈 곳이 없어서 태원으로 돌아가는 군사들에게 몸을 맡기는 무리도 있었다. 이건성은 뜨악해했으나 이세민이 우겨 마침내 그들을 받아들였다. 태원에 닿았을 때는 그 수가 자꾸 불어 8천여 명으로 늘어나 있었다.

"요즘이 어떤 세상인데 이 많은 군사를 데려왔느냐? 조정에서 알게 되면 무어라 하겠느냐?"

이건성이 데리고 온 군사들 가운데 5천 명이나 태원 사람이 아니라는 것을 알게 된 태원유수 이연의 눈이 휘둥그레졌다.

"어디 그뿐이냐. 저들은 모두 제 고장마저 버리고 온 사람들이다. 저들이 갑자기 비적으로 변하면 어찌하겠느냐? 말썽 나기 전에 냉큼 돌려보내라."

아비의 호통에 이세민이 대뜸 앞에 나서서 말대꾸했다.

"태원에 곡식이 남아서 저들을 데려온 것이 아닙니다. 갈 곳 없는 저들의 처지를 불쌍히 여겨서도 아닙니다. 대인, 저들은 황금을 주고도 살 수 없는 군사들입니다."

"세상이 비록 어지러워도 어디서 도적이 쳐들어오는 것도 아니다. 저 많은 군사들을 어디에 쓰겠다는 것이냐?"

착하기만 해서 어리석기까지 한 아비에게 통 큰 아들은 반란을 일으키도록 부추겼다.

"장안을 치려는 것입니다. 대인. 우리가 나서기만 하면 군사들이 눈덩이 불어나듯 불어날 것입니다. 장안으로 가는 길을 막아설 사람은 어디에도 없습니다."

"장안을 치다니? 네가 역적이 되려는 것이냐?"

이연이 까무러칠 듯이 놀라 소리쳤다.

"그리 놀랄 일이 아닙니다. 대인. 대흥성이 있는 장안을 빼고 나면 어디서도 황제의 명령이 통하지 않습니다."

"그래도 장안에는 대장군 우문술이 40만 대군을 데리고 있지 않느냐? 누가 감히 대장군에게 맞설 수 있단 말이냐?"

장안에서 멀리 떨어진 시골구석에 처박혀 있던 아비는 갑갑하기 그지없었다. 빠르게 변화하는 세상을 경험하고 온 똑똑한 아들은 그런 아비가 그저 딱하기만 했다.

"하늘에는 용이요, 땅에는 뱀이라고 합니다. 무슨 뜻인지 아십니까?"

"누가 그런 막된 말을 하라더냐? 길거리의 불량배들이나 지껄이는 소리는 입에 담지 마라."

"그렇지 않습니다. 대인. 천한 백성들의 입만큼 정확한 것도 없습니다. '빛나는 도끼는 바위를 가르고 / 날카로운 화살은 고목을 뚫고 날아가네. / 바람이 일어나면 무릎 꿇고 엎드려라. / 고개를 들면 낙엽처럼 날아가리.' 하는 〈고구려군가〉가 처음 나왔을 때 똑똑하고 잘난 사람들은 뭐라고 했습니까? 서토의 어리석은 백성들을 현혹시키기 위해 고구려에서 퍼뜨린 노래라고 하지 않았습니까? 그런데 그렇게 코웃음 치며 고구려에 쳐들어갔던 양견은 어떻게 되었습니까? 여동으로 나간 30만 5천 군사 가운데 겨우 1만 5천 명이 목숨을 건졌고, 바다로 나간 5만 대군은 단 한 사람도 살아오지 못했습니다."

말을 하다 보니 저절로 감정이 솟는가 보았다. 울분에 찬 이세민의 목소리는 비장하기까지 했다.

"몇 년 전에도 〈값없는 죽음의 길, 여동으로 가지 말라〉는 지세랑들의 노래가 나라 곳곳에 울려퍼졌으며, 〈고구려군가〉는 더 무서운 〈사망가〉로 바뀌었습니다. 백성들의 입이 무서운 줄 모르는 양광도 고구려를 두 번씩이나 쳐들어가는 죄를 지었습니다. 120만 명이 넘는 군사들이 고구려군의 창칼 아래 낯선 땅을 떠도는 원혼이 되고 말았습니다. 모두가 천한 백성들의 입을 무시했기 때문입니다."

모두가 옳은 말이었다. 누구나 뻔히 알면서도 내놓고 말하지 못했을 뿐이다. 아비 이연이 머리를 끄덕이며 듣자 이세민의 목소리는 더욱 높아졌다.

"백성들은 '아무리 강한 용도 그 지방의 뱀은 건드리지 못한다'고 합니다. 아무리 황제라 하더라도 이곳에 와서까지 어쩌지는 못합니다. 대인, 쓸데없는 걱정은 하지 마십시오. 하늘은 양광을 버렸습니다. 두 번씩이나 조선에 죄를 지은 양광을 밝은 하늘이 용서치 않을 것이며, 어리석은 백성들도 그냥 내버려두지 않을 것입니다."

"조선의 군사가 무섭다는 것도, 백성들의 입이 무섭다는 것도 잘 안다. 하나, 대장군 우문술을 모르느냐? 그가 데려온 40만 군사를 잊었느냐? 대장군 우문술의 손에 걸리면 서토 하늘 아래 그 누구도 살아남지 못한다."

이연은 우문술이 40만 군사를 몰아오는 것처럼 벌벌 떨었다. 아들은 그런 아비가 딱하기만 했다.

"대인, 우리가 바로 대장군 우문술을 따라 장안에 들어갔던 군사들입니다. 산에 숨은 도적을 치겠다고 우문술이 군사를 내보냈으나 조정의 군사들은 어디 한 군데서도 이기지 못했습니다. 전투에서 죽지 않고 살아남은 자들도 모두 제집으로 달아나거나 도리어 함께 도둑이 되어버렸습니다. 처음에는 40만 대군이었으나 이제는 반도 남지 않았습니다. 그나마 바깥으로 내보내기만 하면 모두 제집으로 달아나고 말 겁니다."

('대인'은 아랫사람이 윗사람을 가리키거나 부를 때 쓰는 말이다. 아들이 자기 아버지를 부를 때에는 '부친'이라고 한다. 어쩌다 '대인'으로 부를 때에도 '부친'을 앞에 넣어 '부친대인'이라고 해야 한다. 이세민이 제아비를 굳이 '대인'이라고 부른 것은 그만큼 권력을 탐했기 때문이다.)

제 발로 싸움터에 쫓아가 싸움터의 먼지를 뒤집어썼던 아들이나 평생을 벼슬아치로 산 늙은 아비에게를 설득하기는 어려웠다. 아비에게는 신하가 황제를 친다는 것은 생각만으로도 죄가 되는 일이었다.

"그래도 어떻게 조정의 신하 된 몸으로 황제에게 반기를 든다는 말이냐? 감히 하늘을 거스르고 헛된 욕심을 챙기려 든다면 하늘이 벼력을 내리고야 말 것이다."

며칠 뒤 이연에게 하동의 위무대사로 오라는 양광의 명령이 전해졌다. 위무대사는 벼슬아치들을 임명하고 군사를 다스리는 벼슬이니, 하동으로 나와서 도적들을 잡으라는 뜻이다. 조정에서 내보낸 군사들이 돌아오지 않았으므로 양광은 믿을 만한 신하인 이연을 부른 것이었다.

"아니 됩니다. 하동은 장안에서 멀지 않은 곳, 함부로 하동에 갔다가 변덕맞은 양광에게 의심이라도 받게 되면 대인께서는 무슨 꼴을 겪을지 모릅니다."

이세민이 말리자 이연이 큰 소리로 꾸짖었다.

"황상께서 나를 의심하다니, 그게 무슨 소리냐? 나를 하동으로 부르신 것은 이 어려운 때에 하동의 백성들을 다스릴 사람이 나밖에 없기 때문이다."

"황제 양광은 본디 종잡을 수 없는 사람인 데다 여동에 군기까지 내던지고 도망칠 때부터 아주 미친 사람이 되었습니다. 언제 어떻게 마음이 변할지 모르는 일이니, 그런 미친놈 곁에는 가까이 가지 않는 것이 좋습니다."

"그래도 황상의 명령을 듣지 않으면 반역죄가 된다. 그것을 어찌 피하겠느냐?"

"그럴듯한 평계를 대면 저들도 어쩔 수가 없을 것입니다. 대인께서는 병으로 누워 있다 하고 형을 하동으로 보내십시오."

듣고 보니 그럴듯했다. 이연은 태원을 떠나지 않고 맏아들 건성을 하동(산서성 영제)으로 보냈다. 이건성은 5천 군사를 이끌고 꾸물거리며 느릿느릿 하동으로 갔다. 하동에 가서는 아우 세민이 일러준 대로 그곳에 터를 잡은 토비들을 쫓는 시늉만 하고 뒤로는 몰래 토비들과 사귀며 세월을 보냈다.

하수도 남으로 흐르는데
남으로 흐르는 분하는
천 리를 흘러야 하수에 들어간다.
밤에도 흐르고 낮에도 흘러도
동으로 천 리 북으로 천 리
3천 리를 흘러야 바다에 들어간다.

어쩌면 꿈에도 그리던 분하였다. 이곳에 올 운명이었기에 그토록 좋아했는지도 모른다. 누런 흙탕물이 굽이치는 분하는 롱주 곁을 흐르는 천하보다 훨씬 깊고 넓었다.

이제부터 내 고향은 태원이다! 분하의 강물이 하수에 들어가 바다에 이르듯 나 또한 이곳 태원에서 넓은 세상으로 나아가리라! 하늘도 땅도 양광을 버렸다. 나는 분연히 일어나 서토의 주인이 될 것이다. 천하의 병장기를 얻고 서토의 주인이 되는 것이 내 운명이다. 분하여, 분하여! 나를 따라 흘러라! 장안으로, 장안으로 흘러라!

이세민은 부지런히 장손성의 집에 드나들었다. 장손성은 상처가 낫지 않아 우문술이 장안으로 돌아갈 때 우효위대장군 벼슬에서 물러나 고향인 태원으로 돌아왔다. 장손성은 병이 깊어 다시 벼슬길에 나서지 못하는 처지가 되었으나 많은 사람들의 신망을 한 몸에 받고 있었다. 이세민은 그런 장손성과 인척관계를 맺고 싶어 했는데, 그에게는 마침 열네 살짜리 딸이 있었다.

얼굴은 밥맛 떨어지게 생겼지만 말솜씨 하나만은 끝내주는 이세민이다. 날마다 어린 계집애를 찾아가 어르고 구슬렸다. 마침내 장손성의 딸도 우스갯소리 잘하고 비위도 잘 맞춰주는 이세민을 좋아하게 되었다.

"뿌리 깊은 나무는 바람을 두려워하지 않는다고 하였습니다. 세상이 어지러운데 우리한테는 이곳에 뿌리가 없습니다. 대인께서 태원유수의 자리에 있지만 언제 어떻게 될지 아무도 모릅니다. 제가 우효위대장군의 딸과 혼인하면 대인께서는 태원 백성들의 신망을 함께 얻을 것입니다."

도리를 들어 설명하자 이연도 이세민의 말을 옳게 여기게 되었다. 이연은 장손성에게 사돈을 맺자고 제안했고, 장성에서 만났을 때부터 이세민을 남다른 그릇으로 보아온 장손성은 쉽게 허락했다.

이세민이 여자를 모르지 않는 열여덟의 나이로 겨우 열네살 난 어린 처녀와 혼인을 한 데는 다 그만한 까닭이 있었다. 바로 가시아비 장손성이 장손 씨의 종주였기 때문이다. 장손씨는 선비족으로서 북위 왕족 척발 씨에서 나왔는데, 종실장(宗室長)을 담임했기에 성을 장손(長孫) 씨로 고친 것이었다. 태원에서 적지 않은 힘을 가지고 있는 장손 씨 집안의 힘을 얻는데 혼인보다 더 좋은 것은 없었던 것이다.

장손순덕은 형 장손성의 말에 따라 이세민을 도왔다. 이세민의 손위 처남이 된 장손무기도 발 벗고 나서서 유문정, 유홍기 등을 끌어들였다.

장손성이 사람을 보내 장성을 지키고 있는 이정을 불렀으나 그는 오지 않았다. 나라 안이 시끄러워질수록 고구려군이 쳐들어올 가능성이 높기 때문에 자기 같은 장수가 장성을 지켜야 한다는 것이었다. 자신이 전혀 모르는 사람이 반란을 일으켜 서토의 주인이 되고, 자신은 한낱 여름지기로 한뉘를 보낸다고 해도 후회하지 않을 것이라고 했다.

장손성이 태원의 호족이기는 했으나 함께 죽음을 무릅쓰고 반란을 일으킬 만큼 모든 사람의 인심을 얻고 있는 것은 아니었다. 장손순덕과 장손무기 등은 이세민과 함께 부지런히 구석구석까지 쏘다니며 여러 사람과 얼굴을 익히고 그들의 불만을 다독거렸다.

밤잠을 아껴가며 애쓴 덕분에 이세민은 제 몸처럼 움직일 수 있는 부하와 많은 군사를 모을 수 있었다. 그러나 아비 이연의 허락을 얻지 못해 군사를 일으키지 못하고 있었다. 갖은 말로 꾀었으나 나라에 대한 충성심과 조정에 대한 두려움에 절어 있는 아비를 움직일 수가 없었다.

아무리 부추겨도 이연은 땅속 깊이 뿌리박은 돌처럼 꿈적도 하지 않았으나 이세민이 어떤 짓을 하고 다녀도 모르는 척 눈을 감고 있었다. 어찌 생각하면 이미 반란을 일으키기로 마음을 먹었으나, 양광이 쫓겨온 것만 보고 함부로 날뛰다 죽은 양현감을 보고 깨달은 바가 있어서 양광의 힘이 완전히 소진되기를 기다리고 있는지도 몰랐다.

말갈족 소녀

들판에는 돌을 다듬는 망치소리가 요란했다. 모두 일정한 규격으로 다듬는 것이 아니다. 큰 돌은 큰 대로 작은 돌은 작은 대로 다듬는다.

"아사달에 사는 모든 조선 백성들의 정성으로 만드는 것이다. 세상에 쓸모가 없는 물건은 하나도 없다. 작은 돌 하나라도 귀히 여기고 알맞은 곳에 정성스럽게 쌓으면 되는 것이다."

작은 돌 하나라도 버릴 수가 없다는 것은 서둘러 일을 끝마치려는 을지문덕과 강이식의 핑계였으나 다행히 토를 달고 나서는 사람은 없었다.

생긴 대로 돌을 다듬는 사람들은 편하고 능률도 오르겠지만 크고 작은 돌을 이리저리 꿰어맞춰 벽을 쌓아야 하는 사람들은 능률도 오르지 않고 힘만 빠지기 마련이다. 일껏 맞춰넣은 바윗돌도 다시 들어내다 보면 없던 성깔도 돋아나기 마련이겠으나 그저 꾹 참고 부지런히 손발을 놀려야 했다.

경관을 쌓기 시작한 지 3년이 되었다. 외형은 완성되고 내부

단장이 한창일 때 을지문덕과 강이식은 태왕의 갑작스러운 부름을 받아 평양으로 갔다. 태왕 천하는 와병 중이었으나 굳이 조정에 나와 모든 벼슬아치를 배석시킨 자리로 두 사람을 들게 했다.

"어서들 오시오. 완성된 경관을 보고 싶었는데 아쉽게 되었소. 언제 한번 두 분의 노고를 위로하지도 못했는데 섭섭하기 그지없소. 아무쪼록 막리지와 도원수는 만대에 빛날 수 있는 훌륭한 경관을 지어주시오."

그 당부를 위해 두 사람의 입조를 기다리고 있었던 듯 태왕은 이튿날 숨을 거두었다. 천하의 이복동생 건무가 태왕의 위에 올랐고, 을지문덕과 강이식은 돌아가신 태왕 천하의 유지를 핑계로 곧장 여동으로 돌아와버렸다.

벌써 서리가 내리고 얼음이 얼기 시작했으므로 일을 서둘러야 했으나 막리지 을지문덕이 갑작스럽게 승하했다. 처음에는 그저 흔한 고뿔인 줄만 알았다. 고뿔 따위로 자리보전을 할 수 없다던 막리지였으나 콧물을 훌쩍이던 다음 날 아침 자리에서 일어나지도 못했다. 그때만 해도 고뿔에 몸살이 겹친 정도로 여겼는데 끝내 일어나지 못하고 며칠 만에 저승길로 떠난 것이다.

3년여 만에 경관은 준공을 앞두게 되었다. 아직 문도 달지 못했고 내부 단장은 시작도 못했지만, 어쨌든 3층까지 기와를 올렸으니 비가 내려도 안에서 하는 일에는 별 지장이 없을 것이었다. 중단된 마무리 작업은 2월을 기다려 다시 시작했고, 이제 드디어 완공을 눈앞에 두었다. 개관식은 유월 초하루로 잡혀 있었으나 선배들은 5월 단오절 즈음부터 경관으로 와서 청소 등 마무리 작업을 돕고 있었다.

봄이 되어 다시 모여든 사람들 사이에서 이번 단오절은 제대로 지낼 것이라는 소문이 돌았다. 누가 지어낸 헛소문이 아닌 듯, 단오절이 가까워오자 모두들 주위를 흘끔거리기 시작했고, 연개소문도 자꾸 곁눈질을 하게 되었다. 망치소리 요란하고 먼지만 날리던 공사판에 요란한 복장의 광대들과 함께 곱게 단장한 여인네들의 모습이 눈에 띄기 시작한 것이다. 개소문의 나이 이제 스물둘, 꿈속에서도 여자가 그리울 때였다. 함께 두레를 시작했던 동무들 중에는 일찌감치 혼인을 하고 처갓집에 들어가 사느라 두레에도 나오지 못하는 이들도 있었다.

새로 만든 무대에서는 하루종일 악대들이 번갈아가며 공연 연습에 열을 올리고 있었다. 경쾌한 노랫가락과 춤사위를 위한 다양한 악기소리는 듣기만 해도 즐거웠지만, 외국에서 온 광대와 악대도 많았으므로 젊은 선배들의 시선을 잡아끌고 있었다. 특히 눈이 크고 깊은 파사의 여인이나 호수처럼 푸른 눈의 돌궐 여인들은 선배들의 가슴을 더욱 설레게 했다.

점심을 먹기 전에 손발을 씻으러 개울로 가다가 무대 앞을 지나치던 연개소문의 발걸음도 절로 멈춰졌다. 귀에 익은 북가락이었으므로 외국 악대가 아닌 것은 뻔했으나 어쨌건 늘 보던 군사들이나 선배들이 아닌 여느 백성이라는 것만으로도 관심을 끌기에 충분했던 것이다.

말갈족으로 이루어진 악대였는데 20여 고수들 중에서도 유독 눈에 띄는 소녀가 있었다. 처음에는 그저 건장한 남자 고수들 틈에 섞인 어린 소녀이기 때문인 줄 알았다. 그러나 '야! 하!' 하며 날카롭게 내지르는 기합 때문이라는 것을 알고 보니 어린 소녀였지만 북을 치는 힘도 남자 고수들에 전혀 뒤지지 않았다. 큰 북에 비해 키가 작아서였을까? 숏구치듯 날아올라서 내려치는 동작은 마치 북을 에워싸고 춤을 추는 것 같은 착각마저 일으키게 했다. 다른 고수들은 모두 표범이나 호랑이 가죽을 걸쳤지만 소녀는 삼색 천을 길게 늘어뜨린 무복이었으니, 함께 북을 치는 게 아니라 마치 가운데서 춤추며 고수들을 지휘하고 있는 것만 같았다.

큰북을 치는 고수들의 공연이 끝날 무렵 피리와 아쟁 등 여러 악기가 무대로 나오고 30여 명의 무희가 작은북을 메고 나왔다. 무희들은 나란히 서서 한참 동안 학이 먹이를 찾아 두리번거리다가 우르르 달려나가는 모습까지 보여준 다음 곧장 원을 그리며 둘러서더니 모였다 흩어지기를 반복하며 북을 치기 시작했다. 서로 얼굴을 보고 어깨를 맞대며 흥겹게 춤추면서 북을 치는 것이다. 무희들의 발목에는 크고 작은 방울이 달려 있어 발을 구를 때마다 경쾌한 소리를 냈다.

큰북을 치던 고수들은 계속해서 함께 북을 쳤지만 소녀는 어느새 작은북을 메고 무희들과 함께 춤추고 있었다. 메고 북 공연을 위해 미리 무복 차림으로 큰북을 쳤던 모양이었다. 30여 명이 모이고 흩어지며 뒤섞이는 빠른 움직임 속에서도 개소문의 눈은 계속 큰북을 치던 소녀를 쫓고 있었다. 그 소녀가 특별히 춤을 잘 추어서가 아니다. 오히려 춤만큼은 오랫동안 춤을 춰온 다른 무희들에 비해 서툰 동작이 쉽게 드러날 정도였다. 모두 모르는 사람일 수밖에 없는 무희들 속에서 미리 눈에 익었던 탓에 저 혼자 까닭 모를 반가움이 일어났기 때문이다.

그래서인가? 아직 어리고 굴곡이 잡히지 않은 몸매였음에도 성숙한 여인네에게서 느껴지는 묘한 체취가 풍기는 듯했다. 귀에 익은 곡조였으므로 구경하던 사람들은 낮은 구음소리로 따라 불렀고 개소문도 저도 모르게 따라서 합창을 하고 손발로 박자를 맞췄다.

말갈족 악대가 무대를 비우고 다른 악대들이 자리를 잡았는데 음악이 시작되자 세 무희가 각기 커다란 공을 굴리며 나왔다. 어른 키만큼 커다란 공 위에 서서 공을 이리저리 굴리며 회오리바람처럼 빠르게 도는 호선무였다.

호선무는 본디 말 위에서 재간을 펼치던 마상재에서 시작되었으나 창칼을 들고 추던 검무 대신 춤사위로만 발전해 공 위로 옮겨가 주로 여자들이 추는 춤이 되었다. 처음 호선무를 익힐 때에는 공이 아닌 맨바닥에서 회전감각을 익혀야 한다. 공 위에서 춰야 하기 때문에 몸의 균형을 잡기가 쉽지 않았지만 역시 이리저리 공을 굴리며 추어야 제 격식을 갖추는 것이다.

세 개의 공은 크기는 거의 같았으나 그림이 달랐는데, 기암절벽으로 이뤄진 산을 그린 공과 여러 마리의 용이 뒤엉켜 싸우는 그림이 있는 공, 노랑·파랑·빨강으로 그려진 삼태극 공이었다. 산 그림 공의 무희는 위아래 새하얀 옷차림에 황금 관을 쓰고 있었고, 용 그림 공에는 붉은 술이 달린 투구를 쓰고 전포 차림을 한 무희가, 삼태극 공의 무희는 붉은 치마에 파란 저고리를 받쳐입고 머리에는 오색 빛을 뿌리는 화려한 화관을 썼다.

무대 뒤에서 나온 말갈족 악대들도 무대 곁에 자리를 잡고 구경하는 모습이 보였다.

다행이다! 개소문의 입에서는 저도 모르게 다행이라는 소리가 나왔다. 어디서나 쉽게 만나기 어려운 호선무를 구경할 것인지 말갈족 악대를 따라갈 것인지 어느 쪽으로도 작정을 하지 못하고 있던 중이었다.

거문고와 날라리, 피리 등 현악기와 관악기가 주를 이룬 악대들의 악이 연주되고 세 무희는 각기 공을 굴려 무대 곳곳으로 옮겨다니며 음악에 맞춰 춤을 추었다. 산 그림 공의 무희가 긴 소매를 뻗어내며 너울너울 춤추는 것은 마치 신선이 천하 명산 금강산에서 구름 타고 노니는 것 같고, 전포 차림의 무희가 올라선 공은 이리저리 구를 때마다 그림 속의 용들이 정말 꿈틀거리고 하늘을 날며 거대한 전쟁을 벌이는 것만 같았다. 우주를 상징하는 삼태극 공은 천지간의 조화 속에 사람이 함께 춤추며 노니는 것이다. 세 무희만의 춤이었으나 커다란 공으로 인해 넓은 무대가 꽉 차는 것 같았다.

긴 소매를 죽죽 뻗어내며 너울너울 하늘을 날 듯 춤을 추던 무희들이 나란히 서서 빙글빙글 돌기 시작했다. 무희의 발놀림에 공은 무희와 반대방향으로 돌고 무희의 회전속도가 빨라질수록 공도 팽이처럼 빠르게 돌았다. 도는 속도가 빨라지면서 몸을 휘감던 겉치마가 부풀어 오르고 속바지까지 드러났다. 왼쪽 신선 차림의 무희한테서는 파란 바지가, 오른쪽 무장 차림의 무희한테서는 붉은 바지가, 가운데 삼태극 무희한테서는 노란 바지가 빛을 뿌리며 팽이처럼 돌았다. 단연 으뜸은 삼태극 무희였다. 삼태극이 어지럽게 돌더니 커다란 공은 점점 하얗게 변해가며 밝은 빛을 뿌렸고 그 위에 선 무희는 거대한 꽃송이가 피어나는 것 같았다. 우레와 같은 박수 속에 정점으로 치닫던 호선무가 거의 순간적으로 차분하고 너울너울 하늘을 나는 춤사위로 변했다. 무희들의 팔소매가 차츰 팔의 두 배만큼 길어지며 너울너울 하늘을 덮는 것 같았다. 빠른 회전력이 안정을 찾으며 너른 품새의 하늘로 완성되는 것이다. 화려하고 눈부시게 돌던 호선무가 느린 춤사위로 변했으나 박수갈채는 줄지 않았고 무희들이 무대 뒤로 나갈 때까지 계속되었다.

소녀가 뒤돌아 나가는 것이 보이자 개소문도 걸음을 재촉해서 장내를 벗어났다. 무희들이 다가왔으나 개소문은 길을 비켜주지 않았다. 장승처럼 버티고 선 개소문이 앞장선 어린 소녀에게 물었다.

"어디에 소속된 악대냐? 네 이름은 또 무엇이냐?"

"야, 도투바이! 누구 앞을 함부로 가로막는 것이냐? 눈깔이 바늘귀처럼 작아서 뵈는 게 없는 것이냐?"

어린 소녀의 너무도 황당한 대구에 놀란 개소문이 할 말을 찾지 못했다.

도투바이는 돝바위(어미돼지바위)를 가리키는 여동 사투리로 돼지처럼 미련하고 우둔하다는 욕설이다. 융통성 없고 제 욕심만 차리는 사람을 가리킬 때도 쓰는 소리다. 말갈족이나 이족이 서로 몇 마디쯤은 섞어 쓰는 일이 많았으니 말갈족한테 돝바위 소리가 나오는 것도 별스러운 일이 아니었지만, 이상하게 더 불쾌하게 들렸다. 예쁜 입술에서 나온 욕설이라 더 그런지도 모른다.

또 쓸데없이 커다란 제 눈을 자랑하려는 것인가? 개소문의 눈이 그리 작은 편도 아닌데 바늘귀에 비교하는 것도 괘씸하기 짝이 없는 일이다. 어쨌거나 개소문이 황당해하고 있는 사이 소녀도 악대도 뒤를 보이고 멀어져갔다.

그러나 이미 내친걸음이다. 연개소문은 급히 그들이 묵고 있는 막사까지 뒤를 쫓았다. 새끼줄로 경계표시를 해놓고 지키는 자들에게 물었으나 뜻밖의 대꾸가 돌아왔다.

"선배한테 우리 아가씨에 대해 물어볼 자격이 있는지 그것부터 알아야겠소. 선배가 먼저 어느 집안의 누구인지 신분을 밝힌 다음, 오늘은 일단 돌아갔다가 내일 이맘때 와보시오. 아가씨의 허락이 내린다면 내일 우리가 아가씨의 존함을 알려주겠소."

뭐, 오늘은 일단 돌아갔다가 내일 다시 오라고? 이것들이, 감히! 당장 때려눕혀 예의범절을 가르칠 수도 있었으나 주먹 자랑하려고 따라간 것이 아니다. 개소문은 꾹 눌러 참고 발길을 돌렸다. 막리지 동부대인의 자식에게 무례를 범했다는 것을 알게 된다면 이 말갈족들은 아마 기절해버릴 것이다. 그러나 함부로 신분을 밝혔다가는 정말 어린 소녀의 꽁무니나 쫓아온 우스운 사내가 되어버린다.

점심을 먹은 뒤 고개를 돌리고 공연장 앞을 지나온 개소문은 막사로 돌아올 때까지 공연장 쪽으로는 곁눈도 주지 않았다. 공연장에서 들리는 북소리에 저도 모르게 말갈족 소녀가 떠올랐으므로 나중에는 아예 공연장에서 먼 곳으로 일터를 바꿔버렸다.

말갈족 소녀에게 접근하는 것도 쉽지 않고, 또 아직 어린 소녀여서 내놓고 사귀기도 어려운 바에야 차라리 깨끗이 잊어버리기로 작정한 것이다. 그러나 눈에 보이지 않는다고 해서, 북소리도 들리지 않을 만큼 거리가 멀다고 해서, 그 모습이 떠오르지 않는 것도 아니었다. 오히려 춤추던 모습 하나하나가 또렷이 떠오르고, "야, 도투바이!" 하고 야단치던 소리마저 정겹게 느껴졌다. 여태껏 눈에 띄지도 않던 작은 씨앗 하나가 싹을 틔우더니 어느새 가슴 한곳을 차지해버린 것이다. 그러나 성숙한 처녀라면 흉 될 게 전혀 없지만 아직 어린 소녀이기 때문에 뜨거운 가슴속을 보여주지도 못하고 벙어리 냉가슴만 앓아야 했다.

비담과 덕만공주

진평왕의 동생인 진정갈문왕 백반의 아들 비담은 어려서 어미를 잃고 외톨이처럼 갇혀 지냈다.

열세 살 무렵, 아비를 따라 몇 달 동안이나 이곳저곳 나라 안을 유람하다가 궁에 돌아왔을 때였다. 마야왕후를 뵈러 왕궁에 갔다가 왕후 폐하를 빼박은 것처럼 닮은 아기 덕만을 처음 보았을 때, 문득 아기로 환생한 자신의 어머니를 보고 있는지도 모른다는 착각이 들었다. 어미의 모습이래야 늘 스쳐가는 그림자처럼 어렴풋한 것이었지만.

"정말 예쁜 아기지? 한번 안아보거라."

왕후 폐하가 권했으나 비담은 얼른 손이 나가지 않았다. 어려서부터 자신을 귀여워해주는 왕후 폐하가 자신의 어머니였으면 하고 바랐던 것을 들킬까 봐 겁이 나서였다.

"왜 쉬라도 할 것 같아서 그러느냐?"

왕후의 재촉에 시녀들이 넘겨주는 아기를 받았으나 저도 모르게 얼굴이 붉어졌나 보았다.

"우리 공주가 응가라도 할 것처럼 울상이구나. 방귀라도 뀐다면 우리 비담이는 기절하고 말겠네!"

쩔쩔매는 모습이 재미있는 듯 왕후는 계속 놀려댔다.

"매일 궁에 들어와 아기를 돌보아야 한다. 너희도 비담이 궁에 오거든 곧바로 공주를 넘겨주고 모른 척하거라."

왕후의 명에 못 이기는 척 매일 왕궁에 들어갔지만 비담에게는 행복한 날의 연속이었다.

비담은 이목구비가 또렷하고 잘생긴 미남자였으나 아쉽게도 키가 작고 덩치도 작았다. 누구보다 영리했으나 스스로 덩치가 작고 완력이 없음을 비관해 선문(화랑도)에도 나가지 않았고 무예와도 담을 쌓았다.

열두 살이나 많은 비담은 덕만이 젖먹이였을 때부터 남다른 애정으로 보살폈다. 어린 누이를 업어주고 안아주고 코를 닦아주었다. 틈나는 대로 덕만을 찾아 놀아주다 보니 자연스럽게 사랑도 싹텄지만 그 감정은 가슴 깊은 곳에만 묻어두었다.

"오빠는 왜 토끼야?"

"왜?"

"남자면 호랑이라야지, 왜 토끼야?"

"그거? 내가 계묘생이라서 그런 거야. 너도 을묘생이니까 역시 토끼띠고. 우리 둘 다 토끼해에 태어나서 같은 토끼띠니까 띠동갑이라고 하는 거야."

열두 살이라는 나이 차이보다 띠동갑이라 서로 같을 수도 있다는 이야기를 하고 싶었지만 아직 일곱 살배기한테는 너무 어려운 소리였다.

"그래도 남자가 토끼가 뭐야? 토끼보다는 어흥! 호랑이가 더 좋아."

계속되는 투정이었으나 그래도 그때가 봄날이었다.

"오빠는 왜 키가 자꾸 작아져?"

덕만은 이제 열 살이었으나 벌써 비담의 코를 들이박을 만큼 키가 컸다. 진작부터 안고 다니기 어려울 만큼 커버린 데다 어쩌다 안아주어도 곧 답답하다며 밀쳐내고 빠져나가버렸다. 툭하면 안아달라고 응석을 부리고 가슴에 귀를 대고 쿵쿵 소리가 난다며 좋아하던 아이는 이미 없었다.

어려서는 둘 다 같은 토끼띠라고 좋아하던 덕만이었다. 그러나 둘 사이에 금이 생기고 차츰 틈이 벌어지기 시작했던 것도 남자가 왜 호랑이가 아니고 토끼냐고 물어봤을 때부터였을 것이다. 비담은 계묘(癸卯) 생이고 덕만은 을묘(乙卯) 생이니 우연히 태어난 해가 같은 토끼해였을 뿐이다. 쥐나 소, 용이나 뱀, 말이나 양, 원숭이나 닭, 개나 돼지의 성품이나 운명을 그대로 닮는 것도 아니다.

스무 살이 되었을 때 비담은 결혼을 했다. 멀쩡한 아들자식이 어린아이하고만 노는 것을 지켜볼 수만 없었던 어른들의 성화를 견딜 수가 없어서였다. 덕만을 좋아하고 있었지만 겨우 여덟 살짜리 꼬마하고 결혼하겠다고 나설 수도 없는 노릇이었다. 어린 누이를 얼마나 좋아하고 말고는 비담의 사정일 뿐 손자를 안아보고 싶은 어른들에게는 너무 까마득한 세월이 될 것이기 때문이었다.

결혼한 뒤 비담은 이제부터는 덕만을 돕는 것으로 가슴속에 심어둔 사랑을 키워가기로 작정했다. 덕만도 누구보다 비담을 따랐지만 차츰 나이가 들고 키가 부쩍 자라면서부터는 비담을 친구처럼 가까운 오라비로 대했을 뿐 단 한 번이라도 비담과 결혼을 하겠다는 눈치는 보이지 않았다. 키가 작고 덩치도 작은 비담한테서 남성을 느끼지 못했던 것이다.

왕족이라고 해도 나이가 차면 선문에 들어가 화랑이 되고 풍월주가 되는 것이 출세의 지름길인 세상이 되었지만 비담은 선문에 나가지 않았다. 본디 학문을 좋아하고 무술 연마에는 흥미가 없는 탓도 있었지만, 무엇보다 화랑이 되면 무리에 속해 자유로운 시간이 없어지기 때문이었다.

비담은 덕만의 모습을 바라보기만 해도 좋았다. 사랑하는 누이와 함께하는 시간은 무엇과도 바꿀 수 없는 소중한 것이었다. 어린 누이 덕만공주를 이미 운명처럼 사랑하고 있었던 비담은 결혼을 하고 아이까지 두었다고 해서 좋아하는 마음을 온전히 접을 수가 없었다. 안해와 색사를 하면서도 어린 누이의 환영을 떨쳐내지 못했다. 따로 안해가 있어도 누이를 사랑하고 차지하지 못할 것도 없는 것이 신국의 도였다. 그러나 안타깝게도 비담은 사랑에 용감한 사내가 아니었다.

'누이야. 예쁜 누이야. 내 너를 사랑한단다. 이 세상 누구보다 무엇보다 너를 사랑한단다. 눈을 감고, 눈을 감고 나를 보아라. 두 눈을 꼭 감고 들어보아라. 심장이 펄떡이는 소리를 들어보아라. 뜨겁고 뜨거운 내 심장을 느껴보아라. 언제나 네 곁에 있는 나를 느껴보아라. 누이야. 예쁘고 총명한 누이야.'

늘 마음속으로만 불러보는 노래였다.

부끄러울 것도 없는 사랑이었다. 그러나 함부로 들킬 수도 없는 것이 오라비 비담의 사랑이었다. 그런데 무엇에 씌어 한마디 거절도 못하고 부모가 시키는 대로 덥석 혼인을 해버렸는지, 달이 가고 해가 갈수록 후회가 되었으나 돌이킬 수도 없는 일이었다.

미안하고 안타까워 안해를 더욱 사랑하려고 했지만 그래서 아이를 셋이나 두었지만 비담의 가슴은 늘 허전했고 마음자리를 잡지 못했다. 네 번째 아이를 낳던 안해가 아이와 함께 갑작스럽게 죽었을 때 비담은 덕만에게 다가가는 대신 아예 월성을 나와버렸다. 천성이 여리고 착했던 비담은 안해와 아이의 죽음을 하늘이 자신에게 내린 천벌로 받아들였던 것이다.

비담은 두 사람의 무덤을 가까운 남산자락에 두고 자주 돌아보며 미안한 마음을 달랬다.

덕만공주는 어려서부터 남달리 키가 크고 뚱뚱한 몸집이었으나 매우 아름다웠다. 화공들이 그려내는 관세음보살처럼 풍만하고 아름다웠다. 오랜 세월이 흐른 뒤 신국의 왕으로 즉위했을 때, 여왕의 선정에 감격한 백성들은 자애롭고 아름다운 여왕을 관세음보살의 화신으로 여기기도 했다.

덕만은 어렸을 때는 몰랐으나 차츰 나이가 차면서 날씬한 여자들을 부러워하게 되었다. 큰 키에 덩치까지 컸던 덕만은 어려서부터 노리개를 갖고 놀거나 소꿉장난 따위를 즐기지 않고 사내아이들과 어울려 놀기를 좋아했다. 덩치가 큰 만큼 힘도 세서 사내아이들과 겨뤄도 밀리는 일이 거의 없었다. 자라면서도 사내 같은 기질은 여전해서 비담과도 사내형제들처럼 어울렸을 뿐이다. 사춘기가 되어서도 전혀 계집애 같은 모습이 보이지 않았다. 덕만은 오관이 시원스럽게 크고 매우 아름다웠으나 어떤 사내도 색사까지 원하는 눈치는 없었다.

덕만은 자신을 끔찍이 돌봐주는 비담을 마음에 둔 적도 있었지만 그때는 너무 어렸고 또 덕만이 자라기도 전에 비담이 너무 일찍 결혼해버렸다. 사춘기가 되면서 문득문득 비담이 사내로 보이고 야릇한 느낌이 들기도 했으나 비담의 키가 차츰 작아져 보이는 것이 걸림돌이 되었다. 비담은 비록 마른 체격이었지만 키는 보통이었는데 덕만의 키가 너무 컸기 때문이다. 이미 아이까지 둔 비담의 부인에게 미안한 생각은 오히려 나중이었다.

"오라버니는 안해가 이뻐? 사랑해?"

"그럼, 우리 안해가 이쁘지. 우리는 서로 사랑하고 너무너무 행복해."

"쳇, 거짓말."

"거짓말이라니? 정말이야. 내가 언제 거짓말하는 것 봤어?"

"말도 안 돼. 그러면 나보다 이뻐?"

"아니, 우리 공주님이 더 이쁘지. 그렇지만 우리 안해도 정말 이뻐."

"나보다 안 이쁜데 이쁘긴 뭐가 이쁘다는 거야? 오라버니는 평생 거짓말이나 하고 살아라."

토라진 덕만이 툴툴거리며 제 처소로 돌아가버렸고 비담은 그저 지켜볼 수밖에 없었다.

비담으로서는 평생 처음으로 해본 거짓말이었다. 하지만 어쩐지 그렇게 대답해야 할 것 같았다. 화를 내고 가버리는 덕만을 보며 후회가 밀물처럼 몰려왔지만 자신은 앞으로도 계속 같은 거짓말을 하게 될 것이라고 생각했다.

덕만은 자신에 비해 인물이 크게 떨어지는 안해와 사는 비담이 안쓰럽기도 했다. 예쁜 자신이 선녀처럼 나서서 불쌍한 비담을 건져주고 싶었다. 예쁜 안해와 사는 행복이 무엇인지 제대로 가르쳐주고 싶었다. 그래서 물어본 건데 바보 같은 비담이 안해를 사랑한다고 행복하다고 해버린 것이다. 덕만은 크게 아쉬웠다. 그러나 그것은 비담과 맺어지는 것을 포기해서가 아니라 불쌍한 사람을 구해주려고 나섰다가 거절당했기 때문이었다.

어쩌면 비담뿐이 아니었는지 모른다. 덕만에게는 서라벌의 모든 남자를 자신과 견줘보는 습성이 있었고 자신도 모르게 한숨을 쉬는 버릇도 붙었다. 거기서 유일하게 벗어나는 사람이 유신랑이었다.

낭도들을 거느린 화랑이 되었을 때부터 김유신은 서라벌 으뜸 화랑으로 꼽혔다. 용화향도 김유신은 비록 귀화한 귀족이었지만 그 인물만큼은 관산성 아래에서 백제 성왕을 죽이고 큰 공을 세웠던 할아버지 김무력을 그대로 빼닮았다는 평이었다. 유신의 어머니는 진평왕의 동복동생이었으므로 유신과 덕만은 혈족으로도 매우 가까운 사촌남매였다. 화랑이 되어 월성에 인사하러 들어온 유신을 처음 보았을 때 덕만은 저도 모르게 얼굴이 붉어지고 가슴이 뛰었다. 동갑내기였지만 넓은 가슴에 안기고 싶은 사내를 만난 것이다. 어쩌면 화랑이 아니라 서라벌의 모든 사내를 통틀어서도. 보통 여자보다 키와 덩치가 큰 자신을 뼈가 으스러지게 안아줄 수 있는 사람은 김유신밖에 없을 것 같았다.

언제든지 유신을 불러들일 수 있는 위치였고 스스로도 그럴 수 있다고 생각했지만 막상 덕만공주는 한 번도 유신을 부르지 못했다. 모든 일에 거침없는 공주였으나 처음으로 남자를 느끼기 시작한 여자로서 미처 생각지도 못했던 수줍음이 고개를 든 것이다.

불러서 보는 것보다는 우연한 일로 그럴듯한 만남이 이루어질 거라고 생각하며 좋은 기회를 기다리고 있는데 느닷없이 유신이 천관녀와 바람이 났다는 소문이 들려왔다. 하루에도 몇 번씩 천관녀와 그만 만나고 자신의 처소에 들라고 명령을 내렸지만. 그 말은 늘 입안에서만 맴돌았다. 신국의 공주가 하찮은 천관녀 따위와 연적이 될 수 없다는 어쩔 수 없는 체면이 발목을 붙잡은 것이다.

서라벌이 들썩한 소문에 남몰래 한숨을 쉬고 있었는데 그마저 갑작스럽게 겨우 열여덟 살밖에 안 된 유신이 미실의 손녀인 영모와 결혼까지 해버렸다. 아닌 밤중에 홍두깨라더니, 유신의 느닷없는 결혼은 서라벌을 온통 뒤흔드는 대사건이었다.

결혼식을 올리자마자 유신은 보종을 제치고 먼저 풍월주에 올랐다. 보종이 유신보다 나이도 열다섯 살이나 많은 데다 이미 14세 풍월주 호림공의 부제였으므로 보종이 15세 풍월주가 되는 것이 너무도 당연했다. 그럼에도 불구하고 보종은 먼저 유신을 풍월주에 올리고 자신은 유신의 뒤를 잇겠다며 선뜻 양보한 것이다. 별로 뛰어나지도 않은 미실의 손녀를 선택해준 만호태후에게 보답한다는 명분이었다. 그러나 보종의 처지에서는 미처 생각지도 못했던 만호태후의 후광까지 얻을 수 있는 기회였으며, 또한 이러한 자진 양보는 풍월주사에 훌륭한 미담으로 남을 것이니, 한꺼번에 두 마리의 토끼를 잡을 수 있는 기회이기도 했다.

또한 영모는 유모의 친동생인데 유모는 풍월주 호림공의 안해다. 자신과 동서지간이 되는 유신에게 풍월주를 넘겨주는 것이었으니 호림공으로서도 반대할 까닭이 없었다. 부제도 거치지 않은 나이 어린 화랑 유신이 나이 많은 부제 보종까지 뒤로 세우고 먼저 풍월주에 오르게 된 데는 그러한 복잡한 내막이 있었다.

그동안 얽힌 사정이야 어쨌건 덕만공주의 눈에 비친 유신은 허우대와 기상이야 더없이 잘난 사내지만 안타깝게도 잘난 값을 못하고 권력과 명예에 눈먼 흔해빠진 사내가 되었을 뿐이었다.

생각하면 유신뿐만이 아니었다. 어려서는 몰랐으나 차츰 나이가 차면서 덕만공주도 자신의 몸집이 너무 크다는 것을 알게 되었다. 잘 놀아주던 사내들도 막상 색사를 하자고 하지 않았기 때문이다. 어려서부터 늘 예쁘다는 소리를 들었고 거울에 비친 모습을 보아도 스스로 자랑스러울 만큼 빼어난 미모였다. 가슴이 부풀며 사내를 향한 춘정도 부풀었지만 웬일인지 덕만을 침실로 이끄는 사내는 없었다. 함께 놀다가도 덕만이 손을 내밀면 사내들은 갑작스럽게 바쁜 척하며 자리를 떠나버렸다. 그렇다고 강제로 색공을 바치라고 명하지 못하는 자신이 스스로 못나 보였지만 어쩔 수가 없었다.

늘 분신처럼 붙어다니던 오라비 비담마저 곁에 없었다. 심약한 비담이 안해의 눈치를 보느라 그런 줄 알았는데, 안해가 세상을 떠나자 오히려 더 발길이 뜸해지는가 싶더니 아예 월성을 나가 멀리 남산 밑으로 이사를 가버렸다. 꽃다운 나이에 죽은 안해의 무덤을 지키고 싶어서라지만 뻔한 핑계였다. 더 없이 좋아하지만 막상 색사를 하기에는 부담스러운 덕만 곁을 떠나고 싶어서였을 것이다.

덕만공주는 세상 사내들을 눈 아래로 얕잡아보게 되었고 그 사내들을 부리는 것은 권력이라는 것을 깨달았다. 지소태후부터 미실까지 여자들이 권력을 휘둘러온 신국의 왕실에는 그런 생각이 자연스럽게 싹틀 수밖에 없는 환경이 조성되어 있었다.

"좋아. 너희들이 나를 부담스러워한다면 진짜 부담스럽고 무서운 것이 무엇인지 보여주겠어."

덕만공주는 다짐했다. 너희가 나를 여자가 아닌 사내로 여긴다면 사내가 되어주마고. 너희가 나를 두려워한다면 정말 무서운 주인이 되겠노라고. 덕만은 작정하고 사내들과 어울리기 시작했고 사내들을 앞서기 위해 더욱 활발하게 행동했다. 뒷날 신국의 조정을 손아귀에 넣을 기틀을 마련하려는 것이었다.

딸이 많았지만 진평왕은 유독 덕만공주를 편애했다. 관음보살처럼 예쁘고 넉넉한 덕만공주의 환하고 건강한 모습을 보면 정사에 지쳤던 심신이 시원한 샘물이라도 마신 듯 상쾌해졌던 것이다.

어느 날, 마야왕후와 이런저런 이야기를 나누던 진평왕은 별 생각 없이 덕만공주에 대해 물었다가 크게 놀라고 말았다.

"뭐, 여태까지 사내를 몰라? 스무 살도 훨씬 넘은 처녀가?"

진평왕의 놀라움은 극에 달했다. 열세 살 때부터 스승을 두고 색사공부를 했던 진평왕이다. 공주가 요즘에는 누구누구와 사귀고 있는지 갑작스럽게 궁금했을 뿐 사귀는 사내가 없을 거라고는 생각조차 할 수 없었다.

"열두어 살 때부터 가슴이 나올 만큼 조숙했던 덕만이 아닌가? 도대체, 어떻게 지냈단 말인가? 그 많은 날을, 그 길고 외로운 밤들을, 그 어린것이 어떻게 참고 견뎠단 말인가?"

"그래도 생각이 깊은 공주입니다. 오히려 폐하께서 아시고 걱정하실까 봐 늘 전전긍긍 노심초사했습니다. 그래서 폐하께 말씀드리지도 못했던 것입니다."

"바보같이 그게 무슨 소린가? 만백성의 어버이인 내가 어린 공주 하나 챙기지 못했다니."

진평왕은 곧바로 덕만공주를 들게 했다.

"아직은 사내들한테 아무런 생각도 관심도 없습니다. 밤이 익으면 저절로 벌어지듯 저 또한 때가 되면 저절로 사내를 만나고 싶은 생각이 들겠지요. 그때까지는 조용히 학문을 닦으며 수행하고 싶습니다."

예상외로 철든 소리가 나왔다. 하기야 남녀관계는 상대에 대한 호기심과 관심이 먼저다. 그것이 자연스러운 것이므로 곁에서 강요할 수도 없는 일이다. 그래서 공주의 말을 믿고 덮어두었다.

그런데 결국 그것이 문제가 되었다. 해가 여러 번 바뀌어도 공주는 사내를 쳐다보지 않았다. 공주한테 집적거리거나 관심을 가진 사내가 있다는 보고도 없었다.

처음에는 몰랐으나 사내들은 자신보다 덩치가 큰 여자를 좋아하지 않을 거라는 소리를 듣고 찬찬히 생각해보니 역시 그 말이 옳았다. 어떤 사내보다 건강하고 믿음직했던 공주가 어느새 진평왕의 아픈 갈빗대가 되어버린 것이다. 짝을 찾지 못하는 덕만을 생각하면 자다가도 가슴 한쪽이 저리는 것처럼 아팠다. 더없이 예쁘고 건강한 딸아이였다. 그런데 그 건강하고 활달한 것이 오히려 병이 되어 사내를 모르다니 도무지 이해가 되지 않는 일이었다. 그러나 이해가 되거나 말거나 아비가 자식에게 해줄 수 있는 일과 없는 일은 따로 있기 마련이다.

고심을 거듭하던 끝에 진평왕은 덕만을 불렀다.

"누구냐? 말하라. 조금이라도 마음에 드는 사내가 있다면."

"두 용숙은 변함없이 늘 다정하게 대해주었습니다."

덕만은 망설이지 않고 곧바로 대답했다. 선왕인 진지왕(금륜)의 아들인 용수와 용춘 형제는 동륜태자의 손녀인 덕만에게 숙부가 된다. 무엇보다 용수와 용춘은 덕만공주의 언니인 천명공주의 남편이었다. 용수 용춘 형제가 덕만에게 특히 다정하게 군 것은 사실이었다. 안해의 동생인 덕만을 부담스럽게 여기지 않고 살갑게 대했으며 때때로 몸싸움을 하듯 심한 장난을 치는 것도 오히려 자연스러운 일이었다.

용수를 좋아하는 진평왕은 오랜 생각 끝에 덕만을 용수와 결혼시키기로 작정했다. 그러기 위해서는 먼저 용수의 안해인 천명을 용춘에게 보내야 했으므로 천명에게 뜻을 전했다. 본디 용춘을 좋아했으면서도 명확하게 용춘이라고 말하지 않았기 때문에 잘못 알아들은 진평왕의 뜻에 따라 용수와 결혼했던 천명이다. 훨씬 나중에야 천명의 가슴속에 용춘이 있다는

오국지 2

것을 알게 된 마야왕후와 용수의 배려로 용춘한테도 색공을 받고 있는 상태였으므로 천명공주가 굳이 용수를 고집할 이유도 없었다.

진흥왕은 천명을 용춘에게 주었고 용수와 덕만을 결혼시켰다. 덕만공주는 용수와 맺어졌지만 아이를 갖지 못했으므로 용춘에게도 색공을 바치게 했다. 용수가 죽은 뒤에는 삼서제(三婿制)를 두어 용춘과 흠반, 을제 세 사람이 함께 잠자리를 돌보도록 했으나 덕만공주한테서는 끝내 아이가 없었다.

덕만은 어린 조카인 춘추를 사랑했다. 아이를 얻기 위해 많은 사내들과 관계했으나 언제부턴가 덕만의 가슴속에는 춘추가 자라고 있었다.

덕만도 이미 오래전부터 사촌오라비인 비담이 자신을 깊이 사랑한다는 것을 알고 있었다. 그러나 갓난아기 때부터 너무 친하게 지냈던 탓일까? 남자로 여겨지지가 않았다. 말도 못하고 자신을 바라보는 비담의 깊은 눈길이 더러 안타깝기도 했으나 오히려 부담스러웠다. 세상 사람들이 그렇듯 세월이 가면 비담의 마음도 달라질 줄 알았다. 그러나 자신을 바라보는 비담의 눈길은 전혀 바뀌지 않았다. 많은 세월이 흐른 뒤에야 덕만은 비로소 자신을 향한 비담의 마음을 오롯이 알게 되었다. 그런 오라비를 받아주지 못한 자신이 밉기만 했다. 당장이라도 침전으로 불러들여 색사로 위로하고 싶었다.

그러나 모든 것을 되돌리기에는 너무 늦었다. 오라비 등에 업혀다니던 아이도 아니고 화사하게 피어나는 젊음도 아니었다. 권력만 탐하는 오만한 여자, 탐욕에 찌든 몸뚱어리로 자신에게 평생을 바쳐온 사람을 맞을 수가 없었다. 혹시라도 비담을 잠자리까지 불러들였다가 자신을 향한 비담의 환상이 깨질지도 모른다.

게다가 덕만은 늘 자괴지심에 시달리고 있었다. 용춘과 흠반, 을제도 강건한 사내들이었으나 덕만과 색사를 하고 나면 세상모르고 곯아떨어졌다. 채 식지 않은 덕만을 놔두고 저 먼저 코를 고는 일도 드물지 않았다.

색사를 많이 하면서도 아이는 갖지 못하는 여자! 사내들의 정력을 마르게 하는 여자! 덕만은 그것이 두려웠다.

오랜 고민 끝에 덕만은 끝까지 비담과 색사를 하지 않기로 작정했다.

"환상은 환상만으로 충분히 아름다운 것이야"

덕만은 믿었다. 그것이 오라비 비담에게 해줄 수 있는 최선의 것이라고. 아름다운 마음을 순수하게 지켜주는 것도 사랑이라고.

뒷날 덕만이 평생토록 춘추를 가슴에 품고 살았으면서도 춘추를 잠자리로 들이지 못한 것도 그래서였다. 비담이 자신에게 그랬던 것처럼 자신도 춘추의 절대적인 후원자가 되는 것으로 스스로의 사랑을 가꿔나가는 길을 택한 것이다.

일찌감치 사랑을 가슴속에 묻어두기로 작정한 덕만은 행복했다. 춘추가 웃는 것만으로도 마음이 밝아졌고 춘추가 조정에 나와 여러 벼슬아치들 앞에서 자신의 의견을 유창하게 피력하는 모습을 보는 것만으로도 덕만은 모든 일에 자신이 생겼다. 곁에서 보기만 해도, 아니 곁에 있기만 해도 행복한 것이 사랑이었다. 입 밖에 꺼내지 않아도, 오히려 가슴 깊이 묻어둘수록 가슴이 뜨겁고 벅찬 것이 덕만의 사랑이었다.

양광의 최후

2949년(616) 와강채(하남 활현 남쪽)에서 일어난 와강군의 우두머리는 동군(활현 동남쪽)의 아전이었던 적양이었다. 어부와 사냥꾼이 많아서 싸움을 잘했고 군사들이 합류하면서 막강한 집단이 되었다. 와강군은 격문을 지어 양광의 죄를 나무랐다.

남산의 대나무 찍어 책을 써도
그 죄악 다 적을 수 없고
동해의 물로 씻어도
그 죄악 다 씻기 어렵다.

이밀은 나중에 와강군에 들어왔으나 꾀가 많았으므로 수나라 장수 장수타의 3만 군사를 매복해서 섬멸하기도 했다.

흥락창(하남 공현)은 양광이 고구려 도전을 위해 많은 군량을 모아둔 곳이다. 양광이 일으킨 두 번째 전쟁에서 채 싸우지도 못하고 일찌감치 도망쳐왔으므로 흥락창의 군량에까지는 미처 손댈 겨를이 없었다.

와강군은 흥락창으로 쳐들어가 양식창고를 털어서 기아에 허덕이는 사람들에게 나누어주었다. 민심을 얻은 와강군은 군사가 수십만을 헤아렸으며 하남성 대부분을 점령하게 되었다.

수나라는 이제 벌집이 터진 것처럼 걷잡을 수 없이 어지러워지고 있었다. 이연이 섣불리 움직이지 않은 것이 잘된 일이었는지도 몰랐다. 이세민은 가시아비 장손성의 의견에 따라 유문정을 돌궐에 보냈다. 돌궐은 유문정에게 이세민의 반란군이 장안으로 나갈 때 뒤를 물어뜯지 않겠다고 약속했다. 이세민 등이 먼저 찾아와 돌궐의 신하를 자청하며 많은 예물까지 바쳤기 때문이다.

2950년(617) 5월, 양광이 왕위와 고군아를 태원으로 보내왔다. 이들은 이연에게 어서 빨리 군사를 이끌고 하동으로 나오라고 재촉했다.

"이처럼 좋은 때를 놓칠 수는 없는 일이다."

꿍꿍이를 꾸민 이세민은 유문정을 진양궁(양광은 나라 곳곳에 수많은 별궁을 지었는데, 그중 하나인 진양궁은 태원 남쪽 30여 리에 있었다)으로 보냈다. 진양궁을 지키는 진양궁감 배적 또한 이세민이 미리 포섭해두었던 것이다.

이날 밤 어지러운 북소리에 사람들이 놀라 나와보니 태원성

남문 앞에는 사람과 말이 어울려 지르는 비명소리로 가득 차 있었다.

"어찌 된 일이오?"

깜짝 놀란 왕위와 고군아도 태원유수 이연에게 달려와 걱정스럽게 영문을 물었다. 곁에 있던 이세민이 아비 대신 나섰다.

"진양궁감 배적이 반란을 일으킨 모양이오."

"반란이라면 큰일 아니오. 유수는 어서 달려가 놈들의 목을 베어오시오."

"너희가 나가면 될 것을, 누구한테 이래라저래라 명령을 하는 것이냐?"

"뭐라고? 젖비린내 나는 놈이 감히 죽으려고 환장을 했느냐?"

하도 어이없는 소리에 '어어' 하며 입을 열지 못하는 왕위를 대신해 고군아가 발을 구르며 소리쳤다. 그러나 그것이 이승에서 남긴 마지막 호통이 되고 말았다.

"네놈들이야말로 반란군을 막으려고 장안에서 달려왔지 않느냐? 반란군을 보고도 나가 싸울 생각을 않는 것을 보니 두 마음을 품은 것이 틀림없다."

이세민이 이죽거려서야 두 사람은 호랑이굴에 갇힌 것을 알았다. 곧바로 칼을 빼들었으나 몇 번 휘둘러보지도 못하고 장손무기와 여러 군사들의 손에 죽고 말았다.

"이게 무슨 짓이냐?"

이연이 펄펄 뛰었으나 이미 엎질러진 물이었다.

"황제의 심부름꾼을 베었으니, 저들을 살려낼 수 없다면 반역죄를 짊어질 수밖에 없습니다. 그러나 걱정하지 마십시오. 이미 군사들도 저렇게 창을 들고 일어섰습니다."

이세민의 말에 이연은 자신이 이미 호랑이 등에 업힌 꼴이 되었음을 알았다. 꾸물거리다가는 죽는다. 이연은 서둘러 하동에 있는 아들 건성을 불러들이는 한편 격문을 내걸었다.

황제 양광이 포악무도하여 두 번씩이나 아사달을 침략하고 조선에 죄를 지었으며, 120만이 넘는 군사를 죽이고도 모자라 백성의 고혈을 짜내고 있으니, 마침내 하늘도 땅도 그 죄를 용서할 수 없게 되었다. 양광을 토벌하는 것은 이제 순리에 따르는 것이니 천지신명이 함께 우리를 도와주리라.

나라가 어지럽고 백성들이 마음 둘 곳이 없는 세상이다. 이연과 장손성이 군사를 일으키자 여러 곳에서 사람들이 모여들었다.

8월, 태원에서 일어난 반란군은 곽읍(산서 곽현)을 점령했다. 하동을 지나 곧바로 장안으로 나가려 했으나 굴돌통이 이끄는 조정 군사에 막혀서 하동을 비켜 서쪽으로 돌아가야 했다. 그러나 반란군의 수는 계속 불어나고 있었다. 게다가 서토 곳곳에서 일어난 다른 반란군들이 갈수록 세력을 키워서 양광을 위협하고 있었다. 이연의 반란군에게는 이들이 무엇보다 큰 힘이 되고 있었다.

뿐만 아니다. 당국공 이연은 나라에서도 손꼽히는 귀족으로 양광과 이종사촌지간이기도 했다. 그런 이연이 반란을 일으키리라고는 상상할 수도 없었으므로 양광과 조정 벼슬아치들의 충격은 엄청난 것이었다.

우문술은 뛰어난 장수 굴돌통에게 5만 군사를 주어 급히 하동으로 가서 막게 했다. 굴돌통은 이연의 반란군을 잘 막아 냈으나, 몸을 돌보지 않고 일에만 매달려 있던 우문술은 끝내 몸져눕고 말았다.

양광은 제 분신처럼 여겨왔던 이연까지 반란을 일으키고 든든하게 믿었던 대장군 우문술마저 쓰러지자 마음의 탕개가 풀어지고 말았다.

"낙양으로 가자. 우문개가 솜씨를 다해 성곽을 쌓은 곳으로 가자."

양현감이나 이밀의 반란군도 감히 어찌하지 못한 성이라는 데 생각이 미친 모양이었다. 양광은 지난날 구려하를 건널 적에 뜬다리가 짧았다는 죄를 물어 군문에 매달았다는 것을 깨끗이 잊은 듯이 우문개를 들먹였다.

양광은 날씨가 추워지기 전에 장안을 비우고 낙양으로 옮겨갔으므로 이연의 반란군은 수월하게 장안의 임자가 되었다. 장안에 들어가서는 장안과 관중의 민심을 얻고자 군사를 쉬게 했다. 이연에게는 자꾸 즐거운 일이 겹치고 있었다. 봄이 되자 양광이 스스로 동쪽으로 나가 운하에 배를 띄우고 멀리 강도로 내려가버린 것이다.

운하는 양광의 모든 꿈과 즐거운 지난날이 함께 어린 곳이었다. 고구려 도전을 위해 백성들의 피와 땀으로 운하를 만들었다. 한 번 행차에만도 호위 군사 20만을 늘여세우는 위세를 보여주었고, 고구려 도전의 북을 드높이 울린 곳이었다.

양광은 운하를 따라 내려가며 옛일을 더듬어보고 싶었다. 그러나 대장군 우문술이 마침내 숨을 거두고 말았다. 반년 넘게 자리에 누워서도 어려운 나라 살림을 슬기롭게 이끌던 우문술이다. 기둥이 부러지고 지붕이 무너진 듯 사람들은 말을 잃었다.

"무엇들 하느냐? 풍악을 울려라!"

우문술에 대한 애도도 잠깐, 양광은 다시 술과 계집들에게 파묻혔다. 그때나 다름없이 한꺼번에 2천 명이 앉을 수 있는 큰 배를 띄우고 20만 군사가 호위하고 있다. 그러나 깃발도 드문 양광의 행렬은 싸움에 지고 돌아가는 군사들의 행렬이나 다를 바가 없었다. 때는 이미 3월, 온갖 꽃이 피어나고 나뭇잎은 푸르게 우거졌지만 늘어선 것은 호위 군사들과 버드나무뿐이었다. 구경 나온 백성들은 눈을 씻고 찾아도 보이지 않았다.

닷새가 지났다. 양광을 호위하는 금군대장 우문화급의 소매를 끌어당기는 사람이 있었다. 좌효위대장군 사마덕감이었다. 그는 버드나무를 살피는 척하며 낮게 속삭였다.

"우둔위대장군, 새는 큰 나무에 둥지를 틀고 군사는 깃발 아래 모여든다고 했소. 그대는 우리 군사들의 깃발이 줄어드는 것을 어찌 생각하오?"

"어찌 생각하다니? 벌써 7년씩이나 꼼짝 못하고 있었으니 견디지 못하고 달아날밖에."

짐작하고 있다는 듯 우문화급이 대수롭지 않게 받았다.

"그게 아니오. 반란을 일으키는 놈들은 모두가 하늘이 황제를 버렸다고 하오. 내가 살펴보니 금군 군사들도 〈조선가〉 등 여러 가지 고약한 노래를 부르고 있었소. 그대 혼자만 모른다고 할 테요?"

사마덕감은 여러 가지 좋은 말로 반란을 하자고 꼬드겼다.

양광을 따라다녀봐야 좋을 것이 없다. 군사들처럼 그냥 달아나 숨어 사는 것보다 달아나는 군사를 모아 큰일을 꾸며야 한다. 왕후장상이 따로 있는 게 아니다. 차라리 양광을 죽이고 새로운 깃발을 들어야 한다. 그대는 모든 장수와 군사들이 존경하는 대장군 우문술의 아들 아닌가. 그대가 새로운 깃발을 들면 나무라기는커녕 반색을 하며 모여들 것이다…….

그러나 잠자코 듣기만 하던 우문화급은 머리를 저었다.

"황상께서는 강도로 가시오. 우리 금군은 황상의 호위 군사, 황상의 마지막 나들이에 아무런 불편이 없게 할 것이오."

마지막 나들이? 무슨 뜻인지 알겠다는 듯 사마덕감이 웃으며 불끈 주먹을 쥐어 보이고 자리를 떴다. 우문화급은 아무렇지도 않은 얼굴로 돌아와 여느 때처럼 양광을 지켰다. 양광을 따라가던 군사들이 하루에도 수천 명씩 달아났다. 제 몸을 지키는 금군대장 우문화급까지도 두 마음을 품었으나 양광은 이를 까맣게 모르고 있었다.

양광은 밤낮없이 계집들의 품에 묻혀 술로 세월을 보내다가 드디어 강도에 닿았다. 오랜만에 밟아보는 땅이 되레 어지러웠던가? 뭍에 오른 양광은 강도태수가 벌이려는 잔치를 그만두게 했다.

양광은 다른 때보다 일찍 부하들을 물리치고 잠자리에 들었으나 늦게까지 자리에 앉아 있었다. 황금갑주를 벗고 잠자리에 들어야 했으나 쉽게 잠들지 못할 것 같았다. 무거운 황금투구만 벗은 채 의자에 앉아서 병장기만 들여다보고 있었다.

"황상, 이 황금갑주를 입으면 무서울 것이 없다지요?"

"응!"

우문술이 만들어온 황금갑주를 걸치고 뽐내기 좋아하던 양광이다. 장안을 떠난 뒤로는 잠자리에서만 갑주를 벗었다. 고구려 쇠도끼와 고구려 칼도 늘 곁에 두어야 마음이 놓이는가 보았다.

"이 보검과 도끼도 세상에서 으뜸이라고 합니다. 귀신도 무서워 도망친다지요?"

"응!"

곁에 있는 계집이 뭐라고 물어도 양광은 건성으로 대꾸했다. 황금갑주와 병장기 이야기만 나오면 좋아서 떠들던 예전 모습이 아니었다.

웬일일까? 천장에 구렁이가 들어 있는 것처럼 불안하다! 칼을 뽑아 손끝으로 칼날을 쓸어가자 그 날카로움에 온몸이 서늘해진다. 머리가 맑아지는 것 같아 좋기는 하지만 까딱 잘못하다간 온밤을 뜬눈으로 밝히고 말겠다.

마침내 황금갑주를 벗고 침상으로 올라가려던 양광이 성난 얼굴로 뒤돌아보며 소리를 질렀다.

"누구냐?"

"황상, 금군대장 우문화급입니다."

"웬일이냐?"

양광의 목소리에서 짜증이 잔뜩 묻어났다. 아무리 금군대장이지만 침실에까지 마음대로 드나들 수는 없는 일이다. 더욱이 옷을 벗고 쉬려는 판이다.

"이제 운하를 따라 강도에 닿았습니다. 긴 여행이 끝났으니 황상께서는 그만 편히 쉬실 때가 되었습니다."

"알고 있다. 그대도 가서 편히 쉬어라."

"황상, 저는 아직 할 일이 남아 있습니다. 황상께서 주무시는 것을 도와드리겠습니다."

"뭐? 내가 잠드는 것을 돕겠다고?"

이놈이 미쳐버렸나? 언제랄 것 없이 밤마다 왕의 잠자리를 모시는 사람은 뼈마디까지 나긋나긋한 계집들이다. 죽은 아비 닮아서 뻣뻣하고 깡마른 금군대장이 아니다.

"아무도 없느냐? 모두 들어와 이 미친놈의 목을 잘라라."

양광이 악을 썼으나 누구 하나 달려오는 사람은 없었다. 우문화급은 천천히 양광에게 다가갔다.

"우문화급, 그대는 대장군 우문술의 아들이 아니더냐?"

느닷없는 소리에 우문화급이 멈칫했다.

"내가 대장군 우문술을 얼마나 사랑했고, 네 아비 허국공이 나에게 얼마나 충성스러운 신하였는지 모른단 말이냐?"

양광이 금군대장 우문화급에게 우문술의 일을 묻는 것은 군사를 40만 명이나 잃은 죽을죄를 짓고도 벌을 받지 않고 놓여난 아비를 들먹여 그 아들의 양심을 찌르려는 것이었다. 그러나 우문화급은 흔들리지 않았다. 오히려 입가에 웃음을 머금고 대꾸했다.

"잘 알고 있습니다, 황상."

우문화급의 목소리는 더없이 공손했고 충성으로 가득 차 있었다.

"부친께서는 한 번도 황상의 신임을 잃은 적이 없었습니다. 그 아들 화급 또한 황상을 지키는 금군의 대장입니다."

"그런데 왜? 무엇이 모자라 모반을 하려 든단 말이냐?"

차츰 정신을 차린 양광의 몸은 떨리지 않았다. 우문화급이 공손하게 예를 지키고 나오자 안심이 되었는지 타이르듯 말했다.

"네 아비 허국공의 빛나는 얼굴에 먹칠을 하려는 것이냐? 자손만대에 전해질 아름다운 이름에 똥칠을 하려는 것이냐? 내가 너에게 섭섭하게 한 것이 무어냐? 너는 누구보다 빨리 벼슬을 얻었고 금군대장까지 되지 않았느냐? 벼룩도 낯짝이 있지, 네가 감히 무슨 낯으로 모반을 하는 것이냐?"

"황상, 모반이 아닙니다. 끝까지 황상을 모시려는 충성입니다. 하늘에 사무친 죄 때문에 황상께서는 죽어도 묻힐 곳이 없는 몸이 되었습니다."

"그게 무슨 소리냐? 네놈도 은혜를 모르는 울 밖의 짐승들처럼 나를 죽이고 황제가 되겠다는 것이냐?"

"황상, 어찌 저 한 사람뿐이겠습니까. 풀숲에 엎드려 있던 백성들까지 모두 나서서 황제를 죽이라고 외치고 있습니다. 황상께서는 이제 갈 곳이 없습니다. 죽어도 묻힐 곳이 없습니다. 원한에 사무친 백성들은 황상의 무덤을 파헤쳐 분풀이를 할 것입니다. 하오나 저는 황상께서 편히 잠들 수 있도록 있는 힘을 다하겠습니다. 마음 편히 가십시오. 금군대장 우문화급의 마지막 충성입니다."

우문화급은 칼까지 스르렁 뽑아들었다.

"지난 몇 해 동안 황상께서는 너무 바쁘게 사셨습니다. 황상 한 사람 때문에 우리 서토는 조선에 씻을 수 없는 죄를 지었고, 120만 명이 넘는 군사가 구천을 떠도는 귀신이 되었으며, 백성들은 굶주림에 시달리고 있습니다."

"아사달에 갔던 것이 모두 내 탓이라고? 흥, 모르는 소리! 그건 네 아비 허국공의 주장 때문이었다. 대장군이 하늘에 닿는 용맹을 떨쳐 고구려 개마대의 갑주를 얻지 않았더라면, 갈로산의 쇠를 말하지 않았더라면, 나는 군사를 일으킬 엄두도 내지 못했을 것이다."

자신을 구하기 위해 달려올 군사가 없다는 것을 알았기 때문일까? 우문화급을 나무라면서도 아비 우문술에 대해서는 내놓고 말대접을 했다. 우문술이라고 딱딱 이름을 부르는 대신 허국공이니 대장군이니 작위를 부르며 용맹을 칭찬하는 것이다.

"제 아비의 죄가 없다고는 말하지 않겠습니다. 하오나 황상, 비록 신하들이 잘못된 의견을 냈어도 황상께서 말리지 않고 그대로 따랐다면 잘잘못에 대한 책임은 황상께 있는 것입니다."

더 이상 말다툼은 필요 없다는 듯 우문화급이 천천히 칼을 들어올렸다.

"잠깐!"

양광이 다급하게 소리쳤다.

"너는 맨몸으로 서 있는 나에게 칼날을 들이댈 셈이냐? 스스로 부끄럽지 않으냐?"

"황상, 이 우문화급은 황상의 총애와 아비의 공만으로 금군 대장이 된 것이 아닙니다. 서토의 하늘 아래 그 누구도 이 우문화급의 손을 벗어나지 못합니다."

"황금갑주를 입고 싶다. 서토의 주인인 나더러 손때 묻은 칼을 한번 휘둘러보지도 못하고 눈을 감으란 말이냐?"

"황상의 황금갑주와 칼이 모두 고구려 병장기라는 것을 모르는 사람이 없습니다. 황상께서 황금갑주와 병장기를 가지고 무덤에 들어가면 세상 사람들은 천 길 땅속을 뒤져서라도 황상의 무덤을 파낼 것입니다."

말은 그리 하면서도 우문화급은 양광이 황금갑주를 갖춰 입을 때까지 기다려주었다.

날카로운 고구려 화살과 도끼마저 막아낼 수 있는 갑옷을 입고 투구를 눌러쓰자 양광은 천군만마를 얻은 듯 기운이 솟았다. 서토의 하늘 아래 자신이 손에 든 황금칼을 막을 것은 아무것도 없다.

"반역자, 내 칼을 받아라!"

고함을 지른 뒤 우문화급의 목을 노리고 힘껏 내려쳤다.

깡! 소리와 함께 번쩍 불꽃이 일었다.

양광의 퉁방울눈이 더 크게 벌어졌다. 손아귀가 얼얼한 통증도 느끼지 못했다.

감히 고구려 칼을 받아내다니? 믿을 수가 없다! 우문화급은 막아내기만 할 뿐 아직 공격할 마음이 없나 보았다. 그 좋은 기회를 놓칠 양광이 아니었다.

"죽어엇!"

고함과 함께 머리를 숙이며 우문화급의 배에 칼끝을 박았다. 우문화급도 쳐내지 못하고 그대로 몸으로 양광의 칼을 받았다.

그러나 마치 바위를 찌른 것처럼 튕겨나고 말았다.

꿈이 아니다. 어떻게 이런 일이 있을 수가 있는가? 양광의 몸이 얼어붙었다.

아뿔싸! 이놈도 고구려 갑주를 입고 고구려 병장기를 들었구나! 그제야 화급이 제 아비의 병장기로 무장했을 거라는 데 생각이 미쳤다. 우문술이 죽었을 때 곧바로 고구려 병장기를 회수했어야 했는데, 이제는 너무 늦었다.

때늦은 후회로 흔들리는 순간, 우문화급의 칼이 번개같이 파고들었다. 양광이 칼을 던지고 얼굴을 감싸며 나뒹굴었다.

우문화급이 소리치자 밖에서 기다리던 부하장수들이 들어와 쓰러진 양광의 몸에서 황금갑주를 벗겨냈다.

"분수를 모르는 욕심이 황상을 망치고 120만이 넘는 군사들의 목숨을 앗아갔습니다. 황상, 이 칼은 수천만 백성의 원성입니다."

우문화급은 바닥에 떨어진 황금칼을 들어 양광의 가슴 깊숙이 찔러넣었다. 서토 하늘 아래 최고의 보검이었던 황금칼은 제 주인을 첫 번째 희생물로 삼은 것이다. 그토록 자랑스러워하던 황금갑주도 죄 많은 주인의 몸을 지켜주지는 못했다.

"서둘러라. 누구도 눈치채지 못하게 하라."

우문화급은 부하장수들과 함께 몸소 서쪽 뜰에다 구덩이를 파고 양광의 주검을 묻었다. 부하를 잘 둔 탓에 그 많은 원한을 맺고도 양광은 편히 잠들 수 있게 되었다. 황금갑주와 병장기를 함께 묻지 않았으므로 양광의 무덤은 사람들의 관심에서 쉽게 멀어졌다.

당나라의 건설

날이 밝았다. 우문화급은 마치 양광이 살아 있는 것처럼 위장한 채 배를 띄우고 운하를 거슬러 올라갔다. 좌효위대장군 사마덕감은 양광의 황금갑주와 병장기를 받고 입이 귀밑까지 찢어졌다. 우문화급을 왕으로 모시겠다며 충성을 맹세했지만, 화급은 양광의 아들 양호를 왕으로 세웠다. 스스로 왕이 되기 위해 양광을 죽인 것이 아니었기 때문이다.

우문화급은 쓰러진 수나라를 일으키기 위해 안간힘을 다했으나 군사들은 흩어지기만 했다. 우문화급이 맞서 싸워야 할 가장 큰 적은 장안을 차지한 이연의 반란군이었으나 사방팔방에서 우문화급을 노리는 반란군이 몰려들었다. 우문화급과 사마덕감 등이 가지고 있는 고구려 병장기 때문이었다. 한 나라를 차지하고 이름을 얻기보다 고구려 병장기를 손에 넣으려는 실속파가 많았던 탓이다.

이듬해 봄 우문화급과 사마덕감이 잠든 사이 고구려 갑주와 병장기가 사라졌다. 우문화급은 깨끗이 잊어버리자며 말렸으나 사마덕감은 잃어버린 병장기를 찾아나섰다.

사람들은 미친 듯이 고구려 병장기를 뒤쫓았다. 사마덕감의 부하장수였다가 황금갑주와 함께 사라진 장기천은 50여 명의 부하와 함께 저수(감숙성 전초)의 강변에서 주검으로 발견되었다. 스스로 '평성왕'이라 부르며 멀지 않은 랑아산에 둥지를 틀고 있던 위낙군의 짓으로 알려졌다. 그러나 며칠 지나지 않아 위낙군과 부하들도 모두 죽고 주검과 산채까지 불태워졌으니, 고구려 병장기는 거기서 자취를 감추고 말았다. 그 뒤 여러 사람이 고구려 병장기의 주인으로 알려졌으나 모두 죽음을 당했다. 미운 놈한테 고구려 병장기가 있다고 소문내 죽게 만드는 일도 많았다.

우문화급은 13만 군사를 이끌고 운하를 따라 북쪽으로 올라갔다. 장성에는 때 묻지 않은 군사 20만이 있다. 때 묻지 않은 군사! 제 한 몸을 위해 싸우는 것이 아니라 목숨 바쳐 나라에 충성하는 정예군사 20만. 우문화급은 그 20만 군사와 자신이 이끄는 13만 군사가 힘을 모으면 얼마든지 나라를 다시 일으킬 수 있다고 믿었다.

그러나 탁군으로 가는 길에는 걸림돌이 많았다. 무사히 하수를 건넜으나 앞에는 와강군이 버티고 있었다. 우문화급은 운하를 따라 올라가는 것을 포기하고 서쪽으로 길을 잡았으나 이밀의 와강군에게 쫓기게 되었다. 이밀과 동산(하남성 준현

256   오국지 2

서남쪽)에서 싸웠으나 크게 지고 위현(하북성 대명)으로 달아났다. 수나라가 끝났다는 것을 절감한 우문화급은 양호를 독살하고 스스로 왕이 되었다. 국호를 허(許)로 정하고 천수(天壽)라는 연호까지 만들어 썼다.

탁군으로 갈 생각을 버렸지만 우문화급에게는 운이 따르지 않았다. 수나라 장군 설세웅의 3만 군사를 섬멸하고 사기가 크게 올라 하북을 주름잡고 있던 와강군의 추격을 받은 것이다. 고구려 병장기 때문이었다. 하지만 고구려 병장기는 내주고 싶어도 이미 도둑맞아 없는 물건이다. 우문화급은 이밀에게 걸려 군사를 거의 잃고 몇몇 부하와 함께 사로잡힐 뻔했으나 어둠을 의지해서 달아났다. 겨우 목숨을 건졌는가 싶었으나 하루해도 못 넘기고 다시 와강군의 손아귀에 떨어지고 말았다. 이밀과 다른 길로 추격해온 두건덕의 군사였다. 2만여 명이나 되는 군사들의 포위망에 갇혔으나 100여 명밖에 안 되는 우문화급의 군사들은 창칼을 꼬나쥐고 당당하게 맞섰다.

두건덕은 활을 든 군사들과 긴낫을 든 군사들을 따로 모았다.

"마구 쏴서 모두 죽여버려라. 고구려 갑주를 입고 병장기를 든 우문화급이라는 놈만 들판에 허수아비처럼 살아남을 것이다."

수천 개의 화살이 소나기처럼 쏟아졌다. 우문화급과 군사들은 제대로 싸워보지도 못하고 말과 함께 고슴도치가 되어 쓰러지고 말았다.

"갑옷에 화살이 하나도 박히지 않은 자가 우문화급이다. 놈이 지니고 있는 병장기도 모두 고구려 것이니 건드리지 말고 보고해라."

두건덕과 부하들은 신바람이 나서 우문화급과 고구려 병장기를 찾았으나 허탕이었다. 우문화급의 주검을 확인했으나 병장기는 모두 수나라 것이었다. 이미 우문화급이 하수를 건너기 전에 도둑맞았으니, 제아무리 샅샅이 뒤지고 낱낱이 조사해도 끝내 헛수고였을 뿐이다. 그러나 그 사실을 알 리 없는 두건덕은 전날 우문화급과 싸웠던 이밀을 의심하게 되었고, 와강군의 수령인 적양한테도 그렇게 보고하고 말았다.

사마덕감이 지니고 있던 양광의 황금갑주와 병장기는 장기천에서 위낙군까지 주인이 바뀌며 행방불명되었지만, 우문화급이 지니고 있던 우문술의 고구려 병장기와 갑주에 대해서는 아직 주인이 바뀌었다는 소문이 없었기 때문이다.

이밀은 우문화급의 군사를 거의 전멸시키다시피 하는 큰 공을 세웠으나 그 때문에 오히려 목숨이 위태롭게 되었다. 거의 다 잡았던 우문화급을 놓친 것이 몰래 고구려 병장기를 받고 보내주었다는 억울한 누명의 빌미를 제공한 것이다.

이밀은 적양이 사람을 보내 고구려 병장기를 달라고 요구하자 눈앞이 캄캄해졌다. 고구려 병장기는 피바람을 불러온다. 누구든지 고구려 병장기를 가졌다는 헛소문이 나면 이미 죽은 목숨이다. 어떤 변명도 통하지 않을 것으로 판단한 이밀은 심복부하들을 이끌고 적양의 막사를 급습했다.

이밀은 적양을 죽이고 와강군의 수령이 되었으나, 한번 고구려 병장기를 가진 것으로 소문이 났으니 살아남기 어렵게 되었다. 낙양에 둥지를 틀고 있던 왕세충의 군사들이 악착같이 따라붙은 것이다. 이밀은 넓은 천지에 제 한 몸 숨길 곳이 없음을 깨달았다. 고구려 병장기를 탐내는 것은 왕세충의 군사뿐이 아니다. 믿어온 제 부하들의 눈초리도 심상치 않았던 것이다. 언제 어디서 칼날이 날아들지 모른다. 마침내 이밀은 장안으로 달아나 이연한테 항복해서 목숨을 건졌으나, 그 뒤 몇 달도 지나지 않아 어둠 속에서 죽임을 당하고 말았다.

왕세충의 원래 성은 지(支)씨로 조상이 서역 사람이다. 강도군의 아전이었으나 여러 반란군을 진압하였기에 강도통수로 승진되었다. 2950년 동도 낙양을 구했으나 이듬해 수 양제가 죽었다는 소문이 들리자 양통(楊侗)을 왕으로 세웠다. 와강군의 우두머리 이밀한테 고구려 병장기가 있다는 소문을 믿고 와강군의 뒤를 쳤으나 이밀은 장안으로 달아나버렸다. 적양과 이밀이 없는 와강군은 머리 없는 뱀이다. 쉽게 와강군을 격파한 왕세충은 2952년 양통을 폐위하고 스스로 왕이 되었다. 연호는 개명(開明), 국호는 정(鄭)이라고 했다. 2년 뒤 당나라 이세민과 싸워 크게 지고 투항했으나 장안으로 끌려가 살해되었다.

2951년(618) 5월, 장안에 들어간 이연은 당나라를 세웠다. 나라를 세운 뒤 이연의 반란군은 한동안 장안에서 움직이지 않았다. 비 온 뒤 죽순이 나오듯 한다는 속담처럼 서토 곳곳에서 크고 작은 반란군이 걷잡을 수 없이 일어나고 있었다. 손을 쓰지 않고 가만 내버려두어도 수나라는 저절로 망해가는 판이었다.

이연이 군사를 움직이지 않는 것은 무엇보다 밤이나 낮이나 〈조선가〉를 주문처럼 외우는 서토 백성들의 마음을 제대로 읽었기 때문이었다. 천 년이 넘게 서토 백성들은 멀쩡한 사람들을 군사로 끌어내 무리죽음시키는 전란에 시달려왔다. 그들이 조선을 그리워하는 것은 큰 산도 평지로 만들어버리는 무서운 군사력 때문이 아니었다. 조선은 서토에서 수없이 일어난 나라들처럼 명분 없는 싸움에 군사를 내몰지 않고, 백성들의 피땀을 짜내는 짓을 하지 않는 하늘백성들의 나라였기 때문이다.

쓸데없는 싸움질에 넌덜머리가 난 서토 백성들이 바라는 것은 오직 평화뿐이었다. 반란군에 점령당한 백성들은 겉으로는 복종하는 척하지만 속으로는 이런저런 원한만 키워갈 뿐이었다. 그런 백성들의 마음을 읽은 이연은 싸움에 지친 군사들을 쉬게 하면서 여러 가지 선심정책으로 점령 지역 백성들의 불안한 마음을 달랬다. 안으로는 알차게 속을 다지면서 바깥으로는 그럴듯한 국가체제를 갖추기에만 힘썼다.

그런데…… 백성들의 마음을 사로잡으며 착실하게 나라꼴을 세워가던 이연으로서는 정말 꿈에도 생각지 못했던 엉뚱한 재앙이 밀어닥쳤다. 어디서부턴가 장안에 고구려 병장기가 많다는 소문이 퍼진 것이다. 고구려 병장기들이 자취를 감춘 것은 사람들이 장안을 차지한 이연에게 고구려 병장기를 바치고 높은 벼슬과 재물을 받았기 때문이라는 이야기가 돌았다.

고구려 병장기를 탐내는 반란군들이 장안으로 모여들었다. 각양각색의 무리가 모였지만 반란군끼리 서로 싸우는 일은 없었다. 목적이 같았기 때문이다. 이연을 쳐 고구려 병장기를 얻는 것.

이연은 몰래 사람을 풀어 반란군 아무개한테 고구려 병장기가 있다고 헛소문을 내보았으나 별 효과가 없었다. 고구려 병장기를 하나라도 가지고 있으면 꽁지가 빠지게 달아날 것이지, 모두가 눈이 벌게서 노려보고 있는 판에 죽으려고 남아 있겠느냐는 주장이 훨씬 설득력이 있었기 때문이다.

다행이라면 반란군들이 장안성으로 들이치지는 못하고 있다는 것뿐이었다. 피투성이가 되게 싸웠다가는 자칫 남 좋은 일만 시킬 뿐이라는 계산이 앞섰던 것이다.

그래도 이연의 반란군은 마음대로 성을 나설 수가 없으니 군사들의 사기가 날로 떨어졌다. 성을 에워싼 반란군들이 힘을 합쳐 쳐들어오면 꼼짝없이 당할 형편이었다. 성안에 가족이 있는 군사들이 매우 적었기 때문에 죽을힘을 다해 싸울 까닭이 없는 것이다.

이 난관을 헤쳐가려면 아무래도 꾀 많고 용감한 이정이 있어야 되겠으나, 그는 장성에서 한 발짝도 움직이려고 하지 않았다. 고구려군이 장성을 넘으면 서토는 그날로 끝장이라는 주장이었다.

이세민은 장손성의 서찰을 가지고 장성으로 찾아갔다. 움직이지 않으려거든 계책이라도 일러달라고 사정했다.

"있지도 않은 고구려 병장기 때문에 여러 반란군의 표적이 되고 말았다? 사내 꼴도 못 본 계집이 아기를 뱄다는 억울한 누명을 쓴 셈이로군그래."

"장군님, 그렇게 웃으실 일이 아닙니다. 장안을 에워싸고 있는 반란군 아무개한테 고구려 병장기를 도둑맞았다고 소문을 내보기도 했으나 먹혀들지 않고 있습니다. 장안에만 갇혀 있으니 우리 군사들은 갈수록 사기가 떨어지고요."

"적군을 이간질시키는 것도 그리 쉬운 일은 아니지. 하지만 하늘이 무너져도 솟아날 구멍이 있다고 하지 않았나? 걱정 말고 푹 쉬게. 내 그럴듯한 계책을 생각해볼 터이니."

다음 날 아침 이정은 이세민에게 계책을 일러주고 젊은 장수 울지경덕과 함께 장안으로 돌아가게 했다. 울지경덕은 대장군 우문술 밑에서 개마대 훈련을 받은 사람이다. 이정은 그가 머리가 좋고 용맹하기가 따를 사람이 없다고 칭찬하며 모든 일에 서로 의논하고 잘 따르라는 당부를 잊지 않았다.

이세민이 울지경덕과 함께 장안으로 돌아온 지 석 달이 지났다. 아침부터 장안성 남쪽 성벽에서 북소리와 징소리가 어지럽게 일어났다. 성안에 들어가 있는 이연의 반란군이 드디어 견디지 못하고 뛰쳐나오려나 보았다.

고맙고 반갑기 짝이 없는 일이다! 바깥에 있는 반란군들의 진영에서도 어지럽게 북소리가 울리고 군사들의 움직임이 매우 바빠졌다. 비록 한 깃발 아래 한 몸처럼 움직이는 군사는 아니더라도 6만 대군이 모여 싸움새를 갖췄다. 맨 앞에는 개마대가, 개마대 뒤에는 기병이 서고 창을 든 병사와 활을 든 병사가 뒤에 서 있다. 다들 손에 침질을 하며 기다렸으나 장안성에서는 이렇다 할 움직임이 없었다. 북소리도 훨씬 줄어들었다.

"그러면 그렇지, 여태껏 숨어 있던 놈들이 감히 어디다 대가리를 내밀어!"

"저놈들이 우리를 보고 놀라서 생똥을 쌌나 보다."

성안에 있는 놈들한테 놀아났다고 생각하니 괘씸하기 짝이 없었다. 여러 군사들이 모인 김에 한바탕 어울려보지도 못하면 군사들의 사기에도 문제가 생긴다. 200여 개마대가 성 밑으로 가서 싸움을 돋웠다.

"군사라는 놈들이 창칼을 보고도 놀라 똥을 싸다니, 창피하지도 않으냐?"

"그 안에 어떤 놈들이 숨어 있었는지 구경이나 하자. 낯짝이나 한번 내밀어보아라!"

"야, 배냇병신들아! 나오기 싫으면 안에서 굶어 뒈져라."

"똥통에 빠져 죽을 놈들아!"

"네 8대 할미하고 붙어먹은 내가 여기 있다. 어서 나와 문안 인사를 여쭈어라!"

별의별 욕설을 다 퍼부어도 화살 한 대 날아오지 않았다. 개마대에게는 화살이 통하지 않는다는 것을 모를 리 없지만 그래도 너무 이상했다.

욕설을 퍼붓던 개마대 군사들도 하릴없이 물러날밖에. 개마대들이 뒤돌아가는데 갑작스럽게 북소리가 일어났다. 돌아보니 성문이 열리고 군사들이 꾸역꾸역 쏟아져나오고 있었다. 완전무장을 갖춘 개마대 군사들이었다. 지켜보던 군사들은 모두 눈이 휘둥그레졌다.

"아니, 저게 뭐냐?"

"고구려 개마대다!"

놀랍게도 성에서 나오는 것은 고구려 개마대였다. 사람부터 말까지 온통 검은 갑옷으로 무장했고, 말 엉덩이에 꽂은 깃대에서도 기다란 세모꼴의 검은 깃발이 나부꼈다. 대장들의 깃발 속에는 붉은 해가 그려져 있고 세발까마귀가 금방이라도 날아오를 듯 날개를 퍼덕였다. 지켜보던 군사들은 대낮에 귀신을 만난 것처럼 오싹 소름이 끼쳤다. 꿈에도 생각하지 못했던 고구려 개마대가 눈앞에 나타난 것이다.

성문을 빠져나온 것은 개마대 1천여 기에 기마대 3천여 기. 기마대도 검은 고구려 갑주로 무장하고 고구려 깃발을 들었다. 웬일인지 보병은 하나도 보이지 않았다. 이쪽은 개마대가 3천여 기에 기마대가 1만여 기나 된다. 게다가 개마대나 기마대 군사를 끌어내리기 위해 긴낫을 든 군사만도 2만이 넘는다.

성벽 위에서 북소리가 어지럽게 울었다. 이세민은 500 개마대를 이끌고 달려나가며 왼쪽을 살폈다. 울지경덕의 500 개마대와 나란히 어깨를 맞추는 것이다. 앞장선 이세민은 적 개마대의 말 다리를 후리기 위해 긴낫을 잡은 손에다 힘을 주며 달려들었다. 그러나 긴낫을 사용할 필요가 없게 되었다. 막아선 개마대가 좍 갈라지며 길을 터주었기 때문이다. 역시 예상했던 대로였다. 이세민의 입이 절로 벌어졌다.

"흥, 썩은 동태 눈깔이라더니!"

혹시나 들통이 날까 걱정했는데, 막상 눈속임이 먹혀들자 비웃는 소리가 먼저 나왔다.

이세민이 노란색 깃발을 높이 휘두르며 오른쪽으로 달리자 500개마대가 한꺼번에 방향을 바꾸며 50씩 작은 대로 흩어져 내달렸다. 겉모습뿐만 아니라 움직임까지도 고구려 개마대와 똑같았다. 놀란 적들이 함부로 흩어지며 살길을 찾아 달리기 시작했다. 손에 침질하며 구경하던 3천 기마대까지 먹이를 찾아 뛰어들자 싸움판은 곧장 아수라장으로 바뀌고 말았다. 성벽 위에서는 미어지게 올라온 군사들이 어지럽게 북을 두드리며 환호성을 올렸다.

성루에서 싸움을 그치라는 징소리가 울리자 이세민은 사냥을 끝내고 돌아섰다. 싸움판을 내달릴 힘이 많이 남아 있었지만 깨끗한 뒷모습을 보여야 했다.

둥, 둥, 둥, 둥…… 성벽 위에서 구경하던 군사들이 둥둥 북을 울리며 돌아오는 군사들을 맞았다.

고구려 개마대는 이정의 계책으로 태어난 것이었다. 장안에 고구려 병장기가 많다는 소문을 이용해 고구려 개마대와 똑같은 '현갑군(玄甲軍)'을 만들었으니, 누구도 그들을 얕잡아보지 못하게 되었다.

다음 날은 성 동쪽 문을 열고 나갔다. 앞날처럼 현갑군을 앞세우고 나가자 놀란 적들은 싸워볼 엄두도 내지 못하고 흩어졌다. 현갑군은 한 무리 '검은 바람'처럼 싸움터를 휩쓸고 다녔다.

고구려 개마대가 나타났다! 검은 바람에게 걸리면 뼈도 못 추린다! 싸움판이 벌어지면 어김없이 이세민과 울지경덕이 이끄는 현갑군이 나타났고, 미리부터 겁을 먹은 적군은 싸우기도 전에 싸움새가 흩어져버렸다.

날이 가고 달이 가면서 고구려 개마대가 아니라 고구려 개마대로 위장한 현갑군이라는 소문도 널리 퍼졌으나 막상 현갑군을 보면 절로 오금이 얼어붙었다. 뱀에게 물린 놈 썩은 나무 토막을 보고도 놀라더라고, 고구려 개마대의 무서움을 아는 군사들은 현갑군의 모습만 보아도 몸서리를 쳤다. 싸움판을 휩쓸어가는 검은 바람 현갑군을 막아서는 것은 아무것도 없었다. 가는 곳마다 승리의 북소리가 울려퍼졌다.

그러나 성문을 닫아걸고 높은 성안에 틀어박힌 적한테는 현갑군도 아무 소용이 없었다. 깊은 산을 의지하고 때 없이 출몰하는 적들도 발 빠르게 도망치면 그뿐이었다. 현갑군을 산 속으로 몰아가는 것은 돌을 짊어지고 물속으로 뛰어드는 것이나 마찬가지였다.

현갑군은 어디든지 마음대로 돌아다닐 수는 있으나 막상 점령해서 다스리지는 못한다. 백성을 다스리지 못하면 나라가 아니다. 그야말로 속 빈 강정이요, 삼태기로 우물 푸기다. 마침내 이세민은 처남 장손무기를 이정한테 보냈고, 이정은 격문을 하나 보내주었다.

당나라의 현갑군이 고구려 개마대의 갑주를 입고 고구려 깃발을 들고 있는 것은, 태왕 천하께서 우리 당나라에 서토를 다스리라는 천명을 내리셨기 때문이다. 태왕 천하께서 당 이연을 서토의 황제로 봉하셨으니, 당나라에 저항하는 것은 곧 지엄하신 태왕 천하께 죄를 짓는 것이다. 태왕 천하께 거역하는 무리는 하늘도 땅도 용서치 않으리라. 태왕 천하께서 여동군의 창칼을 거두어 들이셨으니, 서토의 백성들은 창칼을 보습과 호미로 만들어 태왕 천하의 은혜에 보답할지어다.

말끝마다 '태왕 천하'를 올리는 것이 꺼림칙했지만 다른 구멍수는 없었다. 곳곳에서 벌떼처럼 일어난 반란군의 사기를 꺾는 데는 거짓으로라도 태왕 천하의 천명을 내세우는 것이 가장 효과적이었기 때문이다. 고구려에서는 태왕 영양무원호 태열제가 승하하고 고건무가 태왕에 올랐다. 새로운 태왕 고건무는 을지문덕과 사이가 매우 나쁜 데다 서토 정벌을 반대했던 사람이다. 태왕 천하의 천명을 도용했다는 것을 안다고 해도 군사를 보내 잘잘못을 따지지는 않을 것이었다.

이정의 계책은 생각했던 것보다 훨씬 효과가 좋았다. 백성들은 사실 누가 나라를 다스리건 관심도 없다. 제 몸 하나 편하고 배부르면 그만이다. 무엇보다 수천 리 밖에 있는 조선을 그리며 〈조선가〉를 외우고 사는 백성들이다. 태왕 천하께서 이연을 다물왕으로 인정하고 서토를 다스리도록 했다는 말에 서토의 백성들은 만세를 불렀다. 태왕 천하께서 당나라에 서토를 다스리도록 했다면, 무섭기 짝이 없는 고구려군이 지난날의 죄를 따지려고 창칼을 들고 나타날 까닭도 없었기 때문이다.

　"항복하면 벼슬을 그대로 주겠다!"

　백성들은 만세를 불렀지만 성안에 틀어박힌 벼슬아치들은 다르다. 세상이 어찌 되건 자신의 권세가 중요한 것이다. 그런 벼슬아치들은 벼슬을 그대로 인정해주겠다는 말로 꼬드겼다.

　깊은 산속에 숨어 있던 반란군 장수들도 손을 들고 나왔다. '검은 바람' 현갑군에게 제대로 맞서보지도 못하고 이리저리 쫓겨다니기에 신물이 난 군사들이다. 군사들이 싸움에 넌더리를 내고 있으니 언제 자신을 배반하고 당나라에 가 붙을지도 모른다. 차라리 군사들을 이끌고 투항해서 목숨을 구하고 벼슬을 얻는 것이 낫다는 판단을 내린 것이다.

　이정의 계책에 따라 서토는 빠르게 안정되었다. 군사들은 태왕 천하의 천명을 받은 당나라에 충성을 맹세했고 백성들은 마음 놓고 밭갈이에 나섰다. 하지만 이세민의 가슴은 평온치 못했다. 해가 떠도 반갑지 않고 밤이면 도무지 잠을 이룰 수가 없었다.

아아, 내가 여태 무슨 지랄을 했는지 모르겠구나! 허탈하다. 아아, 취하고 싶다! 그러나 이세민은 술은 입에도 대지 않았다. 술김에 무슨 소리를 내뱉을지 몰랐다.

차라리, 싸움터에서 정신없이 뛰어다닐 때가 좋았다! 편한 생활에 몸이 근질거려서 하는 소리가 아니다. 죽 쒀서 개 좋은 일 시킨다더니, 이연이 이건성을 왕세자로 책봉한 것이다. 이세민은 태원에서 반란을 일으키고 싸움터마다 쫓아다니며 목숨을 걸고 싸워 승리를 거두었는데도 닭 쫓던 개 신세가 되고 말았다.

이세민이 싸움터를 달리며 공을 세우면 세울수록 사람들은 도리어 이건성을 편들고 나섰다. 사납고 꾀 많은 이세민이 두려웠던 것이다. 사람들은 너나없이 성격이 모질지 못하고 착해빠진 이건성을 왕세자로 세워야 한다고 주장했다.

이세민은 싸움터에서 공을 많이 세우는 자가 당연히 높이 여김을 받을 줄 알았다. 그래서 죽을 둥 살 둥 몸을 아끼지 않고 싸움터를 돌아쳤는데, 그것이 오히려 앞길을 막았다는 것을 알고 나서는 그만 떡심이 풀려버렸다.

실질적으로 당나라를 세운 사람은 이세민이었다. 아비 이연이나 형 이건성은 오히려 이세민의 모반을 반대했을 뿐이다. 아비와 형의 반대를 무릅쓰고 반란을 일으켰는데 엉뚱하게도 아비 이연은 이렇다 할 공도 없는 이건성에게 왕위를 물려주려는 것이다. 왕세자가 된 이건성이 거들먹거리며 돌아다니는 것을 보면 볼수록 눈꼴이 시고 분통 터지는 일이었다.

"불 속에 든 밤을 꺼낸 것은 난데 한입에 털어넣고 우물거리는 것은 건성이다. 저놈이 꿀꺽 삼키기 전에 뱉어내게 해야 한다."

이세민은 궁리에 궁리를 거듭했다. 마침내 그럴듯한 꾀가 생각났다.

"황상, 수나라 때 고구려에 포로로 잡힌 군사가 수십만 명입니다. 고구려에 사신을 보내 포로들을 돌려달라고 하십시오. 우리나라에 붙잡혀 있는 고구려 사람들을 돌려보낸다면 고구려에서도 반대하지는 않을 것입니다."

"수나라 때 잡힌 포로들을 돌려달라고? 그런 바보 같은 소리가 통할 거라고 생각하느냐?"

이연은 대뜸 꾸짖기부터 했다.

"또 우리나라에 고구려 포로가 있다니? 너, 어디가 잘못되어도 단단히 잘못되었구나."

"황상, 수 문제가 유성을 빼앗았을 때 잡아둔 백성이 3천여 명이나 됩니다. 아직도 2천여 명은 살아 있을 겁니다."

"아무리 파리로 잉어를 낚는다지만, 그래도 너무하지 않느냐? 겨우 2천여 명을 돌려주고 수십만 명을 달라고 하면, 누가 그런 정신없는 소리에 말대꾸를 하겠느냐?"

"황상, 그렇지 않습니다. 적을 알고 나를 알면 백 번 싸워도 백 번 이긴다고 하였습니다. 고구려는 그 무엇보다 사람의 목숨을 아끼는 하늘백성의 나라입니다. 제 나라 사람 하나를 살리기 위해 포로 수백 명도 선뜻 내줄 것입니다."

이세민이 하도 졸라대자 이연은 이정을 불렀다.

"비록 2천여 명에 지나지 않는다고 해도 고구려는 우리의 제안에 응할 것입니다. 고향을 그리워하는 백성들의 뼈저린 심정을 듣고 모른 척할 까닭이 없습니다. 틀림없이 서토의 포로들을 돌려보낼 것입니다. 더구나 을지문덕과 강이식은 이미 저승사람이 되었고 지금의 태왕은 예전부터 서토 평정을 반대해온 사람입니다. 우리가 어떤 일이 있어도 유성에는 군사를 보내지 않을 것이니 북평성에서 군사를 물려달라고 하면 그 역시 들어줄 것입니다."

"뭐? 북평성에 있는 군사들까지 물려달라고? 세상에! 그런 미친 소리가 어디 있느냐?"

이연이 말도 안 되는 소리 하지도 말라고 타박했으나 이정은 자신감 넘치는 목소리로 말했다.

"고구려군이 장성 가까이 북평성을 쌓은 것은 다만 숙군성처럼 유성을 보호하려는 것입니다. 우리 군사들이 장성 바깥으로는 한 발짝도 내딛지 않겠다고 맹세한다면 고구려로서도 마다할 까닭이 없습니다."

이정은 서토와 싸우기 싫어하는 건무가 태왕이 되었으니 을지문덕과 강이식을 추종하던 사람들은 더 이상 목소리를 낼 수 없을 거라고 장담했다. 철없는 어린 자식의 말이 아니다. 이정은 현갑군을 만들었고 이연이 태왕에게 다물왕으로 인정받은 것처럼 꾸며대서 서토를 안정시킨 뛰어난 책략가다. 모두가 반란을 일으키는 난리통에도 꿋꿋이 장성을 지킨 이정의 충성심을 모를 사람은 없지 않은가.

2955년(622). 이연은 고구려에 사신을 보냈다. 아사달에 침범한 수나라의 죄를 대신해서 참회하고 고구려에 대한 충성을 맹세했다. 자자손손 대를 이어 호태왕 천하의 유지를 받들겠으며 유성에 대하여 절대로 나쁜 생각을 품지 않겠노라고 다짐했다. 또한 수나라 때 유성에서 잡혀온 고구려 사람들을 찾아 유성으로 돌려보낼 터이니, 고구려에서도 인정을 베풀어 수나라 때 붙잡힌 포로들을 돌려보내달라고 애걸했다. 태왕은 당왕 이연의 사죄를 받아들이고 온 나라에 명을 내려 수나라 때 붙잡힌 서토의 군사들을 돌려보내게 했다.

"진왕께서는 과연 영특하십니다. 말 한 마디로 북평성의 고구려군을 쫓아버리다니, 과거 제갈량도 이런 계책은 생각하지 못했을 것입니다."

"2천여 명을 주고 20만여 명을 데려오다니 무려 100배나 많은 수입니다. 천하에 어떤 장사치가 있어 이런 큰 이익을 남기겠습니까?"

모두들 입에 침이 마르도록 진왕 이세민을 칭찬했으나 이세민은 그 모든 칭찬이 하나도 기쁘지 않았다.

"머저리 같은 고구려놈들! 아무리 멍청해도 그렇지, 아이들 장난도 아니고 어떻게 그렇게 홀딱 넘어가?"

간도 쓸개도 없는 놈들! 콱 밟아 죽이고 말겠다! 곁에 사람이 없으면 참았던 울분이 치솟았다. 이세민은 고구려에 도전할 핑곗거리를 만들기 위해 말도 안 되는 소리를 해보았을 뿐이었다. 간도 쓸개도 없는 머저리 태왕이 그대로 곧이듣고 시키는 대로 해버렸으니 군사를 일으킬 핑곗거리가 없어진 것이다.

이세민은 고구려가 당연히 거절할 것으로 믿었었다. 그러면 태왕에게 머리를 조아리고 신하를 자청하며 애걸했던 당왕 이연의 체면은 땅에 떨어지고 만다. 당연히 당에서는 북평성을 공격하고 유성을 손에 넣기 위해 군사를 일으킬 것이다.

유성에는 성을 지키기 위한 군사가 없다. 성안의 좀도둑을 막기 위해 적은 수의 군사만 두었을 뿐이다. 동쪽에 있는 숙군성에 5천 군사가 머물고 있으나, 이들의 주된 임무는 유성을 드나드는 장사치들을 보호하는 데 있다. 수나라 양견이 그랬던 것처럼 아무도 눈치채지 못하게 기습공격을 하면 유성을 손에 넣기는 식은 죽 먹기보다 쉬운 일이다. 유성을 빼앗기면 할 일이 없어진 숙군성 군사들은 여동으로 돌아가버릴 것이다.

유성을 손에 넣고 북평성을 치는 것이라면 10~20만 명의 군사면 충분하다. 아무 때라도 쉽게 동원할 수 있고, 은밀하게 다가가 적이 눈치채기 전에 기습공격을 할 수도 있다.

왕세자 이건성이 유성으로 달려갈 것이나 막상 유성을 손에 넣지 못하고 싸움이 길어질 것이다. 이세민이 부하들을 시켜 남몰래 당군의 유성 공격을 고구려군에 알려줄 것이므로 이건성의 군사가 도착하기 전에, 숙군성을 나온 고구려군이 유성에 들어가 성을 지킬 것이기 때문이다.

전략의 천재 이정이 북평성을 공격하겠지만 고구려군은 성문을 닫아걸고 몇 년이고 버틸 것이다. 고구려군이 성 밖으로 나오지 않으면 제아무리 뛰어난 이정의 계책도 빛을 발하지 못하게 된다.

결국 당나라 군사들은 유성과 북평성을 에워싼 채 아까운 날짜만 보내게 될 것이다. 고구려에서 여동군이 달려나오기 전에 유성 등을 손에 넣어야 하므로 이건성을 대신해서 유성을 치겠다는 이세민을 말릴 사람은 없을 것이다. 허락이 내리면 오래전부터 유성에 들어가 장사꾼 행세를 하고 있는 부하들의 도움을 받아 어렵지 않게 유성을 손에 넣을 수 있다.

유성을 빼앗는 공을 세우고 돌아오면 이세민은 왕세자 자리를 넘볼 수 있다. 아니, 틀림없이 그렇게 될 것으로 믿었었다. 천하의 병장기를 손에 넣고 서토의 주인이 되는 것이 자신의 운명이라고 믿었던 것이다.

그러나 고구려 태왕이 당왕 이연의 청을 들어줌으로써 이세민의 계획은 실행에 옮길 수 없게 되었다. 애써 계획했던 일이 허무하게 스러지고 말았지만 끝내 꿈을 포기할 수는 없었다. 이세민은 다짐하고 또 다짐했다.

이런 꼴 보려고 죽을 둥 살 둥 싸움판을 뛰어다닌 내가 아니다! 반드시 서토의 주인이 되고야 말 것이다! 내 앞길을 막아서는 놈은 그 누구도 용서하지 않을 것이다!

기약 없는 가슴앓이

"무슨 걱정이 있으면 말해보게. 힘껏 도와줄 터이니."

2952년(619) 가을, 따스한 햇볕 아래 길게 누워 있는 연개소문에게 국지원이 다가와서 물었으나 구레나룻이 텁수룩한 얼굴은 움직이지 않았다. 말방울 같은 두 눈은 오늘도 멍하니 풀려 있었다.

"어디 점찍어둔 처녀라도 있는가?"

장난삼아 던진 말이었으나 뜻밖에 구레나룻이 조금 움직였다.

"그래? 어디 뉘 집 처녀인가?"

"몰라."

정말이다. 어디 사는 누군지도 모른다. 경관에서 만났던, 춤을 추듯 신들린 듯 북을 치던 말갈족 소녀. 가슴 한쪽에 자리를 잡은 그녀. 소금자루에서 간수가 흐르듯 그리움이 배어나오고 있지만 정말 아무것도 모른다. 어린 소녀한테서 다정한 말 한 마디는커녕 냉대만 받았으니, 더할 수 없이 쓸쓸한 짝사랑이다.

연개소문은 잠자코 있었으나 국지원은 신바람이 나는가 보았다.

"그대 가슴에도 처녀가 있었다니! 큰 곰을 한주먹에 때려잡는 사나이까지 이렇듯 허깨비로 만들어버릴 줄은 정말 몰랐네. 아무튼 잘되었네. 언제 그 고운 처녀를 좀 보여주게."

혼자 껄껄거리며 웃던 국지원이 연개소문을 잡아 일으켰다.

"어서 말달리러 가세. 이번 신수두대제 때 그대의 처녀도 올 터이니 더욱 용맹을 떨쳐 보여야 하지 않겠나?"

마지못해 일어섰으나 개소문의 입에서는 뜻밖의 소리가 나왔다.

"말달리고 짐승 사냥으로 뽐내는 겨룸터 따위, 나는 가지 않아."

"무슨 소리야? 올해는 새 태왕 천하께서 몸소 납실 것이니 웬만하면 조의를 입게 될 것이야. 더욱이 그대같이 뛰어난 배달은 태왕 천하의 눈에 드는 영광을 누릴 수도 있지 않은가?"

지난해(2951년) 9월, 영양호태열제께서 돌아가시고 배다른 아우 건무가 태왕이 되었다. 건무는 바로 을지문덕과 강이식의 발을 묶어 서토 정벌을 막았던 사람이다. 그러한 자가 태왕이 되었으니 누가 감히 군사를 일으켜 장성을 넘을 수 있겠는가? 건무가 태왕으로 있는 동안에는 서토를 정벌하고 잃어버린 땅을 되찾을 수가 없게 되었다.

이제 스물셋의 연개소문에게는 그런 태왕 앞에서 재주를 겨루어 보이느니 차라리 칼을 물고 죽는 것이 나을 것이다. 그러나 국지원이 연개소문의 가슴속을 들여다볼 수는 없는 일이었다.

"무려 여덟 해 만에 태왕 천하를 모시고 치르게 되었어. 많은 상과 높은 벼슬이 내릴 거야."

새로운 태왕이 어떤 사람이건 그저 한자리 얻는 욕심에만 눈이 어두운 벗을 보고 연개소문은 눈앞이 아득했다.

막리지 을지문덕이 죽고 병마도원수 강이식도 죽었다. 경관을 쌓느라 밤낮으로 애쓰다가 죽었다고 하지만 정말은 울화병이다. 조정의 벼슬아치들은 을지문덕과 강이식이 도읍을 옮기려 했다고 눈엣가시처럼 여겨온 것이다.

조정 벼슬아치들이 나랏일을 생각하지 않고 제 이익만 따지고 있으니, 젊은 선배들도 큰 뜻을 품지 않고 저 혼자 출세하려는 못난이가 되는 것이다. 이런 못난 무리들과 어울리는 것부터가 부끄러운 일이다!

"가슴이 답답하니 돌아다니며 바람이나 쐬고 와야겠네. 날짜가 오래 걸릴 것이니 기다리지 말라고 전해주게."

연개소문은 그길로 말을 달려 평양을 벗어났다. 갇혔던 새가 푸른 하늘을 날아오르는 것처럼 즐거웠다. 쉬지 않고 달려서 열흘 만에 경관에 닿았다. 경관은 성처럼 높이 솟아 있어서 멀리서도 훤히 보였다. 경관을 찾는 사람들은 그 위용을 보면서 다시 엄숙해지기 마련이다.

경관은 시조 주몽의 신전보다 거의 두 배나 큰 규모였다. 군사 100명이 팔을 벌려야 둘러쌀 수 있었다. 경관은 네모지게 다듬은 돌로 쌓았는데 계단처럼 위로 올라가며 좁아진다. 밑에서 다섯 길부터는 전각으로, 모두 3층으로 되어 있으나 2층은 1층과 비교도 되지 않게 작고 3층은 아예 전망대처럼 작다. 경관을 안정된 삼각형으로 짓다 보니 그리 된 것이다.

전각의 1, 2층은 정사각형이나 3층은 둥근 형태로 되어 있어 하늘 모양이다. 지붕의 끝이 뾰족하게 솟아오른 것은 북극성을 나타내며 일곱 개의 기둥은 북두칠성이다. 3층은 텅 비어 있어 빛과 어둠이 드나들 뿐, 아무나 들어가지 못한다. 2층에는 한인, 한웅, 단군이 모셔져 있다. 1층에는 국조 주몽성제가 가운데 있고 좌우에 영양무원호태열제까지 역대 태왕의 초상이 모셔져 있었다. 두로, 고복장, 명림답부, 밀우, 유유 등 역대 충신들의 초상도 함께 모셨다.

천장에는 세발까마귀가 있는 해와 두꺼비가 든 달이 있고 바람과 구름을 다스리며 비를 뿌리는 신들의 모습이 그려져 있다. 풀무질을 하고 쇠를 두들기는 대장장이신과 수레바퀴와 각종 농기구를 만드는 신의 모습도 보였다. 수십 가지 악기를 들고 천상의 음악을 연주하며 춤을 추는 광경도 있고, 구름을 타거나 날개옷을 입고 자유롭게 하늘을 날아다니는 그림도 있다. 싸울아비들이 말을 타고 싸움터를 달리는 모습과 배를 타고 파도를 가르며 적선들을 불태우는 광경은 물론 말타기와 활쏘기를 자랑하고 수박을 하며 즐기는 모습도 낱낱이 그려져 있다. 선배들이 산천에 제사 지내는 모습과 말을 타고 사냥에 나선 모습도 보이고 경당에 앉아 글공부를 하는 모습도 생생하게 그려져 있다. 밭갈이하며 논에 모내기를 하고 낫을 들고 여름을 거두는 여름지기들의 모습도 뚜렷하고 멀리 서역에서 온 광대들이 곡예하는 모습을 보며 즐기는 광경도 있다.

역대 태왕과 충신들에게 참배를 마치고 계단을 내려온 이들은 잠시 쉬며 사람들이 모이기를 기다린다. 전각은 몇몇 사람이 자유롭게 들어가 참배할 수 있지만 경관 아래층에 들어가는 데는 제한이 있었다. 신분상의 제한이 아니라 행동상의 제한이다.

경관 남쪽 문으로 들어서면 복도 양쪽에 작은 방이 두 개씩 있다. 철판으로 된 방문은 모두 커다란 자물쇠로 잠겨 있고 안에는 각종 병장기가 들어 있다. 곧바로 열두 걸음쯤 걸어가면 커다란 방이 나타난다. 100명이 들어가 편히 앉을 수 있을 만큼 커다란 방이다. 방은 둥그렇게 되어 있으며 천장도 둥그렇다. 네모난 땅 속에 둥근 하늘이 있는 것이다.

천장은 온통 푸른빛이다. 구름 한 점 없이 푸른 하늘에는 금빛으로 빛나는 둥근 테 하나가 떠 있는데 마치 하늘을 떠받치는 대들보 같다.

동서남북에는 경관을 지키는 청룡과 백호, 주작과 현무가 돋을새김으로 새겨져 있다. 도깨비처럼 무서운 모습에 핏빛 눈을 부릅뜬 청룡, 날카로운 이빨을 드러내고 사나운 입을 벌리며 달려드는 백호는 나쁜 기운을 물리치는 수호신이다. 바람을 타고 하늘을 나는 두 마리의 주작은 서로를 마주보고 있는데 음양의 조화를 나타낸다. 북쪽에 있는 현무는 거북과 뱀이 뒤엉켜 불을 뿜으며 용맹하게 싸우는 모습이다.

수호신을 새긴 나머지 벽면에는 서토의 오랑캐와 싸우다 죽은 8천여 명의 위패가 빼곡하게 들어차 있다.

100명씩 무리지어 들어간 사람들은 이곳에 잠든 충혼들에게 참배하고 자리에 앉는다. 바위 끝에 앉은 도인들이 우주의 정기를 받듯 자세를 바로 하고 앉아 잠든 넋을 기리고 나라의 앞날을 생각하는 것이다. 어쩌다 치직 소리를 내며 타는 횃불 소리만 들릴 뿐 숨소리도 들리지 않는다. 한 시각이 지나면 북이 울리고 모두 조용히 일어나 밖으로 나간다.

경관을 나온 연개소문은 이튿날 아침을 먹기가 바쁘게 막리지 을지문덕의 묘를 찾아 말을 달렸다. 무덤은 갈로산에서도 동쪽으로 100여 리나 떨어진 병풍산에 있다. 경관 근처는 물론 고향인 부여성 북쪽 송화강가에 모시지 못한 것은 막리지의 유언 때문이다.

400리도 안 되는 길이었으나 말을 타고서도 다음 날 점심때가 지나서야 병풍산에 도착했다. 개소문은 냇가의 버드나무에 말을 매놓고 걸어서 산길을 올랐다. 길은 두 사람이 어깨를 나란히 하고 걸을 만큼 넓었다. 찾는 사람이 거의 없을 터인데도 나뭇가지를 잘라내는 등 누군가 공들여 길을 다듬은 흔적이 뚜렷했다.

"아, 과꽃!"

무덤이 있는 곳에 올라선 개소문은 저도 모르게 탄성을 질렀다. 무덤 주위가 온통 과꽃이었다. 빨강, 노랑, 하양, 자줏빛 꽃송이들이 한데 어우러져 맘껏 아름다운 맵시를 뽐내고 있었다.

더없이 아름다운 꽃밭이었지만 막상 무덤은 막리지가 잠든 곳이라고 하기가 딱하게 작고 초라한 고인돌이었다. 양쪽으로 늘어선 석물은 물론 상석도 없다. 심지어 막리지의 무덤임을 알리는 묘비마저 없으니 여느 백성들의 무덤만도 못했다. 앞에는 초라한 무덤에 어울리지 않게 큰 놋쇠향로가 있고 옻칠을 올린 향곽이 있어 어딘가 다르다는 느낌이었다. 잘 가꾸어진 꽃밭과 함께 말끔하게 단장된 것이 누군가 정성껏 돌보고 있음을 알 수 있었다.

경관 쌓는 일에 매진하던 막리지가 돌아가셨을 때, 자신의 무덤을 알리지 말라는 유언에 따라 말 한 필이 끄는 작은 수레에 주검을 싣고 떠났으므로 아는 사람도 많지 않았다. 누구나 을지문덕이 아끼던 선배라는 것을 알고 있었기에 연개소문도 겨우 무덤에까지 따라갈 수 있었던 것이다.

병풍산 남쪽 골짜기에 있는 이 고인돌은 을지문덕이 신크마리였을 때 인연을 맺고 틈나는 대로 찾아와 수행하던 곳이라고 했다. 오랫동안 사람이 드나들지 않아 팔뚝만큼씩 굵어진 잡목 속에 묻혀 있었다. 몇백 몇천 년 전에 만들었는지 당장이라도 쓰러질 듯 위태로웠다. 왼쪽으로 거의 눕다시피 기울어서, 안에 들어가면 천장도 낮아져 허리를 세우지 못하고 구부정하게 서 있어야 할 정도였다. 어쩌면 그 때문에 다른 사람이 깃들이지 못하고 여태껏 비어 있었는지도 모른다. 그 고인돌 안에 주검을 뉘고 앞뒤를 작은 돌로 채우는 것으로 막리지의 무덤이 다 만들어졌었다.

소나무가 흔들리며 뿌드득 뿌드득 소리를 낸다. 바람이 불고 문득 막리지의 목소리가 들리는 듯하다. 쫑긋 귀를 세워보나 그저 바람소리다. 향을 피우고 절을 올렸다. 오래도록 무릎 꿇고 기다렸으나 막리지께서는 아무런 말씀이 없었다.

어둠이 깃들어서야 산을 내려가야 한다는 생각이 들었으나 산을 내려가봐야 사람 사는 집을 찾기는 어려울 것이었다. 개소문은 고인돌 곁에 있는 큰 나무에 올라가 둥지를 틀었다. 마른풀을 베고 낙엽을 모아 잠자리를 만들었다.

혹시 꿈속에서나 무슨 말이 있을까 싶어 막리지 곁에서 밤을 새웠으나 역시 아무런 일도 없었다. 막리지께서는 아직 입을 열어 가르침을 내리지 않으시려나 보았다.

다음 날 아침, 연개소문은 다시 향을 피우고 인사를 올린 뒤 산을 내려왔다. 한 모퉁이를 돌아서는데, 푸드득 푸르르르, 놀란 꿩이 날아올랐다. 연개소문은 저도 모르게 패도를 뽑아 던졌다. 어제 점심부터 굶었던 것이다. 꿩이 풀숲에 떨어졌다. 꿩을 찾아 집으려던 개소문이 잽싸게 몸을 굴렸다. 슉, 슉, 슉, 느닷없는 화살이 쏟아진 것이다.

몸을 이리저리 굴려 쏟아지는 화살을 피하며 연개소문이 패도를 빼들었다. 두 손에 든 패도로 화살을 쳐내며 일어서자 날아들던 화살이 뚝 그쳤다.

"흥! 제법이구나!"

화살이 멎는가 싶더니 비꼬는 소리가 날아왔다. 말갈족이 쓰는 말이었다.

"너는 누구냐? 아무리 어린 녀석이지만 장난이 심하지 않으냐?"

연개소문도 말갈족 말로 나무랐다. 화살촉이 둥근 연습용 화살이지만 잘못 맞으면 크게 다칠 수도 있었다.

뉘 집 귀공자인가. 얼룩무늬가 화려한 표범가죽을 걸치고 머리에 쓴 모자에는 꿩 깃을 꽂았다. 이제 열서너 살이나 되었을까? 똑똑하고 귀엽게 생겼지만 너무 애티가 흐른다. 겨릅대처럼 마른 게 몹시 약한 체질인 듯 보였다. 손에 든 활도 작고 또한 강궁이 아니었다. 차라리 곁에 붙어 서 있는 예닐곱 살쯤 되어 보이는 꼬마가 훨씬 그럴듯했다. 어린 꼬마가 어른들이 차고 다니는 패도를 빼들었는데 여차하면 칼과 한 덩어리가 되어 날아들 품새였다.

"이런 건방진 놈, 네놈은 누구냐?"

큰 녀석한테서 대답 대신 되묻는 소리가 나왔다. 너무 어처구니없는 노릇이라 연개소문은 저도 모르게 피식 웃었다.

"꼴을 보아하니 으스대기나 좋아하는 겁쟁이 동이족이 분명하구나. 네놈이 간덩이가 부었지, 여기가 어디라고 함부로 못된 짓을 하느냐?"

갈수록 기가 막혔다. 곱게 자라 아무한테나 말버릇이 사나운가 보다. 근처에는 말갈족이 많다. 시골구석에서는 우쭐거릴 만큼 나름대로 세력을 가진 부족장의 아이들일 것이다.

"네 아비가 누구냐? 어디에 붙은 족속이냐?"

연개소문도 마주 으름장을 놓았다.

"누가 감히 동이족한테 기어오르라고 가르쳤는지 단단히 따져봐야겠다."

연개소문의 눈길은 저절로 아이들 뒤로 다가오는 싸울아비 한테로 모아졌다. 누런 베옷을 입고 긴 칼을 찬 싸울아비의 머리에도 까마귀의 깃 대신 꿩의 깃이 꽂혔다. 말갈족 싸울아비다. 모자 밑으로 드러난 흰머리, 아이들의 할아비인가? 왼쪽 어깨에는 매 한 마리가 앉아 있어 매사냥을 나온 것 같기도 했다.

"너희 말갈족이 감히 동이족을 욕하다니 용서할 수가 없다. 단단히 버릇을 가르쳐주겠다."

"철딱서니 없는 놈, 주둥아리를 함부로 나불거리지 마라. 서로 다른 겨레붙이를 업신여겨서는 안 된다는 것도 모르느냐?"

사람을 억누르는 위엄찬 목소리였다. 서로 다른 겨레붙이를 업신여기는 것은 국법으로 엄금하고 있다. 다른 겨레붙이의 저항을 부를 수도 있기에 오히려 지배층인 동이족이 더욱 조심해야 한다.

"그보다 여기가 어딘 줄 아느냐? 여기가 어디라고 감히 살생을 하려 든단 말이냐?"

연개소문은 더욱 할 말이 없게 되었다. 여기는 막리지 을지문덕이 누워 계시는 곳이다. 멧짐승 하나라도 건드려서는 안 된다. 하지만 제 잘못을 인정하기는 싫었다.

"알고 있소. 그런데 그게 어쨌단 말이오?"

스르렁, 싸울아비가 칼을 뽑았고, 푸드득, 매가 날아올랐다.

"어린놈이 정말 죽고 싶어 환장했구나."

연개소문은 잔뜩 긴장했다. 잘못 벌집을 건드린 것이다. 싸울아비한테서 뿜어 나오는 기세로 보아 자신은 상대조차 되지 않을 것이다. 그러나 내친걸음이다. 연개소문은 손가락으로 소년을 가리켰다.

"저 꼬마가 먼저 동이족을 헐뜯었으니 저 목부터 잘라내라. 그다음에 내가 그대의 서툰 솜씨를 시험해보겠다."

"공자께서는 아직 세상을 모르는 착한 분이다. 네놈은 이곳에서 감히 살생하였으니 살아날 생각을 버려라."

열댓 걸음 앞까지 다가선 싸울아비가 걸음을 멈추더니 두 발을 벌리고 칼끝이 땅에 닿도록 두 팔까지 내려뜨린 채 허탈한 모습으로 서 있었다. 누구도 안중에 두지 않는 최상승의 무예를 갖춘 자만이 보여줄 수 있는 품새. 언제든 한걸음에 날아들며 베고 찌르고 솟구치고 내리찍으며 적어도 예닐곱 가지 변화무쌍한 동작으로 휘몰아쳐올 것이다.

날아오른 매도 화르륵 화르륵 날갯짓을 하며 개소문의 머리 위 하늘을 빙빙 돌고 있었다. 꿩이나 토끼를 잡고 여우사냥에나 쓰는 단순한 사냥용 매가 아닌 것이다. 사람과 말의 두 눈을 할퀴도록 훈련된 매가 언제 두 눈을 노리고 날아올지 모른다.

"……?"

싸울아비의 오만한 품새를 노려보던 개소문의 작은 눈이

흠칫 벌어졌다.

쌍결매듭이다! 전포를 착용하고 위용을 갖출 때면 200~300 명의 작은 부대를 거느리는 하급 장수라도 쌍결매듭을 할 수 있지만 전포가 아닌 평상복의 쌍결매듭은 적어도 3~4천 이상 의 군사를 지휘할 수 있는 상급 장수의 신분임을 나타내는 것 이기 때문이다.

이런 깊은 산속에서, 더구나 말갈족 싸울아비가 허리를 쌍 결매듭으로 묶고 있다니 믿어지지가 않았다. 그러나 저도 모 르게 말투가 공손하게 변했다.

"나는 어제 경관에서 막리지 전하를 뵈러 왔소. 막리지 전 하께서 나에게 꿩을 잡아 배를 채우라고 말씀하셨소."

"뭐가 어째? 네놈이 누구기에? 네놈이 무엇이기에 전하께서 살생을 허락하셨다는 말이냐?"

"내 차림을 보고도 모르겠소? 나는 선배요."

큰소리치기에 무슨 대단한 집 자식이려니 했는데 겨우 선배 라고 한다. 그 흔해빠진…….

"막리지 전하께서는 선배들을 끔찍이 아끼셨소. 내가 비록 이름 없는 선배라고는 하나, 그까짓 꿩 한 마리보다는 이 선배 의 목숨을 더 아끼셨을 거란 말이오."

"형편없는 놈이 커다란 주둥아리만 나불거리는구나. 네놈 이 정말 전하께서 아낄 만한 재주가 있는지 그것부터 알아보아야겠다. 어서 칼을 뽑아라!"

싸울아비의 말투가 칼날처럼 날카로워졌다. 한칼에 베어낼
태세! 하지만 이쪽에서는 아직 상대방을 죽일 마음이 없다. 싸
울아비의 호흡에 제 숨결을 맞출 시간이 없다.

개소문은 패도를 집어넣고 허리에 찬 긴 칼을 끌렀다. 칼집
을 버리고 두 손으로 칼을 잡으며 천천히 칼과 한 몸이 되었
다. 말갈족 싸울아비가 자신의 높은 무예를 믿고 상대를 안중
에 두지 않는 품새로 보아 결코 먼저 공격해오지는 않을 것이
라는 확신이 들었다.

적의 칼을 막으려 하지 말고 빈틈을 찾아 찔러야 한다! 개
소문은 살 생각을 버렸다. 오른발을 뒤로 빼고 몸을 슬쩍 구
부리며 상대의 숨결을 무시하고 천천히 제 숨결을 골랐다.

먼저 공격할 것인가? 공격해오는 적의 빈틈을 찾아 파고드
는 것이 옳지만 쌍결매듭 싸울아비의 기세로 보아 개소문 자
신은 빼든 칼을 휘둘러보지도 못하고 일격에 당하고 말 것이
다. 차라리 먼저 공격해 손에 익은 칼을 휘둘러보는 게 후회
없을 것이다.

먼저 공격하기 위해 투지를 끌어올리던 개소문이 이상한 기
운에 하늘 쪽으로 시선을 옮기다 흠칫 놀랐다. 머리 위를 빙빙
돌고 있던 매가 멈춰 서서 노려보고 있었던 것이다. 먹잇감을
발견하고 낚아채기 직전의 동작, 당장이라도 내리꽂힐 듯 위급

한 상황. 칼끝을 하늘로 치켜세우고 저도 모르게 자세가 낮아지며 매의 공격에 대한 수비 태세로 들어갔다. 하늘과 땅 위의 적을 동시에 맞아야 하는 급박한 상황이었다.

"잠깐!"

날카로운 소리가 팽팽한 긴장을 깨뜨렸다.

"장군은 저 선배를 용서하시오. 전하께서도 꿩 한 마리 때문에 사람의 목숨을 해치지는 않을 것이오."

소년이 개소문의 말을 흉내내는가 보았다. 말갈족 소년은 소문난 응석둥이거나 집안사람들에게 끔찍이 귀염을 받는 모양이었다. 소년의 말에 싸울아비는 두말없이 칼을 거뒀다. 휘익, 휘파람을 불자 정지비행을 하고 있던 매도 다시 싸울아비의 어깨로 날아와 앉았다.

팽팽하던 싸움판이 싱겁게 정리되었다. 칼집을 주워 다시 칼을 넣으면서 개소문의 머릿속은 오히려 팽이처럼 더욱 빠르게 회전했다.

장군이라니? 싸울아비가 정말 평상복에도 쌍결매듭을 할 수 있는 장군이란 말인가? 그렇다면 공자라고 불리는 저 소년은 대단한 집 자식일 것이다. 하지만 저들은 말갈족 복장을 하고 있다. 호랑이가 없는 골짜기에서는 토끼가 왕 노릇을 한다고 했다. 보나마나 그저 제 잘난 맛에 우쭐거리는 시골뜨기들일 것이다. 정말 세력이 큰 말갈족이라면 동이족의 옷차림을 하고 있을 것이니 말이다.

어쨌거나 신분을 가리자면 저들이 막리지의 아들에게 무릎 꿇고 사죄를 해야 한다. 그러나 개소문은 어린 소년의 꼿꼿한 모습이 마음에 들었다. 심성이 착하고 시비를 가리는 것도 한쪽으로 치우치지 않으니 훌륭한 배달이 될 것이다.

"어린 아우! 이 언니의 이름은 개소문이라 하오. 아우의 이름은 무엇이오?"

막리지 동부대인의 아들이라고는 밝히지 않았다. 그 때문일까?

"내 이름은 돌바위, 아직 경당에도 나가지 못하고 산골 풀숲에 묻혀 풀뿌리나 캐먹는 멧돼지 신세요."

돌바위라는 이름도 그렇지만 '풀뿌리나 캐먹는 멧돼지 신세'라고 너스레 떠는 걸 보니 거짓 이름이 뻔했다.

그러나 무슨 상관이랴. 신분을 밝히지 않기는 개소문도 마찬가지다. 캐물을 처지가 못 되었다.

"우리가 아침을 대접하겠으니 선배는 저 꿩을 나한테 주시오."

말갈족 공자는 개소문의 대답을 기다리지 않고 풀숲으로 들어갔다. 꿩을 주워오는가 했으나, 소년은 패도를 주워 개소문에게 던져주더니 나뭇가지로 땅에 구덩이를 팠다. 구덩이에 꿩을 넣고 흙으로 덮은 다음 작은 돌을 쌓아 그럴듯한 무덤을 만들었다. 비록 시늉뿐이었지만 돌무덤은 세력이 큰 사람들의 무덤 모습이다. 꿩은 죽어서 분에 넘치는 호강을 한 셈이었다.

"전하께 다녀올 때까지 기다려주시오."

마을을 찾아 밥을 먹으려면 말을 타고 달린다고 해도 아침은 꼼짝없이 굶어야 할 판이다. 그보다 갑작스럽게 나타난 돌바위네들한테 더 마음이 끌렸다. 평상복에도 허리에 쌍결매듭을 할 수 있는 말갈족 싸울아비도 궁금했지만 어린 소년한테더 정감이 갔다. 그래서인가? 어딘지 낯익은 듯한 얼굴.

돌바위네들이 내려올 때까지 기다렸다가 함께 산을 내려오는데 작은 꼬마가 패도를 빼들고 퐁퐁 뛰며 칼질을 했다. 칼을 휘두를 때마다 나뭇가지가 잘리고 나뭇잎이 흩어졌다. 자르고 찌르는 품이 어린아이답지 않게 재빠르고 매서웠다.

"차돌이가 길을 만들고 있지요."

돌바위가 작은 꼬마의 이름을 가르쳐주었다. 이름 한번 잘지었다. 정말 차돌처럼 단단하고 야무진 아이다.

산을 내려오니 말 네 필이 주인을 기다리고 있었다. 안장 없는 말을 무엇하려는 것인가 했으나 뜻밖에 차돌이 안장 없는 말에 올랐다. 앞장서 달리는 어린 차돌의 솜씨가 놀라웠다. 말꼬리까지 미끄러지듯 물러나 앉기도 하고 뒤돌아 앉은 채 달리기도 했다.

한참 달리자 아담한 집 세 채가 나타났다. 비록 띠도 아닌

억새를 얹은 집이지만 깊은 산골에 있는 집치고는 크고 반듯하게 잘 지었다.

이곳에도 과꽃이 한창이었다. 주먹만 한 꽃송이들이 손으로 쓸어보고 싶게 탐스럽고 싱싱했다.

서른 살쯤 돼 보이는 아낙이 나와 사람을 맞았다. 싸울아비가 무뚝뚝하게 말했다.

"이 아이는 내 손자고 공자께서는 잠깐 놀러온 것이다. 선배도 여느 사냥꾼의 집에 들른 것으로 알고 잊어주기 바란다."

어디 무슨 장군이냐고 묻지 말고 다시 찾지도 말라는 뜻이었다.

싸울아비가 차돌을 데리고 뒤꼍으로 돌아갔다.

개소문은 마당에 있는 탁자에 앉아 늦은 아침을 먹었다. 돌바위는 심심한 듯 곁에 앉아 밥 먹는 것을 쳐다보았다. 개소문은 하얀 진물이 흐르는 독한 상추를 한두 장씩 펼치지 않고 손에 잡히는 대로 한 주먹씩 쌈을 싸서 볼이 터지게 꾸역꾸역 밀어넣고 두 눈을 좌우로 흘겨댔다. 돌바위가 함께 입을 벌리고 놀라더니 이내 바구니를 찾아들고 텃밭으로 날아갔다. 바구니 가득 상추를 뽑아다 주고 씻어오도록 한 뒤 다시 와보니 배고픈 손님은 어느새 밥도 반찬도 남기지 않고 깨끗이 상을 비워내고 있었다.

"참 대단하오. 남은 밥이 많으니 더 가져오도록 하겠소."

"아니, 배부르게 잘 먹었네. 귀한 음식을 남기는 법이 아니라서 다 먹었을 뿐이야."

어차피 점심을 새로 해야 되니까 사양 말고 많이 먹으라고 했으나 반 그릇이나 남았던 된장까지 깨끗이 비워낸 개소문의 체면치레였다.

"한창 수련에 바쁠 철인데 어떻게 혼자서 여기까지 오시었소?"

"신수두대제 때문에 다들 바빠서 누구 하나쯤 없어져도 별로 신경 쓰지 않을 것이네."

아직 선배 수련에도 나가지 못할 나이의 소년을 만났기 때문인가? 생각지도 않았던 제 자랑이 절로 나왔다.

"어린 아우, 오라는 데는 없어도 갈 곳은 많다는 말을 들어보았나? 내가 바로 그렇다네. 발 가는 대로 마음 내키는 대로 바람처럼 구름처럼 떠도는 중일세."

"정말 좋으시겠소. 나도 곳곳을 구경하며 돌아다니고 싶지만 장군이 허락하지 않소. 저 밑 저잣거리까지만 발이 닳도록 왔다리갔다리할 뿐이오."

"잠깐 놀러온 것이 아니었나?"

"언제까지고 여기서 눌러살 것이오."

그래? 그제야 돌바위네가 궁금해졌다.

"차돌이, 돌바위? 말갈족이 어째서 동이족 말로 이름을 지어 부르나?"

"평양에서 자랐기 때문이오."

갑작스럽게 매끈한 평양 말이었다.

"장군의 이름은 무두리요."

무두리는 말갈족 말로 '용'이라는 뜻이다. 대체 얼마나 무서운 장수라는 말인가?

무두리는 할아버지를 모시던 장수였는데 어려서 고아가 된 돌바위를 돌보고 있다는 것이다. 집안일을 하는 사람들은 차돌의 어버이인데 차돌에게 무술을 가르치기 위해 장군이 함께 데려왔단다.

"한낱 어린아이 때문에?"

"차돌이는 타고난 싸울아비요. 나도 함께 무예를 배우고 있지만 차돌이와는 매와 참새만큼이나 큰 차이가 있소."

돌바위는 자신보다 차라리 개소문이 무두리한테 무술을 배우는 것이 좋겠다고 했다. 비록 깊은 산에 묻혀 있지만 무두리는 웬만한 장수는 쳐다보지도 못할 만큼 높은 무예를 지니고 있다는 것이다.

"나도 무두리가 병장기 다루는 것은 본 적이 없지만, 무두리가 병풍바위에서 한꺼번에 다람쥐를 세 마리나 잡아준 일이 있소. 험한 벼랑과 날카로운 바위너설을 타고 넘는 것이 마치 새가 날아다니는 것 같았소."

"정말?"

"믿어지지 않으면 당장이라도 겨루어보시오. 언니가 아무리 빨리 달려도 숲에서 나무를 타고 날아가는 장군을 따라잡지 못할 것이오."

믿기 어려웠다. 아니, 그게 정말이라면 어떻게 해서라도 무두리의 무예를 배우고 싶었다. 틀에 박힌 두레가 싫어 뛰쳐나왔지만, 발 가는 대로 마음 내키는 대로 바람처럼 구름처럼 떠도는 중이라고 큰소리쳤지만 막상 따로 갈 데도 없는 몸이다.

벌떡 일어나 찾으러 가려는 개소문을 돌바위가 말렸다.

"장군은 매우 까다로운 사람이오. 차돌이한테 무예를 가르치는 모습은 나한테도 보여주지 않소."

돌바위는 자신이 나서서 부탁하는 게 나을 것이라고 했다.

기다리던 끝에 무두리와 차돌이 점심을 먹으러 돌아왔다.

"장군은 이 선배한테도 무예를 가르쳐주시오. 차돌이보다 못하지는 않을 것이오."

"무예는 배워 어디에 쓰려고?"

돌바위의 부탁에 무두리가 대꾸 대신 개소문에게 물었다.

"한 가지 소원이 있다면 장성을 넘어 오랑캐를 모두 토벌하고 서토를 평정하는 것입니다."

"서토를 평정하겠다고?"

"예."

"무엇 때문에? 서토는 오랑캐나 살 수 있는 곳이지 하늘백성들이 살 만한 곳이 아니다. 옛사람들이 내버린 곳을 굳이 찾아 무엇하겠다는 것이냐?"

"서토의 너른 땅이 탐나서가 아니라 그곳에 있는 오랑캐들을 눌러 다스리지 않으면 아니 되기 때문입니다. 돌아가신 막리지 전하께서는 나한테 서캐를 토벌하고 서토를 평정하라고 하셨습니다."

"정말 전하를 뵌 적이 있어요?"

곁에 있던 돌바위가 놀랍다는 표정으로 물었다. 하기야 평민 신분 출신으로 막리지에까지 올랐던 을지문덕은 선배들한테 구름 속의 용이나 다를 바가 없는 분이었다.

"오랑캐를 뒤쫓아 장성에까지 갔었습니다. 북평성을 쌓고 돌아오실 적에 막리지 전하께서는 나더러 서캐를 토벌해 서토를 평정하라고 말씀하셨습니다."

"흥, 너 한 사람에게 하신 말씀이 아니다. 전하께서 어린 선배들을 볼 때마다 당부하시던 말씀이라는 것을 모르는 사람이 있느냐."

무두리의 낯빛이 바뀌며 말을 눌러버렸다.

"네가 정말 서토를 평정하고 싶다면, 그 땅에 사는 짐승 같은 오랑캐까지 다스리고 싶다면, 너는 나한테 무술을 배우서는 안 된다."

"왜요? 장군의 높은 무예로도 아니 된다는 말씀인가요?"

너무 안타까운 나머지 돌바위가 또 나섰으나 훈계는 개소문에게 떨어졌다.

"어리석은 놈! 단단히 새겨두어라. 장수가 사나우면 군사들이 두려워하고, 장수가 용맹하면 적군이 반긴다."

"군사들이 사나운 장수를 두려워한다는 말은 알겠지만, 적군이 용맹한 장수를 반긴다는 말뜻은 짐작이 가지 않습니다."

"용맹한 장수는 반드시 무리한 작전을 펼치게 되니 결국 자신의 용맹만 믿고 군사들을 적군 깊숙이 몰아넣어 몰살당하기 십상이다. 모름지기 현명한 장수라면 가장 느린 말을 타고 싸움터에 나설 것이다."

"알겠습니다."

"쯧쯧, 철딱서니 없는 것! 사내녀석의 대답이 너무 가볍구나. 무슨 말이든 가슴에 무겁게 담아두고 함부로 입 밖에 내지 마라."

스승이 제자를 가르치듯 엄한 훈계였다.

"잃어버린 땅을 찾기보다 백성을 다스리기가 더 어렵다. 더구나 서토 오랑캐들은 너무 오랫동안 제멋대로 살아왔기에 짐승이나 다를 바가 없으니 서캐들을 다스리는 것은 어렵고도 어려운 일이다. 너는 아직 어린 나이다. 돌아다니며 세상을 익혀라."

기약 없는 가슴앓이

말투는 자상했지만 무두리의 몸에서는 서릿발 같은 차가움이 느껴졌다. 도무지 곁을 주지 않았다.

점심을 먹고 난 뒤 개소문이 무두리에게 하직 인사를 하자 곁에 있던 돌바위가 불쑥 말했다.

"곧 추위가 닥칠 것이오. 장군은 저 선배가 돌아다니다 얼어죽지 않게 잠자는 법을 가르쳐 주시오."

잠자는 법이라고? 녀석, 어지간히 귀엽게 노는구나. 너도 두레에 나가기만 해봐라. 숨 쉬는 법부터 다시 배우고 모기떼가 덤벼들어도 움직이지 못하고 그저 사시나무처럼 떨다 보면 눈물 콧물이 줄줄 흐르고 고향산천이 절로 그리울 것이다.

두레에 나가면 출신을 묻지 않는다. 높은 벼슬아치의 아들이나 여름지기의 아들이나 똑같이 뒹굴어야 한다. 몸이 약한 돌바위가 두레에서 수련하다가 픽픽 쓰러지는 모습이 보이는 것만 같다.

"웃지 마라. 어린 공자님만도 못하구나."

또다시 무두리가 나무랐다. 한데서 잠자는 법을 가르쳐준 무두리가 곰가죽 두 개를 이어서 만든 이부자리 두 개를 내주었다. 곰가죽 값으로 말을 두고 가라니 곰가죽 넉 장과 말을 맞바꾼 셈이다. 밑지는 장사 같지만 겨울을 나려면 그게 낫겠다. 무턱대고 돌아다닐 바에야 말을 타고 다니는 것보다 걸어다니는 것이 낫다는 말도 그럴듯했다. 멜빵을 해서 등에 짊어지자 자신이 떠돌이라는 느낌이 새로웠다.

무슨 장난기가 도졌는지 모른다.

"잘 있거라!"

갑작스럽게 돌바위를 껴안던 개소문이 나무토막처럼 날아갔다. 우지끈! 싸리나무 울타리가 밑에 깔렸다. 개소문은 비명도 지르지 못하고 온몸이 뻣뻣이 굳었다. 무두리가 번개처럼 달려들어 맥을 짚고 던져버린 것이다.

"아앗!"

돌바위가 대신 비명을 지르며 달려들었으나 어쩔 바를 모르고 발만 동동거렸다.

"장군, 빨리 풀어주시오. 사람이 죽겠소."

돌바위가 날카로운 소리를 내자 무두리가 다가와 눈을 사납게 홉떠 보이며 개소문의 몸을 군데군데 두들겼다. 그때마다 불에 달군 꼬챙이로 몸 구석구석을 찌르는 것처럼 아팠지만 개소문은 비명소리도 내지 못했다. 악을 쓰려고 해도 입에서는 아무런 소리도 나오지 않았기 때문이다. 꼭 지옥에 떨어진 꿈을 꾸는 것만 같았다. 개소문은 제가 겪은 일을 믿을 수가 없었다.

차츰 아픔이 가시고 정신이 맑아지자 돌바위가 발갛게 물든 얼굴로 가쁜 숨을 쉬는 것이 보였다. 돌바위는 사내가 아닌 계집아이였던 것이다.

"썩 꺼져라. 다시 눈에 띄면 그 즉시 목을 베어버리겠다."

무두리가 칼을 뽑을 것처럼 으름장을 놓았다. 목이 풀리자 개소문은 비명 대신 인사말을 겨우 짜냈다.

"장군, 편안히 계시오."

머리를 깊숙이 숙이며 예를 차렸다.

"잘 있게, 아우. 차돌이도 잘 있거라."

돌바위를 대하는 말투도 달라져 있었다.

차돌이의 어미한테도 인사를 하고 떠나는데 문득 날카로운 욕설이 뒤통수를 때렸다.

"도투바이, 눈은 뭐하러 달고 다니는 거냐?"

계집아이 돌바위의 갑작스러운 욕설에 연개소문은 멍해졌다.

"내일 또 만나도 나를 알아보지 못할 거냐?"

혹시…… 그때 경관에서 북을 치던 말갈족 소녀? 아직도 귀에 쟁쟁한 '도투바이'라는 소리에 비로소 소녀의 정체를 알아보았으나, 돌바위는 이미 그때처럼 등을 보이고 걸어가고 있었다.

또다시 기회를 놓칠 수는 없었다. 몸을 날려 뒤쫓아 가려는데 불쑥 칼자루가 가슴을 찔렀다. 어느 틈에 날아온 무두리가 막아선 것이다.

"당장 꺼지지 않으면 단칼에 베어버린다."

정말 칼을 뽑아 내리칠 기세, 가벼운 손놀림만으로도 뼈마디가 으스러지는 고통을 가하는 무두리와 감히 겨루어볼 수도 없거니와 꿈에서도 그리던 소녀까지 적으로 만들 뿐이다.

　연개소문은 하릴없이 돌아섰다. 한바탕 꿈을 꾼 것만 같다. 등에 진 보따리만 아니라면 정말 꿈으로 믿었을 것이다.

　꿈……! 햇솜같이 포근하고 비단결같이 보드라운 느낌. 붉은 과꽃처럼 발갛게 물든 돌바위의 얼굴이 자꾸 웃는다.

　눈앞에 두고도 전혀 알아보지 못하다니! 그리 오래 이야기를 나누었으면서도! 개소문으로서는 남장을 한 돌바위가 설마 여자일 거라고는 상상도 하지 못했으므로 알아보지 못한 것도 당연했다.

　"혹시 전하의?"

　저도 모르게 놀라는 소리가 나왔다. 무두리 같은 엄청난 장수를 장군이라고 부르며 명령할 수 있는 신분이라면 을지문덕의 손녀 정도는 되어야 했던 것이다.

　"설마? 그럴 리가 없다!"

　말갈족 소녀라는 것도 그렇지만 무엇보다 돌바위의 생김이 을지문덕이나 넙바위와 너무도 닮지 않았던 것이다. 을지문덕이나 넙바위는 보통 키의 다부진 몸매에다 얼굴이 둥글납작하고 눈도 작고 매서웠다. 그런데 돌바위는 키가 크고 말랐으며 얼굴도 길쭉하고 눈코입이 또렷하고 시원스럽게 컸으며 눈썹까지도 크고 짙었던 것이다. 어디 한 군데도 닮은 곳 없이 달라도 너무 달랐기 때문에 감히 을지문덕과는 관련지어 생각할 수가 없었다.

그러나 궁금한 것은 신분이 아니다. 어떻게 하면 다시 만날 수 있을 것인가. 더 성숙하고 무르익은 처녀들한테서도 느끼지 못했던 감정이었다.

다음 날 마을에 들어가 늦은 점심을 먹고 나온 길이었다. 문득 걸음을 멈춘 연개소문은 오래도록 제자리에 서 있었다. 저도 모르게 발길이 경관으로 가고 있다는 것을 깨달은 것이다. 다시 경관에 가야 할 까닭이 없었다. 그렇다고 평양으로 돌아갈 수도 없는 일이었다.

어디로 간다? 평양이 싫어서 무턱대고 떠난 길이라고 했지만 생각해보면 경관과 막리지 을지문덕의 무덤까지 모두 갈 곳이 정해져 있었다. 생각지도 못했던 말갈족 소녀를 만났지만 오히려 막연히 어디서 만날지도 모른다는 설렘으로 여동을 떠도는 낭만도 사라져버렸다.

처음부터 어디로 작정하고 떠난 길은 아니지만 막상 갈 곳이 없으니 어둠 속에서 길을 잃은 것보다 더 갈피를 잡기 어려웠다. 세상에 홀로 던져진 듯한 외로움이 물밀 듯 밀려들었다. 이제 가진 것이라고는 허리에 찬 칼 한 자루와 패도 세 자루, 등에 짊어진 곰가죽 이불뿐이다. 그러나 몸에 지닌 것이 없어서가 아니다. 따로 갈 곳이 없다는 생각이 들자 허공에 발을 딛고 선 것처럼 당혹스러웠다.

막상 갈 곳도 해야 할 일도 없다! 다시 돌아가고 싶다. 빼어난 무술을 배우고 싶다. 아니, 꿈속에서도 그리던 말갈족 소녀다. 바보같이 눈앞에 두고도, 오랫동안 이야기를 나눴으면서도 전혀 알아보지 못했다. 그러나 언제까지 때늦은 후회만 하고 있을 수도 없는 일이었다.

차라리 북쪽으로 올라가 추위를 견뎌보자! 개소문은 뒤돌아 마을로 가서 북쪽으로 길을 잡았다. 북쪽으로 올라갈수록 산딸기나 맹감나무 같은 가시나무가 없었다. 산에서도 걸리는 게 없이 마음대로 돌아다닐 수 있어 좋았다.

북쪽으로 길을 잡은 지 보름 만에 개소문은 송화강 줄기를 만났으나 바삐 서두를 일도 없다. 강을 따라 쉬엄쉬엄 내려갔다. 물고기나 들짐승을 잡아 배를 채웠다. 때도 없이 갓 지어낸 고소한 밥 냄새가 느껴지고 끝내 밥을 먹지 않았다가는 짐승이 될지 모른다는 엉뚱한 생각도 들었으나 그는 고행을 하는 사람처럼 참아냈다.

북쪽의 겨울은 몹시 춥고 사나웠다. 매서운 바람이 몰아칠 때면 걷기를 멈추고 짐승처럼 웅크리고 앉아서 바람을 피해야 했다. 하지만 그 추위가 고통스러운 것만은 아니었다. 강물은 아침마다 수증기를 뿜어올리고 강변에 늘어선 버드나무와 느릅나무에 눈꽃이 피었다. 강변에 매화가 가득 피어난 것 같았다.

돌바위가 보면 좋아라 소리칠지도 모른다! 병풍산이 멀어질수록 돌바위의 모습이 가깝게 떠올랐다. 얼굴을 붉히던 모습이 갈수록 뚜렷해졌다. 과꽃처럼 환한 돌바위의 얼굴이 떠오르면 추위에 떨던 몸까지 따듯해지는 것만 같았다.

그러나 개소문은 애써 돌바위 생각을 털어버렸다. 나는 장성을 넘어야 한다!

낮에는 한없이 걸었다. 하얗게 얼어붙은 송화강은 넓은 바다처럼 끝이 없었다. 짐승을 잡아 배를 채우는 것도 쉽지 않으나 굶주림마저도 기꺼이 견뎌야 했다. 밤이면 아무 데나 바람막이를 찾아 곰가죽을 폈다. 무두리가 가르쳐준 대로 옷을 모두 벗고 들어가면 오래지 않아 몸이 따듯해졌다. 제 몸에서 나오는 숨결이 이렇게 따듯하고 소중하다는 것도 처음 알았다.

한밝산

2955년(622), 태왕 고건무는 무려 20만 명이 넘는 포로를 돌려보냈다. 아사달을 침범했다가 사로잡힌 서캐들이었다. 그들을 돌려보내고 받은 것은 유성에서 붙잡혀갔던 2천여 명뿐이라고 했다. 지난날에도 2만여 명의 포로를 살려보낸 적은 있으나 나름대로 까닭이 있었다. 하늘백성의 나라 조선의 위엄을 가르치고 적의 사기를 떨어뜨리기 위해서였지 바보처럼 오랑캐의 얼림수에 넘어간 것은 아니었다.

연개소문은 당장 평양으로 달려가 못난 짓만 하고 있는 것들을 모두 쓸어버리고 싶었지만, 그저 마음뿐이었다. 천궁에 들어서지도 못하고 죽을 것이 뻔했다.

"한밝산에 들어가면 신선을 만나 가르침을 받을 수 있을 것이다. 신선을 만나지 못해도 도술을 닦는 도인들을 만나서 바위를 깨뜨리고 하늘을 나는 재주를 배우는 것도 좋겠지."

마침내 마음을 굳힌 개소문은 뒤돌아보지 않고 한밝산 쪽으로 길을 잡았다. 그게 벌써 몇 달 전인지 모른다. 연개소문은 한밝산에 들어가지 못하고 멀리서 바라볼 수밖에 없었다. 길이 없었기 때문이다. 사냥꾼들은 한밝산에 들어가는 것을 두려워했고 약초를 캐는 사람들도 한밝산 가까이 가는 것을 꺼렸다. 제아무리 뛰어난 사냥꾼이라도 한밝산을 지키는 신령 스러운 짐승은 잡을 수가 없을뿐더러 함부로 침범했다가는 반드시 산신한테 벌을 받는다고 했다.

한밝산은 태고의 신비를 간직한 곳이다. 바깥세상에서는 쉽게 찾을 수 있을 거라고 생각했지만 막상 수십여 리밖에 떨어지지 않는 곳에서는 찾기가 어려웠다. 한밝산은 누가 가르쳐 주지 않아도 첫눈에 알아볼 수 있었다. 그러나 며칠을 가도 조금도 가까워지지 않았다. 부지런히 숲을 뚫고 달려가지만 높은 나무나 바위에 올라서면 늘 그만큼 먼 곳에 있었다. 하도 쏘다니다 보니 며칠 전에 올라가서 한밝산을 바라보았던 그 바위나 나무를 다시 만나는 것도 흔한 일이었다.

연개소문이 간신히 얻어들은 소식에 의하면, 특히 신선도인 들이 사는 곳은 늘 안개에 가려 있어 눈앞에 두고도 찾지 못한다고 했다. 강물을 따라가야만 하는데, 그 강물은 한겨울에도 얼지 않는다고 했다. 얼지 않는 강물이 있다는 것까지만 말 했을 뿐 그 강이 어디에 있느냐고 물으면 모두가 자기들도 본 적이 없노라고 발뺌을 했다. 가장 생각해서 하는 말이 조급해 하지 말고 겨울이 올 때까지 기다려보라는 것이었다.

마침내 낙엽이 지고 눈발이 뿌리는 겨울이 되었다. 함부로 돌아다니다가 얼어죽는다며 말리는 소리는 아예 들리지도 않았다. 모든 강물이 다 얼어붙은 뒤에야 얼지 않는 강물을 볼 수 있을 것이라는 소리도 귀에 들어오지 않았다. 얼지 않는 강물이라면 굳이 겨울을 기다리지 않아도 강물에 손을 넣어보면 조금이라도 따뜻하지 않겠느냐는 생각에서였다. 밤이면 눈을 파고 들어가 곰가죽을 둘러쓰고 짐승처럼 잠자고, 낮이면 사냥을 해서 먹을 것을 찾으며 쉬지 않고 헤매고 다녔다.

얼마나 날이 지났는지 모른다. 사흘째 새 한 마리 구경하지 못했다. 눈을 먹으며 굶주림을 달래보지만 온몸이 떨려서 견딜 수가 없었다. 너무 굶주리다 보니 곰가죽을 둘러쓰고 있어도 따뜻하질 않았다. 잠을 자고 나도 잔 것 같지가 않았다. 날이 밝았지만 소나무숲에는 햇살이 들지 않는다. 온몸에 기를 고루 보내 몸을 따뜻하게 해야 한다. 개소문은 벗어두었던 옷을 입고 반듯하게 앉았다. 곰가죽도 다시 둘러쓴 뒤 정신을 가다듬고 기를 모으는데 갑자기 이상한 소리가 들렸다. 여느 때처럼 소나무숲을 스치고 지나가는 바람소리가 아니었다. 신경을 곤두세우고 희미한 소리를 따라 귀를 기울였다.

스스스 쿠르르르. 개소문은 벌떡 일어나 나는 듯이 달려갔다. 둘러쓰고 있던 곰가죽이 허물처럼 떨어졌다.

아아, 얼지 않는 강물이다! 정말 얼지 않는 강물을 찾아낸 것이다. 김이 모락모락 피어오르고 손을 담가도 차갑지 않았다. 벌컥벌컥 들이켜는 물맛이 향기롭기까지 했다.

연개소문은 쉬지 않고 달려갔다. 강기슭을 따라가다 보니 어느새 깊은 동굴에 들어와 있었다. 동굴치고는 그리 어둡지 않다는 생각에 다시 살펴보니 하늘이 기다랗게 보였다. 양쪽으로는 깎아지른 듯한 벼랑이다. 깊은 계곡 속에 들어와 있는 것이다. 계곡에 갇혀 두렵다는 생각보다도 오히려 제대로 길을 찾은 기쁨에 기운이 절로 났다. 길이 없으니 때로는 벼랑을 기어오르기도 하고 물살이 약하면 물에 뛰어들어 헤엄치기도 해야 했지만 어려운 줄 몰랐다. 곰가죽이 없어 젖은 옷을 입고 앉아 밤을 새워도 즐거움뿐이었다.

발길만 살피며 걸어 언제 깊은 계곡을 벗어났는지도 몰랐다. 저도 모르게 빨리 달려가는데 갑자기 봄기운이 느껴졌다. 수북이 쌓였을 눈 대신 푸른 풀밭에 작은 꽃들이 피어 있었다. 조금 더 들어가니 골짜기 가득 무리지어 핀 천지화가 눈부시게 아름다웠다. 마치 꿈을 꾸는 것만 같았다.

처음 보는 놀라운 풍경에 넋이 빠진 개소문에게 신선처럼 생긴 늙은이가 나타났다. 개소문은 털썩 무릎을 꿇고 엎드렸다.

"감히 신선을 뵙습니다."

"함부로 말하지 마라. 나 또한 사람일 뿐이다."

개소문은 그를 따라갔다. 늙은이는 천천히 걸어도 나는 듯이 빠르다. 뒤따라 달리며 사람들을 만날 때마다 꾸벅꾸벅 인사했으나 그들은 눈도 돌리지 않았다.

"성가시게 굴지 마라."

　인사도 하지 말라니, 알 수 없는 일이었다. 늙은이의 걸음이 빨라졌으니 한눈팔지 않고 부지런히 뒤를 쫓았다.

　물안개가 뿌옇게 일어나는 냇가에 이르자 스승은 제자더러 몸을 닦게 했다.

　"하늘못에서 흐르는 차가운 물과 땅의 뜨거운 기운으로 솟아나는 물이 함께 흐르는 곳이다. 동이 틀 때면 언제나 저 밑에 가서 흐르는 물에 몸을 씻도록 하여라."

　다음 날 새벽부터 제자는 하루도 거르지 않고 강물에 들어가 몸을 씻었다. 위쪽에는 몸을 담그고 앉아 있는 사람들이 많았으니 맨 아래쪽에 가서 몸을 씻어야 했다.

　작고 예쁜 꽃이 피어 있는 푸른 풀밭 곳곳에서는 뽀얀 김을 내뿜는 뜨거운 물이 솟았고, 그 물이 흐르는 내에는 땅의 뜨거운 기운에 뿌리박고 자라는 신령스러운 풀이 자라고 있었다. 이끼처럼 생긴 이 붉은 풀의 이름은 '검검이'라고 했다. 검스러운 땅에서 나는 검스러운 풀이라는 뜻이다. 사람들은 하늘못에서 흘러내리는 얼음처럼 차가운 하늘물을 마시고 검검이 한 움큼만으로 배고픔을 잊고 살았다.

제자는 몸을 씻고 나오면 할 일이 없었다. 스승은 언제나 눈을 지그시 감고 앉아 있을 뿐 말이 없었다. 아침저녁으로 제자가 떠다드리는 한 그릇 물과 한 움큼 검검이를 잡숫고 나면 다시 눈을 감고 앉아 있거나 천지화 그늘을 거닐 뿐이다. 제자에게 가르침을 내리지 않았고 깨우쳐주는 일도 없었다.

제자는 말이 없고 아무런 재주도 보여주지 않는 스승에게서 벗어나 다른 이들을 찾아다녔다. 드물기는 했으나 어떤 이들은 꽃을 희롱하는 나비처럼 가볍게 벼랑을 오르고 높은 벼랑에서 날아내리기도 했다. 더러는 한 마리 새처럼 작은 나뭇가지 끝에 앉아 있는 재주를 보이는 이도 있었다.

그러나 누구도 자기의 재주를 가르쳐주기는커녕 아무 대꾸도 없이 물러가라고 손을 저었다. 처음에는 모든 것이 놀랍고 신비스러웠으나 날이 갈수록 제자는 알 수 없는 의문을 품게 되었다.

사람들은 아침마다 반 시각 정도 냇물에 들어가 앉아 있다가 나왔다. 한낮이 되도록 앉아 있는 이들도 있었다. 참선하는 스님들처럼 눈을 반쯤 감고 앉아 있는 것을 보면 무슨 도술이라도 닦는가 했으나 오히려 그 사람들이 더 나이 들고 기운 없어 보였다.

"하늘물과 땅물이 함께 섞여 흐르는 검스러운 내다. 인간세상의 티끌을 씻으려 하는 것이다."

스승은 궁금해하는 어린 제자에게 말을 둘러댔다. 그들이 오랜 시간 냇물에 몸을 담그는 것은 크게 다친 몸을 치료하는 것이었다. 벌써 열 해가 지났다. 서토의 오랑캐들이 쳐들어오자 많은 신선도인이 산을 내려가 군사들을 도왔다. 오랑캐 무리들을 창칼을 쓰지 않고 신비스럽게 죽여 알 수 없는 공포감을 일으켜서 다시는 이 땅을 넘보지 못하게 하려는 것이었다. 어둠 속에서도 30~40장을 빛살처럼 날아다니며 한꺼번에 수십 명의 숨통을 끊었으나, 그러려면 엄청나게 많은 기를 써야 했기 때문에 한 번 몸을 쓰고 나면 제 한 몸 지탱하기도 어려웠다.

도를 닦음에 있어서 성을 내거나 나쁜 마음을 먹는 것조차 있을 수 없는 일이거늘 하물며 사람의 목숨을 해쳤으니 그것은 바로 자신의 맥을 끊는 짓이었다. 스스로 촛불처럼 목숨을 태웠으니 다시는 도력을 펼칠 수도 없게 되었다.

하늘을 날고 바위를 깨뜨리는 것도 인연이 닿는 사람들이 한밝산에 들어와 한 갑자(60해) 넘게 도를 닦아야 펼칠 수 있는 것 아니던가. 산을 내려갔던 신선도인들은 하늘과 땅의 기운을 빌려서 끊기고 말라붙은 맥을 조금씩 추스르고 있는 중이었다. 그러나 누구도 입을 열지 않으니 제자가 그동안 있었던 일을 어찌 알랴.

"목까지 푹 담그면 좋을 터인데 어째서 아래쪽만 담그고 있는 것입니까?"

젖먹이 아이들이 목욕하는 것처럼 아랫배까지만 담근 것에 대해서도 스승은 빙그레 웃었다.

"너 스스로 알게 될 일. 내일부터는 너도 물에 들어가보거라."

제자는 이튿날 날이 밝기를 기다려 냇가로 나갔다. 감히 신선도인들과 어울리지 못하고 여태껏 몸을 씻던 아래쪽에 자리를 잡았지만 말할 수 없이 기뻤다. 제자는 목까지 몸을 푹 담갔다. 오래지 않아 온몸에 열이 오르고 얼굴에 땀이 솟았다. 바윗돌에 깔린 것처럼 몸이 무겁고 숨이 가빠 견디기 어려웠다.

누구보다 젊은 내가 늙은이들처럼 우스꽝스럽게 몸을 반만 담그고 앉아 있을 수는 없지 않은가. 스승님께 처음으로 받는 가르침인지라 끝까지 견뎌보려고 했지만 자신도 모르게 바깥으로 기어나온 제자는 땅에 코를 박고 가쁜 숨을 몰아쉬었다.

"네 몸이 따뜻한 것은 염통에서 뜨거운 피를 몸으로 보내기 때문이다. 불덩어리처럼 뜨거운 곳에 자꾸 더운 기운을 쐬면 어찌 되겠느냐?"

스승은 가볍게 나무라며 배꼽은 어미 뱃속에서 숨을 쉬던 곳이니 물에 깊이 담그지 말라고 했다. 또한 사람의 두 팔은 새의 날개와 같은 것이므로 오래 젖어서는 안 된다고 했다.

이튿날부터 제자는 배꼽에 물이 닿을 정도로만 앉아 있었다. 아랫배에서 전해지는 뜨거움은 곧 온몸을 따듯하게 만들고 이마에서부터 땀이 흘렀다. 온몸에서 비 오듯 땀이 흘렀지만 목이 마르지는 않았다. 반 시각 정도만 물에 들어갔다 나와도 날아갈 것처럼 몸이 가벼워졌다.

그러나 그뿐이었다. 몸이 날아갈 것처럼 가볍다는 것은 그저 느낌일 뿐이었다. 막상 달리기를 하거나 힘을 쓸 때에는 전과 크게 다르지 않았다. 냇물에 몸을 담그는 것도 바라던 만큼 큰 효험이 없으니, 날이 갈수록 틀에 박힌 생활이 지루해지기 마련이었다. 제자는 차츰 골짜기 밖으로 나돌기 시작했다. 더러는 눈구덩이에 빠지기도 했지만 눈 속을 헤치고 다니면 추운 줄도 모르고 답답하던 가슴이 시원하게 트였다.

골짜기 너머에도 새싹이 움트는 봄이 왔고 제자는 부지런히 멧짐승처럼 쏘다녔다. 하늘을 가리게 무성해진 나뭇잎이 붉게 물들고 있어서 어느새 가을인가 했는데 갑작스럽게 눈이 쏟아졌다.

첫눈이 내리는 것을 보고 집으로 달려가던 제자는 문득 걸음을 멈췄다. 꽤 먼 거리를 달렸어도 숨이 차지 않고 힘든 줄도 모르고 있음을 느꼈기 때문이다.

"무언가 달라졌다. 하늘물과 검검이 때문인지도 모르고 아침마다 냇물에 몸을 담그기 때문인지도 모른다."

다시 달려보니 얼마 가지 않아서 숨이 가쁘고 땀이 솟았다.

예전과 다를 것이 없다.

내가 잘못 생각했더란 말인가? 그러나 아무리 되짚어 생각해봐도 먼 거리를 쉽게 달려온 것은 사실이었다.

이튿날부터 제자는 틈나는 대로 빠르게도 달려보고 천천히도 달려보았으나 숨차지 않게 달릴 수가 없었다. 제자는 날이 갈수록 기운을 잃어갔다.

아무래도 잘못 들어온 것 같다! 벌써 한 해가 다 되었으나 스승님은 아무 가르침도 내리지 않았다. 도력을 보이는 몇 안 되는 사람들마저 따지고 보면 보통 사람들보다 몸놀림이 가볍다는 것쯤이다. 냇물에 몸을 담그는 사람들도 몸이 나아지지 않는 것을 보면 그다지 신통한 것은 못 되는 모양이다. 차츰 하염없이 머물러 앉아서 덧없는 날을 보내지 말고 바깥으로 나가는 게 옳지 않겠는가.

어느 날, 냇물을 따라 내려가던 제자가 문득 멈춰 섰다. 앞쪽에서 커다란 곰 한 마리가 어슬렁거리며 다가오고 있었다. 곰은 길을 막는 것처럼 앞발을 들고 벌떡 일어섰다.

"감히 내 앞을 막다니, 냉큼 비켜라!"

소리를 지르며 팔을 내저었으나 곰은 사나운 이빨을 드러내고 크르르 성난 소리를 질렀다. 언뜻 큼직한 몽둥이가 눈에 띄었다. 몽둥이를 들고 다가가도 곰은 꼼짝도 하지 않고 버티고 서 있었다.

괘씸한 놈! 문득 그 큰 곰은 제자의 앞을 캄캄하게 가로막아서는 벼랑이었고 숱한 날들을 덧없이 흘려보내게 만든 원흉이었다.

야—앗! 산을 가를 듯한 기합과 함께 몽둥이가 벼락같이 큰 곰의 머리를 내리쳤다.

꽝! 그러나 몽둥이로 머리를 맞고도 곰은 꿈쩍도 하지 않았다.

으아—앗! 또다시 뱃속에서 내지르는 기합과 함께 벼락을 내렸다. 그러나 이번에는 덤불더미를 후려친 느낌이었다. 더구나 몽둥이가 곰한테 달라붙은 것처럼 떨어지질 않았다. 하는 수 없이 몽둥이를 놓고 주먹을 내지르고 발길질을 했다. 그러나 제자의 몸 또한 곰한테 찰싹 달라붙었다. 어찌 된 일인지 아무리 용을 써도 힘만 빠질 뿐 꼼짝달싹할 수가 없었다.

큰 곰이 다시 이빨을 드러내며 웃었다. 그러나 방금 본 것처럼 누렇게 삐져나온 사나운 이빨이 아니라 하얗고 가지런한 이였다. 둥글둥글한 곰의 머리가 서서히 길어지더니 털북숭이 사람 낯짝으로 바뀌었다.

곰이 아니라 사람이다! 잠깐 무엇에 씌어 사람을 곰으로 빗본 것이다.

사람을 쳐 죽이려고 했으니 무어라 잘못을 빌어야 했으나, 온몸이 굳어버린 제자는 입을 벌릴 수가 없었다. 바로 그때 제자의 몸이 갑자기 붕 떠서 날아가다가 높다란 소나무 가지에 털썩 걸렸다.

"네놈 덕분에 머리가 시원해졌다."

괴물 같은 사람이 멀리 사라진 뒤에야 윙윙거리며 말소리가 들려왔다.

섰거라! 제자가 악을 써 부르려 했으나 붙어버린 입이 떨어지지 않았다.

한나절이 지나 골짜기에 어둠이 내릴 무렵, 제자가 쿵 소리를 내며 땅에 떨어졌다. 굳었던 몸이 저절로 풀린 것이다.

제자는 온몸이 욱신거리며 아팠으나 모든 것이 꿈만 같았다. 그러나 길바닥에 뒹구는 몽둥이는 사람이 깎아 만든 것임에 틀림없었다.

"그 사람은 자기가 길러온 도력을 시험해보려고 했을 것이다."

생각이 이에 미치자 제자는 기뻐서 어쩔 줄을 몰랐다. 몸을 잘 단련하면 창칼에도 다치지 않는다고 했다!

큰 곰을 맨주먹으로도 때려잡았던 제자다. 자기 같은 장사가 온힘을 다하여 내려친 몽둥이를 머리에 맞고도 아무 일이 없었다면 창칼로도 어쩔 수 없을 것이다. 벼랑이나 오르내리는 재주보다는 열 번 낫다.

이 한밝산 어디에서 무예나 도를 닦고 있는 사람이 틀림없을 것이니 반드시 찾아내 그의 제자가 되리라. 하늘물과 검검이를 먹지 않아도, 뜨거운 물에 몸을 담그지 않아도 강철처럼 단단한 몸을 만들 수가 있는 것이다. 제자는 뜻밖의 즐거움으로 펄펄 날아서 돌아왔다.

잔뜩 기대에 부풀었으나 제자는 다음 날 아침 바깥으로 나서지 못했다. 낮이 될 때까지 강물에 들어가 앉아 있으라는 스승의 말씀 때문이었다.

낮이 될 때까지! 그 말씀을 듣는 순간 맨 처음 냇물에 몸을 담그고 나왔을 때 훨훨 날아갈 듯했던 감동이 되살아났다. 어쩌면 이제부터가 시작일 것이다. 나이 많은 늙은이들은 어쩔 수가 없겠지만 한창 팔팔한 자신으로서는 하늘물과 땅물의 기운을 다 받아들일 수 있을 것이다.

낮까지 물에 몸을 담그면서 제자는 신바람이 났다. 처음에는 조금씩 일어나던 목마름도 어느새 전혀 느껴지지 않았다. 한나절 동안 온몸에서 팥죽 같은 땀이 흘렀지만 물을 전혀 마시지 않아도 되었던 것이다. 하늘못에서 쉬지 않고 물줄기가 흐르는 것처럼 따로 물을 마시지 않아도 몸에서 그치지 않고 땀이 흐르는 것이다.

제자는 앞날 만났던 사람을 찾아가려던 생각 따위는 까맣게 잊어버렸다. 날마다 강물에 몸을 담그는 사람들이 나아지지 않고 있다는 것도 어느 틈에 잊었다.

그렇게 열흘이 지나고 한 달이 흘렀다. 그런데 어느새, 마음 한구석에 의심이 자라고 있었다. 달포가 넘어도 특별히 몸이 좋아지는 것 같지 않았던 것이다. 차라리 바깥에 나갔다가 만났던 사람을 찾아가는 것이 낫겠다는 생각을 억누르기 어려웠다.

"이것을 어디에 쓰겠다는 것이냐?"

제자가 마침내 견디지 못하고 다른 가르침을 내려달라고 떼를 쓰자 스승이 내보인 것은 하나의 몽둥이였다.

그렇다면? 곰가죽을 둘러쓰고 길을 막았던 사람은 바로 스승님이다! 제자는 다시 신심을 내어 스승의 말씀대로 밤에도 나오지 않고 물속에 몸을 담갔다. 밤마다 낮에는 들리지 않던 물 흐르는 소리가 들리더니 아픔을 견디지 못하고 부르짖는 악귀의 울음으로 바뀌었다. 산사태에 휩쓸린 듯이 제자의 몸이 흔들렸다.

그러던 어느 날, 제자는 땅에서 솟아 흐르는 뜨거운 물과 하늘못에서 흐르는 차가운 물이 서로 섞이어 자신의 몸을 어루만지며 흐르는 것을 알 수 있었다. 물에 담근 것은 아랫배까지인데 하늘물과 땅물의 두 기운이 휩싸고 있는 것은 머리끝까지였다.

차츰 뜨겁고 차가운 기운이 발끝에서 머리끝까지 굽이쳐 흐르더니 어느 때부터는 아무런 자취도 없이 스러지고 말았다.

날이 갈수록 제자의 몸을 스쳐 흐르는 물은 강물이 아니었고 골짜기에 부는 바람이었다. 물속에 들어앉은 제자의 몸도 차츰 하나의 바위가 되어 지나는 바람을 스쳐 보내고 있었다.

어느 이른 새벽, 땅 속으로 잦아드는 어둠을 밟으며 스승의 모습이 냇가에 나타났다. 피어오르는 물안개 속에서 제자의 모습은 장승처럼 평온했다. 노을이 붉게 물들고 동살이 잡힐 때까지 제자를 지켜보던 스승이 천천히 손을 내뻗었다. 손바닥을 위로 치키자 물위로 서서히 떠오르던 제자의 몸이 스승의 끌어당기는 손짓에 따라 스승 앞에까지 둥실 날아왔다.

"눈을 떠라. 날이 밝았다."

그제야 제자는 스승을 알아보았다. 일어나 엎드려 절하려고 했으나 그저 마음뿐 제자는 꼼짝도 하지 못했다. 온몸이 돌처럼 굳어서 손끝 하나 움직일 수가 없었다. 스승의 손길이 스칠 때마다 제자의 몸에서는 곳곳에서 눌렸던 화산이 터지고 꽈르르 꽈르르 우레가 일어났다. 온몸이 부서지는가 싶은데 어느 사이 코밑 인중에서 머리카락처럼 가느다란 샘물이 한 줄기 솟았다. 샘물은 숫구멍으로 차오르고, 마침내 숫구멍에도 넘쳐서 등줄기로 흘러내렸다. 맑은 물줄기를 따라 서늘한 바람이 일어나고 바람은 숲으로 스미듯 발끝까지 구석구석 퍼졌다. 통증이 가뭇없이 사라지고 날아갈 듯 몸이 가벼워졌다.

"이제 다 이루었다. 이 길로 산을 내려가거라."

"벌써 이루었다는 말씀은 거두어주십시오. 이제야 비로소 스승님의 제자 노릇을 할 수 있게 되었을 뿐입니다."

"가르침을 어찌 내게서 얻으려느냐? 온 누리가 다 너의 스승인 것을."

스승의 말은 어린 제자에게 너무 어려웠다.

"한 송이의 꽃이 피기 위해서는 뿌리가 땅의 기운을 빨아올리고 줄기는 하늘을 받치며 잎은 햇빛과 이슬을 머금어야 한다. 그렇게 때가 이르렀을 때 비로소 꽃을 피워 올리는 것이다. 일어나 가거라. 때가 되면 다시 오게 될 것이다."

스승은 여기 인연은 끝이 났으니 다음에는 하늘못으로 올라가라며 몇 가지 일러주었으나 어리석은 제자는 아직도 깨닫지 못하고 있었다.

"그 때가 언제이겠습니까?"

"눈 속에서 피는 꽃나무는 봄부터 여름, 가을을 준비하고 겨울을 견디었던 것이다. 그 때는 누가 가르치지 않아도 저절로 알게 될 것이다."

스승은 눈길을 천지화로 돌렸고 제자는 엎드려 절을 올린 뒤 스승 앞을 물러났다.

개소문은 강물을 따라 내려갔다. 갑작스레 물살이 빨라지고 있었다. 눈을 들어보니 깊은 계곡이 시작되고 있었다. 마른

통나무를 찾아 물에 띄우고 올라섰다. 어느새 통나무와 한 덩어리가 된 느낌이었다. 밀리는 물살에 따라 이리저리 방향도 바뀌었다. 폭포처럼 빠른 물살을 만나도 통나무에서 떨어지지 않고 그대로 서 있었다.

을지문덕의 유지

산 아래는 이미 봄이었다. 벌써 환하게 꽃이 핀 나무가 있는가 하면 파릇파릇 눈을 틔우는 나무도 있었다.

문득 사람들 보는 곳에서 함부로 통나무를 타고 다닐 일이 아니라는 생각이 들자 곧바로 물에서 뛰쳐나왔다. 생각만으로도 몸이 움직이는 것처럼 가벼웠다. 나는 것처럼.

전에 도움을 받았던 사냥꾼들의 움막이 멀지 않았으나 개소문은 찾지 않았다. 한밝산을 찾아간다고 떠벌리고 다녔으니 뭔가 말대꾸를 해야 할 것이기 때문이다.

불현듯이 돌바위의 모습이 떠올랐다. 병풍산에서 만났던 말갈족 소녀. 한때는 못 견디게 그리웠으나 어느새 까맣게 잊고 있었다. 개소문은 평양으로 가지 않고 곧장 서쪽으로 나갔다.

병풍산에 도착한 개소문은 먼저 을지문덕의 무덤을 찾았다. 향로에 향을 피운 뒤 술잔을 올리고 절을 했다.

참배를 마치고 산을 내려와 돌바위네로 가는데 느닷없이 화살이 날아들었다. 버릇처럼 왼쪽으로 피했으나 그곳으로도 다시 화살이 날아왔다. 연개소문은 수평으로 몸을 뉘며 화살 두 개를 거머쥐었다. 그러고는 화살이 날아온 쪽으로 다시 화살을 흩뿌렸다.

하하하. 큰 웃음소리와 함께 무두리가 모습을 드러냈다.

"그동안 편안하셨습니까?"

얼른 허리 굽혀 절하고 일어선 개소문은 깜짝 놀랐다. 그제야 돌바위와 차돌의 모습이 눈에 들어온 것이다. 다치지 않았나?

"다치게 할 마음이 없다는 것을 어떻게 알았느냐? 화살에 힘이 없어서냐, 아니면 급소를 노리지 않아서냐?"

"위급한 상황에서 그런 것까지 살필 정도는 못 됩니다. 그냥 그렇게 느꼈을 뿐입니다."

"그냥 느꼈다……?"

못 믿겠다는 듯 무두리가 고개를 갸웃했다.

"뒤로 돌아서 화살을 잡아보아라."

"보지도 않고 화살을 잡으라니, 저를 놀리시는 겁니까?"

"한번 시험해본 뒤 이야기하자. 화살은 아가씨가 쏠 것이니 안심해라. 저쪽으로 서른 걸음만 걸어가거라."

무두리는 거절할 틈을 주지 않았다. 정확히 서른 걸음을 걸어간 개소문이 두 팔을 늘어뜨리고 섰다.

윙! 시위가 울리는 소리와 함께 개소문의 오른손이 움직이는가 싶더니 오른쪽 귀밑에서 화살을 잡아냈다.

다시 시위가 울렸다. 화살이 빗나갔는가? 개소문의 몸이 왼쪽으로 휘청 기울더니 왼쪽 팔을 쭉 뻗어서야 겨우 화살을 잡아냈다.

다시 왼쪽 허리로 날아온 화살을 잡으려던 개소문이 펄쩍 뛰어올랐다. 화살을 잡지 못하고 빙글 재주를 넘어 수풀에 떨어졌다. 화살을 따라 편전(片箭)이 날아온 것이다. 편전은 살대의 크기만 절반 정도로 작을 뿐 돌바위가 쏜 화살과 똑같았다.

"놓쳤습니다. 아직 재주가 많이 모자랍니다."

개소문이 겸손하게 말했으나 무두리는 놀라지 않을 수 없었다. 신의 경지다!

돌바위의 화살이 시위를 떠날 때 무두리는 소리없이 편전을 쳐냈었다. 편전은 따로 활에다 보조살대를 걸어 쏘는데, 똑같은 활에다 걸어 쏘아보내도 살대 크기가 반밖에 안 되어 여느 화살이 나는 거리의 거의 두 배에 이른다. 무두리는 활도 쓰지 않고 편전을 날렸는데 편전은 돌바위가 쏜 화살과 한 자 사이를 두고 날아갔다. 말이 한 자 거리이지 나는 화살과 편전이다. 그 순간의 위험을 느끼고 개소문은 화살 잡기를 포기하고 몸을 피한 것이다.

신의 경지에 이르지 않고서야 저럴 수가 없다. 어쩌나 보자고 시험한 것이지만 믿기 어려울 정도였다. 뛰어난 싸울아비한테는 어둠 속에서 날아오는 화살을 잡아내는 것쯤이야 자랑거리가 못 된다. 그러나 똑같은 곳에서 똑같은 속도로 뒤따라오는 비수나 화살을 알아채는 사람은 아직 없다. 을지문덕은 무술이 신의 경지에 이르면 나는 화살의 뒷그림자를 쳐낼 수 있다고 했는데, 정말 그런 사람이 나타난 것이다.

"잘 왔다, 개소문. 아가씨도 너를 기다렸다."

복장은 예전과 똑같았으나 아가씨라 불렸기 때문인가? 수줍게 웃는 돌바위를 보며 무두리가 느닷없는 소리를 했다.

"어서 아가씨한테 청혼하거라."

"옛?"

"왜? 네녀석이 막리지 동부대인의 아들이라 우리 아가씨보다 낫다고 생각하는 거냐?"

물론 아니다. 돌바위만큼 개소문의 가슴을 흔든 여인은 없었다. 너무 뜻밖이라 정신을 차리지 못할 뿐이었다.

"아가씨는 구려하에서 전사한 넙바우 장군의 딸이니 막리지 전하의 유일한 핏줄이시다."

막리지 전하의?

"둔한 녀석 같으니! 아무리 눈썰미가 없어도 그렇지, 막리지 전하의 집에 드나들 때 아가씨를 보았으면서도 알아보지 못했단 말이냐? 아무리 멍청해도 그렇지, 우리가 이 깊은 산속에 사는 까닭을 생각해보지도 못했단 말이냐?"

무두리의 목소리가 천둥처럼 웅웅거렸다.

연개소문은 가연과 함께 평양으로 갔다. 무두리가 나서서
혼담을 꺼내자 연개소문의 아비 연태조는 몹시 기뻐했다. 처녀
가 을지문덕의 손녀라는 것을 알게 된 집안사람들도 모두 경사
가 났다며 좋아했으므로 서둘러 날을 받고 잔치를 치렀다.

혼인을 하면 가시집살이를 하다가 태어난 아이가 자란 다
음에야 돌아오는 법이다. 연개소문은 안해가 된 가연과 함께
병풍산으로 갔다. 가시아비 넙바우는 무덤도 없으니 을지문덕
의 무덤을 돌보려는 것이다.

차돌과 함께 무술을 배우고 싶었으나 무두리는 또다시 거
절했다.

"너는 아비의 뒤를 이어 막리지가 될 사람이다. 또한 서토를
평정하고 다스릴 생각이라면 잔재주를 익히려 하지 말고 논에
물을 대고 김매는 것을 익히는 것이 낫다. 백성을 바로 다스리
지 못하면 아무리 넓은 땅을 차지해도 헛일이다."

"내 꿈은 서캐를 토벌하고 서토를 평정하는 것입니다. 장수
된 자가 앞에 나가 싸우지 않고 군사들만 내보낼 수는 없는 일
입니다."

"뿌리 없는 꽃이 며칠을 가겠느냐? 여름지기 백성은 나라의
뿌리와 같다. 군사들이 지키는 땅은 오래가지 못한다는 것을

새겨두어라."

개소문은 안해 가연과 함께 여름지기로 살았다. 여름지기
가 되려면 시절과 함께 날씨를 알아야 한다. 개소문은 부지런
히 별자리를 살폈으며 저녁놀이 지고 아침 해가 뜨는 것을 보
며 날씨의 변화에 관심을 기울였다.

가연은 논밭에 나가 곡식을 가꾸는 일에는 관심을 보이지
않았지만 과꽃을 가꾸는 데는 많은 정성을 쏟았다. 거름을 넣
고 김을 매는 일은 물론이고 날이 가물면 막리지 무덤에까지
물통을 지고 물을 날랐다. 아무리 꽃을 좋아하기로서니 그래
도 너무한다 싶어 나무라는 소리를 했더니 가연이 정색을 하
고 말했다.

"과꽃은 우리 어머니와 아버지가 가꾸던 꽃이에요. 어머니
는 나를 낳고 돌아가셨는데 아버지는 과꽃이 우리 어머니를
닮은 꽃이라고 했어요."

개소문은 닷새에 한 번씩은 가연을 따라 고야촌에 다녀왔
다. 고야촌은 800여 호의 제법 큰 촌락인 데다 닷새에 한 번씩
저자가 섰다. 장날이 되면 필요한 물건이 없어도 일찌거니 아
침을 먹고 떠났다가 어두워지기 전에야 돌아왔다. 30리가 넘
는 길이었으나 눈이 채여 말을 달리지 못할 정도가 아니라면
빼먹는 때가 없었다. 가연이 그곳 촌장집에서 북과 소리를 가
르치기 때문이었다. 배우는 사람 모두 고야촌이나 인근에 사

는 사람들로 경관에서 함께 공연했던 이들이었다.

연개소문이 처음으로 가연을 따라갔을 때였다. 사람들이 모여 한바탕 북을 치고 난 뒤 자리에 앉아 소리를 했는데, 말을 타고 달리며 부르는 것처럼 경쾌해서 저도 모르게 콧노래가 나왔다. 노래를 하는 사람들도 모두 계속 어깨춤을 추고 있었다.

"뭐야? 아까 부르던 소리가 천지음 같은데, 잘 모르겠네."

"맞아요. 천지음. 메고북 소리라서 그래요."

"메고북 소리?"

"어깨에 메고 치는 북이니까 메고북이지요 뭐. 메고북을 치고 춤을 추면서 부르는 소리니까 메고북 소리."

"두레에서는 한 번도 들어보지 못했는데?"

"그랬을 거예요. 두레에서는 우주울림만 가르친다고 들었어요."

천지음은 소리의 처음이고 끝이다. 우주울림처럼 한없이 무겁고 장중할뿐더러, 산들바람처럼 부드럽고 새소리처럼 경쾌해서 인간의 희로애락을 다 표현할 수가 있다. 큰북을 칠 때뿐 아니라 메고북을 치면서도 신나게 노래할 수 있는 것이다.

여기서 새로 알게 된 것은 천지음뿐이 아니었다.

"정말 북 가락이 두 개밖에 안 돼?"

두레에서도 북을 배웠지만, 북을 열심히 치기에만 바빴지

오국지 2

기본 가락이 두 개밖에 안 된다는 것도 처음 듣는 소리였다. 열두 가지도 넘는 북 가락을 익히느라고 고생했는데, 그 많은 것이 모두 '두르기 닥닥'과 '두르기 두르기, 두르기 닥닥', 이 두 가락에서 나왔다니.

개소문도 가연에게 북 치는 것을 다시 배웠다. 처음으로 북을 배우는 것처럼 두 가지 기본가락부터 시작했는데, 개소문은 자꾸 북채를 놓쳤다. 가연이 경을 읽듯 북채는 가볍게 흘리듯이 잡아야 한다고 강조했기 때문이다.

북을 치는 요령도 전체적으로 어깨를 많이 이용하는 것은 맞지만 앉아서 북을 칠 때는 어깨를 펴고 허리를 꼿꼿이 세워야 되고, 서서 칠 때는 턱을 들고 멀리 보면서 쳐야 된다는 것도 배웠다.

"장군은 무예보다 농사일을 익히라고 하지만, 내 생각에는 농사보다 북을 익히고 소리를 배우는 게 좋겠어요."

"장군이 농사일을 배우게 하는 것은 내가 언젠가는 막리지가 될 사람이기 때문이오. 농사는 천하 백성의 근본이니 농사일에 밝은 막리지는 칭송을 받겠지만 노래하는 막리지는 광대라고 비웃을 것이오."

"광대가 없으면 삶의 여유가 없어요. 즐거움을 더하고 슬픔을 어루만지는 음악을 왜 광대라고 비웃어요?"

"음악이 나빠서가 아니라 사람들이 너무 음악에 빠지면 일하지 않고 노는 데만 힘을 쓰게 될 것이니 경계하지 않을 수가 없소."

"배고픈 것 못지않게 감정도 중요해요. 아무리 배가 불러도 춤추고 노래하지 못한다면 무슨 재미로 세상을 살고 싶어 하겠어요?"

을지문덕은 타고난 몸집이 크지 않고 목소리도 작아서 제대로 된 소리를 낼 수 없는 것을 늘 아쉬워했다고 한다.

"인간세상에서 가장 아름다운 악기는 바로 사람의 음성이라고 했어요. 어떤 악기로 제아무리 뛰어난 악사가 연주를 해도 감정을 직접 전달하는 사람의 목소리보다는 못하다고 했어요. 할아버지께서는 제가 여자라서 무예를 못하기 때문이 아니라 아무리 노래를 해도 천지음에서 우주울림을 제대로 할 수 없기 때문에 아쉽다고 하셨어요."

아무리 큰 소리로 이야기해도 수천수만 사람의 심금을 울릴 수가 없다. 아무리 목소리가 커도 한꺼번에 여러 사람의 귀에 들릴 수가 없기 때문이다. 그러나 음악은 다르다. 한꺼번에 여러 사람이 악기를 연주하고 노래할 수 있기 때문에 그 끝이 없다. 수천수만 사람이 함께 어울려 하나의 곡을 연주하고 한 목소리로 노래를 부를 수도 있는 것이다.

어느 날, 무두리가 손바닥만 한 검정함을 꺼냈다. 안에는 한

치 너비에 길이가 다섯 치쯤 되는 옥돌이 들어 있다.

"혹시 이러한 것을 본 적이 있느냐?"

푸른 하늘에 뭉게구름이 일어나는 것 같은 귀한 돌이었다. 살펴보니 칼끝으로 새긴 글씨가 눈에 들어왔다.

병마도원수 막리지
홀로 방에 들어가다.

무슨 뜻인지 모르겠다. 병마도원수와 막리지가 방에 들어갔으면 두 사람이 들어간 것이지 홀로 들어간 것은 아니다.

나무나 대나무를 쓰지 않고 옥돌을 쓴 것은 그만큼 귀하다는 뜻이다. 대수롭지 않은 내용을 굳이 귀한 옥돌에다 새긴 까닭은 또 무엇인가? 더구나 한눈에도 매우 귀한 옥돌이다.

"경관에 혼자 들어갈 수 있는 신물이다. 전하께서는 마땅한 선배를 만나면 건네주라는 유언을 남기셨다."

경관에 혼자 들어가다니? 경관에 무슨 비밀이 있다는 말인가? 병마도원수 강이식과 막리지 을지문덕이 함께 만든 신물이라면, 도원수께서도 누군가에게 똑같은 신물을 남겼을 것이라는 것밖에 달리 짐작이 가는 것은 없었다.

"혼자 들어가 무엇을 얻을 수 있는지 나도 모른다. 경관을 지키는 장수에게 건네주면 언제든지 혼자 경관에 들어갈 수 있다고만 하셨다."

개소문의 속을 들여다본 것처럼 말했다.

"저로서는 감당하기 어렵습니다. 다른 사람에게 주십시오."

"너도 이젠 어른이다. 함부로 내보일 신물이 아니라는 것을 모르지 않을 것이다. 옛 어른들의 신물은 이제 내 손을 떠났다."

한 번 내뱉으면 물리지 않는 무두리다. 다른 사람을 주더라도 개소문의 손으로 주어야 한다며, 개소문의 안해에게 건네주었다.

"막리지 전하께서 내게 줄 생각이었다면 옛날에 주셨을 것이오. 전하께서는 나를 그릇이 아니라고 여겼기 때문에 귀띔도 하지 않으셨던 것일 텐데……."

"그때는 지아비께서 나이 어린 선배였기 때문에 그랬을 겁니다. 전하께서는 무두리한테 맡기셨고 무두리는 지아비를 선택했습니다. 전하께서 몸소 주신 것이나 다를 바가 없습니다."

"무두리 장군께서는 내가 전하의 손녀인 그대의 지아비가되었기 때문에 주신 것이오. 처음 만났을 때에는 오히려 나를 멀리하셨소."

"어찌 첫눈에 사람을 알겠습니까? 오래 겪어본 뒤에 깊이 생각하고 판단했을 것입니다."

"그대도 나도 첫눈에 내 사람으로 여기고 받아들였소. 사람의 재주는 시험해보아야 알 수 있지만 그릇은 한눈에 알아볼 수가 있는 법이오. 더구나 내가 눈치채지 못해서 그렇지, 무두리는 오래전부터 나를 잘 알고 있었소."

"혼인은 한 사람의 일이지만 전하의 유지는 나라의 앞날에 대한 것입니다. 가볍게 여겨서는 아니 됩니다."

"어쨌거나 나는 아니오. 더 말하지 마시오."

욕심 많은 여자라고 타박해도 소용이 없었다. 하지만 두고 두고 안해한테 시달리면서도 개소문은 끝내 경관에 들어가지 않았다.

무두리는 차돌을 데리고 다니며 무예를 가르쳤고, 개소문은 논밭을 가꾸는 여름지기로 살았다.

이듬해 남생을 낳고 세 해 뒤에는 남건을 얻었다. 남생이 다섯 살이 되자 개소문은 가시집살이를 끝내고 평양으로 돌아왔다. 개소문과 가연이 모시고자 했으나 무두리는 따라나서지 않았다.

"차돌이가 아직 멀었다. 이곳에서 더 갈고 다듬어야 한다. 나중에 수백 명의 호위 군사보다 더 믿을 만한 싸울아비가 될 것이다."

평양에 돌아온 개소문은 경당에 나가 선배들을 가르치며 틈나는 대로 들에 나가 살았다. 이즈음에는 선배들과 함께 콩밭에 나가 가을을 하고 있었다. 벼가을은 이미 끝났다. 논밭에서 모두 끌어들여 낟가리를 쌓아두었으니 낟알을 터는 마당질은 콩가을이 끝난 뒤에 할 것이다.

가연과 혼인하던 해부터였으니 벌써 7년째다. 개소문은 여느 여름지기 못지않게 열심히 밭갈이를 하고 김을 맸다. 부여성에 있을 때 가연의 아버지 넙바우도 여름지기처럼 살았다고 했다. 풀 한 포기에까지 애정을 갖고 있던 을지문덕의 아들이다. 어쩌면 일찍 잃은 안해의 빈자리를 어린 딸로 채우고 밭 갈고 김매는 일로 시름을 잊었는지도 모른다. 안해가 좋아하던 과꽃, 안해를 닮은 과꽃을 가꾸던 마음이 어떠했을까?

혼인을 한 뒤 개소문은 안해의 말을 잘 들었다. 그러나 웬일인지 혼자 경관에 들어가보라는 말만은 시쁘게 여기고 따르지 않았다. 을지문덕의 유지라며 아무리 어르고 달래도 듣지 않았다.

남모르게 경관에 들어가는 것은 사나이가 할 짓이 아닌 것이다. 높은 지위가 아니더라도 얼마든지 역대 태왕과 충신을 모신 2층까지는 참배할 수 있다. 도대체 그 안에 뭐가 있다고 그러는지 모르겠다. 함부로 도전해온 서캐들을 응징하고 쌓은 경관이며 산화한 고구려 군사들의 충혼을 기리는 경관이 아닌가. 그래서 경관을 참배하고 나면 마음이 새로워진다. 물론 다른 사람 없이 경관에 홀로 고요히 앉아 있으면 뭔가 새로운 각

오가 생길지도 모른다. 하지만 모든 것은 생각하기 나름이다. 선배들과 함께 경관을 참배하는 것만으로도 충분한 것이다.

들하 노피곰 도드샤

2957년(624) 봄, 삼신산. 무행 스님은 한참 만에 기침을 멈추고 잔을 들어 입술을 적셨다.

"서방 정토가 좋긴 좋은 모양이다. 사형님이 가던 길 되짚어서 날 데리러 온 것을 보면."

무어라 대답하기가 무척 딱하다. 계백은 잊었던 듯 부채를 들어 바람을 일으켰다. 잠깐 사그라졌던 숯불이 화악 일어났다.

"네가 자라는 동안 애써 불법을 말하지 않고 불가의 화두를 주지 않은 것은 나 또한 사형님처럼 네가 단군 한아비의 자손이지 석가모니 부처님의 제자라는 생각이 들지 않아서였다."

처음 듣는 소리는 아니다. 스님의 눈길은 햇볕이 내리쬐는 뜰에 닿아 있었다. 흐린 눈에도 땅거죽을 밀고 나오는 새싹들이 보인다.

"네가 목숨을 다루는 싸울아비의 길을 처음으로 가는 이때에 문득 들려주고 싶은 이야기가 있다. 언젠가 무법 스님이 들

고 와서 일러준 이야기인데, 옛적 신라 땅에 물계자라는 이가
있었다 한다."

물계자는 내해 이사금(신라 10대 내해임금) 때의 사람이다. 그
는 귀족이 아닌 데다 살림살이 또한 가난했으나 어릴 때부터
품은 뜻이 크고 사람됨이 뛰어났다.

팔포상국이 힘을 합하여 아라국을 치자 아라국은 신라에
사신을 보내 구원을 청했다. 이에 내해 이사금은 왕손 내음에
게 명령을 내려 아라국을 돕게 했다. 내음은 6부의 군사와 함
께 가까운 군의 군사를 거느리고 나가서 마침내 팔국의 군사
를 깨뜨려 물리쳤다. 이 싸움에 물계자는 크게 이바지했으나
왕손에게 밉보인 까닭에 그의 공은 기록되지 못했다.

어떤 사람이 물계자에게 말했다.

"그대는 누구보다 앞에 나가 사납게 싸워서 싸움에 크게 이
바지했소. 그러나 왕손은 그대를 시샘하여 그대의 공을 기록
하지 않았소. 원망스럽지도 않소?"

"싸움이 한창 어우러지면 누가 적의 창에 찔려 죽는지도 모
르는 것이오. 내가 그의 눈에 띄지 않았을 수도 있는데 무슨
원망이 있겠소?"

"그대 뒤에서 싸우는 척 흉내만 내던 사람들도 상을 받았
소. 많은 사람이 그대의 공이 으뜸임을 알고 있는데, 그대만이

상을 받지 못한 것이오."

물계자의 공이 알려지지 않음을 아쉬워하는 사람들에게 물계자는 다시 말했다.

"내가 앞에 나가서 싸운 것은 공을 이루기 위함이 아니고 이름을 얻기 위함도 아니었소. 다만 그 뜻을 이룸에 있는 힘을 다할 따름이오."

그 뒤 3년이 되던 해 골포, 칠포, 고사포 삼국 사람이 갈화성을 칠 때 임금은 군사를 거느리고 나가서 적을 크게 무찌르고 성을 구했다. 이 싸움에서도 물계자는 수십 명을 베고 큰 공을 세웠으나 아무런 상도 받지 못했다.

그를 아끼는 사람들은 임금에게 다시 아뢰어 상을 받도록 해야 한다고 했으나 물계자는 손을 저으며 말렸다.

"일찍이 듣건대 신하의 도리는 위험한 때 그 목숨을 내놓고, 어려울 때를 당하면 몸을 버리는 것이라고 하였소. 지난날에 있었던 포상이나 갈화와의 싸움은 참으로 위태롭고 또한 어려운 싸움이었소. 그러나 함께 나가 싸운 사람들이 많이 죽었는데 내가 살아남은 것은 내게 아직 몸을 잊고 목숨을 다 거는 용맹이 없었음이 아니겠소?"

"한 번 쏘고 죽는 벌이라면 그대의 말이 옳을 것이오. 그러나 모두 싸움에서 죽어버리면 어찌 이길 수가 있겠소? 그대가 조금도 적을 두려워 않고 용맹하게 싸운 것은 모두가 잘 알고 있소. 일을 바로 되게 하기 위해서라도 그대는 상을 받아야 하는 것이오."

사람들은 안타깝게 여겼다. 그러나…….

"상을 바라고 싸운 것이 아니니 더 말하지 마시오. 싸움터에서 공을 이루었다 하여 상을 받으려면 많은 목숨을 죽인 죗값을 먼저 치러야 할 것이오."

물계자는 자리에서 물러나 집으로 갔다.

물계자는 머리를 풀어헤치고 안해와 함께 거문고를 메고 사체산으로 들어갔다. 한뉘를 산속에 숨어 거문고를 타고 곡조를 지으며 다시는 세상에 나오지 않았다.

그런데 물계자가 싸움에 임하는 태도를 보면 심상치 않은 것이 있었다. 그는 칼을 쓰기 전에 먼저 자리에 앉아서 숨을 골랐다. 그럴 때의 모습은 너무 차분하고 고요해서 모든 것을 잊은 것 같았다. 그러고는 "살려지이다"라는 기도를 여러 번 되풀이한 다음 노래를 불렀다. 노래가 끝나면 이어 춤을 추었다. 춤이 끝난 다음 비로소 칼을 쓰는 것이었는데, 반드시 영검했으므로 따르는 무리가 모두 그와 같이했다.

"네가 배달로서 두레에 나가 배운 것이 어떤 것인지 나는 알지 못하나, 옛적 물계자가 하늘숨을 쉬는 배달다운 싸울아비가 아니었는가 한다. 그저 네 편 내 편으로 나뉘어 서로 눈에 거슬리는 사람을 죽이는 것이 싸울아비는 아닐 것이다. 자기가 싸워 이겨야 하는 것이 무엇인지 모른다면 한낱 칼잡이에 지나지 않을 것이니 굳이 싸울아비라고 할 까닭이 없다."

숨이 찬 듯 스님은 눈을 감고 한참을 앉아 계셨다.

무착 스님 열반도 지키지 못한 계백이다. 솟을뫼 몽운사에서 수행하시던 무착 스님이 이미 입적하셨다는 것도 한 해가 지난 뒤에야 무법 스님이 일러주어서야 알았다.

두 분 스님과 함께 무착 스님의 무덤을 찾았을 때 계백은 어버이를 잃은 것처럼 오래도록 통곡했다. 말이 무덤이지 평장이나 다름없이 봉분이 작고 밋밋했으며 따로 잔디를 입히지도 않았다. 키를 넘게 자란 잡초를 대충 걷어내고 만든 무덤이라 겨우 한 해가 지났을 뿐인데도 자세히 살피지 않으면 무덤으로 알 수도 없었다. 마치 수십 년을 돌보지 않고 내버려두어 비바람에 절로 무너져내린 무덤 같았다. 이미 익히 아는 바였지만 묘비마저 남기지 않고 돌아보는 이도 없이 잡초 속에 묻혀버리는 스님네들의 삶이 계백은 새삼 서글펐던 것이다.

이제 떠나는 길은 배달로서 두레에 가는 길이 아니다. 사비에 가면 벼슬로는 비록 16품 가운데 맨 아래인 극우의 지위지만 당당한 군사로서 나라의 명을 받는 몸이 되는 것이다. 언제 말미를 얻어 정촌 삼신산으로 돌아올지 알 수가 없다. 서너 살 때부터 품 안에서 길러주신 무행 스님도 무덤조차 찾을 수 없게 되는 것이다.

오늘 하루만 더 모시겠노라고 떼를 쓰다가 오히려 꾸지람만 들었다.

"저 숲을 보아라. 이 순간에도 숱한 목숨이 나고 지지만 우리는 저기에 어떠한 목숨이 있는지조차 알지 못한다. 들숨 날숨이 다하는 것도 다를 바가 없으니 거기에 무슨 생각이 따로 있겠느냐?"

갈 때가 되었음을 알고 새로 와 머물 스님을 위해 집 안을 쓸고 닦는 것은 물론 주위까지 깨끗이 치워둔 스님이다.

"짐을 다 꾸렸거든 찻물을 끓여라. 함께 차를 마시고 싶구나."

따로 챙기고 말 짐이 있는 것도 아니었다. 어제 메고 왔던 봇짐이 다였다. 계백은 더 이상 어쩌볼 도리가 없어 숯불을 피우고 앉아서 마지막으로 차 시봉을 하는 것이다.

어찌 핏줄인들 이보다 더하랴! 스님이 눈을 들어 계백을 눈에 담았다.

"말이 너무 많았다. 사형님은 무착이면서도 너에 대한 애착을 버리지 못하셨고 나 또한 무행이면서도 너를 길렀다. 무법 스님은 제 손으로 손주까지 안아보고 싶어 할 것이다. 길을 가거든 부디 제 길을 가는 싸울아비가 되거라. 백성을 다스릴 때에도 한낱 벼슬아치나 구실아치로 떨어지지 말고 바르게 이끌고 다스리는 사람이 되거라.”

계백은 일어나 절을 올렸다. 왈칵 솟구치는 눈물을 어쩌지 못하고 스님을 바라보나 스님은 어서 내려가라고 손짓을 하신다.

무애암에서 내려온 계백은 보림사에 들어갔다. 우리 스님 건강을 보살펴달라고 산신각에 가서 산신님들께도 빌고 대웅전에 가서 부처님께도 빌었다. 틈이 나는 대로 자주 들르라고 아쉬워하며 배웅하는 여러 스님에게도 무애암 스님이 저러다 열반하실지 모르니 자주 가보라고 신신당부하고 억지 발걸음을 옮겼다.

삼신산 자락을 돌아나오는데 모두들 밭갈이를 나갔는지 마을이 조용했다. 진영석이네 집에도 사람이 없었으나 마당 귀퉁이에 새로 지은 헛간이 보였고 안에는 숯무더기가 수북하게 쌓여 있다. 슬쩍 건드리기만 해도 싸그랑싸그랑 소리가 나게 잘 구워진 숯이다.

“글도 잘 모르고 몸도 둔한데 어찌 두레에 나갈 수 있겠습니까? 아버지께서 올 겨울부터는 숯을 구워 저자에 내자고 하십니다. 저는 두레에 나간 형님께서 나중에 훌륭한 싸울아비가 될 것이라는 생각만으로도 자랑스럽습니다.”

영석이는 남들처럼 약삭빠르지 못한 대신에 욕심 부리지 않고 저에게 맞는 일을 찾아서 할 줄 아는 속이 야무진 아이였다. 절에서 자라는 되바라진 아이들보다 정이 가는 아이였다. 계백도 아우처럼 여기고 저도 잘 모르는 것이나마 이것저것 일러주고 가르치며 함께 어린 날을 보냈었다.

밤골은 말이 밤골이었지 밤나무는 열댓 그루밖에 되지 않았다. 골짜기건 산등성이건 온통 참나무가 빽빽하게 들어찬 곳이다. 밤골에서 오르는 연기 밑에서는 영석이가 까맣게 그을린 얼굴로 숯가마에 불을 때고 있을 것이다.

계백은 마른풀을 토끼장에 넣어주고 돌아서 나왔다.

부지런히 길을 재촉한 계백은 빈굴(전북 정읍군 태인. 빈굴은 인의현으로, 대시산군은 태산군으로 이름이 바뀌었다가 그 둘을 합하여 태인이라 하였다)에 이르러 밤을 지냈다. 쉽게 잠들지 못하고 있는데 어디선가 계집아이들의 고운 노랫소리가 들려왔다. 정촌에 사는 어느 떠돌이 장사꾼의 안해가 지은 노래로 온 나라 여인들이 즐겨 불렀다.

돌하 노피곰 도드샤.

어긔야 머리곰 비취오시라.

어긔야 어강됴리.

아으 다롱디리.

져재 녀러신고요.

어긔야, 즌 ᄃᆡ를 드ᄃᆡ욜셰라.

어긔야 어강됴리.

어느이다 노코시라.

어긔야, 내 가논 딕 졈그롤셰라.

어긔야 어강됴리.

아으 다롱디리.

달님이여, 높이높이 돋아서

멀리 멀리 비치옵소서.

어느 저자를 향하여 가실 님이기에

혹시라도 진 곳을 딛지나 않을까.

어느 곳이거나 (짐을) 놓고 쉬십시오.

내 (님이) 가는 데 (날이) 저물라.

길을 나선 지아비를 그리워하며 그 님의 발길이 무탈하기를 빌기 위해 지은 노래였으나 철모르는 어린 계집아이들이 불러도 듣기에 좋았다. 나이 찬 처녀들이라면 군에 가거나 두레에 나간 님을 위한 노래가 된다.

저도 모르게 행복한 사람들이라고 빙긋이 웃던 계백의 가슴 깊은 곳에서도 그리움이 솟구쳐올랐다.

"아아, 아사녀!"

아사녀는 그의 벗 장연의 누이다. 열여섯의 나이로 배달이 되어 두레에 나간 계백은 같은 나이인 장연과 둘도 없이 가까운 벗이 되었다. 계백보다 한 철 일찍 배달이 되어 두레에 왔던 장연은 계백에게 두레생활을 일러주고 도와주었다. 또한 여름 두레가 끝났을 때 사비성 구경을 시켜주겠다며 제집에 데리고 가기도 했다.

장연은 홀로된 어머니와 두 살 아래 누이인 아사녀와 함께 살고 있었다. 장연에게 계백의 신세를 듣고 난 어머니는 아들 하나를 얻었노라 했고 계백도 깍듯이 어머니로 모셨다. 아사녀는 아직 열네 살 계집아이였으나 계백에게는 선녀처럼 고운 처녀로 새겨졌다. 아사녀를 바라보기만 해도 눈이 부셨다.

아직 어린 계집아이인 데다 벗의 누이였다. 자신의 누이이기도 했다. 아사녀를 생각만 해도 비할 데 없는 행복을 느꼈으나 말을 꺼내지 못하는 가슴은 가시에 찔린 듯 때를 가리지 않고 늘 찡한 아픔이었다. 어린 누이는 즐겁게 풀밭을 뛰노는 사슴처럼 계백에게도 스스럼없이 굴었으나 계백은 한 번도 손을 잡아주지 못했다.

벌써 4년의 세월이다. 더욱 성숙하고 어여뻐진 누이는 지난해 겨울 두레에 나가는 오라비들에게 바로 정촌 아낙네의 노래를 불러주며 몸조심하라고 당부했었다. 무어라 한마디 해주었으면 좋았으련만 장연은 아무것도 모르는 척 늘 딴전을 피워 계백을 안타깝게 했다.

내일이면 그 누이를 만나게 된다. 누이는 벌써 열여덟의 처녀다. 처녀의 수줍음으로 계백을 못 본 척할지도 모른다. 그보다 나이 찬 처녀이니 어느 곳에 혼처를 정하였을지도 모른다는 걱정도 들었다.

아사녀 생각에 뒤척이며 잠을 이루지 못하던 계백이 문득 소스라치며 벌떡 일어나 앉았다.

"아아. 스님이 언제 열반할지도 모르는데 이 무슨 꼴이란 말인가?"

계백은 애써 아사녀에 대한 생각을 멀리했다. 길을 가면서도 부처님과 산신님에게 무행 스님의 건강을 보살펴달라고 빌었다.

마루에 앉아 책을 읽고 있던 장연이 한걸음에 달려나와 얼싸안았다. 서로 헤어진 지 보름도 되지 않았으나 뛸 듯이 반가워했다.

"어머님은 어디 계신가?"

그 말에 생각난 듯 장연이 말했다.

"어머님은 누이와 함께 나들이를 가셨네. 그보다 아저씨 집에 다녀오세."

장연은 계백을 밖으로 잡아끌었다.

"아저씨께서 자네가 오는 대로 데려오라고 하셨네. 우리는 함께 아저씨 밑에 있게 되었어."

아저씨란 장연이네 어머니의 오라비 부여정무를 가리킨다. 정무는 왕족 출신 장군으로 은솔 벼슬에 있었다.

2951년(618) 신라 북한산주의 군주로 있던 장군 변품이 1만 군사를 이끌고 가잠성(충북 괴산)에 쳐들어왔을 때다. 가잠성을 구하라는 명을 받고 은솔 의직이 5천 군사를 이끌고 달려갔으나, 성에 이르기도 전에 성을 버리고 도망쳐오는 군사들을 만났다.

의직은 뒤쫓아온 신라군과 이틀을 두고 싸웠으나 백제군은 자꾸 밀리기만 했다. '해론'이라는 신라 장수 때문이었다. 해론은 지난날 가잠성 성주였던 찬덕의 아들이다.

찬덕은 신라 모량부 사람으로 2943년(610) 가잠성 현령에 임명되었다. 이듬해인 2944년 10월 백제가 군사를 크게 일으켜 가잠성을 칠 때였다. 상주, 하주, 신주의 군사들이 가잠성을 도와주려고 왔으나 구원군은 백제군과 한 번 싸워 지자 저마다 제가 사는 곳으로 돌아가버렸다.

"3주의 군사들이 적군의 강함을 보고 놀라 나가지 못하며 성이 위급함을 보고도 구하지 않으니 이것은 의로움이 없는 것이다. 여러분은 의를 버리고 구차하게 목숨을 이어가겠는가, 의를 위하여 죽을 것인가? 여러분은 모두 화랑얼을 지켜온 신국의 무사들이다. 무엇을 택하겠는가?"

가잠성주 찬덕이 화랑얼을 말하고 의로움을 언급하자 모든 장수와 군사들이 한목소리로 크게 외쳤다.

"모두가 깨끗이 죽을지언정 부끄럽게 살아남지는 않을 것이오."

신라군은 한마음으로 뭉쳐서 잘 싸웠다. 백제군은 성안 군사들이 피로하기를 기다려 밤낮을 쉬지 않고 들이쳤으나 성이 떨어질 낌새는 조금도 없었다.

한편 백제군의 바오달에서는 휴식을 위해 돌아온 군사들의 코고는 소리만 높을 뿐 군사들의 움직임은 거의 보이지 않았다. 어쩌다 나돌아다니는 군사들의 발걸음도 눈에 띄게 느리다. 싸우러 나가는 군사들의 함성도 갈수록 기운이 떨어졌다.

"벌써 열흘이 지났소. 우리 군사들은 벌써 저렇게 지쳤는데, 저들은 조금이라도 지치기는커녕 되레 기운이 펄펄 나는 것처럼 보이지 않소? 이대로 가다가는 성에서 몰려나온 적한테 우리가 당하고 말겠소. 어찌했으면 좋겠소?"

대장 달솔 국지모가 걱정하자 부장 은솔 백기가 의견을 내놓았다.

"저들이 지치지 않고 잘 싸우는 것은 대를 나누어 푹 쉴 수 있기 때문입니다. 이는 또한 성안에 군사가 많다는 것을 뜻합니다. 성벽이 높고 지키는 군사가 많으니 공격을 할수록 우리 군사만 다치게 됩니다. 우리도 군사를 뒤로 물려서 잘 쉬게 하고 성이 저절로 떨어지기를 기다려야 합니다."

"성벽이 높고 지키는 군사가 많으면 무언가 다른 꾀를 내어 싸워야 할 게 아니오? 싸우지도 않고 물러가 성이 저절로 떨어지기를 기다리자니, 그건 또 무슨 뜻이오?"

"이곳 가잠성은 신라 국경 안으로 깊숙한 곳에 있습니다. 그만큼 싸움에 대한 위협이 없는 곳이고 보니 평소에 준비되어 있는 군량이 많을 까닭이 없습니다. 저들의 군사가 많은 것도 우리가 오는 것을 알고 성안에 급히 들어온 군사들이 분명합니다. 저들은 날이 갈수록 식량이 모자라게 될 것입니다. 배고픈 군사들이 무슨 기운으로 힘을 내어 성을 지키겠습니까? 다만 저들이 굶주림을 참지 못하고 죽음을 무릅쓰고 뛰쳐나오면 우리 군사들도 많이 다치게 될 것이므로 그것이 걱정입니다. 저들이 뛰쳐나오지 않도록 어르고 달래면서 날짜를 보내기만 하면 됩니다."

"참 그럴듯한 생각이오. 우리가 지키기만 하면 저들이 일찍 눈치를 채고 다른 꾀를 내고자 할 터이니 이제부터는 군사들이 다치지 않게 공격하는 시늉만 냅시다."

이때부터 백제군은 공격에 큰 힘을 들이지 않았다.

"저들이 벌써 지치기 시작했다. 이제 추위가 닥치면 절로 물러나고 말 것이다."

성주 찬덕이 군사들의 사기를 돋우었다.

동지가 되면서 추위가 심해졌으나 섣달이 되어도 백제군은 아직 돌아가지 않고 있었다.

"성안에 식량이 없습니다. 죽더라도 나가서 싸워야 할 것입니다."

"나가 싸우게 해주십시오."

장수들이 나가 싸우려고 했으나 성주는 장수들을 달랬다.

"조금 더 기다려봅시다. 추위가 왔는데도 저들이 땔나무를 많이 마련하지 않고 있으며 군사들이 잠자는 군막 또한 따로 손을 보는 낌새가 없소. 여기서 오래 머물지 않고 곧 돌아갈 것이오."

장수들의 눈에도 백제군은 겨우살이 준비를 하지 않는 것으로 보였다. 그러고 보니 백제군은 그럭저럭 날이 가기를 기다리다가 추위를 핑계로 돌아갈 것이라는 생각이 들었다. 무엇보다 저들은 힘을 다 쏟아서 성을 공격하지 않고 있다. 성벽에 달라붙어 기어오르지 않고 가까이 와서 크게 소리만 지르다 돌아간다. 그저 싸우는 흉내만 내는 것이다.

조금만 더 참고 기다리면 될 것을, 괜히 군사를 이끌고 달려나갔다가 긁어 부스럼이 될 수도 있다. 신라 장수들은 죽더라도 한 번 성을 뛰쳐나가 싸우다 죽고 싶은 것을 애써 참았다.

섣달도 다 지나고 닷새만 있으면 새해를 맞아 설날이다.

……우리 군사들은 설날 아침에도 밥을 먹기 어려울 것이다. ……구원군이 오지 않으면, 열흘 뒤에는 멀건 죽마저도 먹지 못한다. ……이렇게 들어앉아 굶어 죽을 바에야 하루라도 배불리 먹고 기운을 내어 성을 나가 싸우다 죽는 것이 옳을지도 모른다……. 성주 찬덕은 일찍부터 잠에서 깨어 있었으나 일어나지 않고 누워서 걱정만 하고 있었다.

"성주님, 적이 물러갑니다."

"……?"

헛기운인가? 느닷없는 소리에 찬덕은 대꾸하지 못했다.

"성주님, 적이 물러갈 준비를 하고 있습니다."

바로 방문 밖에서 나는 소리였다.

"무엇이?"

놀란 찬덕이 비로소 벌떡 일어났다. 한걸음에 성벽에 올라보니 과연 백제 군사들이 장막을 걷고 있었다.

"어찌 한꺼번에 물러가지 않고 남쪽에 있는 군사들만 떠나는가?"

"눈 때문에 길이 좋지 않아 한꺼번에 떠나기 어려우니 대를 나누어 떠나는 모양일세."

성벽에 늘어선 군사들도 좋아서 큰소리로 떠들고 있었다. 멀건 죽으로만 끼니를 때운 지도 벌써 여러 날이었다. 늙은 자신도 굶주림을 참기 어려운데 돌이라도 삭일 젊은 군사들은 어떠했을까?

"보아라. 적이 물러가고 있다. 그동안 애써 잘 참았다."

찬덕의 꺼칠한 볼 위로 주르르 눈물이 흘렀다. 살이 터지고 피가 흐르는 싸움보다 더 처절하고 눈앞이 캄캄한 것이 굶주림과의 싸움이다.

"성주님, 적이 물러갑니다."

"마침내 우리가 이겼습니다."

장수들의 목소리도 울음에 가깝다.

백제군이 물러간다는 소리에 남쪽 성벽이 미어지게 군사들이 올라왔다. 모두들 이제는 살았다고 기뻐하며 장막을 걷는 백제군을 지켜보았다.

"저건 또 뭐냐?"

"이상하다!"

장막을 모두 뜯고 짐을 챙기는 곳으로 서쪽에서 200여 군사가 말을 몰아 달려오는 것이 보였다. 손짓을 하며 무어라 떠드는 것 같더니 눈 깜짝할 사이에 칼을 빼들고 회오리바람을 일으키기 시작했다.

"적들이 서로 싸우고 있다."

"어찌 된 일이냐?"

모두가 궁금했으나 멀리 떨어진 성벽에서 바라보기는 매한가지였다.

오국지 2

백제 군사들끼리 싸우던 싸움판은 오래지 않아 끝났다. 말 탄 군사들이 이리저리 다니며 무어라 떠드는 게 보였을 뿐이다.

"반란이 일어난 것 같다."

"누가 이겼을까?"

물러가자는 쪽과 남아 있자는 쪽이 싸운 것 같았으나, 아무래도 물러가던 장수들이 습격을 받아 싸움에 진 것 같았다. 백제 군사들은 모두 옹기종기 모여서 무어라 떠드는 모양이었다. 짐을 챙겨서 떠나지도 않았고 그렇다고 짐을 풀지도 않았다.

그런 채로 한낮이 되었다. 말 탄 군사들 한 떼가 다시 몰려와 무어라 떠들고 다녔다. 끼리끼리 모여 있던 군사들이 꾸물거리며 일어나 다시 장막을 치기 시작했다. 그러나 마지못해 바오달을 치는 듯이 군사들은 아주 굼뜨게 느릿느릿 움직이고 있었다.

"남아 있자는 쪽이 이겼으니 아마 내일도 물러가지 않을 것입니다. 그러나 이미 저러한 조짐이 있고 보면 머지않아 물러날 수밖에 없을 것입니다."

장수들은 아직 희망을 버리지 못했다.

"힘겨루기에서 졌다 하여 불만이 가실 리는 없다. 곧 설날이다. 저들도 고향을 그리워할 것이다."

성주뿐이 아니었다. 성안에 있는 모든 군사들은 백제군이 곧 물러날 것이라는 굳센 믿음을 가지고 새해를 맞이했다. 그러나 백제군에서는 이 모든 것이 달솔 국지모와 은솔 백기가 꾀를 내어 서로 짜고서 치른 한바탕 거짓놀음이었으니 신라군은 까맣게 속아넘어간 것이었다.

설이 지나고 보름이 되었다. 멀건 죽이나마 풀기 있는 것을 구경한 지가 언제인지 모르는 신라군에게는 더 이상 성을 지킬 어떤 힘도 남아 있지 않았다.

이제는 나가 싸우려는 장수도 없었다. 햇볕에 나앉은 군사들은 서로 말을 나눌 기운도 없어서 고개를 박고 코를 골거나, 매섭게 차가운 하늘만 안타깝게 올려다보았다. 성벽에 늘어선 군사들도 오래 서 있지 못하고 자주 주저앉았다.

둥, 둥, 둥. 아침 햇살을 타고 북소리가 울려퍼졌다. 누리를 뒤덮는 함성소리와 함께 백제군이 성벽으로 밀려들었다.

팟, 팟, 팟. 갈고리가 성벽에 걸리고 사다리가 걸쳐졌다.

"갈고리를 자르고 사다리를 밀어내라!"

"적이 올라오지 못하게 하라!"

장수들이 소리쳤으나 일어나 싸우는 군사는 거의 없었다. 다급해진 장수 몇 사람이 성가퀴에 기대고 서서 성벽을 오르는 백제군에게 창을 내질렀다. 그러나 다릿심이 풀린 장수들은 제바람에 밑으로 굴러떨어지며 사다리를 기어오르는 군사들을 덮쳤다. 장수들이 제 몸으로 휩쓸어간 사다리는 잠깐 비어 있는 듯했으나, 곧 줄줄이 기어오르는 백제 군사들로 채워졌다.

누구에게도 성벽을 넘어온 적군과 맞서 싸울 힘이 남아 있지 않았다. 허깨비처럼 칼 쥔 손을 흔들다가 적의 창칼에 꿰뚫리고 목이 날아갔다. 백제군이 갈대밭을 내달리듯 신라군을 휩쓸고 있었을 뿐 이미 군사들 사이의 싸움이 아니었다.

가잠성주 찬덕은 하늘을 우러러 통곡하며 부르짖었다.

"우리 임금께서는 나에게 이 성을 맡겼는데 마침내 이를 지키지 못하고 군사들이 도마 위의 고기처럼 죽어간다. 하늘이여, 내가 죽거든 나를 가장 무서운 귀신이 되게 하라! 내 귀신이 되어서라도 백제 군사를 모조리 잡아먹고 기어이 이 성을 되찾고야 말 것이다."

드디어 머리를 괴목에 들이받아 골이 깨져서 죽었다. (가잠성이 있던 곳은 본디 고구려의 잉근내군仍斤內郡이다. 찬덕이 머리를 괴목에 부딪혀 죽었음을 기려서 뒷날 경덕임금 때 괴양군槐壤郡으로 이름을 바꾸었으며 고려 때는 괴주로, 3746년에는 괴산으로 바뀌었고, 4247년에 연풍군을 합하여 괴산군이 되었다.)

찬덕의 아들 해론은 아비의 공으로 20여 세의 젊은 나이에 대내마 벼슬에 올랐고, 2951년에는 금산당주가 되었다. 한산주 군주인 변품과 함께 싸움터에 나온 것은 아비 찬덕의 원수를 갚으려는 것이었다.

가잠성을 되찾았다 해서 해론의 원한이 다 풀린 것은 아니었다. 그의 아비와 피를 토하고 숨져간 가잠성 군사들의 원혼을 위로하기 위해서는 백제 군사의 붉은 피밖에 없다. 백제 군사들은 성난 호랑이처럼 날뛰는 해론을 막을 수가 없었다. 나가 싸운 백제 장수들은 그와 몇 차례 겨뤄보지도 못하고 말 아래로 굴러떨어졌다.

"몰려오는 적을 물리친다 해도 우리 군사가 적으니 가잠성까지 되찾기는 어려울 것이오. 차라리 오늘 밤 군사를 물려 돌아갑시다."

은솔 의직은 군사만 잃는 싸움을 그만두고 싶었다.

"돌아갑시다. 일찍 물러가는 것이 옳을 듯하오."

여러 장수가 대장의 의견에 찬성하고 나섰으나 간솔 정무가 젊은 장수답게 큰 소리로 반대하고 나섰다.

"가잠성을 구하러 왔다가 이를 구하지도 못한 터에 오히려 적에 쫓겨 달아난다면 웃음거리가 아닐 수 없습니다. 비록 성을 되찾지 못해도 적이 함부로 우리를 얕잡아보지 못하도록 혼쭐을 내서 쫓아보내야 합니다."

"물론이오. 지금 우리는 적이 더 이상 우리나라로 들어오는 것을 막으려고 싸우고 있소. 그러나 적의 공격이 너무 강하므로 들판에서 맞서기보다 뒤로 물러나 성을 의지하여 싸우자는 것이오."

"우리가 저들을 맞아 들에서 싸우지 못할 만큼 신라군이 강한 것도 아닙니다. 저들이 강한 것은 다만 해론이라는 적장이 제 키를 넘는 용맹을 부리고 있기 때문입니다. 나이 어린 적장 하나를 막아내지 못해 성안으로 물러날 수는 없습니다."

"장군의 말뜻을 모르지 않으나 지금으로서는 해론이라는 적장을 감당할 수가 없기 때문이오. 혹 장군에게 적장을 칠 만한 계책이라도 있는 것이오?"

"계책이라고 할 것까지는 없습니다. 미리 군사를 숨겨두고 뒤를 보였다가 뒤따르는 적을 잡아버리면 되는 일입니다."

"그게 바로 제 좋은 생각이라는 게요. 저만한 장수가 그런 수에 넘어가겠소?"

옳은 말이다. 몰래 덫을 놓고 적을 끌어들이는 것은 너무나 흔해빠진 수법이었다. 아무리 어리석은 장수라 하더라도 쉽게 걸려들 까닭이 없다. 그러나 정무는 끝내 큰소리였다.

"해론이라는 적장은 일찍이 가잠성을 지키다 죽은 찬덕의 아들입니다. 제 아비의 복수심에 불타고 있기 때문에 용맹한 것입니다. 원한을 갚으려는 자는 용맹할 수 있으나 오히려 원한으로 눈이 가려 어리석은 짓을 저지르기가 쉽습니다. 내일은 제가 군사를 이끌고 앞에 나가 그를 시험해보겠습니다. 그가 참으로 똑똑하다면 아비의 원한을 잊고 싸울 것이나 아비의 복수심에 사로잡혀 있다면 눈뜬장님이나 다름이 없을 것입니다. 오늘도 적장 해론이 싸우는 것을 보았는데, 제법 사나웠으나 승냥이처럼 거칠었습니다. 내일은 이 정무의 목을 걸고 해론을 없앨 것입니다. 이제는 그때를 놓치지 않고 적을 치는 계획을 세워야 합니다."

정무가 앞장서자 여러 젊은 장수들이 뒤따랐으므로 한 번 더 싸우기로 했다.

다음 날 날이 밝기에 앞서 정무는 풀숲에 군사를 숨겨두었다. 군사들이 마주 보고 싸움새를 이루자 먼저 정무가 홀로 말에 올라 창을 비껴들고 앞에 나섰다.

"거기 해론이라는 아이가 있느냐? 신라 군사들이 코흘리개 어린아이까지 싸움터에 데리고 왔다던데 그 말이 정말이더냐?"

"너는 어느 쥐구멍에 숨어 있다가 나온 잡졸이기에 이 어른을 몰라보느냐?"

싸움을 거는 정무의 말이 채 끝나기도 전에 해론이 말을 달려 나왔다. 처음부터 해론을 걸고드는 소리에 신라군 대장 변품은 무언가 수상쩍다는 생각을 했으나 이미 해론이 달려나간 뒤였다.

"이놈아, 다칠라! 어린놈이 막대기를 가지고 노는 꼴이 귀엽다만 그러다가 말에서 떨어질까 걱정이구나."

해론이 긴 창을 팔랑개비처럼 휘두르며 달려들었으나 정무
는 빙글빙글 돌며 입으로만 싸움을 돋웠다.

"말로만 지랄하지 말고 한번 덤벼보아라."

"하룻강아지 범 무서운 줄 모른다더니 신라놈들은 과연 겁
이 없구나."

드문드문 창이 어우러졌으나 아직도 정무는 마지못해 싸우
는 모습이었다. 이때 신라진에서 쾅쾅 해론을 부르는 징 소리
가 들렸다.

"주둥아리만 살아 있는 백제놈, 불쌍한 목숨을 살려줄 테니
그만 돌아가거라."

"아비 없는 후레새끼라더니, 과연 아비 없이 자란 놈이라 버
르장머리가 없구나."

"이 찢어죽일 놈!"

저를 부르는 소리에 그만 싸움을 끝내려던 해론이었으나 분
하게 죽은 아비를 걸고들자 머리끝까지 성이 치밀었다.

"네 아비 찬덕이란 개잡놈이 누구 손에 뒈진 줄 알기나 하느
냐? 이 어르신네가 네놈의 대갈통도 박살내겠다."

"이놈!"

해론의 눈이 하얗게 뒤집혔다. 해론이 죽살치기로 덤비자
힘이 부친 정무가 말머리를 돌렸다. 그러나 해론이 바싹 뒤쫓
아오자 정무는 정신이 없는 듯이 제 편으로 달아나지 않고 옆

으로 달렸다.

"해론이 위험하다."

앞뒤 가리지 않고 적장을 쫓아 달려가는 해론을 보고 장수 몇 사람이 말 탄 군사 100여 명과 함께 쏜살같이 달려갔다.

"어린놈이 일찌감치 뒈진 제 아비를 닮아 간이 부었구나."

정무는 도망치면서도 끝까지 큰소리였다.

"개짐승 같은 백제놈, 모가지를 놓고 가라!"

쾅. 쾅. 쾅. 또다시 신라 진에서 징이 울렸다. 적을 뒤쫓지 말고 어서 돌아오라는 징소리였으나 해론은 그대로 말에 박차를 가했다.

두 사람은 금방 싸움판에서 벗어났다.

그쯤에서 해론은 돌아서야 했으나 백제 장수라면 뼈를 갈아 마셔도 분이 풀리지 않을 터였다. 더구나 아비의 원수가 바로 눈앞에 있다는 생각에 해론의 눈에는 아무것도 보이지 않았다. 싸움판에서 너무 멀어지고 있다는 것도 알아채지 못했다.

"아니?"

해론이 창을 휘둘렀다. 갑자기 화살이 날아든 것이다. 해론이 바람개비처럼 창을 휘둘렀으나 화살은 처음부터 사람을 노린 것이 아니었다. 말을 노리고 낮게 날아든 화살이었다. 창에 맞아 튕겨나는 것보다 푹푹 꽂히는 게 훨씬 많았다.

마침내 말이 여러 개의 화살을 받아 달리지 못하고 거꾸러졌다. 말이 쓰러지기 전에 훌쩍 뛰어내린 해론이 밀려오는 군사들에게 덮쳐갔다. 그러나 해론의 몸은 수없이 날아든 창에 고슴도치처럼 꿰뚫리고 말았다.

"한 놈도 놓치지 마라!"

해론을 구하기 위해 달려왔던 신라군에게도 하늘을 뒤엎는 아우성이 일어났다. 풀숲에 숨어 있던 백제군이 벌떼처럼 일어났다. 신라군은 제대로 싸워보지도 못하고 모두 쓰러졌다. 이를 지켜보던 백제군은 함성을 크게 지르며 신라군에게 덮쳐들었다. 신라군은 크게 지고 정신없이 가잠성으로 달아났다. 그러나 쫓기던 신라군이 성에 채 들어가기도 전에 백제 군사들이 함께 휩쓸려 성안으로 밀려들어갔다. 마침내 신라군은 성을 내주고 달아났다.

그 싸움으로 정무는 덕솔이 되었으며 젊은 장수들 가운데 가장 빛나는 이름이 되었다. 지난해(2956년) 가을 늑로현 싸움에서도 큰 공을 세웠으므로 덕솔에서 은솔로 다시 품계가 높아졌던 것이다.

정무가 병부에서 일을 마치고 집에 돌아온 것은 해가 얼마 남지 않아서였다.

"그새 한 뼘은 더 자란 것 같구나."

정무가 군례를 올리고 일어서는 계백의 팔을 잡았다.

"계백이도 내 밑에서 일하도록 했으니 그리 알거라."

"고맙습니다, 은솔님!"

"고맙기는…… 까다로운 장수를 만났다고 투덜거리지나 마라."

말은 그리 하면서도 눈은 웃고 있었다.

"저녁을 먹고 놀다 가거라."

"어머니께서 누이와 함께 저자에 가신 뒤에 계백이가 왔습니다. 말씀드리지 않고 나왔으니 걱정하실 것입니다."

"그래? 그럼 어서 가거라."

걸음을 재촉해 어둡기 전에 장연의 집에 도착했다. 어둠이 채 내리지도 않았는데 문 앞에는 초롱이 걸려 있었다.

"오라버니, 그간 안녕하셨습니까?"

대문을 들어서자 아사녀가 반갑게 맞았다. 기다리고 있었던 듯.

"두 오라버니가 함께 계시게 되었다니 정말 잘된 일이어요."

아사녀가 그리움을 담아 말했으나 계백은 대답을 못하고 쩔쩔매기만 했다. 아사녀에게서 처녀의 몸냄새가 물씬 느껴졌기 때문이다. 둘만 남겨놓고 먼저 들어간 장연에게도 속을 들킨 것 같아 부끄러웠다.

"누이도 건강하구나."

뚱딴지같은 소리를 하고는 집 안으로 달려들어갔다.

"어머님, 그간 안녕하셨습니까? 일찍 찾아뵙지 못하였습니다."

"어서 오너라. 저애가 집을 비운 채 나간 것을 보고 네가 온 줄 알았다."

뭉클 느껴지는 어머니의 정이었다.

속함성 싸움

2957년(624) 10월, 백제 군사들은 고룡군(전북 남원)을 지나 신라의 속함군(경남 함양)으로 쳐들어갔다. 1만 군사를 이끄는 대장은 달솔 사걸이었다. 계백과 장연도 은솔 정무를 따라 처음으로 싸움터에 나서게 되었다. 신라를 공격한 지 보름이 지나지 않아 봉잠, 앵잠, 기현 성을 손에 넣었다. 다시 이레가 되기 전에 기잠성과 혈책성까지 차지했으나 속함성만은 공격한 지 한 달이 넘도록 어쩌지 못했다. 사걸은 1천 군사를 나누어 손에 넣은 성을 지키게 하고 나머지 9천 군사를 이끌고 속함성 공격에 매달렸다.

속함성은 다른 다섯 성과는 달리 돌로써 높고 튼튼하게 쌓은 성이다. 산허리를 따라 성벽을 쌓았으므로 많은 군사가 한꺼번에 공격하기 어려웠다. 더욱이 돌을 깎아서 반듯하게 성벽을 쌓았으며 돌의 틈새를 잔돌과 진흙으로 메웠으니 손가락 하나 들어갈 틈이 없었다. 따라서 아무리 날랜 싸울아비라 해도 사다리나 밧줄을 걸지 않고서는 도저히 성벽을 기어오를 수가 없었다.

산비탈을 올라가 싸우는 데다 성벽까지 이러했으니 9천이나 되는 군사도 힘을 쓸 수가 없었다. 성을 지키는 군사는 적었으나 밤낮을 이은 공격에도 지치지 않고 잘 맞서고 있었다. 키를 넘는 억새가 아니더라도 종아리까지 묻히게 쌓인 낙엽은 불길이 닿기만 하면 산불로 이어지고 말 것이다. 군사들이 타죽지 않는다 하더라도 애먼 산을 태운 죄가 남는다. 백제군은 마음껏 횃불을 밝힐 수가 없었으므로 밤 싸움은 저절로 그만둘 수밖에 없었다.

"길이 있다면 오직 하나, 몰래 성벽을 기어올라 갈고리와 사다리를 걸 수 있는 시간을 버는 것뿐이오. 날랜 장수와 군사들을 밤에 몰래 보내 성벽을 기어오르게 하시오."

그러나 성벽이라는 것이 손가락 하나 들어갈 틈이 없는 완전한 벼랑이다. 날카로운 쇠꼬챙이를 돌 틈에 끼우고 이를 잡고 오르는 방법을 시도해보기도 했으나, 돌 틈에 채워넣은 진흙이 돌처럼 단단하게 굳어 있어 조금도 들어갈 틈이 없었다. 며칠 밤을 애쓰던 끝에 스스로 그만둘 수밖에.

좋기는 사다리가 가장 좋았으나 움직임이 커서 너무 쉽게 들통났다. 사다리를 걸기가 바쁘게 성벽 위에 지키는 군사들이 모여들었다.

밧줄을 걸기 위해서는 먼저 갈고리를 성벽 위에 던져야 한

다. 그러나 갈고리가 성벽에 부딪치는 날카로운 소리로 적의
주의를 불러일으킬 뿐이다. 큰 소리가 나지 않도록 가죽이나
천으로 갈고리를 두텁게 싸보기도 하고 나무로 갈고리를 만들
어 던져보기도 했으나, 그런 갈고리는 부피에 비해 무게가 없
었으므로 성벽 위에 다다르지도 못했다.

하늘을 나는 재주가 아니고서는 성벽에 오를 수가 없었다.
9천 군사가 무섭게 들이쳤으나 성주인 급찬 눌최와 군사들은
한마음 한 몸이 되어 잘 싸웠으므로 백제군은 다치는 군사만
늘어갔다.

10월 중순이 되었다. 갈수록 겨울이 깊어지고 날씨가 추워
졌다. 백제군은 이만 돌아갈 것인지 끝까지 남아서 싸울 것인
지 서둘러 결정을 내려야 했다. 손에 넣은 다섯 성에 군사를
나누어 머물면서 날이 풀리기를 기다리자는 이야기가 나왔
으나 나이 든 장수들은 머리를 저었다. 눈이 많이 내리고 길
이 막히면 군량을 나르는 데 어려움이 있을 뿐 아니라 스스로
1만 군사의 손발을 묶어두는 것이 되기 때문이다. 그리하여
다섯 성에 성을 지킬 군사만을 남기고 돌아가자는 쪽으로 의
견이 모아졌으나 정무는 끝까지 반대했다.

"속함성은 이 고장에서 가장 중요한 성입니다. 이 성을 손에
넣지 않고 다섯 성에 군사를 남긴다는 것은 꿈같은 소리에 지
나지 않습니다. 작고 허술한 성에 군사를 남기는 것은 적에게

좋은 먹이를 남기는 것에 지나지 않습니다. 쓸데없이 군사를 죽이느니 차라리 모든 군사를 거두어 돌아가는 것만도 못합니다."

"정무의 말이 맞습니다. 다섯 성에 군사를 남기는 것은 다시 생각해볼 일입니다."

몇 장수가 맞장구를 쳤다.

"군사를 거두어 돌아가는 것은 쉬운 일이지만 다시 이곳에 와서 다섯 성을 빼앗는 것은 어려운 일입니다. 여태껏 우리 군사들이 치른 희생이 헛되지 않도록 반드시 속함성까지 우리 손에 넣어야 합니다."

그러나 달솔 사걸은 머리를 저었다.

"우리가 두려워하는 것은 성안의 적이 아니오. 추위가 닥쳐오고 있소. 눈이라도 내리면 우리 군사들은 얼거나 굶주려 죽을지도 모르오. 행여나 하는 요행을 믿고 만 명이나 되는 군사들을 죽음 앞에 세울 수는 없는 일이오."

공을 앞세우다가 제 발로 추위라는 덫에 걸려들어서 많은 군사를 희생시킬 수는 없었다. 나이 든 장수들이 사걸의 뜻을 옳게 여겨 따랐으나 은솔 정무와 젊은 장수들은 기껏 빼앗은 성마저 돌려주고 떠날 수 없다고 우겼다.

"적은 군사로도 굽히지 않고 씩씩하게 성을 지키는 것은 저들도 우리가 추위에 쫓겨 돌아갈 것이라 믿기에 안간힘을 다해 버텨온 것입니다. 우리가 끝까지 돌아가지 않고 싸울 뜻을 보여준다면 저들의 사기는 크게 떨어질 것입니다."

"그렇습니다. 비록 눈이 쌓여 길이 막힌다 해도 보급이 끊길 뿐 군사들이 맨몸으로 돌아가는 것은 어렵지 않습니다. 군량도 넉넉하니 보름은 더 싸울 수 있습니다."

젊은 장수들의 의견 또한 그럴듯했다.

"좋소. 젊은 장수들의 뜻에 따라서 보름 동안만 더 싸워보기로 합시다."

마침내 군사를 뒤로 물리는 것은 보름 뒤로 미루기로 결정이 내렸다.

다음 날부터는 싸움을 하지 않았다. 겨울에는 소나무도 마른나무처럼 불이 잘 붙는다. 참나무와 소나무를 베어 곳곳에 나뭇벼눌을 쌓아 마음껏 불을 피울 수 있도록 했다. 또한 찬바람이 들지 않도록 바오달도 꼼꼼하게 손을 보았다.

사흘이 지난 날 밤이었다. 밤이 깊어가자 별이 숨더니 날이 밝을 무렵에는 눈이 내리기 시작했다.

"눈이다!"

"첫눈이 내린다!"

경계군사들이 큰 소리로 떠드는 통에, 새벽잠에서 깨어나던 군사들이 허리춤을 붙잡고 나와서 기지개를 켰다.

"야아, 함박눈이다!"

오국지 2

"복스럽게도 펑펑 푸짐하게 내리는구나!"

군사들은 저마다 첫눈을 보고 덕담을 했다.

"내년에도 풍년이 들겠다, 하하하!"

"풍년이 들면 네놈도 색시를 얻겠구나, 하하하!"

무슨 말을 해도 즐겁고 웃음이 나왔다.

눈은 하루 내내 그침 없이 내리더니 밤이 깊을 때까지 두 자가 넘게 쌓였다. 엄청나게 퍼부은 것이다. 다음 날 아침이 되어서야 구름이 걷히고 밝은 햇살이 쏟아졌다. 어디나 허벅지까지 푹푹 빠졌으며 눈구덩이를 만나면 키를 넘었다.

장난을 치다 눈구덩이에 빠진 군사들은 몇 번이나 눈 속을 뒹굴어서 눈을 다진 뒤에야 엉금엉금 기어서 빠져나왔다. 첫눈이 내린 것은 좋았으나 들에다 천막을 치고 사는 군사들에게는 다가올 추위에 대한 경고가 된다. 이처럼 많이 내린 눈은 길을 막아 말도 수레도 다닐 수가 없다. 눈이 너무 많이 내렸으므로 들떴던 군사들의 마음은 차츰 꽁꽁 얼어붙고 있었다.

"이제 눈까지 왔으니 큰 추위가 시작될 것이다."

"게다가 눈이 이렇게 많이 왔으니 길이 모두 막혀 물자 보급은 물론 돌아가는 것마저 어려울지 몰라."

군사들이 옹기종기 모여서 눈 걱정을 하고 있었다.

"웅크리고 있으면 안 됩니다. 첫눈이 내리는 것을 보며 어제 하루는 푹 쉬었으니 오늘은 눈싸움을 하여 첫눈을 즐기도록 하는 것이 좋겠습니다."

"마침 그 생각을 하고 있던 참이오. 따뜻한 햇볕 아래서 마음껏 즐깁시다."

정무가 대장 사걸에게 권했고 사걸 또한 웃으며 허락했다.

점심을 마친 뒤에는 군사들이 모두 나와 여러 곳에서 각기 편을 나누어 눈싸움을 했다. 날씨가 따뜻했으므로 눈은 잘 뭉쳐졌다. 눈싸움이 어린아이들만의 놀이는 아니었다.

"몰아라."

"밀어붙여라."

처음에는 끼리끼리 편을 나누어 눈덩이를 던졌으나 얼마 지나지 않아서 네 편 내 편이 없어졌다.

"아앗!"

"하하하."

그저 아무나 만나는 대로 눈덩이를 던지고 붙잡아 눈 속에 쓰러뜨렸다. 어떤 사람들은 눈 속에 자빠진 사람을 덮쳐눌러 서로가 뒤엉켜 싸우기도 했다.

"아, 하하하."

은솔 정무가 멍청하게 서 있는 계백의 뒤에서 달려들며 목에다 한 움큼 눈을 넣었다. 계백이 뒤돌아보기도 전에 그대로 번쩍 들어서 메어꽂고 버둥거리지 못하게 잽싸게 달려들어 걸터앉았다.

"어디 아프냐?"

목덜미에다 눈을 쓸어넣으려던 정무가 넋이 나간 듯한 계백을 보고 멈칫하며 물었다. 정무의 조카인 장연은 고뿔로 누워 있다. 고뿔쯤이야 대수로울 것이 없지만 잔정이 많은 계백으로서는 걱정이 되지 않을 수가 없나 보았다.

"아프지 않습니다. 좋습니다."

계백이 밝게 웃으며 일어났다. 말뿐만이 아니다. 조금도 아픈 사람의 모습이 아니었다.

"잠깐 다녀올 데가 있습니다."

어디라 말도 없이 달려가버렸다.

날 듯이 달리던 계백이 바위를 칼로 잘라낸 듯한 한 벼랑 앞에 섰다. 두 손에 눈덩이를 뭉쳐쥔 계백이 잠깐 벼랑을 노려보더니 이내 벼랑에 달라붙어 번갈아 팔을 내뻗자 몸이 쑥쑥 위로 솟았다. 벽처럼 반듯한 바위에 두 손이 꽂히고 계백의 몸이 위로 벼랑을 기어오르는가 싶었으나 곧 미끄러져내렸다.

벼랑을 쳐다보며 잠깐 생각에 잠겨 있던 계백이 다시 눈을 뭉쳐쥐었다. 탁탁, 벼랑을 기어오르던 계백이 제비집처럼 벼랑에 달라붙었다. 천천히 숨을 고르며 차가운 줄도 모르고 바윗돌에 볼을 댔다.

"됐다!"

계백이 소리치며 밑으로 미끄러져내렸다.

절대 숨을 내쉬지 말아야 한다! 숨을 쉬는 것은 몸을 바위에 붙였을 때뿐이다! 이번에는 여러 개의 눈덩이를 뭉쳐 옷섶을 졸라맨 저고리 속에 넣고 벼랑을 노려보았다. 벼랑에 달라붙은 계백은 품에서 눈덩이를 꺼내 척척 붙이며 쑥쑥 솟구쳐 오르다가 잠깐 멈춘 뒤에야 숨을 내쉬고 들이마셨다.

죽죽 위로 떠오르던 계백은 드디어 세 길 벼랑 위에 서 있었다.

"이처럼 쉬운 것을 어찌 까맣게 잊고 있었던가?"

어렸을 때 눈싸움을 하다 보면 담벼락이나 나뭇등걸에 척척 달라붙는 눈뭉치가 좋아서 혼자서도 신바람나지 않았던가.

틀림없이 그랬었다. 나중에 배달이 되어 힘이 세지고 몸이 날래지면 어디든 눈덩이를 붙이고 올라갈 수 있을 것이라고.

까맣게 잊고 있었던 것이 오늘에야 문득 떠오른 것이다. 배달도 아닌 나이 든 군사들이 아이들처럼 낄낄거리는 것을 보고 저도 모르게 철없던 어린 날을 더듬던 순간이었다.

이러고 있을 때가 아니다. 은솔님께 말씀드려야 한다! 숨을 가눈 계백이 벼랑에서 뛰어내렸다. 두 팔을 벌리고 한 바퀴 빙글 돌아서 바닥에 내려선 계백은 그대로 눈싸움을 하는 군사들 속으로 달려갔다. 계백은 군사들과 함께 뒹굴고 있던 정무를 한참 만에야 찾아냈다.

"은솔님, 갈고리 없이도 성벽을 기어오를 수가 있습니다."

무슨 소린가 하는 정무에게 계백은 벼랑을 기어오른 이야기를 했다.

"함께 가자."

두 사람은 대장의 막사로 달렸다. 달솔 사걸도 여태 눈싸움을 하다 돌아온 듯 벌겋게 달아오른 얼굴로 앉아 있었다.

"오늘 밤에는 적을 칠 수 있겠습니다."

정무가 사걸에게 성벽을 기어오르는 방법을 설명했고, 사걸은 곧 장수들을 불러모았다.

"우리가 몰래 성벽을 오를 수 없는 것은 갈고리를 소리가 나지 않게 성벽에 걸 수 없기 때문입니다. 계백의 말대로 한다면 적들이 눈치채지 못하게 성벽을 기어오를 수 있습니다."

못 미더워하는 장수들에게 정무가 큰소리를 쳤다.

"달리 뾰족한 수가 없습니다. 이 방법이 들어맞기만 한다면 우리는 큰 희생을 치르지 않고 성을 얻을 수 있습니다."

"모든 군사가 다 계백이라는 군사처럼 성벽을 오를 수는 없지 않겠소? 사다리를 걸지 않으면 몇몇 군사가 성벽에 기어올라봐야 헛수고에 그칠 뿐인데, 이 눈밭에서 사다리를 가지고 갈 수도 없을뿐더러 저들에게 들키지 않고 성벽 가까이 가기도 어려울 것이오."

몰래 성벽을 오를 수 있다니 눈이 번쩍 뜨이게 반갑기는 했으나, 아무래도 나이 든 장수들은 걱정이 많았다.

"사다리는 몇 토막으로 잘라 나누어 가져간 다음 성벽 아래서 끈으로 묶으면 될 것이오. 이음새만큼 사다리가 작아질 것이나 그만큼 더 붙여 이으면 마찬가지가 될 것이오."

정무는 이미 모든 생각을 해놓고 있었다.

"저들도 이 눈밭에서 사다리를 운반하기가 어려울 줄 알고 있으니 오히려 이 눈이 우리를 도와주는 셈이오."

"은솔님의 생각이 아주 좋습니다. 반드시 성공할 것입니다."

젊은 장수들은 싸우고 싶어 안달이었다.

"그렇소. 일이 잘못된다 해도 크게 밑지지는 않을 것이오."

마침내 모두가 은솔 정무의 말을 따르기로 했다. 군사들이 눈싸움에 지치면 안 되었으므로 그만 불러들여 쉬도록 했다.

장수들은 날랜 군사 200여 명을 가려내 벼랑으로 갔다.

"절대로 숨을 내쉬지 마라. 숨을 멈춘 채 기어오르고 완전히 몸을 붙인 다음에 천천히 내쉬어라."

처음부터 조금도 기어오르지 못하고 미끄러지는 군사들이 많았으나 그래도 서른다섯 명이나 어렵지 않게 벼랑을 기어올랐다.

"먼저 성벽에 오른 군사들은 소리없이 적을 눌러 시간을 벌어야 하니 비수 던지는 것을 보겠다."

여기서 스무 명을 가렸고, 다시 계백과 다섯 군사가 눈덩이를 찍어붙이며 성벽을 오르게 되었다.

"우리 생각대로 시간을 벌 수 있다면 이곳에 뽑혀온 군사들이 먼저 줄을 타고 성벽을 오르기를 기다려 사다리를 거는 것이 좋겠소."

뽑히지 못하고 남은 이들도 내로라할 만큼 몸이 날랜 군사들이다. 사걸은 이들에게도 남 앞서 성벽을 기어오르도록 했다.

보름달이 떠오르기 전에 일을 끝내야 한다. 해가 지고 어둠이 내리기가 바쁘게 2천 군사가 속함성으로 다가갔다. 이들은 모두 흰 옷을 머리까지 둘러쓰고 잘라낸 사다리도 눈에 띄지 않게 흰 베로 감았다.

"눈덩이가 얼어서 굳으면 안 된다. 군사들이 성벽에 다다르고 모든 준비가 끝나기를 기다려 재빨리 나르도록 하라."

명령을 받은 군사들은 개가죽으로 두텁게 주머니를 만들었다. 불을 피워 따뜻한 천막 안에서 눈을 뭉쳐 주머니에 담았다. 2천 군사가 성으로 떠난 뒤에도 나머지 군사들은 화톳불을 피우고 여느 때같이 밤을 지내는 것처럼 하도록 했다.

무릎이 넘게 쌓인 눈으로 걷기는 어려웠으나 낙엽이나 작은 나뭇가지를 밟을 때처럼 소리가 나지 않아서 좋았다. 군사들은 더러 허리까지 푹푹 빠지는 눈밭을 지나 성 앞에 있는 숲에서 걸음을 멈췄다.

성벽 위에는 군데군데 화톳불이 밝혀져 있고 열댓 걸음씩 사이를 두고 성을 지키는 군사들의 그림자가 보였다.

군사들은 나누어 가져온 사다리를 재빠르게 끈으로 묶어서 50개의 사다리를 다 만들었다. 오래지 않아 눈덩이를 담은 가죽 주머니가 날라져왔다. 주머니를 나누어 찬 여섯 명과 200여 군사는 길게 드리운 성가퀴의 그림자를 타고 성문에서 100여 걸음 떨어진 성벽으로 기어갔다. 성벽에 늘어선 그림자를 보고 올라갈 곳을 가늠해서 다가간 것이었으므로 눈주머니를 찬 여섯 사람은 곧바로 성벽을 기어올랐고 뒤따라 기어온 사람들도 성벽 그늘에 찰싹 붙어서 숨을 죽이고 제 차례가 오기만을 기다리고 있었다.

사다리를 대고 기어오르거나 갈고리를 걸고 오르는 자들은 멀리서도 쉽게 알 수 있다. 별빛이 밝은 데다 누리는 온통 하얀 눈밭이다. 무릎이 푹푹 빠지게 눈이 내렸으므로 성을 지키는 신라 군사들은 저도 모르게 탕개가 풀리고 느긋해졌다.

"백제놈들은 내일도 눈싸움이나 하고 놀 것이다. 눈이 이렇게 많이 내렸으니 맨몸으로 산을 기어오르기도 힘든 터에 사다리까지 가져올 수는 없는 일 아닌가?"

옆에 있던 군사도 제 좋은 생각을 보탠다.

"저놈들이 갈고리를 던지고자 해도 눈에 채여 갈고리를 돌리지도 못할 것이다."

"낮에 눈싸움을 하느라 오두방정을 떨었으니 지금쯤 축 늘어졌을 것이다. 눈만 아니라면 쳐들어가서 혼쭐을 내줄 수도 있을 텐데."

신라 군사들은 성벽을 지키면서도 그저 희부옇게 보이는 눈밭을 내려다보며 지루함을 잊으려고 떠들어댔다. 더구나 성벽 위에는 곳곳에 화톳불까지 밝혀놓아서 백제군이 몰래 기어오지 못할 것으로 생각하고 있었으니 그대로 눈뜬장님일 수밖에 없었다. 숨 막힐 듯한 긴장감 속에 마침내 계백을 첫머리로 여섯 군사가 모두 성벽 위로 기어올랐다.

성벽 곳곳에 화톳불을 밝혀놓았어도 흰 눈밭을 내려다보노라면 엷은 안개 속을 더듬는 것처럼 모든 것이 희부옇게만 보인다. 어둠 속에 희부연 눈밭을 쳐다보면서 재미있게 떠들던 군사 두 명이 뭔가 께름칙한 느낌에 머리를 돌렸다.

슉! 슉! 잇달아 비수가 날았다. 목에 비수를 맞은 군사들이 비명조차 제대로 지르지 못하고 쓰러졌다. 계백과 함께 성벽을 오른 군사들이 성벽에 줄을 걸자 기다리고 있던 군사들이 성벽을 기어오르기 시작했다. 이들이 성벽 위에 올라설 때가 되어서야 여기저기 화톳불을 쬐며 떠들고 있던 군사들이 놀라서 소리쳤다.

"적이다!"

"적을 막아라!"

쾅! 쾅! 쾅! 미친 듯이 징이 울었다. 이 소리를 신호로 온 성 안의 징과 꽹과리가 한꺼번에 울렸다. 흰 눈 위로 별빛만 고요하던 성안이 삽시간에 징소리와 사람들의 아우성으로 가득 찼다. 그러나 이때는 이미 계백과 밧줄을 타고 올라온 수십 명의 군사들이 칼을 빼들고 피보라를 뿜어내기 시작한 뒤였다. 때를 같이하여 숲에서 달려나온 군사들이 이어붙인 사다리를 걸치고 거미떼처럼 성벽을 기어올라왔다. 이제나저제나 하며 귀를 세우고 있던 7천 군사도 성에서 나는 시끄러운 소리를 듣자마자 횃불을 밝혀 들고 달려오기 시작했다. 2천 군사가 지나간 뒤였으니 수렁처럼 발목을 잡던 눈길도 이미 단단하게 다져져서 거칠 것이 없었다.

언저리에 있던 신라 군사들이 와~ 몰려왔으나 밧줄을 타고 올라온 백제군이 하도 사납게 설치는 통에 다가서지 못하고 멈칫거렸다. 갈수록 사다리를 걸고 개미떼처럼 성벽을 기어오르는 군사들이 많아졌다. 신라군은 차츰차츰 뒤로 물러서게 되었다.

"성문을 열어라!"

계백이 고함을 치며 칼을 휘둘러 길을 열었다.

"성문을 열어라!"

처음에는 10여 명이 뒤따랐으나 어느새 200여 명의 군사가 미친 듯이 칼을 휘두르며 앞다퉈 성문을 향해 밀려갔다. 뒤따라 성벽을 오르던 군사들도 모두 성문을 향해 달려갔다. 느닷없는 기습에 미처 정신을 차리지 못한 신라군은 백제군에게 밀려 자꾸 뒤로 물러나 성문까지 내어주고 말았다.

마침내 성문이 활짝 열리고 성벽으로 오르지 못한 1천 500여 군사가 둑이 터진 물처럼 밀려들어왔다. 오래지 않아 7천 군사까지 줄지어 성안으로 들어왔다.

"적을 막아라. 성을 내주면 안 된다."

성주 급찬 눌최가 앞장서서 군사를 독려하며 맞섰으나 사방에서 찔러온 창을 막지 못하고 쓰러졌다.

"성주를 죽였다!"

백제 군사들이 큰 소리로 외치기 시작했다. 성문을 내준 데다 성주까지 잃은 신라 군사들은 마침내 맞서 싸울 힘을 잃고 모두 성벽을 넘어 달아났다.

"적을 뒤쫓지 마라. 곳곳에 화톳불을 밝히고 다친 군사를 보살펴라."

장수들이 큰 소리로 싸움이 끝났음을 알렸다.

마침내 떠오른 보름달이 환하게 내리비추기 시작했을 땐 다친 군사들의 신음소리마저 왁자지껄한 군사들의 웃음소리에 묻히고 난 뒤였다.

"그대의 공이 참으로 크다. 이 속함성뿐 아니라 속함군 전체를 그대의 뛰어난 지혜로 얻은 것이다."

달솔 사걸은 계백의 손을 잡고 어깨를 두드리며 공을 치하했다.

"그대는 앞으로 빼어난 장수가 될 것이다. 몸과 마음을 갈고 닦아 부디 큰 그릇이 되어라."

분에 넘치는 영광이었다.

"달솔님께서 자네를 크게 칭찬하였다는 말을 들었어. 누가 보아도 속함성을 얻은 것은 자네의 공일세."

장연이 겨우 일어나 앉으며 말했다. 장연은 고뿔에 걸렸는데도 어제 싸움에 참가했다. 본진과 함께 뛰어들어 싸우다가 옆구리에 적의 창을 받았다.

"그대로 누워 있게. 움직이면 상처가 덧난다고 하지 않았나."

계백이 장연을 눕게 했으나 장연은 손을 저어 말렸다.

"허리가 아파 누워 있지를 못하겠네. 그보다 갑갑해서 견딜 수가 없어. 어서 고뿔이 떨어져야 눈구경을 할 터인데. 첫눈이 그렇게 많이 온 것은 다들 처음이라고 하지 않는가. 아마 올해에는 좋은 일이 많을 것이야."

장연은 상처쯤은 아무렇지도 않은 듯이, 밖에 나가지 못하는 것을 고뿔 탓으로 여기는 듯이 말했다. 그러나 채 하루도 되지 않았는데 벌써 갑갑하다는 것은 말이 되지를 않았으니, 장연은 엉뚱하게 고뿔 핑계를 대서 상처에 대한 이야기를 비켜가려는 것이었다.

"고뿔이 든 지도 벌써 닷새째니 모레쯤이면 다 나아야 할 테지만, 말을 안 듣고 나돌아다녔으니 다시 이레는 더 앓아야 할 것일세."

함께 모르는 척하고 약을 올리는 계백을 장연이 나무랐다.

"이런 못된 벗을 보았나. 벗이 아프면 함께 누워서 끙끙 앓는 소리라도 내주어야 할 것이 아닌가?"

달솔 사걸이 군사들과 함께 돌아가고 은솔 정무가 2천 군사를 거느리고 남아서 이번에 빼앗은 속함성과 앵잠, 기잠 등 여섯 성을 지키게 되었다.

새해를 맞아 속함성에는 싸움에서 공을 세운 장수와 군사들에게 조정에서 보내는 위로와 격려가 전해졌다. 속함성을 치는 데 으뜸 공을 세운 계백에게는 진무, 좌군, 무독의 세 품계를 단숨에 뛰어넘어 12품 문독에 임명하는 큰 상이 내렸다.

그러나 그 같은 영광에도 계백의 얼굴은 늘 어두웠다. 함께 기쁨을 나누어야 할 장연의 병이 내일을 기약할 수 없게 된 것이다. 창에 찔린 옆구리가 아물지 않고 갈수록 나빠졌다. 열에 시달리던 장연이 마침내 맑게 깨어나지 못하고 가끔씩 알지 못할 소리를 중얼거리다가 스르르 잦아들고는 했다. 깊은 잠에 떨어졌다가 하루 만에 정신을 차린 장연이 겨우겨우 말을 이었다.

"아저씨, 슬퍼하지 마십시오. 그리고 계백을 내 몫까지 사랑하고 아껴주십시오."

마지막으로 남기는 말이었다.

"너를 보듯 계백을 대하겠다. 네 어미나 누이도 걱정하지 말고 마음 편히 가거라."

정무가 뒷일을 걱정하지 말라는 말로 마지막 길을 가는 장연을 위로했다. 잡은 손 위로 눈물이 굴러떨어졌다.

"아사녀를 울렸다가는 나중에 아예 저승에 올 생각을 말게. 어머님께 못다 한 효도를 자네가 대신해주게."

장연이 웃음을 보였다. 마지막 웃음이다.

"이럴 줄 알았다면 그때 자네와 눈싸움이라도 실컷 해보는 거였는데. 고뿔쯤으로 자리에 누워 있었던 죄를 받는 거야."

언제나 다름없이 웃는 얼굴이었으나 말소리에는 힘이 없었다. 이내 그 말소리마저도 잦아들고 눈도 감겼다. 다시 잠에 빠진 장연은 한 시각도 넘기지 못하고 저승길을 떠났다.

계백은 장연을 속함성이 잘 보이는 양지바른 곳에 묻었다. 꾹꾹 흙을 다져밟으며 계백은 흐르는 눈물을 감당할 수 없었다. 두레에서 처음으로 사귀었던 벗이었으나 피붙이가 없는 계백이었으니 누구보다도 다정하게 지내온 사이였다.

피로 버린 황제의 칼

당나라의 황제는 내가 되어야 한다. 갖은 고생을 해가며 반란군을 일으킨 것은 나 스스로 서토의 주인이 되기 위해서였지, 어지러운 서토를 바로잡자는 것이 아니었다. 남에게 황제 자리를 만들어 바치려고 그 고생을 한 것이 아니란 말이다. 더 이상 참을 수가 없다. 하늘은 소원을 비는 자가 아니라 행동으로 옮기는 자의 편이라고 했다!

마침내 이세민은 스스로 기회를 만들기로 다짐했다. 심복 부하들과 의논한 끝에 현무문에서 거사를 벌이기로 했다. 현무문은 궁성 북문으로 중앙 금위부대가 주둔하면서 지키는 곳인데, 그 장수는 상하였다. 상하는 누구나 인정하는 이건성의 심복부하였는데, 오히려 그것이 거사를 성공시키는 데 중요한 열쇠가 되었다.

2959년(626) 6월, 깊은 밤, 이도종은 군사를 이끌고 상하네 집 담을 넘었다. 경계군사 몇 명을 처치하고 잠든 사람들을 잡아 묶어서 끌어내는 것은 장작을 가져다 쌓는 것처럼 쉬운 일이었다. 이도종의 손에 가족들의 목숨이 달린 것을 본 상하는 저항을 포기했다. 당나라 으뜸장수 이정 등도 가담했다고 꾸며대며 진왕 이세민을 도와주면 개국공신으로 대우할 것이라는 말에도 쉽게 고개를 끄덕였다.

상하의 적극적인 지지를 받은 이세민은 어렵지 않게 현무문 안팎에다 울지경덕과 장손무기 등을 숨겨두었다.

대흥성 북쪽에서 이원길과 함께 군사훈련 중이던 이건성은 아비 이연이 아들 형제를 찾고 있다는 전갈을 받았다. 이건성은 이날 아침에도 이세민의 동태가 수상쩍다는 보고를 받았으나 사랑스러운 동생을 의심하고 싶지 않았다. 더구나 장안을 지키는 장수들도 대부분 자신의 심복부하들이다. 세민이 딴 생각을 품고 있다고 해도 막상 어떤 행동에는 나서지 못할 것이라는 믿음이 있었다. 심복부하인 상하가 이세민에게 넘어갔다는 것은 상상도 할 수 없는 일이었으므로. 이건성은 아무런 의심 없이 이원길과 함께 현무문 안으로 들어섰다.

그때 갑작스럽게 이세민이 말을 타고 나타나 길을 막았다. 부쩍 의심이 들어 말을 세웠으나, 이세민은 갑옷을 걸치지 않고 비단옷을 입은 채였다. 아무것도 아닌 것에 놀라서 부끄럽다는 듯 이건성이 말을 건넸다.

"진왕도 황상의 부름을 받았느냐? 형제들이 함께 황상께 나가자."

"황상께는 이 몸 혼자서 갈 것이오. 두 사람은 자기 갈 길이나 가시오."

뭐? 놀랄 사이도 없었다. 어느 틈에 이세민이 활을 들어올리며 시위를 당겼다. 이미 화살까지 얹혀 있었다. 이건성도 재빨리 얼굴을 숙이며 활을 잡았다. 갑옷에 투구를 쓰고 있었으니 얼굴만 숙이면 화살을 피할 수 있다고 생각한 것이다.

어리석은 놈! 이건성 또한 활쏘기나 말타기라면 누구에게도 지지 않는 빼어난 솜씨다. 갑옷과 투구로 무장한 자신에게 맨몸으로 덤비는 것은 달걀로 바위 치기나 다름없다고 생각했다.

헉! 시위에 화살을 얹던 이건성이 비명을 지르며 가슴을 부여잡았다. 날아온 화살이 갑옷을 뚫고 가슴에 박힌 것이다. 두 번째 날아온 화살도 가슴 깊숙이 박혔다. 이건성은 말에서 굴러떨어졌다.

"고구려 화살이다! 아아, 놈한테서 그걸 빼앗았어야 하는데……!"

땅에 떨어진 이건성이 안타깝게 부르짖었다. 여태껏 이건성은 이세민이 구려하에서 주워온 고구려 화살을 하나라도 빼앗아 가질 마음이 없었다. 어린 동생을 생각하는 너그러운 마음씨였다. 그런데 그 화살이 오늘 제 가슴에 박힐 줄이야!

말을 타고 다가온 이세민이 악마처럼 웃으며 세 번째 시위를 당겼다. 고구려 화살 앞에서 자신이 입고 있는 갑옷은 종잇장에 지나지 않는다. 사랑하는 동생의 미친 짓을 차마 볼 수 없는 형은 팔을 들어 눈을 가렸다.

아아, 위징을 볼 낯이 없구나! 이건성은 주르륵 눈물을 흘리며 숨을 거뒀다.

위징은 이건성의 모사(謀士)였는데 이세민을 조심하라며 그를 죽여 없애야 한다고 주장해왔다. 그때마다 이건성은 '저속한 생각으로 형제간의 우애를 해치지 말라'고 나무랐었다. 이건성으로서는 목숨처럼 아끼던 귀여운 동생 이세민이 자신을 해칠 것이라고는 상상도 못했던 것이다.

놀라 어쩔 줄 모르고 있던 이원길은 말을 버리고 나무숲으로 도망쳤다. 이원길은 무덕전 쪽으로 정신없이 달려갔으나 이미 쫓기는 사슴이었다. 숲을 벗어나자마자 말을 타고 달려온 이세민이 시위를 당겼다. 이원길도 갑옷을 입고 있었지만 등에다 살을 받아 쓰러지고 말았다. 울지경덕이 달려들더니 투구를 벗기고 뎅겅 목을 잘라버렸다.

이세민은 이건성과 이원길의 목을 잘라 동궁 앞에 걸어놓았다. 두 사람의 목을 본 동궁 군사들은 바깥으로 나올 엄두도 내지 못했다. 문을 닫아걸고 구원군이 오기만을 기다렸다.

울지경덕은 해지(海池)에서 뱃놀이를 하는 이연에게 갔다. 잔칫상 앞에서 군례를 올린 울지경덕이 천연덕스럽게 말했다.

"태자와 제왕의 군사들이 반란을 일으켰습니다. 황상께서
는 놀라지 마십시오."

"뭐라고? 누가 반란을 일으켜?"

얼근하게 술이 오른 이연은 놀라지 않았다. 무슨 소린지 잘
알아듣지 못한 것이다.

"황상, 안심하십시오. 다행히도 진왕이 나서서 반란군을 막
고 주모자들을 처형하였습니다."

"태평성대에 반란을 일으키다니, 고얀 놈들이다. 한 놈도 용
서해서는 안 된다."

"반란을 일으킨 괴수들의 수급은 이미 동궁 앞에 매달아두
었습니다. 남은 잔당을 처치하는 것은 매우 쉬운 일입니다."

"뭐라고? 반란군의 모가지를 동궁 앞에 매달아? 당장 치워
라. 동궁에는 태자와 어린 자식들이 살지 않느냐? 어린것들이
얼마나 놀라겠느냐?"

차츰 정신이 드는가 보았다. 볼썽사나운 짓을 했다고 나무
랐다.

"태자와 제왕의 수급을 오래 걸어두지는 않을 것입니다. 반
란을 평정하고 나면 동궁에 주어 장사를 치르도록 하겠습니
다."

태자와 제왕의 목이라니? 너무도 어이없는 소리라 이연이
곁에 있던 부하들에게 물었다.

"대체 이게 꿈이냐, 생시냐? 저놈이 시방 뭐라고 나불대는 것이냐?"

"태자와 제왕은 당나라를 세우는 데 이렇다 할 공이 없었습니다. 그런데도 오히려 많은 공을 세운 진왕을 질투하더니, 마침내 진왕을 없애버리려고 반란군을 일으킨 것입니다."

배적은 태원에서 반란을 일으킬 때부터 이세민의 심복이다. 이연에게 뱃놀이를 하도록 권하고 취하게 만든 것도 미리 짜고서 한 일이었다.

"오늘 진왕이 그들을 죽인 공은 우주를 덮는다고 할 수 있습니다. 황상께서는 진왕을 태자로 세우심이 옳을 것입니다."

"닥쳐라! 아무리 그렇기로서니 형제들을 죽여?"

제정신이 돌아온 이연이 발을 구르며 소리쳤다.

"당장 군사를 모아라! 제 핏줄마저 죽이는 악적을 잡아 죽여라!"

소리소리 질렀으나 칼을 빼들고 나서는 부하가 하나도 없다.

"황상, 이미 어쩔 수가 없게 되었습니다. 진왕께서는 이미 칼에 피를 묻혔습니다. 빨리 달래지 않으면 또 무슨 일을 저지를지 모릅니다."

한술 더 떠 협박까지 해댔다. 형제를 죽이는 골육상잔의 죄악이 하늘을 덮었음에도 오히려 그 공이 우주를 덮을 만하다고 억지를 쓰는 놈들이다. 이연은 땅을 치며 통곡했다.

"아아, 사람새끼가 아니라 형제를 잡아먹는 부엉이새끼를 키웠다! 아니다! 어미를 잡아먹는 독거미를 키웠다!"

"군사들이 서로 죽이겠다고 날뛰고 있습니다. 장안과 궁성이 피로 물들 것입니다. 어서 모든 군사에게 진왕을 따르라는 황명을 내려주십시오."

마침내 이연도 대세가 기운 것을 알았다. 이세민을 열 번 죽인다고 해도 이미 죽은 자식들이 살아 돌아올 수는 없는 일이었다. 이연은 모든 군사들은 이세민에게 복종하라는 명령을 내렸다. 이연이 이세민의 손을 들어줌으로써 군사들 간의 혈전은 막을 수 있었으나, 이세민 부하들의 횡포는 갈수록 심해졌다. 사흘이 멀다고 몰려와 어서 이세민에게 왕위를 물려주라고 협박했다. 부하라는 것들이 하나같이 아들 이세민과 한통속이 되어 있었다. 이연은 어쩔 수 없이 이세민에게 왕위를 넘겨주고 물러났다.

"황제는 어떤 일이 있어도 하늘의 뜻을 거슬러서는 안 된다. 이제는 네가 황제가 되었으니 더는 피를 보지 마라."

이연은 열 번 당부했으나, 아비의 피맺힌 소리를 자식은 듣지 않았다. 서토의 황제 자리도 스스로 칼을 뽑아 피바다 속에서 차지한 것이었으니 하늘 따위가 무엇이랴 싶었다.

"집안일이나 나랏일이나 마찬가지다. 나무를 자르거든 뿌리까지 뽑아버려야 한다."

반란군과 싸울 때는 맞대들어 싸우던 자들도 쉽게 용서하고 제 편으로 끌어들이던 이세민이었으나 울며불며 목숨만 살려달라고 애원하는 핏줄한테는 털끝만큼도 인정이 없었다. 한 핏줄인 조카들을 젖먹이 어린애까지 반역죄를 씌워서 하나도 남김없이 깡그리 다 죽여버렸다.

더 이상 칼에 피 묻힐 일이 없게 되어서야 이세민은 아비의 말이 생각났고 다시없이 너그러운 사람이 되었다. 형 이건성을 식왕에, 아우 이원길을 해릉왕에 봉했으며 아무렇게나 파묻었던 주검을 좋은 터에다 옮겨묻고 왕에 걸맞은 무덤도 만들어주었다.

이원길의 안해 양씨는 매우 아름다웠는데, 이세민은 이원길을 죽인 뒤 양씨를 붙잡아다 첩으로 만들어 '양비'라고 했다. 양비는 이세민에게 열세 번째 아들을 낳아주었는데, 무슨 생각에선지 이세민은 태어난 지 한 달도 안 된 핏덩이 이복을 이건성의 양자로 세워 제사를 받들게 했다.

이로써 이세민은 제가 지은 모든 죄를 말끔히 씻어버렸다. 또한 뻔뻔스럽게도 '덕이 많은 사람'이라고 스스로 낯짝에 금칠까지 했다. 젖먹이들까지 죽여버렸으므로 나중에라도 죄를 따질 놈은 없게 되었다. 그래도 이세민은 늘 제 앉은 자리가 걱정이었다. 언제 어떤 놈이 힘을 키워 왕위를 빼앗으려고 할지 모르기 때문이다.

핏줄들을 모두 죽였으나 그것만으로는 모자란다. 사납고 똑똑한 부하들에게 땅이나 조금씩 떼어주고 멀리 내쫓아버리고 싶지만 아사달의 고구려 때문에 그럴 수도 없었다. 울 밖에 승냥이가 있으면 주인을 몰라보는 개도 의지가 되는 법이다.

생각하면 제 곁에 있는 놈들뿐이 아니었다. 어느 수풀 속에서 어떤 놈이 자라고 있을지도 모른다. 모든 백성을 다 죽여버리면 되겠지만, 그도 생각뿐이었다.

이세민은 꾀 많고 충성스러운 이정을 불러 속셈을 털어놓았고 이정은 곧 그럴듯한 구명수를 찾아냈다.

"장수들에게 창칼을 놓고 책을 들게 하십시오."

"장수들에게 글공부를 시키라고? 차라리 죽겠다고 지랄할 것이오."

"어렵지 않습니다. 장수들을 쓸 때 창칼을 쓰는 자보다도 병법에 밝은 자를 먼저 쓰면 그냥 내버려두어도 저절로 책을 손에 들게 됩니다."

"딴은 그렇소. 하지만 군사는 책략만으로 되지 않는 것, 고구려가 쳐들어오면 손발을 묶고 당하는 꼴이 되지 않겠소?"

"고구려 군사는 매우 강하지만 하늘백성들은 남을 괴롭히거나 싸우기를 즐기지 않습니다. 조선의 역사를 보십시오. 적어도 수천 년씩 천제나 태왕이 다스립니다. 100년도 대를 잇기 어려운 우리 서토와는 전혀 다릅니다."

이정은 고구려를 걱정할 필요가 조금도 없다고 했다. 나라를 바르게 다스리면 모든 근심걱정은 절로 사라진다는 것이었다.

"모두가 영웅이 되겠다고 날뛰는 통에 우리 서토는 하루도 조용할 날이 없었습니다. 장수보다도 선비를 무겁게 쓰겠다고 하면 서토의 모든 백성이 '황상 만세'를 부르며 반가워할 것입니다."

장성에서 만났을 때부터 이세민은 누구보다도 이정을 잘 알았다. 뛰어난 병법가이면서도 결코 자신을 앞세우는 일이 없었다. 모두들 왕이 되겠다고 반란을 일으킬 때에도, 자신은 한낱 여름지기로 한뉘를 보내도 좋다며 장성만 지키고 있었던 사람이다. 이정의 계책에 따라 장안에 고구려 병장기가 있다는 소문을 역이용해 고구려 개마대로 위장하고, 태왕에게서 서토를 다스리라는 허락을 받았노라고 꾸며대지 않았더라면, 당나라도 다른 반란군들처럼 이리저리 쫓기다 비참하게 끝나고 말았을 것이다. 이세민은 망설이지 않고 이정의 계책을 쓰기로 했다.

이제는 말 타고 싸움터를 내달리는 영웅들의 세상이 아니다! 출세하려면 방에 들어앉아 글공부를 하라! 말뿐만 아니라 나랏일에서도 장수들보다 선비들을 크게 썼다. 곳곳에 학교를 세웠으며 선비들에게 시험을 치르게 하고 벼슬을 주었다.

아사달 끝에 붙은 서토는 조선의 변방이다. 조선의 밝은 다스림이 끝까지 미치기 어려웠다. 주나라가 망하고 춘추전국의 난장판이 시작된 뒤 천 년 넘게 조용할 날이 없었다. 수많은 영웅이 태어나고 수많은 나라가 일어섰지만 영광은 늘 몇몇 다스리는 자들이 차지했고 피와 땀을 흘리는 고통은 언제나 수많은 백성들의 몫이었다.

모두들 새로운 세상이 왔다고 좋아하며 창칼을 놓고 방에 들어앉아 글공부를 하기 시작했다.

"고구려에서 야명주를 거둬들였다고?"

이세민이 가볍게 놀라는 소리를 냈다. 은밀하게 할 이야기가 있다며 찾아온 장손무기의 얼굴에도 웃음이 번졌다.

"놈들이 망할 징조다. 쇠를 팔아 엄청난 재물을 거둬들이더니, 하는 짓이 고작 보석놀음이라…… 두고 보아라. 그놈들은 곧 사치향락에 빠져 스스로 망하고 말 것이다."

"하오나, 황상. 저들이 야명주를 거둬들인 것은 벌써 10여 년 전의 일입니다. 그런데 이상한 것은 평양에서도 야명주를 구경하기가 쉽지 않다고 합니다."

"그건 좀 이상한 일이구나. 뭔가 짐작이 가는 데는 없느냐?"

이세민도 그제야 이상한 일이었다는 것을 깨달았다.

10여 년 전이라면 곳곳에서 일어난 반란군 때문에 서토가 온통 죽 끓듯 하던 때다. 군사가 일어나면 많은 병장기가 필요하다. 창이나 칼, 화살 따위는 소모품에 지나지 않는다. 병장기를 만들려면 많은 쇠가 있어야 한다. 광산에서 쇠를 캐는 것부터 쉬운 일이 아니다. 부러진 병장기를 녹여 다시 쓸 만한 병장기를 만들어야 하나 그 또한 많은 품이 든다. 대장간에서 밤낮으로 풀무질을 하고 망치질을 해도 만들어낼 수 있는 병장기는 얼마 안 된다.

고구려 도전에 큰 손실을 입은 것은 군사나 군량뿐이 아니었다. 특히 두 번째 도전 때에는 100만이 넘는 군사가 여분의 병장기를 모두 버리고 도망쳐왔다. 당연히 서토에는 병장기가 모자라, 군사들이 싸우고 싶어도 제대로 된 싸움을 할 수가 없어야 했다. 그런데도 금이나 은, 값나가는 보석이 있으면 얼마든지 병장기를 구할 수가 있었다.

고구려가 수군한테서 빼앗은 병장기를 모두 서토에 되팔았다는 이야기가 맞는 것이다. 유성을 통해 나온 병장기는 장성을 넘거나 바닷길로 서토에 들어와 서토 곳곳으로 팔려나갔다고 했다.

"장손사라는 장사치는 을지문덕이 수나라에 이긴 기념으로 경관을 만들었는데 아마 그곳에 숨겨두었을 거라고 합니다."

"경관이라…… 그렇구나! 을지문덕이 제법 커다란 경관을 쌓았다고 했지. 선배라는 어린것들이 날마다 수백 수천 명씩 몰려와 참배를 한다고 들었다. 그놈들은 수나라와 싸우다 죽은 군사들에게 참배하는 것이 아니라 을지문덕이 숨겨놓은 보물에다 대고 절을 하고 있겠구나."

재미있다는 듯 이세민이 껄껄 웃었다.

"황상. 장사치가 알면 얼마나 알겠습니까. 그 경관은 평양에 있는 것이 아니라 구려하 언저리에 있습니다. 어떤 바보가 머나먼 구려하 구석에다 보물을 숨겨두겠습니까? 그 경관은 우리에게 자랑하려고 만든 기념물에 지나지 않습니다."

"만여 명의 군사가 호위하고 있다지 않았느냐? 그까짓 경관에 만여 명이나 되는 호위군사가 붙어 있는 것은 무어라 설명하겠느냐?"

"턱없이 큰 경관을 쌓은 것처럼 그저 위세를 자랑하려는 것에 지나지 않습니다. 또한 선배들한테는 여기저기 옮겨다니며 산천에 제사 지내고 훈련을 하는 버릇이 있으므로 평양에서 멀리 떨어진 구려하에다 쌓은 것으로 보입니다."

장손무기의 말도 그럴듯했다. 한창 자라는 선배들에게 제 땅을 골고루 밟게 하는 것이 나라사랑의 첫걸음이랄 수 있을 것이다.

"고구려놈들의 콧대를 꺾어놔야겠다. 당장 장손사라는 장사치를 불러들여라."

"황상, 그까짓 하찮은 장사치를 불러 무엇하시렵니까?"

"크하하하, 알겠느냐? 개똥도 약으로 쓸 때가 있는 법이다!"

무슨 좋은 생각이 떠올랐는지 이세민은 통쾌하게 웃었다.

다음 날 궁 안에 들어온 장손사에게 이세민은 일을 시켰다.

"경관 안의 보물은 모두 네가 가져라. 단 경관은 돌 하나 그대로 두지 말고 철저히 파괴시켜야 한다. 아마 쉽지 않을 것이다. 네가 비록 100만금의 거부를 자랑하지만 까딱 잘못하다가는 하루아침에 거덜이 날지도 모른다. 힘깨나 쓰는 장사치들을 모아라. 내가 군사를 내주고 싶지만 군사들이란 장사꾼과 습성이 달라서 쉽게 탄로가 나고 말 것이다."

"경관을 무너뜨리고 보물을 꺼내는 것은 어렵지 않지만 고구려 군사들이 가만있겠습니까? 저 같은 장사치가 무슨 재주로 뒷일을 감당하겠습니까? 더구나 힘이 좋은 자들로만 골라서 보낸다 해도 근본이 장사치들인지라 고구려 군사들과 싸워 이길 수가 없습니다."

"그것은 걱정하지 마라. 내가 고구려 조정을 움직여 그곳의 군사들을 모두 옮기도록 하겠다. 아마 네가 장정들을 데리고 가보면 지키는 군사는 많아야 100명도 되지 않을 것이다. 그 군사들도 내가 따로 군사를 보내 쫓아버리마."

장손사를 내보낸 뒤 이세민은 이정과 이도종을 불렀다.

"돌궐 왕 힐리가한을 잡아다 분풀이를 해야겠소."

"......?"

이세민이 내뱉는 말에 이정은 얼른 대꾸하지 못했다.

"지난날 유문정을 시켜 숱한 곡식과 베를 바치며 저들의 신하를 자처한 일이 있소. 깨끗이 매듭짓지 않으면 나중에 무슨 창피를 당할지 모르오."

"황상, 그런 일을 가지고 군사를 일으킬 필요는 없습니다. 돌궐은 고구려의 다물이지만 감히 우리 당나라와 맞서 싸울 배짱은 없습니다. 그저 힐리가한을 동돌궐 왕에 임명한다는 사신만 보내면 됩니다. 고구려는 구려하의 동쪽만을 자신의 영토로 생각할 뿐 다물국에 대해서는 이러쿵저러쿵 간섭하지 않습니다. 양다리를 걸치고 살 수밖에 없는 돌궐로서는 좋건 싫건 우리의 뜻을 받아들이지 않을 수가 없습니다."

이정의 뜻은 돌궐의 신하가 되기로 맹세하여 더럽혀진 명예라면 돌궐을 신하의 나라로 대우함으로써 깨끗이 명예회복이 된다는 것이었다. 그러나……

"나는 돌궐 왕이 무릎 꿇고 엎드려 사죄하는 것을 보아야만 하겠소. 그리 알고 준비하시오."

이세민은 더 들을 게 없다는 듯 자리를 떴다. 이정이 할 수 없이 물러나는데 뒤따르던 이도종이 말을 건넸다.

"황상께서는 돌궐에 있는 고구려 병장기 때문에 군사를 일으키려는 것입니다. 고구려에서 힐리가한에게 갑옷과 병장기를 세 벌이나 내려보냈다는 첩보가 들어왔습니다. 동돌궐은 고구려의 다물입니다. 아무리 윽박지르며 고구려 병장기를 내놓으라고 해도 순순히 들어줄 까닭이 없습니다."

"으음!"

이정은 저도 모르게 삐져나오는 신음을 깨물었다. 서토 천하를 다스리는 황제가 되어서도 고구려 병장기에 대한 미련을 버리지 못하는 이세민이 참으로 한심스러웠다. 동돌궐을 치려는 진정한 까닭이 고구려 병장기를 얻는 데 있다면 어떤 수로도 이세민의 고집을 꺾을 수가 없을 것이다.

지난날 반란을 일으켜 수나라를 뒤엎고 당나라를 세울 때, 수왕 양광의 목숨보다 더 간절하게 찾아 헤매었던 것이 바로 고구려 병장기였다. 우문술의 집에 갇혀 있다가 바깥으로 나온 고구려 병장기들은 우문술한테만 갑옷 등이 하나씩 돌아갔을 뿐 나머지는 모두 양광이 몸소 관리했다. 양광이 뽐내던 황금투구와 황금갑주도 사실은 고구려 투구와 갑옷에다 황금만 덧씌운 것이 아니었던가. 그렇게 찾아 헤맸으나 고구려 병장기들은 하늘로 솟았는지 땅으로 스몄는지 흔적도 없이 사라지고 말았다.

동돌궐을 칠 계책 마련에 들어간 이정은 머리를 싸매고 끙끙 앓았다. 고구려의 다물국인 동돌궐을 잘못 건드렸다가는 긁어 부스럼이 될 수도 있었기 때문이다. 만에 하나 고구려가 동돌궐에 구원군을 보내고 당나라 군사와 싸우다 보면, 고구려군이 도망치는 당군을 뒤쫓아 장성을 넘어 쳐들어올 것이 뻔했다. 고구려군이 장성을 넘어온다는 것은 상상하기도 싫을 만큼 끔찍한 일이었다. (돌궐突厥, 즉 투르크Truk 민족은 철륵鐵勒의 한 부족으로 처음에는 알타이산맥에서 유연柔然의 지배를 받으며 살았다. 돌궐의 한 씨족인 아사나阿史那의 족장 토문土門이 2885년에 유연과 철륵을 물리치고 독립해서 일리가한伊利可汗이라고 일컬었다. 토문은 '만인의 우두머리', 일리가한은 '국가를 지배하는 가한'이라는 뜻이다. 돌궐의 세력은 몽골과 중앙아시아에까지 미쳤으나 같은 부족끼리의 싸움으로 2916년 동서로 분열하여 동돌궐이 몽골을, 서돌궐은 중앙아시아를 지배했다. 철륵은 2885년에 돌궐을 세웠던 아사나 부족을 제외한 투르크 민족 모두를 가리키는 말이다. 바이칼호 남쪽에서 아랄해와 카스피해 북쪽에 걸친 지역에 분포했다.)

이정은 오랜 생각 끝에 설연타의 부족장 이남을 앞에 내세우기로 했다. 돌궐족 내부문제로 만들어 당나라 군사들이 고구려와 직접 부딪치는 일만은 피하고 싶었기 때문이다.

설연타(薛延陀)는 돌궐의 한 부족으로 알타이산맥 남서쪽에 살면서 서돌궐의 다스림을 받았다. 2960년 부족장 이남(夷男)이 부족을 이끌고 셀렝가강 쪽으로 옮겼다.

동돌궐은 고구려의 다물국이다. 이남을 앞세우는 것은 동돌궐 내부에서 반란이 일어난 것이므로 꾸며대기 위함이다.

예전 같으면 어림도 없는 소리겠으나 지금의 태왕은 서토의 주인이 된 당나라와 싸우는 것을 겁내고 있다. 뒤에 당나라가 있는 줄 안다고 해도 설연타 부족을 앞세우면 같은 돌궐족끼리 일어난 것으로 여기며 흐지부지 넘어갈 것이 뻔했다.

동돌궐을 빼앗아주고 개마대 갑옷과 병장기까지 나누어주겠다고 하자, 이남은 이게 웬 떡이냐며 좋아했다.

"고구려 병장기는 온 세상이 탐내는 천하의 보배입니다. 저 같이 천한 것이 어떻게 그런 보물을 가질 수가 있겠습니까. 동돌궐의 왕만 시켜주어도 분에 넘치는 영광입니다."

이남 또한 약삭빠른 자였다. 당나라가 무엇 때문에 자신을 도와주겠다고 하는지 모를 까닭이 없었다.

2963년(630) 당나라는 설연타 부족을 앞세우고 동돌궐에 쳐들어갔다. 동돌궐은 곧바로 고구려에 사신을 보내 구원을 호소했지만 태왕은 힐리가한이 민심을 잃어 반란이 일어난 것이라며 끝내 구원군을 보내지 않았다. 고구려군의 도움을 받지 못한 동돌궐은 마침내 멸망했다.

이정은 설연타의 부족장 이남을 앞세워 고구려와 충돌 없이 동돌궐을 없애는 큰 공을 세웠지만, 막상 가장 큰 상을 받은 이는 이도종이었다. 이정과 다른 사람들은 벼슬이 조금씩 높아지거나 재물을 얼마씩 얻는 데 그쳤지만 이도종은 왕의 자리에까지 오른 것이다. 명분은 돌궐왕 힐리가한을 사로잡았다는 것이었으나, 이세민은 사로잡은 힐리가한보다 그가 지닌 갑옷과 투구, 활과 쇠도끼 때문에 좋아서 펄쩍 뛰었다. 힐리가 한이 가지고 있던 고구려 병장기는 모두 황금으로 도금되어 있었기 때문에 그대로 몸에 걸치기만 하면 되었다. 이세민도 양광처럼 고구려 병장기로 무장하고 뽐내기를 즐겼다.

이남은 이세민이 약속한 대로 설연타의 가한이 되었다. 이세민은 설연타의 가한 이남에게 장정들을 보내달라고 했고, 이남은 날랜 군사를 3천 명이나 보내주었다. 이세민은 그 장정들을 여동에 침투시켰다.

돌궐족은 붙박이로 살지 않고 풀을 찾아 이리저리 옮겨다니며 목축업을 한다. 집을 짓지 않고 천막을 치고 살며 곡식을 기르지 않고 양젖이나 말젖을 마시고 고기를 먹는다. 베로 만든 옷보다는 여름에도 가죽옷을 걸치고 다니며 오른쪽 어깨를 드러낼 뿐이다. 고구려 사람들은 머리도 제대로 묶지 않고 다니는 돌궐족을 상대하기 꺼려했다. 이남의 부하들도 떼지어 몰려다녔으나 동돌궐의 유민 행세를 하였으므로, 마음대로 돌아다녀도 눈여겨보는 사람은 없었다.

여동에 들어온 장손사는 마음 놓고 직접 데려온 장사치들과 이남의 부하들을 감독하면서 때를 기다렸다.

김유신의 하늘 붙잡기

꿈결인 듯 누군가가 비가 온다고 소리쳤다.

비, 비가 온다고? 잠꼬대처럼 중얼거리다 제풀에 화들짝 놀랐다. 밤새 더위에 시달리다 겨우 선잠이 들었던 김유신이다.

"비가 오신다!"

열린 창문으로 쏴아아~ 물기를 가득 안은 서늘한 바람이 들이쳤다. 후두둑, 후두둑. 창가에 서니 콩을 뿌리듯 빗방울이 내려꽂히는 게 느껴진다.

비가 내린다! 유신의 몸은 어느새 마당으로 날아 내려섰다.

후두둑. 다시 빗방울이 세차게 때리며 지나갔다. 아직 날이 밝지 않아 깜깜한 어둠이다.

"비가 오신다!"

사람들이 이리저리 내달리며 울음 섞인 목소리로 외쳤다.

번쩍! 번쩍! 뚜뚜뚜뚜. 번개가 일고 하늘이 갈라졌다.

아아, 비가 내린다! 하늘에서 비가 내린다! 한참을 서서 비를 맞던 김유신이 방으로 들어왔다.

"비가 내린다."

빗물을 훔치는 것도 잊은 채 바깥을 내다보며 몇 번이나 중얼거렸다.

날은 이미 밝았다. 두텁게 뒤덮인 먹구름으로 어두울 뿐이다. 밖을 내다보던 김유신이 옷을 챙겨입고 마구간으로 갔다. 말을 타고 밖으로 나설 때 뒤에서 집안사람들이 무어라 외쳤으나 듣지 못한 듯 그대로 말을 달렸다.

이랴! 이랴! 나는 듯이 달려서 서라벌을 벗어났다.

번쩍! 번쩍! 쫘르르르. 천둥은 먼 곳에 있었으나 빗물은 미리 냇둑이 터진 듯 억수로 퍼부었다.

꿈이 아니다! 폭포수 아래에 선 듯 세차게 짓두들기며 쏟아지는 장대비다. 김유신은 얼굴이 아픈 줄도 모르고 다시 입을 벌려 빗물을 마셨다.

달다! 꿀물보다 달다! 김유신의 볼에는 눈물이 빗물과 함께 흘러내렸다. 말도 신이 나서 거침없이 내달렸다. 말은 세차게 물을 튕기며 물웅덩이를 달리고 흙탕물이 넘쳐흐르는 냇물을 건넜다.

얼마나 지났을까? 마침내 말이 달리기를 멈추고 철벅거리며 걷고 있었다. 멀리 정자가 보인다. 7월에 내리는 비다. 비를 맞는다 해서 고뿔에 걸리지는 않겠으나, 정자에 이르자 김유신은 말을 멈추고 위로 올라갔다.

돌이켜보면 지독한 가뭄이었다. 봄에는 그리도 흔하게 오던 비가 여름에 들어서자 한 방울도 내리지 않았다. 벌써 석 달이 되었다. 조정에서는 임금이 신하들과 함께 남산에 올라 제사를 지내 비를 빌었고 백성들도 저마다 산에 올라가 기우제를 지냈다. 그러나 자고 일어나도 날마다 무심한 하늘에는 흰 구름만 한가로이 흘러갈 뿐이었다.

밭에서 자라던 곡식이 배배 꼬이다가 검불같이 말라갔다. 들을 채운 풀들도 생기를 잃고 누렇게 말라비틀어졌다. 불길만 닿으면 온 누리가 한꺼번에 불길에 휩싸일 것만 같았다. 강에 나가보아도 바닥이 드러나 어쩌다 조금씩 물이 고여 있을 뿐, 하얗게 말라죽은 물고기떼가 눈밭처럼 흩어져 있었다. 정말 어디에도 눈 돌릴 곳이 없었다.

하늘이 노여워하심인가. 조상님들은 어찌하여 우리를 돌보지 아니하시는가. 사람들은 모두 제 잘못을 빌고 비를 빌었으나 한 방울도 내리지 않던 비였다.

퍼붓듯이 쏟아지던 빗줄기도 한결 잦아들었다. 낙숫물 듣는 소리를 들으며 김유신은 파도처럼 바람에 밀리는 물마를 바라보았다. 지난 가뭄을 생각하면 지금도 목에서 겻불내가 올라온다. 찬물을 벌컥벌컥 들이켜도 가시지 않는 목마름이었다. 타는 듯한 목마름!

김유신의 생각은 어느새 먼 곳을 달리고 있었다.

지난해 2962년(진평임금 51년) 가을 8월, 임금은 이찬 임영리, 파진찬 용춘과 백룡, 소판대인 서현으로 하여 고구려의 낭비성(상당현, 충북 청주)을 치게 했다. 상선 김유신은 이때 처음으로 전쟁터에 나갔다.

신라군이 낭비성 아래 이르러 진을 치고 싸움을 돋우자 고구려군에서도 성문을 열고 군사들이 몰려나와 진을 치고 신라군을 맞았다. 북이 울리고 군사들이 어울려 싸우는데 갑자기 신라군 뒤에서 함성이 일어났다. 신라군이 오는 것을 미리 알고 몰래 숨어서 기다리던 고구려 군사들이 뛰쳐나온 것이다. 적의 덫에 걸린 신라군은 크게 어지러웠다. 신라군은 가까스로 군사를 뒤로 물렸으나 많은 이가 죽고 말았다. 신라 군사들은 크게 사기가 꺾였다. 장수들도 서로 눈치만 살필 뿐 앞장서 싸우겠다고 나서는 이가 없었다.

옛날부터 옷깃을 떨쳐야 옷이 반듯하고 벼리를 들어야 그물이 펴진다고 했다! 마침내 기다리던 때가 온 것이다! 김유신은 장수들 앞에 나가 큰 소리로 말했다.

"저들이 우리가 올 것을 미리 알고 방비했으므로 우리는 오늘 싸움에 지고 말았습니다. 그러나 제가 보건대 저들은 미리 알고 방비를 하였을 뿐 또 다른 꾀나 제 키를 넘는 용맹은 없었습니다. 다만 우리 군사들이 첫 싸움에 진 것을 두려워하여 다시 나가 싸우려 하지 않을 뿐입니다. 내일은 제가 앞에 나가 저들을 크게 짓밟아 우리 군사들이 모두 제 용맹을 떨쳐 싸우도록 하겠습니다."

비록 중당의 당주에 지나지 않으나 상선 김유신의 무용은 이미 풍월주 때부터 유명했다. 보종에게 풍월주를 물려준 뒤에도 곧바로 병부에 들어가거나 조정에 나오지 않고 모든 싸움터마다 직접 찾아다니며 지세를 살피고 승패의 원인을 연구했다는 것도 잘 알고 있었다.

"내일은 김유신을 맨 앞에 세우도록 하시오."

대장 임영리가 김유신에게 선봉을 맡겼다.

다음 날 아침 선봉군을 이끌고 나간 김유신은 적을 향해 큰소리로 꾸짖었다.

"어리석은 고구려 군사들은 들어라. 너희들이 어쩌다 제 키를 넘는 용맹을 뽐내 작은 공을 세웠으면 스스로 만족한 줄을 알아 이제는 성에 숨어서 숨을 죽이고 있어야 하지 않느냐? 하룻강아지 범 무서운 줄 모른다더니 어디서 함부로 우쭐거리느냐? 참으로 용기가 있거든 어디 내 앞에 나서보아라."

말을 마친 김유신이 말을 몰아 달려가니 성난 고구려 선봉장 또한 긴 창을 휘두르며 달려나왔다. 서로 말발굽을 튀기며 창날에서 불꽃을 튕겨내기 10여 차례, 김유신의 날카로운 창이 적장의 목을 찔러 쓰러뜨렸다. 어렵지 않게 적장을 쓰러뜨린 김유신이 눈에 뵈는 것이 없는 듯 큰소리쳤다.

"범 무서운 줄 모르고 날뛰는 하룻강아지들은 모두 저승으로 보내주겠다. 모두 한꺼번에 떼지어 몰려오너라!"

"건방진 놈, 아가리 닥쳐라!"

적장 하나가 크게 외치며 달려나왔다. 악에 받쳐 긴 창을 바람개비처럼 휘두르며 짓쳐들었으나 아쉽게도 창솜씨가 따르지 못했다. 몇 번 어울리지도 못하고 김유신의 날카로운 창에 찔려 말에서 떨어지고 말았다.

김유신이 더 큰 소리로 비아냥거렸다.

"한 놈씩 어느 세월에 다 나오려느냐? 한꺼번에 덤비라지 않더냐?"

둥, 둥, 둥. 고구려 진영에서 북소리가 일어났다. 김유신의 말처럼 한꺼번에 달려나오는 것이다. 신라 선봉군에서도 둥, 둥, 둥, 빠른 북소리가 일어나며 군사들이 와 밀려나갔다. 적장이 둘이나 쓰러졌다. 신라군 본진까지 한꺼번에 싸움판에 뛰어들었다.

마침내 고구려 군사들이 견디지 못하고 성안으로 달아나기 시작했다.

"비켜라, 잡졸들!"

김유신은 허겁지겁 달아나는 고구려군에 뒤섞여 홀로 성문에 뛰어들었으나 성난 호랑이가 날뛰듯 닥치는 대로 적을 베어 적이 성문을 닫지 못하게 했다.

오래지 않아 성안으로 신라군이 밀물처럼 밀려들었다.

"고구려놈들을 쳐부숴라!"

고래고래 소리를 지르며 신라 군사들은 고구려 군사들을 밀어붙였다. 마침내 고구려군이 성 밖으로 달아나기 시작했다. 김유신 한 사람의 용맹으로 낭비성을 빼앗은 것이다.

낭비성에서 돌아오자 김유신의 이름은 온 서라벌에 울려퍼졌다. 어디를 가나 김유신의 낭비성 싸움을 입에 올렸고, 지난날 화랑의 으뜸인 국선화랑이었음이 사람들의 기억을 다시 한 번 새롭게 했다.

그러나 정작 김유신은 낭비성 싸움에서 돌아온 뒤로 날이 갈수록 가슴이 갑갑하고 기운 없이 시들시들했다. 물론 낭비성의 싸움이 그의 이름을 드높였고 그 또한 기쁘지 않은 것은 아니었으나, 모든 것이 생각했던 바에 미치지 못했던 것이다. 그가 느낀 것은 서라벌의 토박이 귀족이 아닌 사람으로서의 높다란 벽이었다. 벼슬이 높아지는 것을 바라서가 아니다. 삼국통일의 꿈을 이루기 위해서는 큰 힘이 필요했으나 신라 조정에는 삼국을 아우르려는 큰 뜻을 품은 사람이 하나도 없었다. 삼국통일에 나서려면 그 스스로 조정을 움직이거나 병권을 가져야 했다. 그러나 제아무리 귀신도 속일 만한 재주가 있고 싸움터에서 공을 세워도 귀화한 변방 귀족으로서는 그 끝이 뻔히 눈에 보였다.

김유신의 어머니 만명부인은 진평왕과 아버지는 다르지만 어머니가 같다. 만호태후는 동륜태자에게 시집가서 백정을 낳았고, 동륜태자가 개에게 물려 죽은 뒤에는 갈문왕 숙흘종에게 가서 만명을 낳았다. 숙흘종은 지소태후가 법흥왕의 동생인 갈문왕 입종과 결혼해 낳은 아들로, 진흥왕과는 어미아비가 같다. 지소태후가 이화랑의 색공을 받아 만호태후를 낳았으니 만호태후는 아버지는 다르지만 동복 오라비인 숙흘종과 맺어져 만명을 낳은 것이다. 더구나 만명의 동복 오라비 백정이 왕위(진평왕)에 올랐으니 공주라 불리는 것이 마땅했다.

그러나 만명이 부모의 뜻을 어기고 가야에서 귀화한 변방 귀족 서현과 야합하여 유신을 낳았으니, 만명은 부모에게 '버린 자식'이 되었고 서현까지도 미움을 받아 외직으로 돌게 되었다. 다행히 만호태후가 훤칠하게 자라난 유신을 보고 마음이 흡족하여 딸에 대한 응어리도 풀어졌으므로 서현과 만명도 용서받아 다시 가족의 끈이 이어졌을 뿐이다.

만명이 외할머니 지소태후나 어머니 만호태후처럼 과단성이 있고 강한 성격의 소유자였다면 유신도 신라 조정에서 당당하고 떳떳하게 처신할 수 있었을 것이다. 그러나 만명은 사랑에만 강했을 뿐 권력에는 전혀 욕심이 없었으며, 열세 살 어린 나이부터 미실의 치마폭에서 산 진평왕은 미실이 죽은 뒤에도 미실의 세력에서 벗어나지 못하고 있었다.

"어찌해야 하는가?"

낭비성에서 돌아온 뒤에도 끊임없이 그를 괴롭히는 아픔이었고 타는 듯한 목마름이었다.

내 나이 벌써 서른여섯이다! 지난 세월이 아까워서가 아니라, 이러다 헛되이 나이를 먹으면 어느 겨를에 삼국통일의 칼을 뽑아들 것인가. 그날이 온다고 한들 늙은 몸으로 마음껏 말을 몰아 싸움터를 내달릴 수 있을 것인가. 밖에서는 오랜 가뭄으로 목말라하는데 김유신의 가슴도 함께 목마름으로 타고 있었다.

어느새, 비가 그쳤다. 벌어지는 구름 사이로 햇살이 쏟아졌다. 오랜 생각에서 돌아온 김유신이 '아!' 소리를 지르며 그대로 땅으로 뛰어내렸다.

모든 것이 달라졌다. 하늘도 땅도 제 빛깔을 되찾고 힘찬 기운이 넘쳐흘렀다. 오랜 가뭄에 불을 대면 금세 다 타버릴 것처럼 말라비틀어졌던 풀도 나무도 모두가 거짓말처럼 푸른빛을 되찾고 싱싱하게 되살아나고 있었다.

유신은 저도 모르게 풀을 한 움큼 뜯어 코에 대고 냄새를 맡다가 입에 넣고 씹어보았다. 입안 가득히 풀냄새가 차올랐다. 김유신은 모든 목숨이 되살아난 들판을 거닐며 마음껏 취했다.

그렇다! 비가 내리면 죽은 듯이 보이던 모든 것들도 제 빛깔

을 가지고 되살아난다. 날이 가물고 비가 내리지 않는다 하여
애태울 일이 아니다. 하늘이 있으면 언젠가 비가 내릴 것이다.

그렇다, 하늘이다! 하늘을 잡아야 한다! 언젠가 구름이 모이
고 비가 내릴 수 있도록 나는 하늘을 잡고야 말 것이다! 김유
신은 들판에 나선 여름지기처럼 들뜬 가슴으로 마구 말을 달
리며 외쳤다.

"하늘을 잡아라! 하늘을 잡아라!"

가을이 되었다.

회합을 끝낸 화랑도들이 축국을 하며 노는 곳에 김유신이
나타났다. 축국은 넓은 마당에서 그물로 만든 바구니를 높은
장대에 매달아놓고 털로 싼 가죽공을 여러 사람이 차올려서
바구니에 많이 집어넣은 쪽이 이기는 놀이다. 상선 김유신이
왔다는 전갈에 화랑들과 함께 어울려 공을 차던 풍월주 김춘
추가 잠시 경기를 멈추고 김유신을 맞았다.

"어서 오십시오. 누구보다 낭정에 깊은 관심을 보여주시는
상선께서 이렇게 찾아주시니 감사할 따름입니다."

"아닙니다. 지나가다가 춘추공께서 이곳에 계신다기에 얼굴
이라도 보고 가려고 들렀습니다. 그리고 내 이름은 상선이 아
니라 유신입니다."

"알겠습니다, 유신공. 하도 오랜만이라 그만 깜박했습니다."

15세 풍월주였던 상선이 한참 후임인 18세 풍월주한데 꼬박꼬박 경어를 쓰고 있다. 춘추보다 일곱 살이나 많지만 성골 춘추를 대하는 유신의 습관이었다. 춘추를 풍월주라고 부르지 않는 것도, 자신을 상선으로 부르지 못하게 하는 것도 나름 까닭이 있어서다. 호칭은 서로의 관계를 밝히는 것이기도 하지만 그 관계를 고착화시키는 촉매제가 되기도 한다. 유신은 어떤 경우에도 춘추의 윗자리에 올라서는 상하관계라는 경계를 만들고 싶지 않았다. 다행스럽게도 어려서부터 왕자 못지않은 대접을 받아온 춘추는 누구에게나 '공'이라 부르는 데 익숙했으니 어쩌면 서로에게 편한 호칭이기도 했다.

　"오랜만에 함께 즐기며 춘추공의 축국솜씨를 보고 싶습니다."

　"무슨 말씀, 유신공의 축국솜씨야말로 모를 사람이 없습니다. 공께서 나와 한편이 되면 저쪽에서 불만이 클 것입니다."

　경기는 서로 전력이 팽팽하도록 편을 나누어 진행되어야 한다. 그런데 갑자기 김유신이 끼어든다면 승패는 불을 보듯 뻔한 것. 유희 삼아 하는 모든 경기에는 반드시 내기가 걸리기 마련이었으니, 김춘추는 김유신 때문에 지게 되는 상대편의 불만을 걱정하는 것이다. 그러나 김유신은 대꾸 대신 곁에선 화랑도들을 둘러보았다.

　"내가 풍월주와 한편이 된다고 불만이 많을 것이나 여기 이 군사들도 모두 축국에는 한가락씩 하는 솜씨들이니 절대 손해가 아닐 것이다. 그리고 너희는 저쪽과 한편이 되어라. 너희가 제대로 하지 못하면 결국 나를 정당하지 못한 사람으로 만드는 것이니 마음껏 실력을 발휘해야 한다. 공을 많이 넣은 사람에게는 따로 큰 상을 내릴 것이다."

뒤따라온 호위군사 셋을 상대편으로 보낸 김유신이 김춘추를 향해 섰다.

"하하하, 오랜만에 춘추공과 함께 놀고 싶어서 그러는 것이니 이해하시오. 만일 우리가 진다면 오늘 술값은 모두 내가 치를 것이니 걱정 마시오."

누구도 상선 김유신의 뜻을 거역할 수가 없었다. 김춘추와 한편이 된 김유신도 기합소리를 내지르며 함께 공을 차올렸다. 그러나 벌써 나이를 먹은 듯 예전처럼 동작이 빠르지 못했고, 가끔 곁에 있는 춘추에게 공을 양보하기도 했다. 그러던 중 공을 차올리던 김유신이 갑자기 균형을 잃고 넘어졌다.

"어이쿠!"

김유신이 재빨리 일어나려다 허공을 잡았다. 부욱, 김춘추의 옷고름이 떨어져나갔다.

"어이쿠! 춘추공, 이거 정말 미안합니다!"

"괜찮습니다. 유신공. 어서 공을 차올립시다."

상선 김유신이 어쩔 줄 몰라 했으나 한창 놀이에 빠진 풍월주 김춘추는 가볍게 대꾸했다.

놀이가 끝나자 김유신은 김춘추에게 함께 그의 집으로 가자고 말했다.

"무서운 상선이나 풍월주가 없어야 젊은 사람들의 뒤풀이가 마음껏 즐거울 것이오. 마침 춘추공의 옷차림도 그렇고 하니 저들이 마음껏 놀 수 있도록 공과 내가 자리를 피해주는 게 어떻겠습니까?"

김유신이 김춘추에게 묻는 것이지만 상선이 풍월주에게 하명하는 것이나 다름없었다. 사실 다른 자리라면 몰라도 여자들이 술을 따르는 자리에 높은 사람이 앉아 있으면 마음껏 취하기도 어렵고 따라서 흥도 나지 않는 법이다. 곁에 있던 화랑들이 상선도 함께 가자고 권하는 것도 그저 말대접일 것이 분명했다. 그저 상선과 풍월주의 눈에 들고픈 봉화나 유화들의 붙잡는 소리만 진심일 뿐.

"마침 우리집이 가까우니 그리로 가시지요. 내가 잘못하여 옷고름을 떨어뜨렸으니 달아드리도록 하겠습니다."

"옷고름 따위로 어찌 번거롭게 해드리겠습니까? 집에 돌아가서 달겠습니다."

춘추가 사양했으나 물러설 유신이 아니었다.

"공에게 드릴 말씀도 있고 하니 함께 가십시다."

마침내 춘추는 유신과 함께 유신의 집인 재매정택으로 향했다.

"너는 빨리 안에 들어가서 작은아씨더러 나와서 춘추공의 옷을 꿰매라고 일러라."

집에 들어선 유신이 종에게 이르는 소리를 듣고 춘추는 깜짝 놀랐다.

"아니 됩니다. 저 아이더러 옷을 꿰매라고 하면 될 것을 굳이 상선의 누이를 부른다면 크나큰 실례가 됩니다."

춘추가 손을 저어가며 말렸으나 유신은 듣지 않았다.

"춘추공은 왕족 중에서도 온전한 성골입니다. 제 집에서 부리는 하찮은 종더러 공의 옷을 꿰매게 한다면 이 유신의 죄가 너무 큽니다. 공은 제 낯을 보아 제 누이더러 옷을 꿰매게 하십시오."

"그래도 안 됩니다. 정 이러시면 이대로 돌아가겠습니다."

그러나 둘의 입씨름이 끝나기도 전에 유신의 둘째누이 문희가 왔다.

"어서 마루에 오르시지요."

어글어글한 눈매가 찌푸려지기라도 하는 날에는 큰일이다 싶었는지 엉겁결에 춘추가 마루에 올라갔다. 두 사람의 싱거운 실랑이도 끝났다. 춘추는 유신의 누이가 이끄는 대로 얌전히 자리에 앉았다. 그러나 옷을 벗을 수도 가슴을 내밀 수도 없어서 딱하게 되었다. 옷을 벗으려면 유신이 미리 제 옷을 내주었어야 하는데 유신은 모른 척 딴청을 부렸기 때문이다.

문희가 스스럼없이 춘추의 앞가슴에 고운 손을 대고 옷고름을 달고 있었다. 문희는 물이 올라 갓 피어나는 열여덟의 처녀, 곱게 단장한 얼굴이 눈부셨다.

김춘추의 나이 스물아홉, 하종의 딸 보라와 결혼해서 딸까지 두고 있는 춘추가 여자를 멀리할 까닭이 없었다. 무엇보다 풍월주가 직접 챙겨야 할 낭정 중에는 색사도 있었다. 하루에 몇 번, 한 달에 몇 명이라고 정한 것은 아니지만 색공을 받지 않는 풍월주는 생각할 수 없었다. 평민 백성의 딸로 얼굴이 예쁜 것이 죄라서 잡혀온 유화는 모른 척해도 좋았지만 봉화는 달랐다. 낭두들이 출세를 위해 자신의 안해를 선문에 들여보낸 것인데, 다른 사람도 아닌 풍월주가 봉화들의 색공을 받지 않는다면 오히려 수많은 사람의 원한을 사게 된다. 능력껏 힘 닿는 대로 많은 봉화의 색공을 받아야 자애롭고 인정 많은 풍월주의 자격이 있는 것이다. 풍월주 중에서 유일하게 16세 풍월주 보종이 여색을 멀리했지만, 대신 보종의 남색 상대이자 부제였던 염장이 그 역할을 다 했었다.

곱게 머리 숙여 옷고름을 다는 처녀에게서 이루 말할 수 없는 향내가 피어올라 숨이 막히고 머리가 다 어지러웠다. 애써 아닌 척하며 고운 이마와 예쁜 콧날을 훔쳐보는데, 마침내 옷고름을 다 단 처녀가 일어서더니 머리 숙여 절을 하며 인사를 차렸다.

"서툰 솜씨, 흉이나 보지 마시어요."

다시 들어도 그 목소리는 또한 옥이 구르는 것만 같았다. 물러가려는 처녀의 모습에, 가슴 한쪽이라도 베어내인 듯 허전하여 무어라 대꾸를 못하는데, 곁에서 유신이 제 누이를 나무랐다.

"춘추공이 처음으로 어려운 걸음을 하셨는데 누이는 춘추공에게 다과조차 대접하지 않을 터이냐? 어서 상을 들여오도록 해라."

춘추로서는 괜찮다고 말리는 척이라도 해야 했으나 꿀 먹은 벙어리처럼 입을 벌릴 수가 없었다. 처녀가 다시 들어올 터이니 오히려 다행이다 싶었다.

유신의 누이는 곧 상을 하나를 받쳐들고 다시 들어왔다. 조촐하게 차렸으나 다과상은 아니었다. 한쪽에는 붉은 구슬처럼 고운 능금이 하얀 속살을 드러내고 있었으나 다른 접시들에는 고기로 만든 안줏감인 것으로 보아 병에 든 것도 술임에 틀림없었다.

"춘추공과 이렇게 앉아보기는 처음인데, 어디 사나이들끼리 한번 마셔봅시다."

유신이 잔을 들어 건네고 누이가 술을 따랐다.

꽃 같은 처녀가 숨소리도 가깝게 앉아서 술을 따르니 춘추

또한 호탕한 사내가 되었다. 처녀에게 잔을 넘겨주고 술병을 빼앗았다.

"누이도 한잔하시지요. 춘추가 따라드리겠습니다."

"고맙습니다. 소녀 유신의 누이 아지라 하옵니다."

처녀 또한 김유신의 누이답게 시원스러웠다.

"아지, 이름까지도 아름답습니다."

술을 따르면서도 춘추의 두 눈은 문희에게서 떨어질 줄 몰랐다.

"언제든 춘추공이 오시면 누이가 춘추공을 모시도록 해라. 아랫것들이 실수할까 두렵구나."

오라비 유신이 흥을 돋웠다.

"공께서도 자주 들러주시지요. 이 유신도 말을 나눌 사람이 없어 외롭습니다."

그 말에 춘추가 갑자기 생각난 듯 말했다.

"제게 하실 말씀은 무엇입니까? 자못 궁금합니다."

"이미 말씀드렸습니다. 이 유신에게는 마음을 터놓고 사귀는 벗이 없습니다. 지나친 바람이겠으나 공과 벗으로 사귀고 싶습니다."

"예? 그게 정말입니까?"

유신이 낯빛을 고치고 새삼스럽게 벗으로 사귀자고 한다. 느닷없는 소리에 춘추가 깜짝 놀랐으나 곧 감격에 찬 목소리로 말했다.

"유신공은 신국 제일의 화랑, 벗으로 사귄다면 도리어 저에게 영광입니다."

춘추는 유신보다 일곱 살이나 아래다. 유신이 국선화랑인 풍월주가 되었을 때 춘추는 아직 열한 살짜리 어린아이였다. 잘생기고 의젓한 풍월주 김유신이 왕궁에 드나들 때면 모든 사람이 그를 칭찬했다. 어린 춘추로서는 김유신이 부럽기 그지없었다. 어린 날에는 김유신 같은 풍월주가 되어 있는 꿈을 꾸기도 하고, 더러는 김유신과 함께 나란히 말을 달리는 꿈을 꾸기도 했으나 어쩌다 마주치는 김유신은 어린 춘추에게 말도 건네주지 않고 그냥 지나치기만 했었다.

낭비성 싸움에서 크게 공을 세운 상선 김유신의 이름을 다시 들었을 때 춘추는 마치 제 어린 날의 꿈이 이루어진 것처럼 즐거웠었다.

"그만 손을 놓으시고 잔을 드십시오."

문득 정신을 차리고 보니 유신의 누이가 곱게 웃고 있다. 두 사람은 그제야 굳게 잡았던 손을 풀었다. 이로써 두 사람은 서로 누구보다 가까운 벗이 되었다. 그 뒤 춘추는 유신의 집에 스스럼없이 자주 드나들었다.

김춘추의 사랑

김유신이 김춘추의 옷고름을 잡아 떨어뜨리고 이를 핑계 삼아 춘추와 둘째누이 문희를 만나게 한 것은 미리 생각해둔 바였다.

지난날 진평왕의 장녀 천명공주는 폐위된 진지왕의 아들 용춘을 좋아하고 있었다. 어느 날 진평왕이 묻자 천명은 망설임 없이 대답했다.

"용숙입니다. 용숙과 결혼시켜주십시오."

천명공주는 용춘을 생각하고 말했으나 진평왕은 '용숙'이 용춘의 형인 용수를 뜻하는 것으로 알아들었다. 당시 용수는 진평왕의 장녀인 천화공주와 살고 있었는데 천명과 결혼하라는 명을 받고 천화공주를 동생 용춘에게 주고 천명공주와 결혼했다. 포석사에서 혼례를 올릴 때 용수가 신랑으로 나온 것을 보고 잘못을 깨달았으나 효심이 깊은 천명공주는 그냥 혼례를 치렀다.

그러나 마음대로 되지 않은 것이 사랑이다. 용수의 아이 춘추를 낳은 뒤에도 용춘을 잊지 못했다. 천명공주의 속마음을 읽게 된 용수는 용춘에게도 천명공주에게 색공을 바치도록 했다.

춘추는 아기였을 때부터 많은 사람의 귀여움을 독차지했다. 어미아비는 물론 폐하마저 춘추를 무릎에 앉혀놓고 키웠다. 춘추가 고개를 가누고 기어다니기 시작했을 무렵부터 진평왕은 틈날 때마다 입버릇처럼 내리는 명령이 있었다.

"천명을 들라 해라."

천명공주는 반드시 아이를 안고 들어왔고, 진평왕은 젖먹이 외손자를 품에 앉히고 얼렀다.

"아이고, 우리 춘추가 시원하겠구나."

무릎에 오줌을 싸고 방귀를 뀌고 응가를 해도 낯빛을 바꾸기는커녕 신기한 듯 탄성부터 올렸다. 나랏일에 골치 아픈 일이 생겨도 술보다는 외손자 춘추를 먼저 찾았으니, 춘추는 외할아버지 진평왕의 무릎에서 자랐다고 해도 과언이 아니었다.

자식보다 손자가 더 예쁘다더니, 과연 맞는 말이었다. 춘추의 어미 천명공주는 물론 덕만공주도 그렇게까지 귀여워하지는 않았다. 보종과 양명공주의 딸 보량한테서 아들 보로(보로전군)를 보았을 때도 그랬고, 진흥왕과 사도태후 사이에 태어난 태양공주한테서 태원과 호원 두 아들을 얻었을 때도 그랬다. 태양공주가 진평왕에게 색공을 바치면서도 따로 사신을 두고 색공을 받고 있었고 태원과 호원이 진평왕과 닮지 않았기 때문에 그랬다고도 할 수 있을지 모른다. 마야왕후가 죽고 뒤를 이은 승만왕후한테서 사내아이를 보았을 때도 태자로 삼아 왕위를 물려주겠다고 했지만 그 애정만큼은 춘추가 어렸을 때만 못했다.

진평왕은 눈에 넣어도 아프지 않을 정도로 춘추를 예뻐했지만 왕위 계승권에서는 일찌감치 제외시켰다. 비록 자신의 의지와 관계없이 제거되었지만, 죽은 진지왕과 진평왕은 정적일 수밖에 없었으므로 그 자손인 춘추도 일정한 거리를 두지 않을 수 없었던 것이다. 하루 한시라도 어린 춘추를 보지 못하면 살지 못할 것처럼 예뻐했던 진평왕이지만, 춘추가 자라면서 차츰 거리를 두기 시작했고 춘추가 화랑이 되었을 때는 거의 무관심에 가까웠으며 풍월주 김유신의 부제가 되었다는 소식에는 축하한다는 말 대신 '풍월주의 남색이 어느 정도냐'는 소리까지 했을 정도로 냉담해졌다.

진평왕은 유달리 골을 따졌고, 성골이 아니면 왕에 오르지 못한다고 못을 박았다. 성골을 따지자면 보로전군과 춘추는 완벽한 성골 남자였고, 진정갈문왕 백반의 아들인 비담과 갈문왕 구륜의 아들인 수품과 선품, 알천 등도 성골로 분류되어야 마땅한 노릇이었다. 그러나 이상하게도 진평왕은 성골을 자신의 자녀로만 한정지었다. 정확하게 말하자면 성골에게

만 대를 이을 자격이 있는 것이 아니라 왕위를 자신의 자녀에게만 물려주겠다는 소리였다. 승만왕후가 낳은 아이가 일찍 죽었으므로 진평왕이 왕위를 덕만에게 물려주겠다고 했을 때 덕만공주가 놀란 것도 당연한 일이었다.

"춘추로 하십시오. 저는 춘추를 보필하면서 살고 싶습니다."

춘추가 열 살이나 어리지만 곧 건장한 청년으로 자랄 것이고, 그러면 춘추와 혼인해서 왕후로 사는 것이 덕만의 바람이었다. 그러나……

"아니다. 보위는 네가 이어라. 그러기 위해서는 한 가지 해야 할 일이 있다. 성골 사내아이를 낳아 뒷소리가 없게 해야 한다."

놀랍게도 왕의 주문은 성골인 용수나 용춘과 맺어 사내아이를 낳아야 한다는 것이었다. 효심이 깊은 천명공주는 두 남편을 덕만에게 양보하고 출궁(出宮)했다.

덕만공주가 용수와 용춘을 남편으로 두게 되자 진평왕은 천화공주를 백룡공에게 주었다. 용수가 죽은 뒤에는 삼서제(三壻制)를 두어 용춘과 함께 흠반공과 을제공의 색공을 받고 있었으나 덕만공주에게서는 아직 아무런 소식이 없었다.

김춘추는 잘난 사내였을 뿐 아니라 소생이 없는 덕만공주에게 무슨 일이 생기면 뒤를 이을 첫 사람이다. 그럴 때가 온다면? 모든 것이 머릿속의 생각이 아니라 눈앞의 현실로 나타난다면?

보위를 잇게 될지도 모르는 춘추는 후사를 생각해야 했다. 하지만 첩을 둔다고 해도 성골이 아닌 유신의 누이를 맞아들인다는 것은 생각하기 어려운 일이었다. 혼인하겠다고 말을 꺼내는 것만으로도 화를 부르는 것이 되겠으나 다행히도 덕만공주의 가슴에서 지울 수 없는 사람이 바로 춘추라는 것을 김유신은 눈치채고 있었다.

하늘을 잡아야 한다! 자신의 앞날을 위해 유신은 둘째누이 문희를 춘추와 맺어지게 하려고 나름대로 일을 꾸몄던 것이다. 첫째누이 보희는 모든 것이 맏딸다운 데가 있어 믿을 수 있었으나, 유신은 활달하고 욕심 많은 둘째누이 문희에게 자신의 생각을 말했고 문희 또한 즐거이 따랐던 것이다.

막연한 기다림으로 하여 무척이나 지루한 겨울이었으나 마침내 봄이 왔다. 만물이 소생하는 봄이 되어 땅에서는 싹이 움트고 메마른 가지에도 물이 올라 파란 눈을 내밀기 시작했다. 그런데 이른 아침부터 눈이 내렸다. 언제고 봄을 시샘하는 꽃샘추위가 있었으련만 이번에는 추위 대신 철 늦은 눈이다. 펑펑 쏟아지는 눈으로 매우 포근한 날씨였다.

김유신은 아침부터 점심때가 다 될 때까지 마루에 나앉아 있었다. 며칠 새 쓸쓸하고 답답한 가슴을 달랠 길이 없었다. 깊은 병이 든 것처럼 너무 맥이 없어 술을 마실 수도 말을 달리며 바람을 쐴 수도 없었다. 마루에 벅수처럼 앉아 마당을 바라보는 김유신 때문에 뒤채 마당에는 사람들의 발길이 끊겼고 하얀 눈만 내려 쌓이고 있었다.

이럴 때는 옥두리와 노는 것이 제일이다. 벗골에 가면 외롭게 지내는 춤새가 깜짝 반가워하겠지만, 같은 서라벌에 살고 있어서 그런지 옥두리 생각이 먼저다. 색사를 하지 않아도 늘 환하게 웃고 있는 옥두리를 보면 저절로 기분이 좋아진다. 자신보다 머리회전이 빠른 옥두리를 시샘할 수도 있었지만 아직 한 번도 그런 생각을 해본 적이 없다.

옥두리가 보고 싶지만 오늘은 안가로 가지는 않을 것이다. 어제도 늦게까지 옥두리를 만나고 왔던 것이다.

고개를 젓던 김유신이 잠깐 숨을 멈췄다. 이런저런 상념에 빠져 있던 온몸의 신경이 놀란 새처럼 날아올랐다. 사박사박 발자국 소리가 귀에 잡히고 소리를 따라 눈 속에 꽃처럼 피어나는 고운 자태가 다가왔다.

아직껏 '아지'라는 아명을 쓰는 둘째누이 문희였다. 쓰개옷을 벗은 누이는 인사 삼아 방긋 웃고 오라비 곁에 앉았다. 오라비의 눈길을 받은 누이의 두 볼이 발갛게 물들었다.

참으로 어여쁘다, 선녀인 듯! 옥두리 생각에 빠져 있어서였던가? 제 누이지만 새삼 처음 보는 듯한 아름다움이었다.

순간, 김유신이 날카롭게 긴장했다. 이 아이의 이런 모습은? 터질 듯한 긴장을 누이는 흰 베로 푸른 하늘을 가르듯 풀어냈다.

"소녀, 아이를 가진 듯하옵니다."

"정말이더냐?"

오라비가 온몸으로 물었다.

"예!"

온통 붉어진 얼굴. 그러나 누이는 두 눈을 들어 자랑스레 오라비 김유신을 바라보았다. 드디어 김춘추의 아이를 가진 것이다.

"춘추공한테도 말하였느냐?"

"오라버니에게 먼저 말씀드리는 것이 옳다고 생각하여 누구에게도 말하지 않았습니다."

슬기로운 아이! 말하지 않아도 오라비의 뜻을 짐작할 수 있는 슬기로운 아이. 무슨 일이건 마음먹은 대로 거침없이 행동에 옮길 수 있는 아이였기에 첫째누이를 놔두고 둘째 문희를 춘추에게 주었던 유신이다.

"잘했다. 다시는 누구에게도 입을 열어서는 안 된다. 천지신명에 아뢰어 아이의 복을 빌어서도 안 된다. 내가 입을 열어 말하기 전에는 너 자신마저도 이 일을 잊도록 해라."

"예."

누이가 다소곳하게 머리를 숙였다.

"임신은 특히 초기에 몸을 조심하라고 했다. 앞으로 두어

달 동안은 춘추공을 멀리하도록 해라. 아이가 잘못되면 애써 쌓은 공든 탑이 무너진다."

처녀의 몸으로 몰래 아이를 밴 당찬 여인이었으나 그래도 오라비 앞에서는 얼굴이 발갛게 물든다. 처녀의 부끄러움인가, 아이를 가진 여인의 황홀한 마음인가.

"너는 아들을 낳을 것이다. 그리고 그 아이는 앞으로 이 나라의 대들보가 될 것이다."

오라비가 사랑스러운 누이의 얼굴을 들여다보며 살짝 흥분한 어조로 말하자, '아이~' 누이가 콧소리로 응석을 부리며 몸을 틀었다. 문득 정신을 차린 듯 오라비가 누이에게 다정스러운 말을 건넸다.

"오랜만에 눈구경이나 실컷 하자. 앞으로는 함께 눈구경하기도 어려울 것이다. 이리 푸짐한 것을 보니 올해도 큰 풍년이 들겠구나."

오라비 유신의 눈길은 누이에게서 다시 눈이 펑펑 쏟아지는 마당으로 향했다.

며칠 지나지 않아 곳곳에서 머리를 내민 풀과 나뭇잎들이 서로를 부르듯 손짓하더니 어느새 온 산과 들판에 화창한 봄기운이 넘쳐흘렀다. 따뜻하게 불어오는 봄바람에는 이미 꽃냄새가 가득히 실려 있었다.

마침내 때가 왔다. 여느 때처럼 덕만공주가 남산에 올라 봄맞이를 한다는 소식이 전해졌다.

공주의 행차가 남산에 오르기 이틀 전 유신은 이른 아침부터 집안의 종을 모두 불러모으고 명을 내렸다.

"내 누이가 혼인도 하지 않은 처녀의 몸으로 아이를 갖는 죄를 지었으니 불에 태워 죽여야겠다. 너희는 오늘부터 저자에 나가 숯을 하나도 남김없이 모두 사다가 앞마당에 쌓도록 해라."

모두가 놀라지 않을 수 없었다. 그러나……

"큰불을 피우려면 숯보다 마른나무가 더 낫지 않겠습니까?"

"건방진 것! 함부로 조동아리 놀리지 말고 시키는 대로만 해라."

다짜고짜 호된 꾸중이었다. 제법 똑똑한 체하려던 종놈은 낯이 벌게져서 자라목이 되었다.

서라벌의 웬만한 집에서는 나무를 때지 않고 숯을 피워 음식을 만든다. 소판대인 집의 종들이 달려나가 숯을 거두어들이니, 오래지 않아 저자에는 숯이 동나고 말았다. 늦게야 숯을 사러 온 다른 집 종들은 빈손으로 돌아가 제 주인에게 김유신이 아이 밴 누이를 불태워 죽이기 위해 숯을 거두었음을 아뢰고 떠벌렸다. 그날 해안으로 서라벌은 온통 김유신 누이의 소문으로 들썩거리게 되었다.

"김유신의 누이가 처녀의 몸으로 아이를 뱄다는데, 정말일까?"

"얼마나 간덩이가 부었기에 김유신을 걸어 헛소리를 하겠나? 그보다는 아이 아비가 누굴까? 한집에 사는 종놈일까?"

"설마하니 종놈이기야 하겠어? 어느 귀족 집안의 공자님이겠지."

"그렇다면 아예 혼인을 시키지 무엇하러 제 누이를 태워 죽인단 말인가?"

"맞아. 말하기조차 부끄러운 사람이니 그 누이도 입을 다물고 있겠지."

"또 모르지. 너무 지체가 높아서 소판대인의 집과 혼인을 하려 들지 않았는지도."

사람들은 한 귀족의 집안에서 일어난 아름답지 못한 일을 두고 매우 흥미로워했다. 귀족 집안의 처녀가 설마하니 종놈의 아이를 가졌을 리가 없을 것이고 보면 아이의 아비는 같은 귀족일 것임에 틀림없었다. 그러나 누가 함부로 범 무서운 줄 모르고 김유신의 누이에게 아이를 갖도록 했단 말인가.

"제 누이까지 불에 태워 죽이는 김유신이다. 그 사내가 누구든 살아나기 어려울걸."

"옳은 소리야. 아마 그 한 사람에 지나지 않고 그 집안을 아예 떼죽음시키고야 말 것일세."

"서라벌에 피바람이 불겠군. 그 집안인들 앉아서 당하고 있지만은 않을 테니."

유신의 매질에 견디다 못한 누이의 입에서 누구의 이름이 튀어나와 피를 부르게 될지 모른다. 사람들은 서로의 얼굴을 들여다보며 새로운 소식을 듣고 싶어 했고 지나가는 바람소리에도 귀를 기울였다.

이튿날에도 소판대인 집 종들은 이른 아침부터 저자에 나가 숯과 나무를 거두어들이며 나발을 불어댔다. 그러나 종들도 그 사내가 누구인지는 모른다고 했다.

성질 급한 사람들은 유신의 집 담 위로 솟아오른 숯과 나무 무더기를 보고 와서는 이제라도 불길이 솟아오를 듯 떠벌렸다. 남산으로 꽃놀이 가는 공주보다 유신의 누이 소문이 더 질펀하게 퍼졌다.

궁성에서 물오르는 나무를 보며 궁성 바깥의 봄을 그리던 덕만공주가 드디어 몇몇 신하를 거느리고 남산에 올랐다. 온 산을 물들이듯 진달래가 마음껏 제 아름다움을 자랑한다.

꽃밭에 날아든 나비인가? 어린 계집아이처럼 꽃잎을 볼에 부벼도 보고 입에 넣기도 한다. 따스한 봄바람에 가슴을 열고 꽃냄새에 취해 있던 공주는 문득 여러 신하가 모여 수군거리는 것을 깨달았다. 뒤돌아보니 서라벌에서 한 줄기 검은 연기가 솟아오르고 있었다.

"큰일이오. 저러다 불길이 이웃으로 크게 번지는 것 아니오?"

공주가 걱정했으나 신하들은 조금도 놀란 얼굴이 아니었다. 모두들 이미 알고 있었던 듯 서로 눈치를 보아가며 덕만공주에게 아뢰었다.

"소판대인의 아들 유신이 제 집 마당에 숯과 나무를 쌓아놓고 불을 피운 것으로 압니다."

"유신이 무엇 때문에 저리도 큰불을 피운단 말이오?"

공주가 되물었다.

"유신의 둘째누이가 아직 혼인도 하지 않은 처녀의 몸으로 아이를 갖는 죄를 지었으므로 유신이 제 누이를 불에 태워 죽인다 합니다."

"처녀의 몸으로 아이를 가졌다고 사랑스러운 누이를 죽이다니? 그게 말이나 되는 소리인가?"

혼잣말처럼 중얼거리던 공주의 입에서 돌연 높은 소리가 나왔다.

"필시 그 아비가 문제일 것이다. 누구인가? 그 아이의 아비는?"

역시 총명하기로 소문난 덕만공주였다. 말도 안 되는 짓거리에는 반드시 그만한 까닭이 있다는 데 생각이 미친 것이다. 미리 소문을 들었던 신하들이 더 궁금했으나 모르기는 마찬가지였다.

"소판대인은 알고 있을 것이오. 아이의 아비가 누구요?"

마침내 서현이 불려와 공주 앞에 읍하고 섰으나 서현으로서는 처음 듣는 소리였다. 일의 속내를 알 턱이 없었다.

"황공합니다. 신은 전혀 모르고 있었습니다."

모르는 일이다? 모든 사람이 다 알고 있는 자식들의 일을 아비인 서현이 모르고 있다는 것은 말이 되지 않는다.

누군가? 감히 폐하의 뒤를 이어 보위에 오를 덕만공주 앞에서도 서현의 입을 다물게 할 수 있는 사람은? 공주의 성난 눈빛이 파르르 떨며 신하들의 얼굴 위로 흘렀다. 흙빛이 되어 몸을 떨고 있는 춘추가 한눈에 잡혔다.

춘추가? 공주의 두 눈에 시퍼런 불길이 일었다. 춘추가 공주의 눈길을 견디지 못하고 고개를 푹 꺾었다. 오랜 세월 가슴 깊숙이 담아두고 살았던 춘추. 모욕이라도 당한 것처럼 공주의 얼굴이 붉어지며 숨이 가빠졌다

도대체 어찌 된 사람인가? 춘추는 넋이 나간 것인가? 덕만공주의 가슴은 싹쓸바람에 일렁이는 파도처럼 거세게 뛰놀았다.

어찌해야 하는가? 쉽게 가라앉지 않는 가슴이었다. 그러나 공주는 여느 아녀자일 수가 없었다. 흙빛이 되어 온몸을 덜덜 떨고 있는 춘추를 보며 애증이 교차하던 덕만공주는 문득 춘

추가 가엾다는 생각이 들었다. 설혹 춘추가 밉다고 해도 죄 없는 목숨을 죽일 만큼 모진 덕만공주도 아니었다.

"무엇하느냐? 당장 달려가서 구하지 않고! 죄 없는 사람이 불에 타죽기를 기다리는 것이냐?"

"예!"

내려치는 불벼락에 춘추가 바윗돌이 구르듯 산을 달려 내려갔다.

춘추가 바람같이 말을 달려가는 것을 넋 놓고 쳐다보던 덕만공주가 시선을 돌려 신하들을 바라보았다. 어느새 공주의 낯빛은 하얗게 질려 있었으나 목소리는 평온했다.

"서현공, 저들이 저토록 서로를 생각하고 이미 아이까지 있다 하니 잔치를 치러주는 것이 어떻겠소?"

"예?"

뜻밖이었다. 춘추는 덕만공주의 뒤를 이을 첫 사람이다. 용수와 천명공주의 아들인 춘추는 용춘과 덕만공주에게도 자식과 같은 존재다. 춘추에 대한 덕만공주의 사랑이 조카와 자식 이상임을 모를 사람도 없었다. 더구나 덕만공주는 마흔이 된 지금까지도 아직 생산을 하지 못하고 있다.

춘추는 오래전에 보종의 딸 보라를 정처로 두었지만 보라는 아직 딸 하나만 낳았을 뿐이다. 겉으로는 건강해도 아기집이 약해 두 번이나 유산을 했다고도 한다. 만일 보라가 끝내

아들을 낳지 못하고 유신의 누이가 아들을 낳게 된다면? 그 아이는 춘추의 뒤를 이어 보위에 오를 것이다.

다른 사람도 아닌 춘추와 잔치라니. 김서현은 꿈속에 든 것처럼 정신을 차릴 수가 없었다.

"성은이 망극합니다."

한마디를 하고는 깊숙이 허리를 숙였다.

"소판대인, 마침 좋은 봄이오. 잔치를 바삐 서두르시오."

사람들도 저마다 서현에게 축하의 말을 건넸다.

덕만공주의 허락이 내리자 김유신은 서라벌이 들썩거리도록 큰 잔치를 베풀었다. 이미 서라벌 모든 사람의 눈과 귀가 쏠려 있었으므로 서라벌 전체가 흥청거렸다고 할 만큼 대단한 잔치였다. 비록 정실이 아닌 첩으로 들어가는 것이지만, 다른 데도 아닌 국가적인 길례를 올리거나 제사를 지내는 포석사(鮑石祠)에서 치르는 당당한 혼례였으니, 일을 주도했던 유신으로서는 전재산을 다 들여도 아깝지 않았을 것이다.

누구보다 책략에 능했던 유신의 계책으로 춘추는 유신과 처남매부 사이가 되었고, 유신은 누구도 얕볼 수 없는 든든한 울타리를 갖게 되었다. 늘 앞날을 내다보고 설 자리를 찾으려고 노력했던 유신이 마침내 하늘을 붙잡은 것이다.

이후 김유신의 행운은 계속되었다. 정식으로 춘추의 집에 들어간 문희는 바라던 대로 아들 법민(30대 문무왕)을 낳아주었다. 그런데 보라궁주가 둘째아이를 낳다가 산고로 아이와 함께 숨을 거두고 말았다. 고타소를 낳은 뒤 두 번이나 유산을 했던 보라궁주였으나 몸은 항상 건강했으므로 아이를 낳다가 잘못되리라고는 아무도 생각하지 못했다. 세간의 의혹이야 어쨌건, 보라궁주가 죽었으므로 포석사에서 혼례까지 치른 유신의 둘째누이 문희가 자연스럽게 춘추의 정처가 되었다. 문희가 둘째아이를 임신하자 춘추의 색사를 염려한 유신은 첫째누이 보희를 첩으로 보내 춘추를 위로하게 했다. 유신의 두 누이가 처첩이 되어 춘추를 돌보게 되었으니, 춘추와 유신은 더욱 돈독한 정을 나누게 되었다.

휘파람새

3월 삼짇날에는 강남 갔던 제비가 돌아온다고 한다. 그러나 모산성(모산현, 전북 남원 운봉)에서 수자리 사는 계백한테는 사비성에 있는 아사녀가 찾아왔다.

"화전놀이가 하고 싶어서! 말을 달리면서도 내내 그 생각만 했어요."

보고 싶었다는 쑥스러움을 묻어버리는 안해의 인사법이었다.

지난해 봄 혼인을 했는데, 가을이 되었을 때 계백은 갑작스럽게 모산성으로 발령을 받았다. 아사녀와 어머니는 말도 안 되는 일이라며 정무에게 따지겠다고 했으나, 계백은 이미 정무한테서 병부의 명에 무조건 따르라는 언질을 받은 터였다. 아무리 달솔 사걸의 눈에 들었고 정무가 뒤를 밀어준다고 해도 한계가 있다. 변방에서 고생한 경험도 없이 승승장구했다가는, 오히려 그 때문에 여러 사람의 시기를 받아 일찍 꺾일 수도 있다. 신혼의 단꿈이 식기도 전에 변방으로 떠날 수 있는

오국지 2

충성심을 증명해야 했으므로 살림을 차린 지 반년 만에 헤어져야 했고 이제야 이렇게 다시 만난 것이다.

지난해 3월 삼짇날 혼인을 했으니, 혼인기념일이다. 날짜를 맞추려고 아사녀는 그제부터 말을 타고 달렸을 것이다.

변방에서 수자리하는 최하급 장수로, 속함성에서 세운 전공 하나만으로 달솔 사걸의 눈에 들어 파격적으로 단번에 세 단계나 승진을 한 젊은 장수로서 남들의 말밥에 오르는 줄도 모르고 대뜸 화전놀이를 하자고 한다. 계백은 아사녀의 그런 철없음이 오히려 더욱 사랑스럽다.

성 바깥 소나무숲 그늘에는 활짝 핀 진달래꽃으로 숲속이 환했다. 계백이 그냥 생으로도 먹는다고 하자 아사녀는 정말이냐며 서슴없이 입으로 가져간다.

"이쁜 꽃을 먹으면 이뻐질 거 같아."

둘 다 입술이 퍼렇게 된 다음에야 가져온 숯을 피우고 전을 붙였다. 곱게 빻은 쌀가루에 물을 부어 개어두고 밤톨만큼씩 떼어내 동그랗게 눌러 익혀낸다. 다 익은 떡 위에 꽃받침을 떼어낸 진달래 꽃송이를 올려 살짝 눌러 익히면 꽃 모양이나 색깔이 변하지 않고 그대로 떡에 달라붙는다.

"나는 꽃이 자꾸 떨어지는데, 꿀을 먼저 바르면 안 될까?"

"서툰 사람은 원래 그렇게 하는 거여요. 꿀을 조금만 발라도 잘 붙으니까 꽃을 붙일 때는 아주 조금만 바르고 화전이 다 된

다음에 먹을 만큼 적당히 다시 바르면 돼요."

계백도 함께 화전을 만들었다. 아사녀가 화전을 접시에 펼쳐놓고 꿀을 바르자 반들반들 화려하고 향긋한 것이 더욱 먹음직스러웠다. 보기 좋은 떡이 먹기도 좋다는 정도가 아니다. 따뜻한 떡을 입에 넣으니 진달래와 꿀 향기가 입안 가득 퍼지고 쫄깃쫄깃한 질감도 매우 좋았다. 배가 부르게 먹어도 질리기는커녕 만드는 것도, 입에 넣으며 함께 웃는 것도 매번 처음인 듯 즐거웠다.

다음 날 계백은 오전 근무만 마치고 돌아왔다. 점심을 마친 뒤 찻물을 숯불에 올려놓은 아사녀가 차를 꺼내는가 했더니 뜻밖에도 작은 꽃송이들이었다.

"내가 제일 좋아하는 매화꽃이어요."

"그래?"

하하, 웃음이 나오는 걸 꿀꺽 삼켰다. 이른 봄에는 그다지 귀할 것도 없는 꽃. '나도 그런데'라고 해야 했다는 것을 깨달았을 때는 이미 너무 늦었다. 그러나 계백의 가볍게 놀란 얼굴에 아사녀의 얼굴이 더욱 환해졌다.

"그늘에서 말렸다가 우려내면 향이 더 진해진다고 하지만 나한테는 안 맞아요. 나도 꽃을 따서 말리기는 하지만 물에 띄우면 다시 생생하게 살아나는 것이 좋아서 그럴 뿐, 그 맛은 별로여요."

그래서 꽃을 따서 말리는 것은 그저 다시 싱싱해지는 꽃송이를 보려는 것일 뿐, 차로 우려내는 것은 이처럼 막 따왔을 때뿐이라는 것이다.

"매화차는 이렇게 날것으로 우려내는 게 좋아요. 봐요, 꽃잎이 너무 이쁘잖아요."

"그러니까 꽃을 우려먹는 거야?"

"향기도 좋고, 얼마나 예쁜데! 하지만 물이 너무 뜨거우면 꽃잎이 누렇게 변해버리니까 물이 조금 식은 다음에 꽃을 넣어야 돼요."

찻잎을 넣고 물을 끓이며 찻물이 변하는 정도로 우러나는 정도를 짐작하고 눈으로 그 맛을 음미하는 데 익숙했지만, 이렇게 찻잔에 띄운 예쁜 꽃잎을 보는 게 훨씬 낫다는 생각도 들었다. 찻잔을 들자 매화향기가 가득하다. 꽃가지에 코를 대는 것보다 훨씬 짙고 깊은 향기였다.

처음 마셔보는 것이지만 달콤한 꽃냄새가 그대로 온몸에 전해지는 것 같았다.

"활짝 핀 것보다는 이렇게 막 벌어지는 꽃이 더 향기가 좋아요."

"그런데 이렇게 이쁜 꽃송이를 따먹는 건 너무 심하지 않아? 꽃들이 열매를 맺을 수가 없잖아. 꽃가지에 코를 대고 냄새만 맡아도 좋은데."

"무슨 말씀! 다닥다닥 붙은 꽃을 솎아주어야 매실이 튼실해지고 맛도 좋아져요."

사과나 배나무를 가지치기하는 것처럼 부지런한 여름지기들은 꽃을 솎아주기도 한단다. 사실 애벌레나 지렁이는 무서워하면서도 아무렇지도 않게 칼을 들어 닭을 잡고 도마에서 파닥거리는 물고기를 만지는 안해 아사녀다.

보름 동안이나 함께 있다가 사비로 돌아갔던 아사녀가 여름이 지나기도 전에 다시 모산성으로 찾아왔다. 뜻밖에도 이번에는 두 마리의 말이 끄는 화려한 수레를 타고, 시중드는 여종도 둘이나 거느리고 있었다.

"여기 삼신할미는 인정이 많은가 봐요. 사비에서는 반년이나 살아도 소식이 없었는데 여기서는 보름밖에 머물지 않았는데 아기를 점지해주셨어요."

임신 사실을 알고 너무 좋아서 하루빨리 알려주고 싶었단다. 또 몸이 무거워지면 움직이기도 어렵다. 아이를 낳아도 한동안은 여행이 어려워지므로 다시 찾아온 것이다. 봄철에 이어 또다시 계속된 외박으로 눈총을 받을지도 모른다는 걱정이 없는 것도 아니었지만, 틈나는 대로 계백은 아사녀와 함께 꿈같은 시간을 보냈다.

정무가 붙여 보낸 시중꾼들은 귀한 유리잔 다루듯 조심조

오국지 2

심 아사녀를 받들었지만 모기 같은 미물들은 귀한 사람을 알아보지 못했다.

"독뱀한테 물린 모기가 나를 물었다! 독뱀한테 물린 모기가 나를 물었다!"

"푸하하하!"

저녁상 앞에 앉던 아사녀가 비명을 지르며 팔팔 뛰었으나 계백은 배를 잡고 뒹굴었다.

"어떻게 알았어?"

"아파, 너무 아파 죽을 것 같아!"

아사녀가 팔을 들어 보였다.

"봐요, 이렇게 통통 부었잖아!"

반은 울음 섞인 목소리다.

"독뱀한테 물린 모기가 아니면 어떻게 이렇게 아플 수가 있어요?"

"우리 이쁜 아사녀를 물다니! 그놈 참, 진짜 나쁜 모기다. 그래도, 걱정 마. 그놈 벌 받아 죽을 거니까."

"맞아, 벌 받아도 돼! 근데 그걸 어떻게 알아요?"

"어떻게 알긴. 독뱀한테 물렸다면서. 사람도 죽는데 모기같이 작은 벌레가 독뱀한테 물리고도 살아나? 말도 안 되지."

안해를 위로한다는 게 또 사고를 치고 말았다.

"그럼 나는 어떡해? 나도 죽어요?"

"아사녀가 죽긴 왜 죽어? 모기가 죽는다고 사람도 죽어?"

"나도 독뱀한테 물린 거잖아요! 나도 죽을 거야! 우리 아기 불쌍해서 어떻게 해?"

"하이고!"

계백은 모기 물린 자리를 힘껏 빨아냈다.

"괜찮을 거야. 독뱀한테 직접 물려도 이렇게 독을 빨아내면 아무렇지도 않아."

아사녀는 계백이 빠는 게 아프다고 하면서도, 아픈 만큼 독이 빠지는 것 같아 좋은 모양이었다.

이튿날 새벽 아직 단잠에 빠진 계백을 아사녀가 깨웠다. 마침 요강이 없었으므로 무서움을 타는 아사녀를 따라 계백도 함께 바깥으로 나가야 했다.

"휘파람새가 울어요."

"휘파람새?"

"들어봐요. 호오이 호오이, 휘파람새가 울잖아요."

"아, 아!"

계백의 입이 벙긋 벌어졌다. 새소리를 들어보라고 잠을 깨우는 안해가 너무 귀엽고 사랑스럽다.

이런, 숙맥! 귀신새 우는 소리도 처음 들어봐? 아니, 아는 척하는 놈들은 호랑지빠귀라고 했었지! 휘파람새는 생김도 다르고 우는 소리도 많이 다르다. 호-호히호, 호-호히호. '호-' 소리를 내다가 빠르게 '호히호' 하고 운다. '호-' 하는 소리도 귀신새 울음보다는 훨씬 짧아 즐겁게 지저귀는 것 같다. 지렁이를 먹는 알록달록한 귀신새보다 등은 갈색, 배는 회백색으로 때깔도 곱고 덩치도 훨씬 작다.

그러나 계백은 입 밖으로 나오는 말을 꿀꺽 집어삼켰다.

"휘파람새인지 어떻게 알았어?"

"휘파람을 부니까 휘파람새지. 새가 저렇게 맑고 높은 소리로 휘파람을 다 불다니, 정말 신기해!"

신기하기는 계백도 마찬가지다. 아이들처럼 아무렇게나 생각나는 대로 믿는 아사녀.

휘-히잇 호-. 계백은 아사녀가 무서워할까 봐 끝내 귀신새란 말을 입에 올리지 않았다. 호랑지빠귀라는 괴상한 이름도. 하기야 죄 많은 사람들이나 무서워하는 귀신새를 아사녀가 알아야 할 필요는 없을 테니까. 사실 지난봄 삼짇날에 아사녀가 왔을 때도 귀신새가 울기 시작했지만 혹시라도 신경이 쓰일까 봐 아사녀한테 새소리를 들어보라고 하지 않았었다. 그러고 보니 진달래가 피는 밤이면 두견이라고도 하는 소쩍새만 우는 게 아니다.

"또 휘파람새가 울어요. 어떻게 저렇게 목청이 좋아요?"

밤이면 화장실에 갈 때마다 바깥에 계백을 세워두는 아사녀지만 귀신새 우는 소리를 무서워하기는커녕 늘 반가운 모양이었다.

물이 차갑다고 하면서도 아사녀는 냇물에 들어가 놀기를 좋아했다. 함께 묵는 집주인 아낙에게 배운 솜씨로 다슬기를 잡아 다슬기국을 끓여내기도 했다. 임신 중에는 몸조심을 해야 한다고 해도, 다슬기 같은 미물이라도 살생하면 안 된다고 말려도, 그때마다 뱃속의 아이가 하고 싶은 대로 해주지 않으면 말썽쟁이를 낳게 되어 두고두고 고생하는 법이라고 우겨댔다.

수풀이 많은 곳에 사는 계백이 걱정되었는지, 다시 사비로 떠나는 아사녀가 신신당부했다.

"뱀조심해요. 곁에 빨아줄 사람도 없을 때 물리면 큰일이잖아요."

어린아이들의 걱정 같은 소리였지만 오랫동안 귓속에 맴도는 말이 되었다. 이듬해 봄이 오기도 전에 아이를 낳던 아사녀가 아이와 함께 먼저 이승을 떠났으므로 그때 들은 인사말이 이승에서의 마지막 말이 되고 말았다.

마른하늘에 날벼락도 이렇지는 않을 것이다. 그야말로 땅이 꺼지고 하늘이 무너지는 소리였다.

"아사녀가 죽어요? 아이를 낳다가?"

아이가 태어나기를 손꼽아 기다리던 계백은 무법 스님이 가져온 뜻밖의 소식에 그대로 넋을 놓고 얼간이가 되어버렸다.

눈물도 나오지 않았다. 젊은 나이에 이승을 버린 아사녀가 가없다는 생각도 너무 멀게 느껴졌다. 너무 슬퍼하지 말라고, 이미 저승으로 떠난 사람 편하게 보내주라고 위로하는 소리도 스쳐가는 바람소리처럼 귀에 닿지 않았다. 뭐라고 대꾸를 해야 한다는 생각도 너무 멀었다. 정신을 차리라는 소리도, 산 사람은 살아야 한다는 소리도 그저 꿈결처럼 아득했다. 모든 것이 희부연 안개에 싸인 것처럼 뚜렷하지가 않았다.

그렇게 낮이 지나고 밤이 갔다. 어제가 오늘이고 오늘이 어제인 듯 하루하루가 구분이 되지 않았다. 똑같은 날들이었다.

본인은 무엇인지도 모르고 곁에 있는 사람들만 애를 태우며 달포가 지났을 때였다. 잠자리에 누웠던 계백이 홀연히 일어나 방문을 열더니 휘청거리며 밖으로 나갔다. 그러나 아직 기운이 없는 듯 툇마루에 앉아 벽에다 등을 기댔다.

휘-히잇 호-. 어느새 봄이 한창인가. 휘파람새가 울고 있었다. 귀신새를 몰랐던 아사녀가 새의 울음소리가 휘파람처럼 맑고 높다고 멋대로 붙여준 이름 휘파람새.

휘-히잇 호-, 휘-히잇 호-. 날이 밝을 때까지 휘파람새가 울었고 계백도 그렇게 밤을 새웠다. 그리고 날이 밝아 자리에 든 계백은 깊은 잠에 곯아떨어졌다.

저녁때 깨어난 계백은 눈에 생기가 돌았고, 곁을 지키던 무법 스님이 걱정되어 말릴 정도로 밥도 두 그릇이나 깨끗이 비워냈다. 밤이 이슥하도록 무법 스님이 끓여내는 차를 마시며 밀린 이야기도 나누었다. 그러나 계백은 아사녀를 입에 올리지 않았고 무법 스님도 사비 소식은 피해갔다.

계백이 건강을 되찾고 업무에 복귀하자 그때까지 한시도 곁을 뜨지 못하고 지키며 수발을 하던 무법 스님도 다시 길을 떠났다. 그러나 말수가 적어지고 문득문득 생각에 잠기는 계백을 그대로 두고 갈 수가 없어서 스님은 한마디 당부를 붙였다.

"무슨 마군이 씌었는지 만덕산에다 토굴을 하나 묻었다. 미륵사라고 이름도 그럴듯하게 지었다. 방문을 열어젖히면 그대로 한 마리 독수리가 되는 곳이다. 토굴 뒤에 널찍한 바위가 있는데 볕이 좋을 때는 낮잠을 즐기기에 그만이다."

"알겠습니다. 한번 찾아뵙겠습니다."

"말로만 그리 하지 말고 꼭 한번 왔다 가거라. 내가 없더라도 네 먹을 식량은 떨어뜨리지 않을 것이니 며칠이고 푹 쉬었다 가거라. 쉬어갈 짬이 없다 하지 마라. 모든 것이 바위틈에 고인 물과 그 속에 잠긴 하늘임을 잊지 말아라."

바위틈에 고인 물과 하늘이란 다름이 아니다.

바위틈에 고인 물이 하늘을 머금는다.

하늘은 바위틈에 고인 물 속에 잠겨서도 고요히 자유롭다.

마음자리를 어디에 두겠는가?

물인가, 하늘인가?

자신도 모르게 화두 하나를 던져준 무법 스님은 길을 떠났고 계백도 예전 생활로 돌아갔다. 달라진 것이 있다면 바깥으로 나도는 일이 많아졌다는 것 정도였다.

그러나 계백은 말미를 받아도 모산성을 떠나지 않았다. 사비에도 돌아가지 않았다. 병부로 돌아와 내근을 하라는 전출 명령이 내려왔을 때도 계속 모산성에 있기를 자원했다. 휘파람새가 우는 모산성을 떠날 수가 없었던 것이다. 아니, 어쩌면 아사녀가 없는 집에 돌아갈 자신이 없었기 때문인지도. 아사녀의 무덤을 차마 볼 수가 없어서였는지도 모른다. 그렇게 여름과 가을이 지나 휘파람새도 소쩍새도 울지 않는 겨울이 되었어도 계백은 모산성을 떠나지 못했다.

어느새 동지도 지났다. 노루꼬리만큼씩 해는 길어지지만 오히려 추운 겨울은 이제부터 시작이다. 감기몸살이라도 된통 앓는 것처럼 몸이 무겁고 기운이 없었지만 계백은 바깥으로 나돌았다. 타고 남은 재 속에도 불덩이가 들어 있는 것처럼, 아니 불길이 꺼진 자리에서 매운 연기만 피어오른 것처럼, 가슴 속에 꺼지지 않는 잿불이라도 들어 있는 것처럼 늘 답답하고 때도 없이 갈증이 일어났다. 방 안에서도 오한을 느꼈지만 바깥으로 나가 찬바람을 마셔야만 답답했던 가슴이 조금이나마 풀리는 것 같았다.

며칠 만에 짬을 내 찬바람을 마시며 정처 없이 걷던 길이었다. 산길을 따라 걷던 계백의 발길이 저절로 위쪽으로 향했다. 모두 활엽수뿐인 숲속에서 여태 낙엽으로 지지 않고 남아 있는 푸른 나뭇잎무더기를 보았기 때문이다. 대체 무슨 나뭇잎인가 싶어 저도 모르게 눈을 헤치며 다가가던 계백의 두 눈이 크게 벌어졌다.

꽃이다! 틀림없는 꽃이다! '대한이 소한 집에 마실갔다가 얼어죽었다'는 바로 그 소한(小寒) 절기가 바로 오늘이다. 그 소한 대한 독한 추위 속에서도 푸른 나뭇잎이 무성하게 매달린 것도 신기할 따름인데, 더구나 꽃이라니!

흰 꽃잎이 말갛게 얼어 있었지만 분명 하나의 생명으로 피어난 꽃송이들이었다. 이미 시들고 갈색으로 말라붙은 놈도 있었지만 가늘고 기다란 꽃망울이 조롱조롱 주저리주저리 온 나무 온 가지에 숨어 있었다.

초여름에 피는 금은화(인동초꽃) 정도의 가녀린 몸들이 활짝 피지 못하고 수줍은 듯 노란 꽃술을 겨우 내밀고 있는 나무줄기는 어른 키에 굵기도 겨우 손가락 정도로 개나리 줄기를 보는 것 같았다. 젓가락 끝 굵기만큼도 안 되는 작은 가지마다 밥풀처럼 하얀 꽃들은 홀로 피지 않고 반드시 두 송이가 나란히 피어 있었다.

하얗게 생생한 꽃송이도, 말갛게 얼어붙은 꽃송이도 신기하고 예뻐서 하염없이 들여다보다가 문득 눈물이 날 뻔했다. 소한대한 모진 추위 속에서 애처롭게 피어난 꽃, 사람이 철을 잊고 살다 보니 모산성에서는 풀도 나무도 철없어지는 것인가?

부지런히 걸어도 반 시각이 넘는 곳이었지만 짬이 날 때마다 계백의 발길은 그곳으로 향했다.

"해야, 어서어서 길어지거라. 따사로운 햇볕을 조금만 더 내리쪼여라."

꽃나무 앞에 설 때마다 계백은 저도 모르게 눈이 시리게 차가운 하늘을 향해 빌고 있었다. 양지쪽 비탈이지만 앞산에 가려 응달진 곳이어서 해가 짧은 지금으로서는 하루에 한 시각도 볕이 들지 않는 곳이다. 그나마 나뭇가지 그늘에 막혀 온전한 햇볕이 아니다.

모산성은 대나무가 얼어버릴 만큼 추운 곳이다. 소나무처럼 사철 푸른 잎을 자랑하는 것이 대나무다. 그러나 여기서는 볕바른 곳에 있는 대나무들도 눈밭에 쓰러졌다가 일어나지만 오히려 만물이 소생하는 봄이 되면 댓잎이 모두 누렇게 말라 떨어지고 만다. 마침내 지난겨울 추위를 이기지 못하고 죽었는가 싶게 애를 태우다가 뒤늦게야 새잎이 돋아나기 시작해서 아무 일 없었다는 듯이 여름을 보내고 가을, 겨울을 맞는다.

휘파람새

아직 벌 나비가 나오지 않는 철에 일찍 피는 동백꽃은 동박새가 수정을 시켜 열매를 맺는다지만, 소한대한 가장 혹독한 추위 속에 피어 있는 이 작은 꽃은 대관절 무엇이 열매를 맺게 해줄까? 비록 벌 나비를 부르는 향기는 적었지만 추위에 굴하지 않고 조금씩 자라는 꽃망울 끝에는 어린아이의 빨개진 볼처럼, 예쁜 입술처럼 한 점 붉은 기운이 서려 있어, 보는 눈까지 따뜻해졌다. 화려하지 않고 맑고 고운 모습이 소리없이 웃는 아사녀의 자태를 그대로 보는 것도 같았다.

한겨울 햇볕도 닿지 않는 곳에서 피어난 꽃처럼 우리 아사녀도 내 눈이 닿지 않는 저승에서 우리 아이와 웃고 있을까? 아이는 건강하게 얼마나 자랐을까? 아직 무덤에도 가보지 못했는데, 아비의 모습을 아사녀는 어떻게 일러줄까? 아이는 아비를 알아볼 수 있을까? 나도 우리 아이를 알아볼 수 있을까?

설핏 들었던 잠이 멀리 달아나버렸다. 저도 모르게 벌떡 윗몸이 일어나 앉았으나 잠시 뒤 계백은 다시 그대로 몸을 뉘었다.

휘-히잇 호-. 춘분이 엊그제, 봄기운이 도는 산천에 노란 산수유꽃만 피는 줄 알았는데 벌써 귀신새도 돌아온 모양이다.

그래, 아사녀는 휘파람새라고 했었지. 자는 듯 자리에 누운 채 계백은 아주 오랜만에 휘파람 소리를 들었다. 휘파람새는 밤새 이 산 저 산을 날아다니며 울었고, 휘파람 소리를 따라 계백의 상념도 성벽을 넘어 골짜기를 누비고 밤하늘에 반짝이는 별들 사이를 유영했다.

밤새 휘파람 소리를 따라다니던 계백은 전포까지 차려입고 나섰다. 돌아오지 않고 곧바로 출근할 생각인 것이다. 몰래 성벽을 넘어, 어둑한 별빛을 의지해서 날이 밝기도 전에 꽃나무 앞에 도착했다.

휘파람 소리도 잠들고 계곡물 소리만 졸졸거리는 어둠이 이어지더니, 마침내 별빛이 스러지며 먼동이 터오기 시작했다. 모산성 산자락에도 어둠이 걷히고 차츰차츰 눈앞도 밝아졌다. 꽃이 지는 자리마다 초록빛 열매들이 자라고 있었다. 한 꽃자루에서 두 개의 꽃이 피었던 것처럼 두 개의 열매가 다정하게 머리를 맞대고 있다가 아예 한 몸으로 자라는 것이다. 봄이라지만 오늘 아침에도 손가락만큼 두꺼운 얼음이 얼었고 매화도 아직은 꽃망울을 키워가고 있을 뿐이다.

매화가 피고 벚꽃이 피었을 때 열매는 어느새 빨갛게 익어가고 있었다. 초록빛이 노랑으로 바뀌는가 싶으면 어느새 빨강으로 변했다. 약간 아리고 달콤해서 먹을 만했지만 계백은 빨갛게 익은 열매를 버릇처럼 만지고 있었다. 터질 듯 통통하고 말랑거리는 것이 아사녀를 만지는 것도 같고 어미와 함께 죽은 아이의 몸을 만지는 것도 같았다.

사람들이 달콤한 매화향기에 취하고 만발한 벚꽃에 눈을 팔고 있을 때 눈 속에서 자란 꽃들이 어느새 달콤한 육신을 새들에게 내어주고 있었다. 벌레도 잡지 못하고 풀씨나 찾아먹으며 배고픈 겨울을 보낸 새들에게 맨 먼저 달콤한 몸을 내주기 위해 그리도 험한 세월을 마다하지 않았던 것이다.

　다시 겨울이 오고, 이름 모를 꽃나무를 찾아다니던 계백은 그 이름을 '사랑'이라고 부르기로 했다. 가까이에서 자라던 두 그루의 나무가 서로 붙어서 하나의 몸을 이룬 것도 흔히 '사랑나무'라고 하기 때문이다.

　이 작은 꽃들은 한 탯줄에서 태어난 쌍둥이처럼 하나의 꽃자루에서 나온다. 그러나 한 배에서 나온 쌍둥이가 한 몸으로 붙어 자라지 않듯이, 이들도 하나의 꽃이 아니라 분명히 따로따로 꼬투리를 가지고 저마다 하나의 완벽한 꽃송이를 이룬다.

　사람은 아무리 우애를 가르쳐도 형제들이 서로 싸우는 수가 많고, 한날한시에 한배에서 나온 쌍둥이들도 서로 다투며 사는 경우가 있다. 그러나 이 꽃들은 두 송이가 나란히 피어 소한대한 모진 추위 속에서도 서로 보듬어 견디고 마침내 하나의 열매로 맺어진다. 그러고 보니 혼자만 살아남아 외로이 피는 사랑꽃이 없고 혼자서 열매를 이룬 것도 없지 않은가.

　각각의 몸으로 태어났으나 쌍둥이처럼 한 꽃자루에서 생겨났으니 서로를 의지하여 독한 추위도 이겨내고 마침내 하나로 사랑의 열매를 맺는 것이다. 그러므로 그 생김새마저 뭇짐승의 심장을 닮았는지도 모른다.

사랑나무를 지켜보던 세 번째 해에는 추위가 일찍 찾아왔고 파랗게 겨울을 나던 댓잎들이 소한을 지나며 어두운 색을 띠더니 대한이 지나면서 모두 누렇게 시들어버렸지만 사랑나무는 어김없이 꽃을 피웠다. 동지가 되면서 아직 푸른 잎사귀 사이로 깨알만큼씩 꽃눈이 보이더니, 나뭇잎들이 검게 마르면서 떨어지는 강추위 속에서도 사랑나무는 조금씩 푸른 생명을 키워나갔다. 꽃자루가 점점 커지며 길어지더니 마침내 터지면서 꽃송이가 드러났다. 꽃자루 하나마다 정확히 두 개씩, 추위가 더 독해졌거나 말거나 시기만 늦어졌을 뿐 태어나는 생명에는 별다른 장애가 되지 못했던 것이다.

벌 나비도 없는 한겨울 혹독한 추위 속에서, 나란히 함께 피어 마침내 하나로 열매를 맺는 꽃, 해마다 다시 보아도 그 작고 말간 몸부림에 눈물겨웠다. 나란히 붙어 있어도 서로 나온 시기가 다르면 크고 작을 수밖에 없지만, 먼저 꽃을 피운 꽃망울은 나중에 나온 꽃망울이 꽃 필 때까지 기다려주고 나중에 나온 꽃망울도 서둘러 자라 서로 함께 피어 있는 날을 만들어낸다. 외롭게 홀로 나와 있거나 둘이 서로 꽃으로 만나지 못하는 일이 없다.

비록 여느 때보다 달포도 더 지난 우수가 되어서야 꽃이 피었지만, 굴하지 않고 꿋꿋하게 버텨내 꽃을 피우고 열매를 맺었다. 따스한 봄기운을 마셔서인지 한겨울에 핀 것처럼 꽃송이들이 겨우 꽃술만 내밀지 않고 꽃잎을 모두 뒤로 젖히며 활짝 피어났고 향기도 진해졌을 뿐이다.

사람들은 소쩍새 울음에 밤잠을 설친다고 했으나 계백은 귀신새가 우는 밤이면 밤잠을 이루지 못했다. 무서워서가 아니다. 산을 타고 넘는 듯 기다란 울음소리.

휘―히잇 호―. 모산성에는 휘파람새가 운다. 추운 겨울 사랑꽃이 피어 깨알처럼 작은 열매가 맺히고, 두 열매가 하나 되어 자라는 봄이 되면, 모산성에는 휘파람새가 먼저 돌아온다. 사랑열매가 빨갛게 익어가고 매화가 만발하면 아사녀에 대한 그리움도 절정에 달했다.

무심한 봄철이 몇 번이나 지나갔어도 계백은 모산성을 떠나지 못했다. 아사녀도 없는 빈집으로 돌아갈 자신도 없었고 이른 봄부터 휘파람새가 울고 겨울이면 사랑꽃이 피는 모산성을 떠날 수도 없었다.

너나없이 춘곤증에 노곤해지는 어느 봄날, 따사로운 햇볕 아래 길을 가다가 문득 자지러지는 아이들의 웃음소리를 들었다. 수풀 가득 하얗게 무리지어 피어난 조팝나무였다.

처녀가 죽으면 처녀귀신, 총각이 죽으면 몽달귀신, 꽃처럼 이쁜 아이들이 죽어서 꽃귀신…… 산들거리는 바람이 간지러워서 부딪치는 햇살이 눈부셔서 아이들이 웃는다. 안아주던 엄마한테 웃던 웃음을, 얼러주던 아빠한테 웃던 웃음을, 쓰다듬어주고 가는 바람에게 포근한 햇살에게 웃는다.

계백은 죽은 아이를 밝은 햇살 아래서 그렇게 갑작스럽게 만났다. 그 아이를 낳다 죽은 아사녀도.

웃고 있었다. 아지랑이처럼 흔들리며 아른아른 온몸으로 웃고 있었다. 계백도 웃었다.

소리 내어 웃지는 못해도, 고개를 끄덕이며 손을 저어주며, 잘 가라고 잘 살라고 웃어주었다. 서로서로 마주 보며 오래도록 함께 웃었다.

다음 날 계백은 성주에게 전출의향서를 제출했다. 모산성주는 이번 가을이면 계백을 만난 지 6년이 된다고 했다.

영락대통일도

    을지문덕과 강이식이 경관을 크게 지은 것은 싸우다 죽은 군사들의 원혼을 위로하고 서토의 오랑캐들에게 다시는 조선에 대해 못된 생각을 품지 말라고 경고하는 뜻에서였다. 경관에 들어갔다 나오면 선배들은 눈이 별처럼 빛나고 자주 찾는 조의선인들도 늘 가슴 뿌듯한 감동을 느낀다.

    1만 군사로 경관을 지키는 것은 막리지 을지문덕과 병마도원수 강이식의 뜻이었다. 다른 사람도 아닌 당주 이세민의 의견에 따라 그 수를 줄인다는 것은 말도 안 되는 소리라는 사람도 있었지만, 경관을 지키는 군사가 너무 많다는 데는 많은 사람이 의견의 일치를 보았다. 쓸데없이 1만이나 되는 군사가 지키고 있으니 경관을 찾는 선배들이 오히려 자유롭지 못하다는 말까지 나왔다.

    "천명을 받지 않고도 당왕 이세민은 이미 서토를 다스리는 황제가 되어 있소. 태왕 천하께서는 당과 사이좋게 지내기를 바라고 계시외다."

"지키는 군사들이 200~300명만 되어도 우리 선배들이 경관을 참배하는 데는 아무런 어려움이 없소이다."

강이식과 을지문덕의 뜻을 어기지 말아야 한다고 하는 사람도 없지 않았으나 조정에서는 경관을 지키는 군사를 500명으로 결정했다. 올해 안으로 500명만 남기고 다른 군사들은 각 성과 여동군으로 돌려보내라는 천명이 내렸다.

가을 내내 연개소문은 들에 나가 살았다. 요즘에는 평양서촌(평남 평원군 순안)에서 선배들과 함께 바오달을 치고 살면서 콩밭에 나가 가을을 하고 있다. 이곳도 동부대인 연씨 가문이 세금을 거두고 군사를 뽑아 쓰는 식읍이기 때문이다. 호위군사를 제외한 일반 군사들은 모두 제집에서 생업에 바쁘겠지만 개소문은 특별히 선배들을 이끌고 식읍의 일손을 도우러 나온 것이다.

연개소문은 을지가연과 혼인하고 병풍산에 살면서부터 밭갈이를 해왔으니 쟁기질을 하고 김을 매는 데도 미립이 났다. 3년 전 평양으로 돌아온 뒤에도 장안성을 나가 식읍을 한두 곳씩 돌며 들일을 해오고 있다. 씨를 뿌릴 때는 물론이고 김을 매거나 여름을 거둘 때면 경당으로 나가는 대신 들로 나갔다. 장안성 안에서 곱게 자란 선배들은 들일을 달갑지 않게 여겼으나 개소문은 여름지기의 땀방울을 모르면 참된 싸울아비도 될 수 없다고 가르쳤다.

점심을 먹고 잠깐 쉬려던 개소문은 뜻밖의 손님을 맞았다. 불쑥 나타난 사람은 평양 장안성에 있어야 할 안해 가연이었다.

"그대가 웬일로?"

개소문의 눈이 둥그레졌다. 평양에서 50리나 떨어진 곳에 느닷없이 나타나서가 아니다. 가연은 얼룩무늬 표범가죽을 걸치고 머리에 쓴 모자에는 꿩 깃을 꽂았다. 예전의 돌바위처럼.

가연은 아무런 대꾸 없이 품에서 검은 보자기를 꺼내 끌렀다. 붉은 함이 나타나자 개소문은 저도 모르게 눈살을 찌푸렸다. 함 속에는 을지문덕의 남긴 신물이 들어 있다.

"경관에는 아니 가시겠습니까?"

"나는 그만한 그릇이 못 된다고 하지 않았소. 자꾸 말하지 마시오. 가을걷이에 바쁜 것도 보이지 않소?"

성난 말투로 나무라서인가? 가연은 더 조르지 않았다. 곧바로 보자기를 다시 싸고 매듭을 지었다. 함을 다시 품 안에 갈무리하더니 두 손을 모으고 고요히 머리를 숙였다.

"그대를 만나 지아비 지어미로 살아왔으나 이제는 그 인연도 끝났습니다. 그동안 거둬주신 은혜에 조그마한 보답도 못하고 떠남을 용서하십시오."

아닌 밤중에 홍두깨라더니!

"도대체 왜 그러시오?"

"이미 여러 번 말씀드렸으나 그대는 듣지 않았습니다. 아녀자의 좁은 소견이라면 그만이겠으나, 저로서는 막리지 전하의 유지까지도 업신여기는 사람을 언제까지 지아비로 받들고 살 수가 없습니다."

가연은 말을 마치자마자 말에 올라 바람처럼 달려가버렸다.

개소문은 오래도록 자리에 앉아 있었다. 부르러 왔던 선배들이 뒷걸음질로 물러났다.

젖먹이 아이까지 버리고 갔다! 괘씸하기 짝이 없지만, 안해는 안해대로 고집불통 사내에게 정나미가 떨어졌을 것이다.

자리에서 일어나 남은 일을 처리하고 나니 어느새 해거름이었다. 개소문은 밤길을 도와 달렸으나 안해를 따라잡지 못했다.

이틀 뒤, 압록수에 닿은 개소문은 나룻배에 서 있는 안해를 보았다. 개소문이 손을 흔들며 달려가자 막 떠나려던 나룻배가 움직이지 않고 손님을 기다렸다. 말고삐를 잡고 서 있던 가연은 개소문이 오는 것을 보자 말에 뛰어오르더니 곧장 강물 속으로 뛰어들었다.

소갈머리하고는! 개소문도 말을 달려 물에 뛰어들었으나 지친 말은 강물에 밀렸다. 지치지 않았더라도 무거운 몸을 이기기 어려울 것이다. 개소문은 물에 뛰어들어 헤엄치면서 말고삐

를 잡아끌었다. 안간힘을 다해 겨우 강을 건넜으나 말도 사람
도 지쳤다. 앞서 강을 건넌 안해는 어디로 갔는지 보이지 않았
다.

"일어서! 일어서란 말이다!"

채찍소리와 함께 날카로운 목소리가 들렸다. 눈을 떠보니
가연이 한 손에 말고삐를 잡고 채찍을 휘두르며 말을 일으켜
세우고 있었다. 그제야 정신을 차린 개소문은 억지로 일어나
말 머리를 받쳐올려 말을 일으켜세웠다.

말이 서는 것을 보자 가연은 다시 제 말에 올랐다. 개소문
이 가연의 말고삐를 잡았다.

"죽어가는 말이 불쌍해서 일으켰을 뿐입니다. 그대와 가시
버시의 인연은 이미 끝났습니다."

찬바람이 쌩쌩 돌았다.

"알고 있소. 나는 경관에 가려고 달려온 것이니 어서 신물이
나 주시오."

개소문이 볼멘소리로 무뚝뚝하게 말했으나 안해 가연은 비
로소 웃는 얼굴이 되었다. 지아비가 선배들과 가을일을 떠난
뒤로 오랜만에 만난 가시버시다. 말 머리를 나란히 하고 천천
히 나가며 서로 늦은 안부를 물었다.

이튿날 낮이 되자 가연은 병풍산으로 길을 잡았고 개소문
은 곧장 경관으로 달려갔다. 경관을 지키는 장수에게 대장인

선도해를 만나러 왔다고 전한 지 얼마 안 되어 안으로 들라는 허락이 내렸다.

"어서 오시오. 마리께서는 무슨 일로 나를 찾으셨소?"

"따로 드릴 말씀이 있어 찾아왔습니다. 먼저 사람을 물려주십시오."

선도해는 머리를 끄덕여 군사를 물렸다. 연개소문이 내놓은 신물을 받아든 선도해는 성난 눈으로 개소문을 노려보았다.

"무엇인지 아느냐?"

어린 사람을 대하듯 말투도 싹 달라졌다. 연개소문은 이미 조의를 입은 선배의 스승으로 중형의 위치에 있다. 그러나 개소문은 언짢은 낯을 하지 않고 또박또박 대꾸했다.

"을지 막리지 전하의 유품으로, 혼자 경관에 들어갈 수 있는 신물입니다."

선도해는 더 묻지 않고 신물을 품에 간직하더니 군사를 불렀다.

"곧바로 윤 장군한테 가서 연개소문이라는 이 마리도 내일 아침 다른 무리와 함께 경관을 참배할 수 있게 하라고 일러라."

"예."

군사가 나가기를 기다려 개소문이 근질거리는 입을 열었다.

"장군님, 저는 벌써 다섯 번이나 경관을 참배했습니다."

을지문덕의 신물을 가져온 것은 혼자서만 따로 경관에 들어가려는 것이다.

"다섯 번이나 참배를 했다고? 그래, 안에 들어가 무엇을 보았느냐?"

"전각 1층에는 여러 신과 싸울아비들의 그림이 있으며, 아래 너른 방에는 서토 오랑캐와 싸우다 죽은 군사들의 위패가 있습니다."

"그럴 테지."

선도해가 고개를 끄덕였다.

"하지만 이번에 네가 눈여겨볼 것은 그런 것이 아니다. 아래층 천장에 몸을 숨길 만한 곳이 있는지 잘 살펴보아라."

와그르르. 기대가 무너졌다.

"2층이나 3층에 들어가는 것이 아닙니까?"

"아래층이다. 자칫 실수하면 너는 한 마디 변명도 못하고 그 자리에서 죽는다. 저녁을 먹은 뒤 다시 오너라."

선도해가 손을 내저었다. 내일 아침에 다른 배달들과 함께 경관을 참배하라 해놓고 저녁에 만나러 오라니 무슨 소린지 모를 일이었다.

저녁을 마치고 다시 가니 선도해는 뜻밖에 무두리와 함께 있었다. 늘 사냥꾼 차림이던 무두리가 여느 장수들의 갑옷을 입고 투구까지 썼으니 몰라볼 뻔했다. 무두리와 선도해는 연개소문을 데리고 바깥으로 나갔다. 달이 밝아서 횃불도 필요 없었다. 걸음을 멈춘 곳은 작은 개울가였다.

선도해가 손을 들어 가리켰다. 군사들이 힘을 기르는 들돌 하나가 놓였을 뿐이다.

"저 들돌을 들어보고 돌아오너라."

힘을 보려는가 했으나 그리 크지도 않았다. 연개소문은 어렵지 않게 들돌을 들어 몇 걸음 옮겨놓고 개울을 건너왔다.

"다시 한 번 돌을 잘 살펴보아라. 무엇이 있을 것이다."

싱거운 소리다 싶은 순간······.

귀신인가? 연개소문은 제 눈을 믿을 수가 없었다.

돌이 잠깐 흔들리는가 싶더니 갑주를 입은 군사의 모습으로 바뀌는 것이 아닌가.

잘 보니 돌은 그대로였다. 누군가가 돌 위에 서 있는 것이다.

"저 사람은 누굽니까?"

"밤눈이 어두운 게로구나."

"가서 살펴보아라. 네가 모르는 사람은 아닐 것이다."

개소문은 단숨에 개울을 건너뛰었다. 가까이 다가간 개소문이 놀란 소리를 냈다. 뜻밖에도 무두리였던 것이다.

"장군님이 아니십니까?"

"이제야 알겠느냐?"

알겠느냐고? 무엇을?

"언제 여기로 오셨습니까?"

"네 뒤를 따라서 함께 와 있었다."

"옛? 내 뒤를 따라서? 그럼 계속 이곳에 있었단 말씀입니까?"

"그렇다. 너는 개울을 가늠하느라 딴 정신이 없었고 들돌을 드느라 곁에 내가 있는 줄도 몰랐다."

"아까 저쪽에 계시지 않았습니까?"

"눈이 어둡구나. 내가 저쪽에 있었다고?"

내가 헛것을 보았나? 개울 건너에는 이제 아무도 없다. 선도해도.

"우리를 찾느냐?"

선도해가 하하 웃었다. 어느새 두 사람이 개소문 곁에 서 있는 것이다.

"안녕하십니까? 조카들도 잘 있는지요?"

"아니, 너는?"

병풍산에 있다던 차돌이다. 두 사람도 내 뒤를 따라왔단 말인가? 도무지 정신을 차릴 수가 없다.

"두레에 나가지 않았느냐? 어찌 벌써 군사가 되었느냐?"

"함부로 떠들지 마라. 갑주를 입고 있다고 모두 군사란 말이냐? 차돌이의 이름을 검모잠으로 바꾼 지 오래다."

무두리가 웃었다.

검모잠(劍牟岑)? 얼마나 칼을 잘 쓰기에?

"너도 이제는 은신술을 익혀야 한다. 나도 오래전에 장군님께 은신술을 배웠다."

무두리를 장군님이라 부르며 선도해가 뜻밖의 소리를 했다.

은신술은 간세들이나 하는 것이지 당당한 장수들이 취할 바가 아니다. 무두리는 막리지를 은밀히 보호하던 사람이라지만 선도해는 무엇 때문에 은신술을 익혔단 말인가?

"도둑이 되어보지 않고는 도둑의 길을 모른다. 우리가 아무리 물샐틈없이 지킨다고 해도 밖에서 노리는 자의 눈에는 우리가 한낱 허수아비로 보일 수도 있기 때문이다. 이곳에 근무하는 장수들은 바깥에서 온 군사들이 지킨다면 열 배나 많은 군사가 지켜도 어렵지 않게 드나들 수가 있다."

딴은 그렇다. 도둑의 눈으로. 그러나 이곳에 무슨 보물이 있기에 그토록 엄중하게 지킨단 말인가? 풀을 뽑고 마당을 쓰는 자들도 차림새만 여느 백성일 뿐 실은 모두 군사다. 경관에서 개인행동은 일절 금지되어 있다. 참배하는 사람들은 반드시 호위군사들의 안내를 받아야 하고, 붙박이로 살고 있는 호위군사들도 반드시 둘 이상 짝지어 다녀야 한다.

무두리와 선도해는 먼저 돌아가고 개소문은 남아서 검모잠한테 은신술을 배우다 늦게 돌아왔다.

이튿날 개소문은 선배들 틈에 끼어 경관을 참배했다. 아래층에 들어갔을 때 아비의 이름이라도 찾는 척하며 벽과 천장이 만나는 틈새를 살폈다. 이렇다 할 곳을 찾지 못했으나 언제까지 눈에 띄는 행동을 할 수는 없었다. 선배들이 아래층에 들어가는 까닭은 위패를 살피는 것이 아니고 자리에 앉아 잠든 이의 넋을 기리고 나라의 앞날을 생각하려는 것이기 때문이다.

점심 뒤에는 장수 차림을 한 무두리를 따라 말을 타고 멀리 나가서 은신술을 배우고 익혔다.

날마다 똑같은 일을 되풀이했고 밤에도 게을리하지 않았다. 경관 참배는 나흘 만에 그만두었다. 숨을 곳을 찾은 것이다. 은신술을 배우는 장소도 바꿨다. 섣달이 되면서 군사들이 경관을 떠나기 시작했는데, 그들이 살던 빈집은 매우 좋은 연습장이었다.

낮에는 방 안에서 의자나 탁자 뒤에 숨고 밤에는 처마 끝을 타고 서까래 틈에 숨는다. 댓 걸음쯤은 곁사람도 눈치채지 못하게 날아가고 지붕쯤은 고양이보다 잽싸게 뛰어오른다.

섣달 그믐날 오후 신시, 개소문도 배달들 틈에 섞여 경관 참배를 시작했다.

다시 찾기 어려울 것이다! 어쩌면 마지막이 될지도 모른다는 생각이 드니 모든 것이 새로웠다. 붉은 해 속에서 막 날갯짓을 하려는 세발까마귀의 모습에 가슴 뭉클하고, 천상의 음악을 연주하고 춤추는 모습에 절로 어깨가 들썩인다. 쇠를 두드

오국지 2

리는 대장장이신의 망치소리가 깡깡 울리고, 수레바퀴에다 불에 달군 쇠테를 씌우자 화악~ 바퀴에 불이 붙는다. 싸움터를 달리는 군사들의 함성소리가 누리에 가득하고, 모내기하고 여름을 거두는 여름지기들의 함박웃음에 누리가 환해진다.

1층 전각을 나와 아래층으로 내려가는 개소문은 애써 마음을 가라앉혔다.

아래층으로 들어간 개소문은 안쪽에 있는 현무 앞에 서 있었다. 불을 뿜으며 뱀과 싸우는 거북의 몸이 바깥으로 많이 나와 있는 것이다. 뱀과 뒤엉켜 싸우는 커다란 거북의 모습을 돋을새김으로 실감나게 만들다 보니 그리 되었겠지만 눈여겨보면 거북의 등 뒤쪽을 많이 깎아내 너른 공간이 생긴 것이다.

북이 울리고 배달들이 모두 일어섰다. 바깥으로 나가려고 모두 몸을 돌리는 순간 개소문은 현무 위로 날아올라 몸을 숨겼다.

나를 잊어야 한다! 가슴을 몇 군데 찌른 개소문은 곧 숨이 멎었다. 배달들의 발소리가 아득히 멀어졌다.

배달들이 모두 빠져나가자 군사들은 저마다 손에 든 횃불을 밝혀 들었다. 타고 있던 기름불을 모두 끄고 줄지어 빠져나갔다.

문이 닫히자 삽시간에 칠흑 같은 어둠이 되었다.

얼마나 지났을까? 어둠 속에 갇혀 있던 시간이 조금씩 꿈틀거리기 시작했다. 천천히 호흡이 되살아나며 정신이 돌아왔다. 여전히 어둡고 아무 소리도 들리지 않는다. 맥을 짚어가며 막힌 기를 뚫자 서서히 몸에 기가 통하기 시작했다. 서두를 필요는 없었다. 온몸에 기가 넘쳤다.

바닥으로 내려가려고 눈을 뜬 연개소문은 연신 눈을 끔벅거렸다.

이게 웬일인가? 어느새 바깥으로 내동댕이쳐졌단 말인가? 구름 한 점 없이 맑은 밤하늘에 수없이 많은 별이 빛나지 않는가?

문득 아래로 눈길을 떨어뜨리자 발아래에서도 많은 별이 빛을 내고 있었다. 하늘의 별보다는 적지만 분명 적지 않은 별들이 밝은 빛을 내뿜고 있었다. 마치 우주 속으로 던져진 것처럼.

개소문은 어지러웠다. 내가 꿈을 꾸고 있는 것은 아닌가?

꿈이 아니다! 개소문은 조심스럽게 현무에서 내려왔다.

별이 빛나고 있지만 바닥은 그대로 바닥이다. 누군가 바닥에 야명주를 박아놓은 것이다. 개소문은 가운데로 걸어나갔다.

별자리다! 천장에서 빛나는 야명주는 모두 밤하늘의 별자리였다. 크고 작은 것까지 똑같다. 밤하늘의 별을 그대로 옮겨놓은 것이다.

그런데 무엇인가? 바닥에서 별처럼 빛을 뿜는 야명주는 무엇을 나타내는가?

하늘의 별처럼 낯익은 것도 아니고 별의 수도 훨씬 적었다. 촘촘히 박혀 빛나는가 하면 하나도 없는 곳도 있다. 개소문은 하늘의 별보다 바다에 있는 별을 살피기 시작했다. 무엇인가 뜻이 있을 것이다.

"아아, 영락대통일도!"

개소문은 저도 모르게 부르짖었다. 성이다 싶은 순간, 그 성의 흩어진 자리로 보아 하나의 지도가 생각난 것이다.

영락대통일도! 태왕은 왕 중의 왕으로 온 누리를 다스린다. 고구려 역사상 수많은 태왕 가운데서도 오직 한 분 호태왕으로 불리는 이는 광개토경호태열제다. 호태왕 천하께서 나라를 다스리는 동안 쓴 연호가 영락(永樂)이다. 영락대통일도(永樂大統一圖)는 호태왕 천하의 명으로 만들어진 지도로, 조선의 강역을 모두 표시하고 있었다.

호태왕 천하께서는 조선의 옛땅을 모두 찾아 고구려 다물을 만들려고 수만 리 먼 길을 몸소 군사를 이끌고 원정을 감행하셨다. 북으로는 흑수(흑룡강)를 말에 먹이고, 서로는 대흥안령을 넘어 몽골초원을 달렸으며, 남으로는 북평(북경)까지 손에 넣었던 것이다. 호태왕 천하께서 서른아홉의 젊은 나이로 돌아가시지 않았더라면 강수(장강) 남쪽에까지 다물을 만들었을 것이다.

그렇다! 경관 안에 들어서면 왠지 알 수 없는 웅심이 솟아

오르고, 온 누리에 호령을 하고 싶은 느낌이 드는 것은 이래서였다.

보라! 천장에서 크고 작게 빛나는 보석은 모두 하늘의 별을 그대로 옮겨놓은 것이었다. 바닥에서 빛나는 보석은 모두가 성읍을 가리키는 것으로, 고구려뿐만 아니라 신라와 백제는 물론 왜, 흑치(필리핀) 등 모든 다물이 표시되어 있었다. 북쪽으로는 흑수까지 뻗쳤으며 서쪽으로는 대흥안령을 넘어 몽골을 아우르고 남쪽으로는 남흑치(상하이)와 유구주(해남도)도 별이 되어 빛나고 있다.

새해가 밝았다. 경관을 지키는 선도해는 마지막으로 경관 아래층에 들어섰다. 선도해의 뜻에 따라 군사들 대신 선배 열두 명이 경관 아래층에 불을 밝히는 영광을 얻었다. 선도해는 기름불을 밝히게 한 뒤 배달들을 앞세우고 벽을 따라 천천히 한 바퀴 돌았다. 현무를 지나치며 등 뒤에 일어나는 바람을 느끼고 선도해는 한 발 곁으로 물러섰다. 아래층 문을 지키는 군사들은 선배들은 눈여겨보지 않고 댓 걸음 뒤따라나오는 선도해에게 창을 세우며 예를 올렸다.

천리장성

30리를 달려간 장손사는 여드레 달이 지기를 기다렸다. 땀이 마르니 몸서리치게 춥다. 화톳불을 피우고 서 있는 고구려 군사들이 잠깐 부러웠다. 바오달 쪽에서 검은 그림자들이 몰려나오더니 화톳불 곁으로 다가가고 있었다.

벌써 들켰나? 장손사는 잔뜩 긴장했다. 그러나 두런거리는 소리가 들리더니 다시 바오달로 돌아가는 그림자가 보였다. 서로 근무교대를 한 것뿐이다.

곧 달이 졌으나 앞에 숨어 있는 자들한테서는 아무런 움직임도 없었다. 방금 교대를 하고 들어간 놈들이 잠들 때까지 기다릴 생각인가 보았다.

기분 나쁜 놈들! 장안에서 온 놈들은 100명이 모두 건방지고 아니꼽게 놀았다. 아무리 이세민의 호위장수들이라고는 하지만 해도 너무했다. 장손사는 여태 대장의 이름도 모르고 있었다. 제놈들끼리 움직이면서 함부로 명령을 내리고 툭하면 이세민의 뜻이라고만 했다. 놈들을 모두 쫓아버리고 싶은 생각이 굴뚝같았지만, 기분 때문에 손해 볼 짓은 하지 않는 게 장사꾼이라 꾹 참아왔다. 어쩌면 돌궐 군사 3천과 제가 데리고 온 2천 명의 장사보다 더 나을지도 모른다. 맞서 싸우는 것이라면 당연히 5천 명이 더 낫겠지만, 몰래 경계군사들을 해치우고 조용히 일을 끝내는 것은 장안에서 온 놈들을 따르지 못할 것이다.

경관을 지키는 고구려 군사는 모두 500명에 지나지 않는다. 선도해라는 무서운 장군도 여동군으로 돌아가고 김종우라는 이름 없는 장수가 남아 있다. 이틀 전부터는 신크마리 담명이 7천 선배를 이끌고 와서 경관을 참배하고 있다.

수는 적지만 얼마든지 이길 수 있다. 선배는 아직 군사가 아니니 군사 2~3천의 힘도 안 될 것이고 무엇보다 자다 놀라 일어난 자들과의 싸움이다. 고구려 군사들이 아무리 사납다고 해도 꿈길을 헤매고 있던 놈들이 미리 준비하고 달려드는 군사들을 막아낼 수는 없는 일이다.

경관 북쪽 화톳불 곁에 서 있던 군사들이 한꺼번에 소리없이 쓰러졌다.

되었다! 되었다 싶은 순간 장손사는 기쁨 대신 가슴이 철렁했다.

틀렸다! 느닷없이 전각에서 요란한 징소리가 일어난 것이다.

동짓달부터는 경계군사들이 전각에 올라가지 않고 있다고

했다. 이 추운 날씨에 화톳불도 없이 경계를 설 것이라고는 생각하기 어려웠다. 더구나 아까 교대를 할 때에도 경관을 오르내리는 놈은 하나도 없었다.

하지만 장손사 등은 경관을 지키는 경계군사들의 수만 알았지 경계를 하는 방식에 대해서는 전혀 캄캄한 밤중이었다. 그림자처럼 지키는 군사들은 늘 은신술로 남모르게 경관을 오르내린다. 전각에 올라가서 지킬 때에도 그림자처럼 숨어 있으니 누가 전각에 올라와 찾으려 해도 절대 들키지 않았다. 당장 눈앞에 적군이 나타날 일도 없는데 숨어서 경관을 지킬 것이라고는 장손사나 이세민의 호위군사들로서는 상상도 못한 일이었다.

즐비하게 늘어선 막사 쪽에서도 북소리, 징소리가 요란하게 일어나기 시작했다.

어쨌거나 머뭇거리면 안 된다! 장손사의 눈에, 앞에서 엎드려 있던 놈들이 벌떼처럼 일어나 막사 쪽으로 쳐들어가는 것이 보였다.

"일어나 달려라!"

장손사가 벌떡 일어서며 소리쳤다. 계획했던 대로 돌궐 군사들은 막사로 내달리고, 장사 2천 명은 장손사를 따라 경관으로 달려갔다. 장손사와 장사들은 횃불을 밝혀들고 전각을 뒤졌으나 찾는 보석은 나오지 않았다. 벽을 부수고 기와까지 벗겨내 깨뜨려가며 조사했으나 어디에도 보석은 없었다.

경관 아래 큰 방으로 간 장사들은 곧 되돌아나와 통로 양쪽에 있는 철문에 달라붙었다. 아무것도 없이 텅 빈 큰 방보다 커다란 자물쇠로 잠긴 두 개의 철문이 관심을 끌었던 것이다. 안간힘을 다해 철문 하나를 겨우 떼어냈으나 안에는 낡은 병장기 몇 벌밖에 없었다.

바깥이 대낮처럼 밝아지고 군사들의 함성이 경관 쪽으로 밀려왔다. 내다보니 돌궐 군사들이 뒤로 밀리고 있었다. 번쩍이는 갑옷을 입고 나타난 고구려 군사들이 보이자 장손사는 혼이 달아났다. 고구려군의 활과 쇠도끼 앞에서 웬만한 갑주는 종잇장에 지나지 않는다지만 자신들은 그런 허접쓰레기 갑주조차도 입지 않았다.

"불을 질러라! 모두 태워버려라!"

장손사가 미친 듯이 소리치자 모두 손에 든 횃불을 내던졌다. 아무렇게나 내던져도 전각은 활활 타기 시작했다. 모두들 날 듯이 뛰어내려 서쪽을 향해 죽어라 달아났다. 고구려군과 맞서 싸우던 돌궐 군사들도 모두 뒤따라 달렸다.

"서쪽으로 달려라! 서쪽으로 달려 구려하를 건너라!"

장손사가 고래고래 소리 지르자 모두 곧장 내달렸다. 모두들 구려하가 가까운 서쪽으로 내달리는데 막상 구려하 쪽으로 달려가라고 소리 지르던 장손사는 남쪽으로 내뺐다. 횃불을 밝혀들고 뒤쫓는 고구려 군사도 점점 멀어져갔다.

구려하의 강물은 꽁꽁 얼어 있었다. 장사들을 미끼로 만들어 혼자서만 고구려군의 추격을 따돌린 장손사는 별 탈 없이 패수까지 달아났고, 장사치들을 만나자 도적들을 만나 겨우 목숨만 살았노라고 둘러붙이며 장안으로 돌아갔다. 이세민의 부하들은 하나도 살아오지 못했다. 장손사가 데려갔던 자들도 구려하를 건너지 못하고 고구려군한테 잡혀 죽었다는 소문만 들렸다.

어찌 되었거나 장손사는 경관을 불태워 고구려의 콧대를 꺾어버리는 큰 공을 세웠으므로, 이세민은 장손사한테 광주사마라는 벼슬을 주었다. 흥락창에 곡식을 넣는 일까지 맡겼으므로 장손사는 적잖은 이익을 챙겼다.

"서캐들을 모두 때려잡아야 한다."

"서캐를 토벌하고 서토를 평정해야 한다."

경관이 불탔다는 소식이 전해지자 온 나라가 들끓었다. 죽거나 사로잡힌 돌궐 군사가 3천이나 되었지만 이세민의 허수아비에 지나지 않았다. 특히 한 달쯤 전에 왔다는 100여 명의 군사들한테는 장손사조차 쩔쩔맸다는 것으로 보아 이세민이 보낸 자들이 틀림없었다.

경관은 서토의 오랑캐를 물리친 것을 기념하고 의롭게 죽은 영혼들을 위로하는 기념물이다. 수천 군사를 동원해 경관을 불태워 없앤 것은 고구려를 얕보고 저지른 짓이며, 언제고 고구려에 도전하겠다는 뜻을 드러낸 것이다.

민심이 들끓자 태왕 건무도 크게 놀랐다. 그러나 당장 눈앞에서 서토의 오랑캐들이 군사를 일으켜 쳐들어오고 있는 것은 아니었으므로 가슴을 쓸어내렸다.

"너무 놀랄 필요는 없소. 저들이 한낱 장사치에 지나지 않는 자를 내세우고 돌궐의 군사를 동원한 것은 우리와 맞서 싸울 생각이 없다는 뜻이오."

"눈 가리고 아웅 하는 수작입니다. 오로지 경관을 불태우는 것만이 목적이었다면 날랜 군사 수백 명으로도 충분했을 것입니다. 굳이 5천이 넘는 많은 군사를 동원한 것은 우리를 깔보고 업신여겼기 때문입니다."

"그래도 서캐들은 아직 군사를 일으키지 않고 있소. 우리가 섣불리 군사를 모으고 싸움 준비를 했다가는 오히려 가만히 있는 서캐들을 건드리는 꼴이 될 것이오."

서캐들과 싸우고 싶지 않은 것은 건무뿐이 아니었다. 일신의 부귀영화에만 눈이 어두웠던 많은 벼슬아치도 굳이 싸움의 소용돌이 속에 휘말리고 싶은 생각이 조금도 없었다.

"예부터 긁어 부스럼을 만들지 말라고 하였습니다. 어리석은 백성들이야 얼마 지나지 않아 잊을 것이니 그때까지 기다리면 될 것입니다."

백성들을 달래느라고 싸움 준비를 하다가는 정말 큰 싸움을 치르게 될 것이라며 덮어두기로 했다.

조정에서는 백성들이 가라앉기를 기다렸으나 백성들은 갈수록 더 시끄러워졌다. 군사들도 곧바로 장성을 넘어가 서토 오랑캐들의 씨를 말려야 한다며 천궁에 가서 따지겠다고 야단법석이었다. 모든 군사가 들고일어나니 태왕 건무와 조정 벼슬아치들은 가시방석에 앉은 것처럼 불안했다.

하지만 당장에 오랑캐들이 몰려오는 것도 아니다. 만일 간덩이가 부은 서캐들이 도전해온다면 예전처럼 한꺼번에 때려잡으면 된다. 놈들이 쳐들어오지도 않는데 야단법석을 떨며 전쟁 준비를 하고 싶지도 않았다. 급한 것은 멀리 있는 오랑캐가 아니라 시끄럽게 구는 백성들이다. 갖은 생각 끝에 백성들을 달랠 뾰족수를 찾았으니, 그것은 오랑캐들이 함부로 넘어오지 못하도록 울타리를 두르는 것이었다.

"장성을 쌓는다면 백성들도 안심할 것이오. 장성을 쌓는 것은 서캐 토벌과 서토 평정에 나서지 않겠다는 뜻도 되니 저들도 좋아할 것이오."

말도 되지 않는 소리였지만 조정의 벼슬아치라는 것들이 거의 건무를 닮아서 일신의 평안만 생각하는 이악스러운 자들이었다. 건무는 쉽게 제 뜻을 이룰 수 있었다.

마침내 조정에서는 오랑캐 토벌 군사를 일으키는 대신 부여성(길림성 농안)에서 동남의 바다에 이르는 1천 리의 장성을 쌓기로 했다. 나라를 세운 뒤로 가장 큰 일을 벌인 것이다. 경관에서 공부하던 선배들이 동원되었고 언 땅이 녹기를 기다리며 밭갈이 준비를 하던 백성들도 끌려나가 장성 쌓기에 동원되었다.

〈3권에 계속〉